光文社文庫

群青の魚

福澤徹三

光 文 社

目次

生ける魚は水流に逆《さから》ひて游《およ》ぎ、死せる魚は水流と共に流る

出典不明　『内村鑑三全集十五』に引用あり

1

エプロンをつけた小柄な老人が車椅子に坐《すわ》っている。

白茶《しらちゃ》けて干し固まった皮膚は皺《しわ》と老人斑に覆われ、瞳の色が薄い眼《め》はどこを見ているのかわからない。老人の前のテーブルにはプラスチックのトレイがあり、皿や小鉢や茶碗がならんでいる。

きょうの献立は豚の角煮、切干大根の炒め煮、キャベツと玉子の和《あ》えもの、茶そば汁だが、食器の中身は原形をとどめていない。茶色や黄色や緑色のどろどろしたペーストが、それぞれの器に入っているだけだ。

清水穂香《しみずほのか》は老人の隣にかけて、小ぶりのスプーンでペーストをすくい、

「若杉《わかすぎ》さん、はい、お口開けてぇ」

歯のない口に運ぶ。誤嚥《ごえん》防止のためにスプーンは下から近づける。食べるために顔をうつむきかげんにさせることで、食べものが飲みこみやすくなるからだ。

若杉と呼ばれた老人はしばらく無反応だったが、何度も声をかけるとわずかに唇を開けた。

穂香は慎重な手つきでスプーンを口のなかに入れる。ぴちゃぴちゃと咀嚼《そしゃく》の気配を感じてス

プーンをひきだし、皮膚が垂《た》れさがった喉《のど》を見つめる。

　喉仏がごくりと動いて嚥下《えんげ》したのを確認してから、ふたたびスプーンでペーストをすくい、口まで持っていく。若杉が食べているのは料理をミキサーにかけ、誤嚥防止のためのとろみ剤を加えて粘度を増したペースト食だ。

「どうですか。美味《おい》しいですかあ」

　穂香は笑顔で声をかけるが、老人は無言で口を動かしている。

　特別養護老人ホーム、敬徳苑《けいとくえん》の食堂である。

　細長いテーブルには入所者の高齢者たちがならび、夕食をとっている。穂香とおなじように介護員たちが隣に付き添い、食事介助をしている。女性の介護員は淡いピンクのポロシャツ、男性は紺のポロシャツ、下は男女ともベージュのトレーニングパンツがユニフォームだ。

　若杉勝利《かつとし》は九十八歳で要介護度は五、敬徳苑では最高齢の入所者だ。食事のとき以外はほとんど眠っていて意識も不明瞭だから、コミュニケーションはとれない。同僚によれば、入所した四年前はかろうじて喋《しゃべ》れたらしいが、家族はそれきり面会にこないという。

　穂香はスプーンを動かしながら、若杉の過去について考える。

　二十五歳の自分より七十三年も長く人生を歩んできただけに、時代の流れを身をもって体験しただろう。けれども、いまは家族に見捨てられ、三度の食事を食べては排泄《はいせつ》するだけの日々をすごしている。

　九十八歳にして若杉という苗字は不釣合いだし、勝利という名前も皮肉に感じられる。自分たちの介護を通じて、すこしでも孤独を癒《いや》して欲しいが、若杉はなにも語らない。

「ううーうッ、うーううッ」

テーブルのむこうで藪下稔《やぶしたみのる》が叫び声をあげた。

藪下は八十歳で重度の認知症だが、言動が支離滅裂《しりめつれつ》な以外は健常者なみに元気がよく、食事は自力摂取ができる。藪下はさっきまで自分でスプーンを口に運んでいたのに、なにかを訴えるような表情でこっちを見ている。

「藪下さん、どうしたんですか」

若杉のそばを離れて藪下の隣に腰をおろした。

とたんに両手で胸をわしづかみにされた。穂香はまたかと思いつつ苦笑して、

「もう藪下さん、いたずらしたらだめでしょう」

藪下の腕をやんわりつかんで胸から離したら、いきなり抱きついて股間に手を突っこんできた。もう一方の手は尻をまさぐっている。藪下は穂香が近づくたびに、決まって軀《からだ》を触ってくる。この施設に勤めはじめた頃は悲鳴をあげたが、いまはもう驚かない。

藪下の手を振りほどこうと身をよじっていたら、穴見智之《あなみともゆき》がこっちを見て、

「清水さん、手伝おうか」

「大丈夫です」

なんとか藪下から逃れて若杉の横にもどった。藪下は軀を触ってくるだけでなく、夜間徘徊《はいかい》や他室侵入もするから手がかかるが、それにいらだっても自分が疲れるだけだ。

「あら、こんなん混《こ》んで、おとうさん帰ってこられるやろか」

穴見に食事介助をされていた菅本《すがもと》キヨが、壁際にあるテレビを観ながらつぶやいた。

菅本は八十五歳で要介護度は四、食堂にいるあいだはずっとテレビを観るのが習慣だ。画面には延々と渋滞する高速道路が映っている。きょうはゴールデンウィークの最終日とあって、Uターンラッシュはピークを迎えている。菅本は夫が帰ってくると思っているようだが、夫はとっくの昔に亡くなって、息子夫婦がたまに顔を見せるだけだ。

「なあ、おとうさん、帰ってこられるやろか」

菅本がまたつぶやいた。穴見は笑顔でうなずいて、

「大丈夫、もうじき帰ってきます」

「息子のあんたがちゃんとせな。はよ、おとうさん迎えにいって」

「はいはい。迎えにいきますよ」

菅本は、いつも穴見を息子とまちがえる。菅本は穴見の顔をまじまじと見て、

「あんた、たいがいで就職せないかんよ。おとうさんも心配しよるが」

「もう就職しましたよ」

「どこに？」

「ここで働いてるじゃないですか」

「嘘をいいなさい。あんたは勉強もせんで、いっつも遊んでばっかり」

「はいはい、ごめんなさい」

穴見は話をあわせて苦笑した。穴見はフロアリーダーで、穂香たち介護員に業務を割り振るまとめ役である。三十歳にしては童顔で自分と同年代に見えるが、勤続八年のベテランで介護福祉士の資格を持っている。

テレビの画面は客でごったがえす新幹線のホームに変わり、レポーターが子どもたちにゴールデンウィークの感想を訊《き》いているが、特別養護老人ホームの職員に大型連休はない。

それどころか盆休みも正月休みもない。一年三百六十五日、一日二十四時間、誰かが介護を続けている。早番、日勤、遅番、夜勤というシフトの合間を縫って各自で休みをとる。募集要項では週休二日制をうたいながらも、人手不足のせいで予定通りには休めない。

若杉は夕食を八割がた食べたところで口を閉ざした。穂香はスプーンを手にして、

「はい、お口開けてぇ」

何度かうながしたが、口を開けようとしない。若杉の唯一といっていい意思表示である。

「もうお腹《なか》いっぱいみたいね。じゃあ、ごちそうさましましょうか」

穂香は若杉のエプロンをはずし、トレイを配膳用のカートにさげ、車椅子を押した。夕食は六時からだが、若杉は食事に時間がかかるため、壁の時計は七時近い。

車椅子を押しながら、廊下にでてトイレにむかう。

トイレ誘導は尿意や便意を訴える場合におこなうが、若杉のように意思表示ができない入所者の場合、決まった時間にトイレに連れていく。いわゆる定時誘導で、時間は入所者の排泄パターンによって異なる。

車椅子ごとトイレに入ったとたん、かすかな異臭を感じた。

「ああ、まにあわなかったかも――」

穂香は思わずそうつぶやくと、若杉を抱きかかえ介助バーにつかまり立ちさせ、ズボンとリハパン――紙製のリハビリパンツをおろした。

思ったとおり、リハパンの内側や肉の削《そ》げ落ちた尻は茶褐色に染まっている。

若杉を便座に坐らせると、急いで廊下にでた。施設内は走ってはいけないので競歩のように大股で歩く。廊下のむこうから同僚の音村沙織《おとむらさおり》が車椅子を押しながら、こっちにむかってくる。

きょうも厚化粧で、顔だけ見たら介護員には見えない。

沙織は二十八歳のシングルマザーで小学生の娘がふたりいる。旧ホームヘルパー1級に該当する介護福祉士実務者研修を修了していて、敬徳苑に勤めて二年になるらしい。以前は夜の商売だったというが、歯に衣着《きぬき》せぬ発言が多く、しばしば上司たちから注意されている。

沙織はすれちがいざまに首をかしげて、

「なに急いどるん?」

「若杉さんがKOT《コート》漏らしちゃって」

KOTとは便という意味でコットとも発音される。尿はHARN《ハルン》だ。

「あーあ、やらかしたね」

「ええ、もうすこし早くトイレ誘導してれば――」

「でも、そのくらいでビビっちゃつまらんよ。あたしなんか新人のとき、入所者さまの後ろにしゃがんでリハパンおろしたとたん、顔面に特大ＫＯＴ喰らったんやけ」

がはは、と沙織は顔をのけぞらせて笑った。


穂香は汚物処理室にいき、陰洗ボトルや新品のリハパンをとってひきかえした。トイレにもどると、若杉は放心したような表情で便座にかけていた。

穂香はビニ手と呼ばれるビニール製の使い捨て手袋をはめ、陰部や肛門に付着した便を丹念に洗い流す。陰洗ボトルは専用のものではなく、ペットボトルやマヨネーズの容器にぬるま湯を入れてある。陰部洗浄、略して陰洗をすませたあと、軀を拭く清拭《せいしき》用のタオルで水分を拭きとる。


若杉に新しいリハパンを穿《は》かせ、ビニ手をはずして手を洗い、ズボンをあげて、ふたたび車椅子に乗せる。車椅子を押して若杉を居室に連れていく。食後は食堂ですごす入所者もいるが、若杉はすぐ眠るので居室のほうがいい。居室には、あさがお、さくら、すみれ、たんぽぽ、つばき、といった花の名前がつけられている。

居室に入ると、車椅子をベッドに対して三十度の角度につける。続いて若杉の正面から両《りょう》腋《わき》に手を入れて車椅子から抱えあげ、半回転で電動式の介護ベッドに移す。ベッドから車椅子、車椅子からベッドへなど入所者の移乗をトランスファー、略してトランスと呼ぶ。

穂香は若杉をベッドに腰かけた端座位にしてから臥床《がしょう》させ、ベッドを四十五度に背上げ、すなわちＧＵＰ《ギャッジアップ》し半座位の体勢にする。半座位にするのは胃の内容物が重力によって十二指腸に運ばれ、消化を助けるからだ。

「若杉さん、大丈夫？ なにかして欲しいことはないですか」

反応がないのを承知で訊いたが、若杉はもう目蓋《まぶた》を閉じている。

居室をでて介護員室にいくと、排泄記録表に若杉の排便の量と形状を記入する。排泄記録表はオムツ交換やトイレ誘導のたびに排便や排尿の時刻や状態を記録し、入所者の体調や排泄パターンを知るのに役立てる。

穂香は排泄記録表に記入を終えて、食堂にむかった。

敬徳苑に入職して二か月になるが、きょうは不慣れな夜勤とあって気が重い。このあともトイレ誘導、食器の片づけ、食後の口腔《こうくう》ケア、内服薬の投与、オムツ交換といった仕事が山積みだ。口腔ケアは口内のチェックや歯磨きの手伝い、入れ歯の洗浄などをおこなう。認知症が進んだ入所者は口を開けるのを拒んだり、嚙みついてきたりするが、その程度はもう慣れた。

さっきの藪下のように軀を触られるのはまだましで、暴れる入所者から叩かれたり蹴られたりするのも珍しくない。沙織ほどではないにしろ、オムツ交換の際に尿の飛沫《しぶき》を浴びたこともあるし、弄便《ろうべん》——糞便《ふんべん》を弄《もてあそ》ぶ入所者のベッドを清掃するときは、衣服が汚れるのはもちろん、髪や軀に臭《にお》いが染みついてしまう。

それでも三階の入所者は認知症が進んでいるから比較的おとなしい。二階は意識が明瞭で体力のある入所者が多いだけにトラブルが多くて大変らしい。

敬徳苑は、条川市若希町《じょうかわしわかきちょう》のはずれにある丘の上に建っている。

建物は三階建てで、一階がデイ・サービス施設や事務室のある事務棟、二階は要介護度が低い入所者を収容する養護棟、穂香が担当する三階は入所者の要介護度が高い特養棟だ。ショートステイや長期を含む入所者数は百十名、平均的な要介護度は四、二階と三階のフロアで約五十名ずつが暮らす。居室は十部屋程度を一ユニットとしてケアをおこなうユニット型ではなく、四人部屋が中心の従来型である。

費用の負担が軽くて長期入所が可能な特養は、介護施設のなかでもっとも人気が高く、かつては五十万人以上が入所待ちをしていた。それが最近は減少傾向にある。介護保険法の改正で、入所者の介護度が原則として三以上にひきあげられたせいだ。

厚労省は入所のハードルをあげたのは、真に特養を必要とする高齢者に利用してもらうためだとしているが、入所者の減少は深刻な事態を招いている。入所者が減れば特養は新設されなくなり、要介護度の低い高齢者は行き場を失う。

特養以外の公的施設には、介護老人保健施設いわゆる老健や、養護老人ホーム、ケアハウスなどの軽費老人ホームがある。だが介護老人保健施設は在宅復帰を目的としているから、長期入所はできない。養護老人ホームは自立者しか入所できず、医療ケアが限定的、ケアハウスは施設の数がすくなく、介護型は初期費用が高いといったデメリットがある。

あとは民間が経営する介護付き有料老人ホームや「サ高住」と呼ばれるサービス付き高齢者向け住宅、認知症高齢者を対象にしたグループホームしかないが、環境やサービスが劣悪な施設もすくなくない。介護費用の負担に苦しむ低所得者が、やむなく無認可の施設を利用するケースもあるという。

敬徳苑の職員数は非常勤とパートを含めて九十八名。理事長を頂点に、施設長、副施設長、看護師、介護主任、フロアリーダー、常勤職員、非常勤職員というヒエラルキーを構成している。

介護の資格は、旧ホームヘルパー2級の介護職員初任者研修、旧ホームヘルパー1級の介護福祉士実務者研修、介護福祉士、ケアマネジャーと呼ばれる介護支援専門員の順にハードルがあがっていく。穂香は常勤だが、介護職員初任者研修の資格しかなく、入職から三か月は試用期間で臨時職員あつかいだから賃金も安い。

入所者のトイレ誘導をすませて食堂にもどると、介護主任の辻根敦子《つじねあつこ》がテーブルを布巾《ふきん》で拭いていた。仕事を手伝ってくれるのは助かるが、こっちを見る眼に尖《とが》った色がある。なにかあったのかと思ったら、辻根は化粧っ気のない顔を曇らせて、

「清水さん、続けられそう？」

「えッ」

穂香は眼をしばたたいた。

「もし無理なら早めにいってね。シフト管理に困るから」

介護主任は現場のトップで、日常業務やマネジメントを管理している。辻根は四十六歳だが、同僚たちの噂ではいまだに独身で、二十年以上もこの業界にいるらしい。

介護業界は重労働と低賃金のせいで離職率は高い。穂香が入職してからも常勤と非常勤がひ

とりずつ辞めていった。そんな過酷な業界で二十年以上も働いてきたのは尊敬に値するが、入所者ばかりに眼がいって職員に対しては冷めている印象だ。

辻根は腰をかがめてテーブルの裏を覗《のぞ》きこむと、

「テーブルを清拭するときは裏まで拭かなきゃ。衛生管理がなってないじゃない」

「すみません。いつも裏まで拭いてますけど、トイレ誘導にいってたので」

「いいわけはいいから、手を動かして」

辻根は布巾を差しだした。穂香はそれを受けとると、床にしゃがんでテーブルの裏を拭いた。その作業が終わっても辻根はそばを離れず腕組みをして、

「さっき入所者さまのご家族からメールがあったの。最近入った女の介護員は態度が悪いって。最近入ったっていえば、清水さんしかいないよね」

「そんな――どなたのご家族ですか」

「さあ。入所者さまの身内としか書いてなかった」

「あたしはまだ未熟ですけど、入所者さまやご家族に失礼な態度をとったつもりは――」

「あなたが気づかないだけかもよ。とりあえず善処しますって返信しておいたけど、今後はこんなクレームがこないよう注意してね」

「――すみません」

穂香は仕方なく頭をさげた。

介護の仕事をはじめてから、理不尽なことで詫びるのにも慣れてきた。だがメールを送って

きたのは誰の家族なのか、クレームの対象はほんとうに自分なのか疑問だった。

午後七時半になって遅番の職員たちが続々と帰りはじめた。

敬徳苑は遅番に限らず、どのシフトでも基本的に残業はない。サービス残業がないのは助かるものの、残業代が払えないからでもあるらしい。

食堂の清掃をしていると、フロアリーダーの穴見が近寄ってきた。穴見は遅番だったから、もう帰るらしく私服に着替えている。

「きょうは夜勤だね。大変だけど、がんばって」

「はい。ありがとうございます」

穴見は快活な性格で率先して業務をこなす。入所者のあつかいもうまいから、若手の職員たちに慕《した》われている。穂香も判断に迷うと、穴見に指示をあおぐのが常である。

「きょうの夜勤は誰と一緒？」

それが――と穂香は声をひそめて、

「河淵《かわぶち》さんなんで、ちょっと心配です」

「大丈夫だよ。愚痴は多いけど、社会経験が豊富だから話してると勉強になるよ」

「ええ。でも、あたしとおなじでオムツ交換が遅いから――」

と穂香がいいかけたとき、穴見さん、と背後で声がした。

振りかえると、辻根が険しい表情で立っていて、

「残業したらだめって施設長からいわれてるでしょ。早く帰って」

「すみません。それじゃ、お疲れさまでした」

穴見はこっちに軽く手を振って踵《きびす》をかえした。

夜勤は午後五時から午前九時までの十六時間労働である。二時間の休憩はあるが、ワンフロアに割り振られるのは二名だから、ほとんど睡眠をとるひまはない。遅番の職員が七時半で帰ってしまうと、三階の入所者五十人を夜勤のふたりで介護しなければならない。

八時から就寝介助、それぞれの入所者に決められた薬を呑ませる眠前与薬《みんぜんよやく》、九時に消灯、体温や血圧などを計るバイタルチェック、十時から入所者に異常がないかフロアを見まわる巡視、十一時にオムツ交換。零時以降は一時間に一回の巡視、トイレ誘導やオムツ交換は必要者がいれば随時おこなう。

ひとりで二十五人のオムツを交換するのは大変で、いまだに手間どるが、夜勤明けも忙しい。朝五時にオムツ交換とトイレ誘導、居室の清掃と汚物処理。離床時間の六時に起床介助とバイタルチェック、歯磨き、洗顔、整髪など入所者の身だしなみを整える整容、朝食の準備とスケジュールはびっしり詰まっている。

国の省令では入所者三名につき介護職員一名と定められており、介護事業者に支払われる介護報酬はこの配置基準を前提にしているが、省令どおりにシフトを組むには人手が足りない。といって職員を増やせば人件費で経営が破綻《はたん》する。介護業界は危険、汚い、きつい、暗い、臭いの5Kといわれるゆえんである。

労働環境が劣悪なだけでなく賃金も驚くほど安い。結婚する前なら、この業界で働こうとは思いもしなかっただろう。ひとり息子の啓太《けいた》はまだ二歳だが、世話を頼める者はいない。仕事のあいだは、敬徳苑の施設内にある二十四時間対応の託児所に預けている。

食堂の清掃を終えて介護員室に入った。ずっと立ちっぱなしの仕事だけに足腰が痛む。入所者の移乗やオムツ交換で、ほとんどの職員が腰を痛めている。それだけにひまがあったら、すこしでも坐りたい。八時の就寝介助まで、あと十分ほどある。

事務用の椅子にかけてひと息ついたとき、河淵照夫《てるお》がのっそり入ってきた。

河淵は五十五歳で常勤職員だ。以前は全国展開している百貨店に勤めていたが、店舗の閉鎖にともなうリストラで退職し、半年前から敬徳苑で働いているらしい。まばらな髪を横に撫《な》でつけ、厚ぼったい顔は髭《ひげ》の剃り跡が濃い。背は低く小肥《こぶと》りで、トレーニングパンツの下腹はたるんでいる。むさ苦しい外見からは、とても前職を想像できない。

食堂を清掃しているときは姿を見なかったが、いままでどこにいたのか。

河淵は大きな溜息をついて椅子に坐ると、デスクに頬杖《ほおづえ》をついて、

「あー疲れた。これから朝まで仕事だと思ったら、気が遠くなるね」

「ええ。でも、がんばんなきゃ。きょうはよろしくお願いします」

穂香が頭をさげると、河淵は曖昧《あいまい》にうなずいて、

「いつも思うんだけどさ。人間、長生きしたってしょうがないね」

「そんなことないと思いますけど——」

「どうして？　人間は寿命の長さじゃなくて質でしょう。頭は完全にぼけて大小垂れ流しで、生きてる価値があるの？」

「人間は生きてるだけで価値があるんじゃ――」

「またまたまた。そんな教科書みたいなことといって。なんで生きてるだけで価値があるのか、具体的に説明できないでしょ。だいたい本人に意識はないんだよ」

「ご本人に意識がなくても、ご家族は長生きを願ってると思います」

「そんなに大切に思ってるんなら、こんなところに入れずに自分たちで世話するでしょ」

「昔とちがってそれができないご家族が多いから、あたしたちの仕事があるんじゃないですか」

「厚労省の推計だと二〇二五年には、七十五歳以上の後期高齢者が二千百七十九万人になって、二百四十五万人の介護職員が必要になるんだよ。これから社会保障費は莫大に増えていくのに、異常だと思わない？」

「でも、誰かが介護しなきゃいけないんだから――」

りっぱだなあ、と河淵は苦笑して、

「清水さんはマザー・テレサでも目指してるの」

「まさか――河淵さんは、そんなに介護の仕事が厭《いや》なんですか」

「厭だよ。ほかに仕事がないからやってるだけさ。清水さんは人類救済のためかもしれないけど」

「そんなんじゃないです。あたしだって生活のために働いてます」

「この仕事でもちゃんと生活できたらいいけど、待遇が悪すぎるよ」

「たしかに待遇はよくないですね」

「夜勤手当が一回五千円なんて、ふざけてるよなあ。それでも夜勤やらなきゃ稼げないし」

「あたしはまだ試用期間だから、一時間三百円の深夜手当しかつかないですよ。夜十時から朝五時までの七時間で二千百円。河淵さんは、あたしの倍以上あるじゃないですか」

「おれはもう五十五だよ。前の職場じゃ、課長で年収一千万あったのに――」

河淵はそういって、また溜息をついた。

愚痴を聞くのがわずらわしくて、壁の時計に眼をやると、

「あ、もうすぐ八時ですね。就寝介助いかなきゃ」

穂香は勢いよく立ちあがった。

2

薄暗い路地を夕陽がぼんやり照らしている。

風間志郎《かざましろう》は地面に眼を凝らしつつ、ビルとビルのあいだの細い路地を歩いていく。あたりには煙草《タバコ》の吸殻が散らばり、風で吹き寄せられた落葉やレジ袋といったゴミが溜まっている。

事件から半年以上経《た》つだけに規制線――立入禁止の黄色いテープはとっくにはずされ、ビル

のスーツを汚すわけにはいかない。

風間は足元の段差につまずいて転びかけたが、あやうく踏みとどまった。支給されたばかりの壁際に積まれた赤茶けた花束だけが当時のなごりをとどめている。


（※）


先月、条川署の留置管理課から刑事第一課強行犯係に転任したとき、警務部装備課の被服係に呼びだされ、警察の指定業者であるテーラーにいくよう命じられた。その店で生地《きじ》とデザインを選んで採寸し、数日後にできあがったスーツを取りにいった。

上司の丹野哲生《たんのてつお》は全国チェーンの紳士服店の店名を口にして、

「おれのスーツは、ぜんぶそこで買いよる。刑事課のもんは、みな官給品より吊るしのほうがええていうとるわ」

たしかにオーダーといってもパターンメイドで、あまり高級感はない。けれども二十六歳にして、ようやく刑事になれたのだ。たとえ粗末なスーツでも、それが支給されたことに感動をおぼえた。

丹野は路地に入らず、むこうの通りに立ったままスマホで誰かと喋っている。

この場所で事件が起きたのは、去年の十一月上旬だった。午前四時頃、ホストクラブ経営者の筒見将彰《つつみまさあき》が目出し帽をかぶった男たちに襲撃された。目撃者の証言によると、目出し帽の男たちは筒見を路地に追いこみ、鉄パイプやバールのようなもので滅多《めった》打ちにした。

「逃がすなッ」

「殺せッ」

という声を近隣住民が耳にしている。

筒見は二十八歳だが、年収は一億円を超えると吹聴《ふいちょう》しており、連日のように呑み歩いていた。事件現場は筒見が住んでいた高級マンションの近くで、呑んだ帰りにタクシーをおりたところを狙われたとおぼしい。

目撃者の通報によって付近をパトロール中だった機捜――機動捜査隊が臨場したときには、目出し帽の男たちはすでに逃走していた。筒見は全身血まみれで意識がなく、搬送先の病院で死亡した。軀じゅう至るところに打撲傷や骨折があったが、直接の死因は脳挫傷である。

現場近くの防犯カメラには実行犯とみられる十人の男が映っていたが、周囲が暗かったのと目出し帽のせいで人着《にんちゃく》は特定できなかった。

条川署は捜査本部を設置して捜査を開始した。殺害された筒見は覚醒剤の所持や傷害で前科があり、半グレ集団Savage《サベージ》の幹部と目されていた。サベージには残酷、獰猛《どうもう》、野蛮といった意味があるが、スラングでは「すごい」や「かっこいい」をあらわすという。

半グレ集団とは、暴力団に所属せず犯罪を繰りかえす集団を意味する。半グレ集団の資金源はオレオレ詐欺、闇金融、クラブ経営、偽ブランド品の販売、麻薬や危険ドラッグの密売、ネットオークション詐欺、アダルトサイトの架空請求、恐喝や強盗など多岐にわたる。

サベージは暴走族あがりの若者たちを中心に組織され、構成員は二百人とも三百人ともいわれているが、構成員は一部しか把握できておらず、正確な人数はわからない。リーダーの素性も不明で、構成員はキングもしくはKと呼んでいるらしい。

捜査本部は怨恨や金銭トラブルなど、複数の線から捜査をおこなった。

サベージと対立する広域指定暴力団、筑仁会《ちくじんかい》の犯行も疑われたが、集団で個人を襲撃するのは半グレ集団の手口だけに、内輪揉《も》めの可能性も視野に入れた。集団での殺害は殺意の立証が困難で、傷害致死で起訴するしかないからだ。

事件発生から半年が経っても被疑者は特定できず、捜査本部は先月で解散した。それ以降も捜査は継続しているが、人員は大幅に縮小して、専従で捜査にあたっているのは三人しかいない。風間と丹野、丹野の上司の笹崎勲《ささざきいさお》だ。

丹野は巡査部長――いわゆるデカ長で、風間の直属の上司にあたる。背は風間より頭ひとつぶん低いが、横幅は倍ほどもあって蟹のような体型だ。年齢は四十二歳で、短く刈った髪と深い眉間《みけん》の皺は刑事というよりも、その筋の稼業を連想させる。丹野は風間の指導役で、ふたりひと組で行動する相勤者《あいきんしゃ》でもある。

風間が事件の概要を聞いたのは四月に刑事第一課に転任してからで、捜査本部が解散した直後だった。事件当初から捜査に参加していたわけではないし、刑事としての初仕事が迷宮入り間近な事件とあって物足りなさを感じる。が、捜査本部でさえ解決できなかった事件で犯人《ホシ》をあげれば、自分の評価が高まるという意気込みもある。

きょうは丹野と飲食店の聞き込みにでて、この路地の前を通りかかったから、筒見の殺害現場を見たくなった。なにか手がかりはないかと思いつつ、地面を覗きこんでいると、

「おい」

路地のむこうで丹野の声がした。

「風間ァ、そこでなんしよんか」

「いや、なにか手がかりが見つからないかと――」

「あほか。いま頃見たっちゃ、なんもあるわけなかろうが」

「でも現場百回っていいますし――」

「おまえはテレビの観すぎじゃ。なんかあったら、鑑識がとうの昔に持っていっとるわい」

「はあ――」

「きょうは当直《チョク》やろが。はよ署にもどるぞ」

丹野はさっさと歩きだした。風間はしぶしぶ路地をでて、あとを追った。


条川署の刑事課は三階にある。

通常勤務を終えた捜査員たちは大半が帰って、各係の当直員だけが残っている。班ごとにならんだデスクの正面に課長や係長の席があり、入口付近にパーティションで仕切られた応接室、背後に五つの取調室がある。

風間は自分のデスクでノートパソコンのキーボードを叩いていた。

映画やドラマだと刑事は外で活躍する印象が強いが、現実にはデスクワークが多い。捜査書類をはじめ会議用の資料や申請書など、作成しなければならない書類は膨大にある。刑事も公務員だから役所仕事とおなじで、ちょっとした報告にもすべて書類が必要だ。書類の性質上ミスは許されないから、細かいところまで神経を遣う。

丹野は隣のデスクで、風間がプリントアウトした会議資料を見ながら、ペンで赤字を入れている。あとからまた訂正がくると思ったら頭が痛い。

壁の時計は、まもなく午前零時をさす。

きょうでゴールデンウィークは終わりだが、急ぎの事案が相次いで連休中は一日も休めなかった。しかも今夜は当直だから、早く帰れたとしてもあしたの朝である。

刑事課は基本的に日勤だから土日祝日は休みで、勤務時間は午前八時半から午後五時十五分までだ。しかし定時に帰れたことは一度もない。朝は必ず捜査会議があるから、どんなに帰りが遅くなっても八時半に出勤で、土日祝日もたまにしか休めない。

土日祝日もおかまいなく一週間に一回の割合で宿直当番、つまり当直勤務になる。通常の勤務時間が終わった頃、各課の当直員は一階にある行政室に集合し、当直長から突発的な事案の対応などについて指示を受ける。

当直員のおもな職務は庁舎内外の警備、各課の鍵の管理、夜間来訪者の対応、拳銃の保管や出納《すいとう》などだが、刑事は刑事課で待機して事件が発生すればただちに対応する。

当直は翌日の午前八時半までだから二十四時間勤務だ。むろん仮眠時間は設けられているが、取扱い事案が発生すれば、ただちに出動する。事件がなくても雑用をいいつけられたり、書類仕事が溜まっていたりすれば満足に睡眠はとれない。

仮眠は交代制で、早寝組は午後九時から午前二時まで、遅寝組は午前二時から午前七時までだ。遅寝組ならまだしも早寝組は時間が早すぎて、なかなか寝つかれない。

「寝られるときに、ちゃんと寝とけよ」

と丹野はいうが、日頃は正反対のことを口にする。

「二日や三日寝らんでも、どうってこたあない。毎日寝らなバテるようじゃ、刑事《デカ》は務まらんぞ」

事実、丹野は当直でもほとんど起きているから、後輩の自分だけ眠るわけにはいかない。きょうは早寝組だが、丹野の手前眠る気になれなかった。

デスクでパソコンにむかっていたら、駅前の飲食店で若者が喧嘩しているという一一〇番通報が入った。本来は刑事第一課があつかう事件ではないが、当直員はすべてに対応を求められる。

丹野と現場に急行すると、つかみあい程度の喧嘩だったので、双方の言いぶんを聞いて仲裁した。それからも無銭飲食とひったくり事件で出動して、この時間になった。交番勤務だった頃も眼がまわるほど忙しかったが、刑事課はさらに激務だ。

それでも刑事にあこがれる警察官にとって、刑事第一課は花形部署である。いかに多忙であろうと、そこに配属されただけでも満足すべきだった。もっとも、かつては他部署にくらべて時間のとれる警務課や総務課にいって昇任試験の勉強がしたいと考えていた。

刑事第一課では職務に忙殺されて勉強をするひまがない。にもかかわらず、いつの頃からか刑事になりたいという気持が強くなった。その理由は自分でもうまく説明できないが、刑事になるのは容易ではない。希望の部署に異動できる一般企業とは難易度がちがう。

日頃から検挙実績をあげておかねばならないし、被疑者を引き渡す際や捜査応援などで刑事課に顔を売るのも必要だ。幸いそれまで勤務していた条川駅前交番は多忙だったから、それなりに検挙実績をあげられた。

刑事課に出向くたび、お茶汲みから掃除まで懸命にこなした甲斐があってか、刑事課長の眼にとまり、署長から刑事任用試験の受験推薦をもらった。刑事任用試験は二、三倍の倍率で、試験内容は捜査書類の作成と面接である。これに合格することで、ようやく捜査専科講習、いわゆるデカ専科を受講できる。

捜査専科講習はまず警察学校で二か月間、法的な知識を学ぶ。そのあと捜査実務で一か月、勤務先とはべつの所轄署に配属され、先輩刑事と組んで実際の捜査をおこなう。合計三か月間の講習を修了し最終試験と面接に合格すると、捜査適任者とみなされ刑事登用資格がもらえる。

しかし、これだけでは刑事になれる資格を持ったにすぎず、刑事課に欠員がでなければ、いままでの部署で待ち続けるしかない。刑事登用資格は有効期限が三年だから、それまでに刑事課に配転されなければ資格を失ってしまう。

DNA鑑定や画像解析など科学捜査はめざましく進歩しているし、情報化社会にともなって捜査手法も年々変化する。刑事は常に最新の捜査能力を求められるから、古い知識は役にたたない。刑事登用資格の有効期限が三年なのは、それが理由らしい。

また交番にもどされて三年が経ったら、すべてが水の泡になる。そんな不安もあったが、捜査専科講習の修了後、条川署の留置管理課に配転され、留置担当官つまり看守として勤務した。留置管理課は年配の看守が多く場ちがいな印象だったが、刑事課に配転する前に看守の経験をさせるのは珍しくない。

事実、看守として半年勤務したあと、晴れて刑事第一課に異動できた。

「おまえは運がええよ。昔は刑事《デカ》になりたい奴が多かったけ、競争率も高かった。けど、近頃は休みもとれん仕事は厭やちゅうて、みな刑事課にきたがらん」

と丹野はいった。やっとの思いで狭き門をくぐったのに、そういわれるとわざわざ損な役回りを選んだような気がしてくる。が、もうあともどりはできない。早く一人前の刑事になって大きな事件を解決したかった。

「おい」

と丹野がいって湯呑みをあおる手つきをした。

風間はすぐさま作業の手を止めて、椅子から腰をあげた。お茶汲みやコピー取り、弁当の買出しといった雑用も新米刑事の仕事である。

給湯室に入ると、刑事第二課の片桐誠一《かたぎりせいいち》がカップ麺に薬缶《やかん》の湯を注《そそ》いでいた。片桐は五十五歳の警部補で去年まで生活安全課にいたが、今年の春から刑事第二課に異動した。

片桐はカップ麺に蓋をすると微笑して、

「風間くんか。きょうも遅《おそ》までがんばりよるの」

「はい。ありがとうございます。いまから、お食事ですか」

「ああ。たまにはましなもん喰いたいけどな」

「二課にこられてからも、お忙しいんですね」

「おれはひまよ。どうせ独り身やし、帰ってもすることがないけ、ここにおるだけや」

「そんな――片桐係長っていえば、条川署の伝説じゃないですか」

「悪い意味でな」

「どこが悪いんですか」

「おれが警部補《ブケホ》になったのは、四十のときやぞ。それだけでわかるやろ」

片桐は苦笑した。

風間は濃いめの番茶をいれて刑事課にもどった。

お待たせしました、と声をかけて丹野のデスクに置いた。丹野は返事もしないで湯吞みを手にした。こんな横柄な男ではなく、片桐のようなやさしい上司の下で働きたかった。

けれども片桐はやさしいだけではないはずだ。署内の噂によると何年か前、片桐は当時の県警本部長や署長たちを依願退職に追いこんだという。

なにがあったのかはわからないが、所轄の署員にとって県警本部長は雲の上の存在だ。それを依願退職させるとは尋常ではない。もっとも片桐はかつて県警本部のエリート捜査員だったが、左遷されて条川署にきたらしい。警部補になったのは四十歳のときだというから、十五年も昇任していない。片桐のとった行動がなんであれ、警察組織は縦社会だけに上に逆らった代償は大きいのだろう。

3

穂香は懐中電灯を手にして暗い廊下を歩いていた。時刻は午前二時である。

足音を忍ばせて、ひとつひとつ居室に入っていく。居室は四人部屋で、いつでも入所者の様子が見られるようドアはついていない。室内のベッドはカーテンで仕切られている。

入所者は高齢者のうえにほとんどが持病を抱えているので、一見眠っていても安心はできない。睡眠の邪魔にならないよう、懐中電灯の光をベッドの枕元にあてて呼吸の状態や表情を確認する。異常がある場合は日勤で帰宅しているオンコールの看護師を呼び、治療にあたってもらう。転倒や怪我などの場合も同様だ。

深夜の巡視はなんともいえず不気味で、いまだに慣れない。穂香が勤めはじめてからだけで、ふたりの入所者が亡くなった。敬徳苑が開設された頃までさかのぼれば、ここで死を迎えた入所者はかなりの数にのぼるだろう。

そのせいか、職員たちのあいだでは妙な噂がささやかれている。夜勤のとき、亡くなった入所者が廊下を歩いていたとか、仮眠中に得体のしれない足音を聞いたとか、誰もいない居室からコールが鳴ったとか、そんなたぐいである。

穂香はその手の噂を信じていないが、だからといって怖くないわけではない。ふと気配を感じて振りかえると、いつのまにか入所者が背後に立っていたり、居室のベッドを覗きこんだとたん、腕をつかまれたりしたときは心臓が縮みあがった。

　誰かと一緒ならまだしも夜勤はワンフロアにふたりしかおらず、巡視はふた手にわかれておこなう。おなじ夜勤の河淵は、穂香とは反対側の居室をまわっている。

　巡視を終えて介護員室にもどったのは二時半だった。巡視は一時間に一回だから、またすぐに見回りをしなければならない。介護員室にいるときだけが唯一くつろげる時間だ。

　けれども入所者たちは、おとなしく眠っていない。

　寝ぼけてベッドから転落したり、わけもなく奇声をあげたり、大声で泣きだしたりする。ふだんは自立歩行ができないのに、ふらふら歩きだす者もいる。

　三階の入所者たちは、みな重度の認知症にもかかわらず下半身の異常には敏感で、深夜になってもトイレ誘導やオムツ交換を求めてコールボタンを押す。そのせいで常時携帯しているPHSはしょっちゅう鳴る。

　PHSは入所者のコールと職員どうしの通話に対応している。介護の邪魔にならないよう、ふだんはトレーニングパンツのポケットに入れてある。きょうはふだんよりコールがすくないが、そういう夜に限って、あとからトイレ誘導やオムツ交換が集中するから油断できない。

　河淵が巡視からもどってきた。河淵は薄くなった髪と対照的に濃い眉《まゆ》を寄せて、

「いまの、聞こえた？」

「なにがですか」

　河淵は腰が悪いのか、痛《い》てて、と脂《あぶら》の浮いた顔をしかめて椅子に坐ると、

「さっき廊下で足音がしたんだよ。ひたひたひた、って——」

「気持悪いこといわないでくださいよ」

「でも、ほんとに聞いたんだ」

「この階で夜間徘徊っていえば、藪下さんかな」

「おれが見たときは、ぐっすり寝てた」

「じゃあ誰だろう。っていうか空耳じゃないですか」

「いや、あれは空耳じゃないよ」

むだなやりとりをするのが厭で返事をしなかった。それにしても、と河淵はいって、

「巡視が一時間に一回って面倒だと思わない？　よそは二時間おきとか三時間おきらしいよ」

「でも入所者さまになにかあったら心配だし——」

「そりゃそうだけど、ちょっとくらいサボってもばれないよ」

「だめですよ、そんなの」

「わかってるって。清水さんはまじめだなあ」

河淵が溜息まじりにいったとき、PHSが鳴った。入所者からのコールである。

「あたしがいってきます」

穂香はすばやく席を立って介護員室をでた。河淵の話につきあっていると気が滅入《めい》る。ふたりでいる時間をすこしでも減らしたかった。

コールしたのは、近江八重子《おうみやえこ》という七十九歳の入所者だった。近江は要介護度四で重度の認

知症を患っているが、性格はおとなしく介護の手間がかからない。トイレ誘導やオムツ交換のコールもいままでなかっただけに、なにがあったのか気になった。近江がいる居室は四人部屋だが、ベッドは二床空いていて同室者は菅本キヨだけだ。

急いで居室に入ると、近江はベッドに半身を起こして口をぱくぱく動かしている。

「近江さん、どうされましたか」

声をかけても返事はなく、外見に異常は見られないが、呼吸が苦しいのかもしれない。体温計や血圧計、血中酸素飽和度を測るパルスオキシメーターを持ってこようと思った。

そのとき、近江がゆっくり右手をあげた。穂香の背後を指さすような仕草に、振りかえった。近江のむかいは菅本キヨのベッドだが、なぜか掛け布団がめくれていた。

懐中電灯の光を枕元にむけると、菅本はうつ伏せになって枕に顔を埋めている。

「菅本さん、大丈夫？」

急いでベッドに歩み寄り、そっと肩を揺すったが反応はない。白髪頭が指で掻《か》きむしったように、ぼさぼさに乱れている。胸騒ぎをおぼえつつ、痩せた軀を抱えてあおむけにすると、懐中電灯で菅本の顔を照らした。とたんに息を呑んだ。

菅本は光沢のない眼をぽっかり見開き、半開きの唇からよだれを垂らしていた。口元に顔を寄せても呼吸の気配は感じられず、首筋に触れると脈がない。

いますぐ看護師の林静江《はやししずえ》に連絡すべきだが、介護員室にもどる余裕はない。

穂香は懐中電灯をベッドに置くと、トレーニングパンツのポケットからＰＨＳを取りだした。

震える指でボタンを押して、河淵に電話した。

「大変ですッ。菅本さんが心肺停止状態です」

「えッ」

「林さんを呼んでから、AEDを持ってきてくださいッ」

「す、菅本さんの家族にも連絡しなきゃ」

「それは林さんがきてからでいいでしょう。AEDが先ですッ」

思わず声を荒らげて電話を切った。

AEDとは自動体外式除細動器で、電極のついたパッドから心電図を解析し、電気ショックによって心停止の原因のひとつである心室細動を止める装置だ。近江は菅本の異変に気づいてコールしたのかと思いつつ、彼女のベッドに眼をやると頭から布団をかぶっている。

穂香は菅本を抱きかかえて床におろした。シーツを下に敷きたいが、そんな余裕はない。菅本の横で膝立ちになりパジャマをはだけて、胸のまんなかに重ねた両手を置いた。

頭のなかはパニックになっていたが、必死で救命講習を思いだして胸骨圧迫、いわゆる心臓マッサージをはじめた。胸骨圧迫は一分間に百二十回のテンポで、最低でも三十回連続して胸部を圧迫する。肘《ひじ》をまっすぐ伸ばし掌底《しょうてい》に体重をかけ、胸が五センチほど沈むくらいの強さである。

たちまち汗だくになり腕が痛くなったが、ちゃんと押せている自信がない。

その証拠に菅本は無反応だ。夕食のときはあんなに元気だったのに、どうしてこうなったのか。看護師の林はまだ到着しないだろうし、河淵はなにをしているのかAEDを持ってこない。

穂香は泣きたくなるのをこらえて、胸骨圧迫を続けた。

4

午前三時をまわって、明かりの消えた住宅街は静まりかえっている。

武藤大輔《むとうだいすけ》は白塗りの警ら用自転車のペダルを漕ぎながら、坂道をのぼった。急な勾配のせいで息が切れ、胸が苦しい。制服の下は汗まみれでハンドルがふらつく。

新田真人《にったまさと》はもう坂のてっぺんに自転車を停めて、その横に立っている。

「遅いぞ、武藤。いつになったら追いつくんか」

新田は笑いを含んだ声でいった。

武藤はようやく坂をのぼりきると、自転車を停めて大きく息を吐いた。喉がぜいぜい鳴って動悸が烈《はげ》しい。坂がきついだけでなく、交番勤務の警察官は装備品が重い。

制服は丈の短いジャンパー式の合《あい》活動服、耐刃《たいじん》防護衣と呼ばれる防刃ベスト、拳銃や警棒などを吊るす帯革《たいかく》とそれを装着したベルト、拳銃、警棒、手錠、無線機、受令機など総重量は四キロにおよぶ。

武藤はハンドルにもたれてあえぎつつ、

「ちくしょう。また負けた」

「おまえ、歳《とし》ァなんぼになった？」

「二十二です」

「しっかりせえよ。まだ若いくせに」

武藤は制帽を脱いで額の汗をぬぐった。

眼下に若希町の街並が広がっている。若希町は、ふたりが勤務する条川署若希駅前交番の受持区域だ。夜の警ら――パトロールの途中、ときどきこの坂をのぼる競走をするが、まだ新田に勝ったことがない。本署での朝稽古でも剣道では歯が立たない。

新田の官名は武藤とおなじ巡査だが、四つ年上で交番では指導役にあたる。はじめて逢ったのは、卒配の現場実習で若希駅前交番にきたときだった。そのあと警察学校の初任総合科で研修を受けてから、新人警察官として若希駅前交番に配属された。

新田は大卒だが、武藤は高卒である。

高校時代は天邪鬼《あまのじゃく》という不良グループのリーダーで補導歴もあっただけに、自分が警察官になれるとは思わなかった。けれども補導歴は地方公務員としての欠格事由にはあたらなかったので、警察官採用試験に合格できた。ただ欠格事由に該当しなくても、少年院送致や保護観察処分があれば二次試験で落とされる場合があるらしい。

警察官になれたのはうれしかったが、交番勤務は想像以上に多忙だった。

不良の側から警察官を見ていた頃は、堅苦しくておもしろみのない職業に思えた。特に交番の警察官は口うるさいだけで、いつも退屈そうに見えた。ところが自分が警察官になってみると、退屈するどころか満足に眠るひまさえない。

地方の交番勤務の警察官は班ごとに当番、非番、日勤もしくは公休を繰りかえす三交替制だ。当番とは当直で、三時間ずつ合計六時間の休憩をはさんだ二十四時間勤務だが、事件や事故の対応でまともに休めるのはまれである。

交番の業務は多岐にわたる。地理教示と呼ばれる道案内、遺失物や拾得物の受理、不審者を対象とした職務質問、駐車違反の取締り、徒歩や自転車での警ら、交番の前で見張りをする立《りっ》番《ばん》、住民の苦情への対応、酔っぱらいや徘徊老人の保護、受持区域の家庭や事業所を訪問して犯罪への注意を呼びかけたり、地域住民の家族構成と緊急連絡先を把握したりする巡回連絡、木材やパイプなどをトラックに積載する際の事前許可をおこなう制限外積載の申請。

ただでさえ多くの仕事があるのに、事件や事故が起きない日はない。特に当番明けの朝はなにかあったら最悪で、事件の処理が長引けば夜になっても帰れない。係員が交替する前に起きた事件や事故は、自分たちの取扱い事案になるからだ。

こんなことなら、ほかの仕事を選んだほうがよかったかもしれない。そんな迷いが湧いたが、自分は不良上がりで警察官になったという矜持《きょうじ》がある。

かつての仲間たちに警察官を志していると告げたとき、誰もがこぞって無理だといった。警察官になれるかどうかはべつにして、仲間に対する裏切りだと声を荒らげる者もいた。

彼らはいまも大半がまともな職に就《つ》いておらず、暴力団や半グレ集団に関わっている者もすくなくない。こんな地方の街で、学歴もなく手に職もない若者が人並み以上に稼ごうと思ったら、そういう連中と接点を持たざるをえない。

それだけにかつての仲間たちとは疎遠になったが、たまに街で顔をあわせると白い眼で見られるのがつらい。いつかは彼らにも警察官としての自分を認めて欲しかった。

街の夜景を眺めつつ、そんな思いに浸っていると、

「どうした？　まだバテとるんか」

新田に訊かれて、かぶりを振った。

「もう平気です」

「それにしちゃ、ぼやっとしとるの。女のことでも考えよったんか」

「いえ、ちゅうか女おりませんし。交番《ハコ》おったら、女やら作るひまないですよ」

「ヤカラしよったときは、いっぱいモテよったろうにのう」

「昔のこたあ、いわんどってください。おれも先輩みたいに、きれいな彼女欲しいです」

「いらんこといわんでええちゃ」

「理奈《りな》さんとは、もうつきおうて長いんでしょう。ぼちぼち結婚せんのですか」

「もうちょっと先じゃ。おたがい仕事が不規則やけの」

と新田がいったとき、帯革に装着した受令機がピーピーと鳴った。一一〇番通報の指令を伝えるセルコール音である。急いでイヤホンを耳に差しこむと、無線の声が響いた。

「本部から各局。条川署管内、若希七丁目一の六、特養老人ホーム敬徳苑にて変死事案発生。関係各局にあっては現場に至急――」

新田はすぐさまPSWと呼ばれる署活系無線機で応答すると、警ら用自転車にまたがり、

「いくぞ。武藤ッ」

すごい勢いで坂をくだりはじめた。武藤は急いであとを追った。


敬徳苑は街はずれの丘にあるせいで、到着までに七分もかかった。

一一〇番通報の受理から警察官が現場に到着するまでの所要時間——レスポンス・タイムは全国平均で六分五十七秒だと聞いたことがあるから三秒遅い。

敬徳苑の玄関の前にバックドアが開いた救急車が停まっている。

警ら用自転車をおりて歩きだしたとき、淡いブルーの感染防止衣を着た救急隊員がふたり、玄関からでてきた。ストレッチャーを押しているが、担架は空《から》だ。ふたりとも白いヘルメットをかぶり顔にマスクをしている。

救急隊員たちはストレッチャーを救急車の後ろに停めてから、こっちにむかって敬礼した。

「ご苦労さまです」

新田が敬礼をかえし、武藤もそれにならった。

救急隊員のひとりがゴム手袋をはめた指で、顎《あご》の下にマスクをさげて、

「亡くなった入所者ですが、他殺やと思います」

救急隊員によれば、看護師からの通報を受けて敬徳苑に臨場した。死亡したのは菅本キヨという八十五歳の入所者で、看護師が救命措置をとろうとしたときには、すでに心肺停止状態だ

ったらしい。もっとも死亡判定ができるのは医師だけで、看護師や救急隊員に判断はできない。

「この特養には配置医がおるんですけど、ちょうど出張中らしくて」

と救急隊員はいった。配置医とは介護施設の嘱託医《しょくたくい》で、定期的に入所者の検診をおこなう。救急隊員が死亡していると思っても、医師の判断がない限り不搬送にはできない。心肺蘇生法を施しながら病院へ搬送するのが通常である。

搬送しなくていいのは死後硬直や死斑が見られたり、頭部と胴体が切断されていたり、誰から見ても死亡があきらかな「社会死」と呼ばれる状態だけだ。

したがって救急隊員たちは菅本キヨを病院へ搬送しようとしたが、不審な点に気づいて警察に通報した。顔面の鬱血《うっけつ》、眼結膜の溢血《いっけつ》点、失禁に加えて、頸部《けいぶ》に扼痕《やくこん》が認められたのがその理由だった。扼痕とは指などで圧迫した痕、つまり扼殺の疑いがあるということだ。

「あとからくわしい事情をうかがいますので、しばらく待機していただけますか」

新田がそういうと救急隊員たちはうなずいた。

交番勤務の警察官が事件現場に臨場して、最初におこなうのは現場の保存である。

「おい、規制線張るぞ。それと靴カバーも持ってこい」

新田にうながされて、武藤は警ら用自転車の荷台にある箱——警ら用荷台箱を開けて規制線と靴カバーを取りだした。深夜だけに野次馬がくる可能性は低いが、鑑識作業が終わるまでは敬徳苑の職員であっても出入りはさせられない。

ふたりは立入禁止と書かれた黄色い規制線を玄関の手前に張り、靴カバーを靴にかぶせた。

ビニール製の靴カバーは履きこみ口がゴムで伸縮し、靴ごと履ける。これを履かないと自分たちの足跡が残ってしまうから、現場での作業には欠かせない。

続いて帯革に装着した携行鞄から手袋とマスクをだした。顔にマスクをし手袋を両手にはめた。マスクは現場に唾液を飛ばさないためで、手袋はむろん指紋をつけないためだ。

敬徳苑の玄関はガラス張りの自動ドアだった。

武藤と新田は建物に入った。入ってすぐに受付があり、ロビーにはソファと観葉植物がある。ロビーに立っていたナース服の中年女性がこわばった表情で一礼した。

「若希駅前交番の新田と武藤です」

と新田がいった。ナース服の女は看護師の林静江と名乗った。

「ほかの職員さんは、どちらにいらっしゃるんですか」

「それぞれの持ち場です。この時間も介護で忙しくて——」

「介護はやむをえませんが、遺体や現場には手を触れんこと。職員のみなさんは事情聴取が終わるまで、帰宅せんよう伝えてください」

林は職員用のPHSで各階に連絡し、新田の指示を伝えた。

死亡した菅本キヨの居室は三階だが、ほかの入所者がいるので、遺体はひとまず空き部屋に移したという。武藤は首をかしげて、

「霊安室はないんですか」

「ええ。最近は霊安室のない特養が多いんです。昔は霊安室の設置が法律で義務づけられてた

んですけど、うちはそのあとにできたので――」

と林が答えた。

三人はロビーの奥のエレベーターにむかった。

エレベーターの横には、上下を選択するボタンのほかにテンキーがある。入所者が勝手に階を移動しないようエレベーターは暗証式になっている。

「暗証番号は二五二五――ニコニコです」

林がそういってテンキーを押すとドアが開いた。

三階でエレベーターをおり、懐中電灯を手にして薄暗い廊下を歩いた。廊下にならんだ居室は消灯していて、入所者が咳きこむ声やいびきが響く。

菅本キヨの遺体は、暗い居室のベッドに安置されていた。

四人部屋だが、ほかのベッドは空いている。林が壁のスイッチを押して照明をつけた。菅本はピンクのパジャマ姿で口を半開きにし、鬱血した顔をのけぞらせている。救急隊員がいったとおり首に赤紫の扼痕があるから、あきらかに不審死だ。胸の上で両手を組ませたのは看護師か職員だろうが、現場保存の観点からすれば、よけいな行為である。

若希駅前交番で勤務をはじめてから、交通事故死や孤独死の遺体は何度も眼にしてきた。けれども殺人事件の経験はなかっただけに気持が昂《たかぶ》る。

武藤は緊張をほぐすつもりで背筋を伸ばして深呼吸した。新田はＰＳＷで遺体の状態を本署に報告した。続いて菅本キヨが死亡した居室にいった。

新田は暗い居室を覗きこむと、林を振りかえって、

「照明つけたら、いかんですか」

「入所者さまがお休みなので、それはちょっと――」

「現場検証がありますので、この居室は空けてもらわないけません。それから第一発見者のかたを呼んでもらえますか」

林がPHSで連絡すると、まもなくポロシャツにトレーニングパンツ姿の女が急ぎ足で歩いてきた。歳は二十代前半に見えるが、青ざめた顔で眼を泣き腫《は》らしている。

女は清水穂香と名乗った。

「おまえは一階におりて鑑識の対応をせい。それと清水さんから事情を聞いてくれ」

新田にそういわれて、穂香とエレベーターで一階におりた。

ロビーにでると彼女をソファにかけさせて、自分はむかいに腰をおろした。本来なら新田が事情聴取をするはずだが、自分にまかせてくれたのがうれしかった。武藤は警察手帳とペンをだして、

「それでは、遺体発見時の状況を聞かせてください」

穂香はときおり目頭《めがしら》を押さえながら、これまでのいきさつを語った。

敬徳苑の玄関は午後十時から施錠され、外からは入れないというから、内部の人間が犯行におよんだ可能性が高い。遠くからサイレンの音が近づいてくる。

「心臓マッサージしよるとき、遺体の異常には気づかんやったですか」

「はい。ほかの入所者さまを起こさないよう、部屋は暗いままだったんで」

「入所者のコールがあって、菅本さんの居室にいったとうかがいましたが、コールしたのはなんというかたですか」

「近江さん――近江八重子さんです」

「そのかたは菅本さんの異変に気づいて、コールしたんですね」

「そうだと思いますけど、はっきりとはわかりません。近江さんは重度の認知症なんで会話ができないんです」

「そら困ったな。もし他殺やとしたら、犯人を見とるはずですよね」

「たぶん。でも菅本さんを殺すなんて、いったい誰が――」

穂香は声を詰まらせ涙ぐんだ。

彼女は敬徳苑で働きはじめて、まだ二か月だという。自分が介護している高齢者が亡くなっただけでもショックだろう。それが殺されたとあっては、なおさらだ。武藤は胸が痛むのを感じつつ、

「館内に防犯カメラはありますか」

「ええ。たしか玄関とロビーにあります」

「ほかにはないですか」

「ありません。以前、職員が居室や廊下に防犯カメラの設置を提案したそうですが、入所者さまのご家族がプライバシーの侵害だと反対されて――」

そのとき、玄関の自動ドアのガラス越しに、三台の車が相次いで入ってくるのが見えた。一台は鑑識車両のワンボックスカー、あとの二台は覆面パトカーとふつうのパトカーだった。覆面パトカーに乗っているのは機捜の隊員で、パトカーは刑事課の係員だろう。

まもなく十名ほどの男たちが車からおりてきた。彼らは救急隊員から話を聞いたあと、玄関に入った。鑑識係は紺色の鑑識活動服で、機捜と刑事課の連中はスーツだが、みなビニール製のヘアキャップをかぶり、顔にマスクをして靴カバーを履いている。

映画やドラマだと、刑事は素顔のまま現場検証をしている。武藤も警察官になるまではそうだと思っていた。映画やドラマが現実と異なるのは、俳優の顔がわからなくなるからだろう。

武藤は勢いよく立ちあがって、男たちに一礼した。敬礼をするのは屋外で帽子をかぶっているときだけで、室内ではお辞儀である。

鑑識係の男たちをエレベーターに案内すると、テンキーに暗証番号を入力して三階にむかわせた。事件現場にまず足を踏み入れるのは鑑識係で、ほかの捜査員は鑑識作業が終わってからでないと現場に入れない。

武藤は捜査員たちに現場の状況を説明してから、穂香の事情聴取を刑事第一課の丹野に引き継いだ。丹野と言葉を交わしたのははじめてだが、隣にいる風間とは面識がある。風間は新田と警察学校の同期で、ふたりは仲がいいらしい。署内で顔をあわせるたび、立ち話をしたり、軽口を叩きあったりしている。

丹野はソファにかけて穂香に事情聴取をはじめた。そばに風間が立って手帳にメモをとって

いる。武藤は風間の隣に立つと、会話が途切れた隙《すき》を見計らって、

「どう見ても殺人《コロシ》事件やけん、捜査本部《チョウバ》が立つでしょうか」

「被疑者《マルヒ》が外から侵入したんならな。けど、そんな形跡がないなら、案外コロッケかもしれんぞ」

風間はちらりと穂香に眼をやった。

コロッケとは警察の隠語で女の殺人犯を意味する。外見はか弱そうなのに殺人を犯すのを、衣に包まれたコロッケになぞらえているらしい。第一発見者を疑うのは捜査の基本だが、さっき話した印象では穂香が嘘をついているようには見えなかった。

丹野は刑事特有の鋭いまなざしで穂香を見据えて、事情聴取を続けている。穂香は丹野と視線をあわせたくないのか、憔悴《しょうすい》した表情でうつむいていた。

「その巡視ちゅうのは、一時間ごとに見回っとるんやろ。あなたが午前二時に巡視にいったときは、なんも異常はなかったんやね」

「はい」

「菅本キヨさんの居室をでたのは何時頃？」

「たぶん二時十分くらいかと――」

「たぶんじゃ困るんよ。正確な時間はわからんと？」

「――すみません。頭が混乱してて」

「そのあと二時半に介護員室にもどって休憩した。近江さんからコールがあったのは？」

穂香はPHSで着信履歴を確認して、二時四十三分です、と答えた。

「ちゅうことは、二時十分くらいから四十三分までのあいだに事件が起きたんじゃ。玄関や窓は内側から施錠されとるけ、外部の者はなかに入れん。それでまちがいないね」

「ええ。ただ、ぜったい入れないとまでは――」

「あなたはさっき、外から入れんていうたやないか。はっきりしてよ」

「――すみません」

「外部の者やないなら、内部の犯行としか考えられん。近頃はこういう老人ホームで高齢者を虐待する事件が多いけど、もしかしたら――」

そんな――と穂香はいって顔をあげると、

「虐待なんかしてません」

「誰もあなたが虐待したなんていうとらん。世間の話をしとるだけじゃ」

底意地の悪いいいかたに耐えきれなくなったのか、穂香は両手で顔を覆って嗚咽《おえつ》した。見かねて口をはさもうとしたが、風間が気配を察したように耳元でささやいた。

「そのうち刑事《デカ》になりたいんやったら、やめとけ。にらまれたら、しまいやぞ」

5

ラジオの雑音のような雨音が窓の外から響いてくる。

水はけが悪いベランダは雨が吹きこむたび、びちゃびちゃと耳障《みみざわ》りな音をたてる。

穂香は布団に横たわってテレビを観ていた。番組はテレビショッピングで、ダイヤのピアスとネックレスのセットを紹介しているが、いまの自分とは縁がない。

軀は疲れきっているのに神経が張りつめて眠れない。添い寝している啓太がおだやかな寝息をたてているのが、唯一の慰めである。

菅本キヨに他殺の疑いがあるとは思いもしなかった。胸骨圧迫をしたりAEDを使ったりしているときは彼女を蘇生させるのに必死で、顔面の鬱血や首の扼痕にはまったく気づかなかった。

警察の事情聴取は、うんざりするほど長く執拗《しつよう》だった。

武藤という警察官は大男で強面《こわもて》のわりに口調はやさしかった。しかし次に話した丹野という刑事は高圧的な態度で、矢継ぎ早に質問を繰りかえした。

菅本キヨに救命措置をおこなったときの状況はもちろん、菅本の当日の行動から食事の内容に至るまで事細かに質問された。

そのあと三階にあがり、菅本の居室で救命措置の状況を再現させられた。さらに菅本のベッドや胸骨圧迫をおこなった床を指さすようにいわれ、何枚も写真を撮られた。

わざわざAEDも持ってこさせられて、それを指さす写真も撮られたが、いちばん不快だったのは指紋とDNAを採取されたことだ。

「清水さんの潔白を証明するためやから、ご協力願います」

と丹野はいったが、犯行を疑われているのとおなじである。その証拠に住所氏名や電話番号はもちろん、生年月日、家族構成、最終学歴まで訊かれた。もっとも丹野は自分だけを疑っているわけではないらしく、河淵にも長いあいだ事情を聞いていた。

あとから聞いたところでは、警察は河淵をはじめ、ゆうべ館内にいた職員全員と自立歩行ができる入所者の指紋とDNAを採取したという。菅本を殺害するような入所者はいないと思うが、何者かが侵入した形跡がないだけに、内部の犯行を疑っているのだろう。

丹野は近江八重子にも事情聴取を試みた。近江は菅本とおなじ居室のうえに、菅本が殺害されたとおぼしい時刻にコールしているから、事件を目撃した可能性が高い。

「近江さん、教えてください。犯人を見たんでしょう」

丹野は熱心に声をかけたが、近江はぽかんとして、なんの反応も示さなかった。

近江がコールした理由はわからない。重度の認知症であっても、ごくまれに正常に近い行動をとることがあるから、なんとなく異変を感じてコールしたのかもしれない。

入所者がベッドを離れたり転落したりといった異変を報知する離床センサーがあれば、菅本やほかの入所者の動きを把握できただろう。が、敬徳苑では身体拘束行為にあたるとして設置していない。

事情聴取のせいで介護の手が足りず、介護主任の辻根とフロアリーダーの穴見が明け方応援にきた。本来のシフトではふたりともきょうは遅出だが、ほかの職員は折合いがつかなかったらしい。

ふたりが出勤したあと、事情聴取は介護員室でおこなわれた。介護員室はナースステーションのように外から見える構造だけに、周囲の視線が気になる。穂香は事務用の椅子にかけて丹野とむかいあい、風間という刑事がデスクでメモをとっていた。

八時をまわった頃、施設長の桜《さくら》井《い》美咲《みさき》と副施設長の堀口浩和《ほりぐちひろかず》が介護員室に入ってきた。

桜井は三十五歳で社会福祉士、堀口は四十二歳で介護支援専門員、すなわちケアマネジャーの資格を持っている。桜井はいつも派手な化粧をして、ブランドもののファッションに身を固めている。特養に勤めているとは思えない外見で、ふだんは昼間しか姿を見かけない。

堀口は上着が衣紋掛《えもんか》けに見えるほど痩せて、青白い顔をしている。気弱そうな容姿に反して性格は気むずかしく、入所者やその家族にずけずけものをいう。

「刑事さん、ちょっとよろしいですか」

桜井は媚《こ》びるような微笑を浮かべて、丹野に声をかけた。

「なんでしょう」

丹野はしかめっ面《つら》で答えた。

「菅本さんの件は、事件か事故かはっきりしないんですよね」

「いや、事件です」

「入所者さまやご家族が動揺しますので、マスコミにはまだ伏せていただきたいんですが」

「そういうことは、こちらじゃ判断できません。おい風間ッ」

風間にうながされて桜井と堀口は介護員室をでたが、廊下からこっちを見ていた。敬徳苑に勤務して日が浅いから、ふたりとはあまり接点はないが、こんな場面を見られるのは肩身がせまい。

河淵はひと足先に事情聴取が終わって、そそくさと帰った。

菅本キヨを蘇生させようと必死になっていたとき、河淵はただおろおろするばかりで、なんの役にもたたなかった。それどころか菅本の顔を覗きこんで、

「こりゃだめだな。どう見たって死んでるよ」

無視してAEDを使い続けたが、菅本はぴくりとも動かなかった。河淵は入所者のコールがあって、その場を離れた。けれども看護師の林が到着すると、急いでもどってきて、

「清水さんとがんばりましたが、むずかしいみたいです」

自分も救命措置をしていたかのような口ぶりでいった。

菅本キヨの息子とその妻があらわれたのは、九時すぎだった。

事件のことはとっくに連絡してあるはずなのに、やけにのんびりしている。ところが遺体を安置している部屋からもどってくると態度が豹変した。立ち会った警察官から、他殺の疑いがあると聞いたようで、六十がらみの息子は職員たちに喰ってかかった。

「これはあんたらの責任やろう。いったいどうなっとるんかッ」

妻のほうも突然号泣しはじめて、施設側の不備をなじった。しかし夫婦も事情聴取の対象らしく、まもなく捜査員がどこかに連れていった。

十時になって、ようやく事情聴取が終わった。

「これでいったん帰りますけど、あらためて話をうかがうかもしれませんので、いつでも連絡がつくようにしといてください」

丹野はそういい残して去っていった。

夜勤は九時までだから、時間的にはたいしたロスではない。とはいえ仕事からプライベートまで根掘り葉掘り訊かれたせいで疲れはてていた。啓太を早く迎えにいきたかったが、辻根や穴見に負担をかけたのが心苦しくて帰るに帰れない。

その頃にはもう早番や日勤の職員たちが出勤していて、入所者たちの入浴介助をはじめていた。それを手伝おうとしたら、菅本キヨの息子夫婦がもどってきた。

菅本の死は自分のせいではないにしろ、眼を離した隙に亡くなったのは事実である。お悔みと詫びの言葉をかけようと夫婦に近づいたとき、辻根が険しい表情で駆け寄ってきて、

「ちょっと、なにするつもり？」

尖った声で訊いた。わけを話すと辻根は首を横に振って、

「よけいなことといって、うちの責任になったらどうするの。きょうはもう帰りなさい」

こちらにミスがあったようないいかたに腹が立ったが、逆らう気力はなかった。心なしか、ほかの職員たちの眼も冷たい。

更衣室で私服に着替えて廊下を歩いていると、穴見が通りかかった。穂香は頭をさげて、応援にきてもらった礼をいった。穴見は微笑して、

「大変だったたね。それにしても菅本さんが殺されたなんて、ほんとうかな」

「あたしも信じられないんです。でも警察がそういってますし、菅本さんの首にはそれらしい痕がありましたから――」

「あんな温厚な菅本さんを殺すなんて、犯人を許せないな」

「あたしもです。あたしがもうすこし早く巡視してれば――」

「そんなこと考えちゃいけない。清水さんのせいじゃないんだから」

穴見の言葉にわずかに気持がなごんだが、これからどうなるのか考えると、たまらなく憂鬱《ゆううつ》だった。責任問題に発展して解雇されたらどうしよう。べつの介護施設で働くにしても、悪い評判がたったら雇ってもらえないかもしれない。

施設内の託児所に啓太を迎えにいって敬徳苑をでたら、待っていたように雨が降りだした。いま住んでいるアパートまでは自転車で十分ほどの距離である。自転車のチャイルドシートにレインポンチョを着せた啓太を乗せて、アパートに帰ってきたのは十一時すぎだった。

全身がびしょ濡れだったが、タオルで拭くのがやっとでシャワーを浴びる元気もなかった。ゆうべからなにも食べていないのに食欲はなく、啓太に買い置きのパンを食べさせてから布団で横になった。啓太はすぐに眠ったが、自分は寝つかれぬまま夕方になった。

このアパートに越してきたのは去年の十月だった。

部屋は二階の１Kで、六畳の和室とキッチン、浴室とトイレがある。築三十年の建物とあって天井や壁には雨漏りのような染みが浮き、湿気が多い。壁が薄いせいで防音性が低く、隣室の生活音が耳につく。もっともこちらの生活音も聞こえているはずだから、啓太が泣いたりぐずったりするたびにびくびくする。

根岸雅也《ねぎしまさや》と暮らしていた頃は新築のデザイナーズマンションに住んでいた。4LDKの広々とした部屋で、ルーフバルコニーにウォークインクローゼット、ゲストルームにバーカウンターまであった。専業主婦だった当時にくらべれば、生活に雲泥の差がある。

「無理して別れなければよかったのか――」

離婚はしたものの就職先が見つからず途方に暮れていたときは、そんな思いが脳裏をかすめた。あるいは自分ひとりなら、そのまま辛抱したかもしれない。いっそ開きなおって贅沢《ぜいたく》な暮らしを楽しんだかもしれない。

しかし啓太の将来を考えると、根岸とは暮らせなかった。いつのまにか、母とおなじような人生を歩んでいる自分に不安をおぼえるが、ほかに選択肢はない。

電気工事士だった父が母と離婚したのは、穂香が小学校二年のときだった。

離婚の原因は父の深酒と暴力である。母の芳子《よしこ》はスーパーでパートをして家計を支えた。ずいぶん経ってから、父が肝硬変で亡くなったと母から聞いた。

中学を卒業すると県立高校に入学した。高校をでたら働くつもりだったが、母の強い勧めで東京の国立大学に入った。仕送りで負担をかけたくなくて、家庭教師のバイトで学費を稼いだ。

卒業後は出版社に就職するのが夢だった。

母が膵臓癌《すいぞうがん》で入院したのは大学二年の春だった。母は東京で勉強を続けるようにいったが、反対を押しきって大学を中退した。条川市にもどってからは実家の借家に住み、コンビニでバイトをしながら母の看病を続けたが、その年の暮れに亡くなった。

祖父母は穂香が幼い頃に逝って、身寄りは遠い親戚しかいない。このままバイトで生活するのは心細くて就職先を探したが、地方のうえに大学中退とあって正社員の求人はない。

やがて高校の同級生だった女友だちに誘われて、ガールズバーで働くようになった。はじめて働く夜の世界は新鮮だった。いままでのバイトにくらべて時給は高額で、欲しかった服や化粧品が買えた。

根岸雅也とはその店で知りあった。根岸はひとつ年上で、ミューズというクラブを経営していて羽振りがよかった。はじめて店にきた夜から、

「おまえじゃなきゃ、だめなんや。ぜったい後悔させんけん」

歯の浮くような台詞《せりふ》を口にした。

根岸は押しが強くて、毎晩のように顔をだしては熱心に口説《くど》く。それに根負けして同伴で出勤したり、アフター――閉店後の酒や食事につきあったりした。はじめは接客の延長のつもりだったが、しだいに好意が芽生えて深い仲になった。根岸は上半身に刺青《いれずみ》が入っていたから、はじめは驚いたし怖くもあった。けれども根岸はただのファッションだという。

「クラブ経営しとったら妙な客もくるけ、舐《な》められんようにしとるんよ」

穂香が妊娠したのは、交際から一年ほど経った頃だった。それを機にガールズバーを辞めて入籍したが、穂香は親族がすくないのと根岸が乗り気でないのもあって式は挙げなかった。

新婚旅行は根岸の希望でニューカレドニアにいった。リゾートホテルの水上コテージに泊まり、昼間はクルージングやスパ、夜はディナーとカクテルを満喫した。

根岸が新居として借りたデザイナーズマンションは快適で、新婚生活は楽しかった。

ただ根岸は集客やイベントで忙しいといって毎晩のように朝帰りだった。ときには店に泊まることもあって生活は不規則だったが、経済的にはゆとりがある。毎日家事をこなすだけで贅沢な暮らしができることに感謝した。

出産後は育児に専念したが、啓太は夜泣きやぐずりもほとんどなく、よく聞く育児ストレスは感じなかった。根岸も啓太を溺愛して幸福な日々が続いた。

ところが去年の秋、根岸が急に帰ってこなくなった。根岸とまったく連絡がとれないまま数日が経った。なにがあったのかと心配していたら、条川署の刑事たちが訪ねてきた。刑事は捜査令状を見せると、勝手に部屋へ押し入ってきた。家宅捜索である。

そのときになって、根岸がオレオレ詐欺の首謀者として逮捕されていると知った。自分の夫が高齢者をだまして大金を奪っているのかと思ったら、頭がくらくらした。刑事によれば根岸は傷害や恐喝の前科があり、半グレ集団サベージの幹部だという。

「仕事に口だされるのは好きやない。おまえは主婦に専念してくれ」

根岸にそういわれて干渉しなかったのがうかつだった。根岸が経営するミューズには結婚前に何度か足を運んだだけで、入籍してからは一度もいっていない。

あらためて考えるとミューズは繁盛していたものの、こんな贅沢な暮らしができるほど売上げがあったとは思えない。やけに羽振りがよかったのは、半グレ集団の幹部として非合法な商売に関わっていたからだった。

根岸は留置場に入ったものの、嫌疑不十分で不起訴となって釈放された。穂香は啓太のために組織を抜けるよう説得した。

「心配すんな。もう足は洗《あろ》うとる」

と根岸はいったが、一時的にせよオレオレ詐欺に関わっていたのは悲しかった。

どうしてそんな卑劣な犯罪に手を染めたのか訊くと、根岸はむきになって、

「おれはやってない。けど、いまの世の中はおかしいぞ。年寄りたちが金貯めこんどるから、おれたちみたいな若い世代が貧乏なんや」

「お年寄りが貯金するのと、若いひとたちが貧乏なのは関係ないでしょ」

「関係あるわい。年寄りが金遣わんから消費が滞って、若い奴らに仕事がまわってこん。なんぼ貯めこんだっちゃ、あの世にゃ持っていけんのにケチケチしとるジジババも悪いんじゃ」

根岸は富の再分配だといって、オレオレ詐欺を正当化する。

穂香はあきれかえったものの、おれはやってないという言葉を信じたかった。ところが、しばらく経っても根岸の生活は以前と変わらず不規則だった。むしろ堅気《かたぎ》でないのを隠す必要がなくなったせいか、態度が荒《すさ》んできた。

自分の部屋に何百万という札束を無造作に置いていたり、深夜に誰かへ電話してひそひそ喋ったりする。店に泊まったというときは香水や石鹼の匂いがするから、女がいるようでもあっ

た。

ほんとうに組織を抜けたのか問いつめると、根岸はいらだって口論になった。そんなときの夫は、いままで見せたことのない険しい表情で言葉遣いも荒くなった。

「しつこいぞ。とっくに足は洗うたていうとろうがッ」

「だったら店の帳簿を見せて。それだけ儲かってたら納得するから」

「おまえは、おれの金で飯喰うとるんやろが。文句ばっかりいうなッ」

「おれの金って、まともに稼いだんじゃないでしょ。それが厭なの」

「おれがいまさら堅気になっても、仕事は日雇いくらいしかないぞ。貧乏暮らしで辛抱できるんか」

「貧乏でもいいから、ふつうの仕事をして。啓太が大きくなったら、あたしも働くから」

そんな口論を何度か繰りかえしたあげく、穂香は離婚を切りだした。根岸はなだめたりすかしたりしてごまかしたが、別れる決意は揺るがなかった。家庭裁判所に離婚調停を申したてると迫ったら、しぶしぶ離婚届に判を押して、

「養育費は払《はろ》うちゃるけ、啓太にはいつでも逢わせろよ」

けれども犯罪で稼いだ金は受けとりたくないし、組織を離れない限り、啓太に逢わせるのは厭だった。穂香がそれをいうと、

「ふざけんなッ。啓太はおれの子やぞ」

根岸は荒れ狂い、テーブルにあった食器を投げつけてテレビの画面や窓ガラスを粉々にし、

花瓶や絵画の額を片っぱしから叩き壊した。啓太が泣きだしたせいか暴力こそふるわなかったが、もう同居するのも限界だった。

根岸の留守中を見計らって自分の貯えでこの部屋を借り、啓太を託児所に預けて働き口を探した。私物の腕時計やバッグといったブランド品はリサイクルショップに売って、生活費にあてた。てっとり早く稼げるのは水商売だが、夜の世界は根岸と出逢ったことで懲《こ》りていた。

手に職をつけたいという思いから、ハローワークを通じて職業訓練校の介護講座に通った。介護業界を目指したのは、根岸が高齢者をだましたことへの贖罪《しょくざい》の気持もあった。

職業訓練校の介護講座はテキスト代以外は無料で、条件を満たせば職業訓練受講給付金として月に十万円が支給される。それだけに地域によっては応募の倍率は高いが、運よく受講できた。とはいえ条件は厳しく、欠席はもちろん遅刻や早退をしただけで職業訓練受講給付金は支給されなくなる。

三か月の講座を修了して介護職員初任者研修の資格を取得したときは、胸を撫でおろす思いだった。次の課題はどこに勤めるかだったが、ほどなくハローワークの紹介で敬徳苑に就職が決まった。

あれから二か月が経って、ようやく仕事に慣れてきたと思ったら、今度の事件である。丹野という刑事から事情聴取を受けていると、家宅捜索の記憶が蘇《よみがえ》って胸が苦しくなった。

あらぬ疑いをかけられるのが厭で、根岸のことは口にしなかった。丹野もそれには触れなかったが、調べればすぐにわかるだろう。

離婚して以来、根岸とは逢っていない。根岸からは何度か電話やメールがあって、啓太に逢わせるようせがんできた。よりをもどしたいともいったが、根岸のしつこさに嫌気がさして、ひと月ほど前からすべて着信拒否にした。

それ以来、知らない番号から無言電話がかかってきたり、迷惑メールが大量に送られてきたりするようになった。職場の行き帰りや外出の際、ときおり誰かに尾行されているような気配も感じる。

根岸の仕業《しわざ》とは限らないし、そこまで陰湿な性格とは思えない。しかし根岸はクラブを経営する裏ではサベージの一員だったように、自分が知らない一面を持っている。それだけに、なにを考えているのか不気味だった。


雨はまだ降り続いている。

テレビでは五時のローカルニュースがはじまった。

県内で最年少だという市議会議員のインタビューが流れている。日焼けした顔に白い歯が精悍《せいかん》な印象だった。見おぼえがあると思ったら、敬徳苑に選挙演説にきた井狩恭介《いかりきょうすけ》である。

穂香が敬徳苑で働きはじめたのは市議会議員選挙の直前で、職員や入所者はホールに集められ、候補者だった井狩の演説を聞かされた。まだ二十八歳という若さながら、介護職の地位向上や待遇の改善、福祉の充実を訴える姿勢に好感が持てた。

井狩に投票したあとで、敬徳苑の理事長が彼の父親だとわかった。理事長の井狩政茂《まさしげ》は六十三歳で、参議院議員を三期務めた地元の有力者らしいが、職員たちの評判はかんばしくない。職員や入所者を相手に息子の演説を聞かせるくらいだから、施設の運営はワンマンなのだろう。

ぼんやりテレビを観ていたら、しだいに目蓋が重くなってきた。躯を横にしてうとうとしていると、やわらかい掌《てのひら》が頬に触れた。

眼を開けたら啓太が胸に顔をうずめてきて、いま何時？　と訊いた。

「あら、起きたの」

「うん。いま何時？」

「ママに訊かないで、時計見てごらん」

啓太は壁の時計にちらりと眼をやると、ふたたび胸に顔をうずめて、

「四時」

「ブブー。五時二十分」

「からーげある？」

「唐揚げ？　啓ちゃん、お腹減ったの」

「うん」

「じゃあ、ご飯にしよっか」

「からーげ食べる。あとは？」

「あとはね。うーんとポテサラとか？」

「あとは？」

「お味噌汁かな」

「おみしょする、やー」

「なんで厭なの。じゃあスープにする？」

「こーんしゅぷ」

「こーんしゅぷじゃなくて、コーンスープ」

「うん。あとは？」

「あとはもういいでしょ。また残すから」

「からーげ」

はいはい、と穂香はいって啓太を抱き締めた。

ようやく眠くなったのを我慢して布団に半身を起こしたとき、枕元でスマホが震えた。スマホを手にすると、画面には知らない番号が表示されている。

不審に思いつつ電話にでたら相手は無言で、かすかに息づかいが聞こえてくる。

穂香は電話を切って大きな溜息をついた。

6

繁華街のネオンが雨ににじんでいる。

昼前から降りだしたが、夜になってもやむ気配がない。時刻はまだ十時だが、飲食店がならぶ通りは雨のせいで通行人はまばらだ。五月とは思えないほど夜の空気は冷たく、風俗店の軒下で呼びこみの男が寒そうに腕を組んでいる。

丹野はスーツのポケットに両手を突っこみ、大股で前を歩いていく。風間は背後からビニール傘をさしかけるが、丹野は歩調をゆるめようとせず、

「いらんことせんでよか。傘は好かんのじゃ」

スーツはずぶ濡れで、雨のしずくが袖からしたたっている。

きょうは当直明けの非番だから、本来なら早めに帰宅できた。ところが深夜に敬徳苑の事件があったせいで事情聴取や捜査書類の作成に追われて、さっきまで本署に残っていた。菅本キヨの遺体は、遺体専用の搬送車で大学病院に運ばれた。司法解剖をおこなって死因を特定するためだ。

鑑識係が敬徳苑で採取したDNAや毛髪は科捜研——科学捜査研究所に送られ、菅本の遺体や体液、ベッド周辺から採取された残留物と照合される。現場の状況からして他殺の可能性が高いから、

「捜査本部《チョウバ》たったら大事《おおごと》やぞ。毎日署に泊まり込みじゃ」

丹野は顔をしかめたが、おどしではないだろう。

きのうの朝から一睡もしていないだけに、歩くのもつらい。もし捜査本部が設置されたら休むひまもなくなるだけに、今夜は早く帰ろうと思っていたら、

「筒見の件で気になることがあるけ、聞き込みいくぞ」

と丹野がいった。今夜はさすがに帰りたかったが、上司の命令は断れない。

刑事課の捜査は、基本的に地取り、鑑取り、特命、情報の四班にわかれて行動する。地取りとは、おもに犯行現場周辺をまわっての情報収集、鑑取りは敷鑑とも呼ばれ、被害者の交友関係を中心に捜査する。特命は証拠品や遺留品に関する捜査で、情報は文字どおり、寄せられた情報をもとに裏付け捜査をおこなう。

風間も交番勤務のあいだに、職務質問や巡回連絡などで住民と接する経験を積んだが、刑事が立ち入る領域はもっと深い。飲食店や風俗店から裏社会の住人まで、海千山千の連中が相手とあって一筋縄ではいかない。

「若いけちゅうて舐められるな。相手の懐《ふところ》に飛びこむつもりでやれ」

と丹野はいうが、いざとなったら腰がひけることもしばしばだった。

もっとも捜査本部は解散しているから、筒見の事件を足で追っているのは丹野と自分しかいない。丹野の上司の笹崎勲はほかの職務が忙しく、捜査状況を確認して指示をだすだけだ。

笹崎は四十八歳の警部補で物腰がやわらかい。外見も温厚そうな垂れ目の丸顔で、薄くなった髪を七三にわけている。銀行員のような風貌だが、丹野にいわせれば、

「係長は曲者《くせもん》やぞ。見た目とちごて気性は冷たいけ、あのひとと喋るときは気ィつけれ」

丹野は繁華街のはずれにあるミューズというクラブに入った。

ＥＤＭ――エレクトロニック・ダンス・ミュージックが流れる店内は、雨のうえに平日とあって客はすくない。丹野がメインフロアに入っていこうとすると、クロークにいた男が近づい

てきて、

「お客さま、入場料を――」

丹野は上着の胸ポケットから警察手帳をだして、

「根岸はおるか」

「きょうはきてません」

「どこにおる？　嘘いうたら、ただじゃすまんぞ」

「ほんとに知りません」

従業員はおびえた表情でかぶりを振った。

「一課の丹野じゃ。おれに連絡せいていうとけ」

ミューズを経営する根岸雅也は、サベージの幹部で二度の前科がある。去年もオレオレ詐欺の首謀者として詐欺未遂容疑で逮捕されたが、嫌疑不十分で不起訴になったという。オレオレ詐欺は関係者の供述に加えて、それを裏付ける物的証拠が必要だから首謀者の立件がむずかしい。

ミューズをでたあとキャバクラやバーを何軒かまわったが、根岸はおらず居場所もわからなかった。もう十一時四十分なのに、丹野はまだ聞き込みを続けるらしく、

「あと一軒だけいくぞ」

ビルの壁面にホストの顔写真がならんだテナントビルに入った。

一階の奥にWiseguyと看板がでている。Wiseguy《ワイズガイ》――ワイズガイは、殺された筒見が経営

していたホストクラブだ。店の前にはホストたちの写真がずらりと貼られ、間接照明がそれを照らしている。

風間がこの店にきたのははじめてだが、丹野は以前も捜査にきている。丹野に聞いたところでは、現在の経営者は小田切怜《おだぎりれい》という二十六歳の男で、店では小田切瞬《しゅん》と名乗っている。

小田切は東京出身で、かつては六本木のホストクラブにいたらしいが、筒見が殺害されたあと店長から経営者になった。小田切が店の利権を狙っていたとすれば、筒見を殺す動機があるだけに事件当初から捜査線上に浮かんでいた。

しかし小田切は筒見が殺害されたとおぼしい時刻にコンビニで買物をしていたと証言し、コンビニの防犯カメラでもその姿が確認されている。とはいえ第三者に殺害を依頼した可能性もあるから完全に容疑が晴れたわけではない。

ステンレスの重厚なドアを開けると、黒服の男がこわばった表情で頭をさげた。

「小田切はおるか」

丹野が訊いた。

「代表ですか。代表はいま接客中で――」

「関係あるか」

丹野は店の奥へずかずかと踏みこんだ。

薄暗い店内にはトランス系の音楽が流れ、青や紫のイルミネーションがまたたいている。きらびやかな雰囲気のなかで、ずぶ濡れの丹野と自分は浮いているようで落ちつかない。ずらりとなららんだボックス席は女性客で埋まり、派手な衣装のホストたちが接客している。

白いスーツを着た男がこっちを見ると、客の女に会釈《えしやく》してソファから腰をあげた。この男が小田切らしい。色白の細面《ほそおもて》で背が高く、整形でもしたように目鼻立ちが整っている。

小田切は丹野とむかいあうと細い眉をひそめて、

「困りますよ。営業中に」

「ここの営業時間は何時までか」

「――十二時までですけど」

小田切は歯切れ悪くいった。ホストクラブは風営法で午前零時までしか営業できないから、そう答えるしかない。丹野は腕時計に眼をやって、

「もう十一時四十五分ぞ。客はようけおるのに、あと十五分で閉店できるんか」

「かんべんしてください。うちはまっとうにやってるんすから」

「時間外営業がまっとうか」

「時間外営業で調べるなら、生活安全課《セイアン》でしょう。なんで丹野さんがうちにくるんですか」

「聞き込みじゃ」

「なにを知りたいんすか」

「根岸はどこにおる？」

「知りません。根岸って誰ですか」

「とぼけるな。ミューズを経営しとる根岸よ」

「ああ。顔は知ってますけど、しばらく見かけません」

「嘘をいうな。おまえも根岸とおなじでサベージの人間やろが」

「おれはそんなのと、ぜんぜん関係ないすよ」

「殺された筒見がサベージの幹部やったのに、おまえが無関係なわけがない」

「そういわれても困ります」

「とぼけてばかりやと、そのうち営業停止喰らうぞ」

「うちだけ厭がらせしないでください」

「うちだけて、どういう意味か」

「ほかのホスクラで時間外営業してるところも――」

「どこの店か。おまえがチクったて生活安全課《セイアン》にいうちゃるわ」

「かんべんしてください」

「ここは売掛けの回収もえぐいことしよるそうやないか。きょうは大目に見ちゃるけど、調子こきよったら、いつでもひっぱるぞ」

はい、と小田切はすなおにうなずいて、

「お連れのお兄さんも刑事さんすか」

「おう。こいつに粉かけんなよ」

「そんなことしませんよ。今後ともよろしくお願いします」

小田切は慇懃《いんぎん》に一礼してから、風間の眼を見て微笑した。意味ありげな表情にとまどってい

ると、丹野は踵《きびす》をかえして歩きだした。小田切はあとをついてきて、

「せっかくお越しになったんですから、ちょっと呑んでいかれませんか」

「その手に乗るかい。もう閉店やろが」

ワイズガイをでて、ふたたび雨のなかを歩いた。丹野は舌打ちして、

「ああいう連中は、ちょっと隙見せたら粉かけてくる。おまえも気ィつけれ」

「はい」

「若い奴ほど狙われる。ちょっと前もホストに何百万も入れあげて、署の金を遣いこんだ婦警がおったやろうが」

「大丈夫です。おれは男ですし」

「馬鹿、男でもおんなじや。商売《シノギ》の目こぼしさせようと思うて、呑ませ喰わせ抱かせする。カタにはめられたらしまいやぞ。おまえは隙が多いけ心配やの」

「そんなに隙が多いでしょうか」

「独り身のくせにマンションやら住んどるやないか。家賃も高いのに、なし寮に住まんのか」

「部屋がぼろぼろやったんで」

「部屋がぼろぼろなんは昔からじゃ。おれの若い頃は先輩と同居で、便所も風呂も共同やった。ひとり暮らしができるだけでも贅沢よ」

「――すみません」

「あやまらんでもええ。けど調子ン乗って女でも連れこみよったら、交番《ハコ》に逆もどりやぞ」

丹野と別れてマンションに帰ってきたのは十二時すぎだった。

マンションは十階建てで部屋は四階にある。オートロックのエントランスを通ってエレベーターに乗った。四階でエレベーターをおりて玄関に入り、倒れこむようにして靴を脱いだ。キッチンの冷蔵庫から発泡酒をだして寝室を兼ねた洋間にいった。上着を脱いで壁の針金ハンガーにかけ、ネクタイをゆるめてフローリングの床にあぐらをかいた。缶のプルタブを開けて発泡酒をあおると、渇ききった喉に炭酸が沁《し》みて大きな息が漏れた。

ここへ越してきたのは、刑事課に異動する内示があった三月の末だった。

マンションは築三年で間取りは1DKだ。条川市は地価が低いから家賃も安いが、交番勤務の頃に住んでいた待機宿舎——独身寮にくらべると自己負担はずっと多い。

しかし気になるのは家賃ではなく、上司や同僚たちの眼だった。独身の警察官は寮に住むのが暗黙の了解になっていて、民間のアパートやマンションに移るといい顔をされない。

物件の詳細から管理会社、外観や周辺の写真まで申請書を提出して、ようやく転居が許される。所在地が所轄管内なのは絶対条件として、その物件や管理会社が暴力団や怪しい宗教がらみではないか、周辺にそうした団体や人物が住んでいないかなどを調査するためだ。

自宅に持ち帰った捜査関係の書類や書籍、パソコンのデータが外部に漏れないよう、セキュリティ面もチェックされるからオートロックは必須である。

さらに警察は内部の不祥事に神経を尖らせている。警察学校では教官の抜き打ち検査があって、寮の室内や所持品を調べられたが、一人前の警察官になってからも問題があるとみなされれば、素行調査がおこなわれる。県警によっては上司が突然部屋を訪ねてくるという。

したがってマンションのひとり住まいであっても、同棲はおろか女性を部屋に招くことすらできない。女性と交際する場合は、上司に報告するよう義務づけられている。

いうまでもなく女性の身辺を調査して、交際に問題がないか確認するからだ。もしこっそり交際したのが露見すれば、勤務評定は大幅に減点となる。

警察組織は減点主義だけに、民間のマンションに住んでいるだけでも勤務評定に響きかねない。毎日多忙だから自宅にいられる時間はわずかだが、だからこそまともな部屋に住みたかった。

以前住んでいた待機宿舎は築三十年以上で老朽化が烈しく、住んでいるだけで気が滅入った。それにくらべてこの部屋ははるかに快適で、やっと自分の居場所が持てたという実感がある。

とはいえ部屋を片づけるひまがなく、室内は引っ越してきたときと大差ない。布団は敷きっぱなしだし、荷ほどきしていない段ボール箱が部屋の隅に積まれている。

条川市の郊外に住んでいる両親は、寮をでるなら実家に住めばいいといったが、条川署の管内ではないのを理由に断った。仮に条川署の管内であっても、不規則な生活だけに両親とは住みたくない。

父は電力会社の部長で、母は専業主婦、兄は三つ年上で東京の一流商社に勤めている。父も兄も名のある大学をでているだけに、自分もおなじかそれ以上の大学に入りたかった。

けれどもそのプレッシャーからか、たびたび体調を崩して高校の成績はふるわず、二流の下程度の大学に進まざるをえなかった。一般企業に就職せず警察官を選んだのは、父と兄へのコンプレックスからだった。

警察官として出世すれば、ふたりとは異なる居場所を見つけられる気がした。刑事になったことで、その願いはおおむねかなえられた。実家に電話して刑事第一課に配転されたのを伝えたとき、

「おまえなんかに刑事が務まるのか」

父は驚きの声をあげたが、母は無邪気に笑って、

「すごいじゃない。犯人をばんばん捕まえなさい」

あのときの両親の声を思いだすと、いまだに頬がゆるむ。兄とはまだ話していないが、次に逢ったときの反応が楽しみだった。もっとも楽しいことばかりではなく、刑事になれたかわりに当初の目的だった出世の道は遠のいた。

刑事第一課に配転されたのと同時に巡査から巡査長になったが、巡査長は単なる職名であって階級ではない。階級章の棒が一本増えただけで給料もわずかしかあがらない。

大卒の警察官の場合、だいたい二年くらいで巡査長になる。といって一律に昇任するわけではなく、同期の新田はいまだに交番勤務で巡査のままだし、新田とおなじ交番の石亀《いしがめ》に至っては五十六歳にもなって巡査長だ。

巡査部長になるには昇任試験の勉強が必要だが、一課の刑事は多忙だけに時間がとれない。

そもそも勉強ができたところで、ノンキャリアには出世の限界がある。

キャリアは国家公務員採用総合職試験──旧国家公務員I種試験、準キャリアは国家公務員採用一般職試験──旧国家公務員II種試験に合格し、警察庁に採用された者をさす。キャリアは任官と同時に警部補、準キャリアは巡査部長からのスタートである。

警察官の階級は巡査から警部補が九割を占めており、ノンキャリアのほとんどが巡査部長や警部補で定年を迎える。交番に勤めてまもない頃は、せめて警視になりたいと思っていたが、そんなことは夢のまた夢だ。

風間は発泡酒を呑みながら、帰りにコンビニで買った豚カルビ弁当をつついた。

腹がいっぱいになるにつれ、猛烈な眠気が襲ってきた。服を着替える余裕もなく、床に倒れて大の字になった。とたんに疲労のせいで夢も見ないで熟睡した。

どのくらい経ったのか、スマホの着信音で眼を覚ました。

古めかしい黒電話のベルは丹野からだ。公用携帯は各課に貸与されているが、台数が足らないのと紛失の危険があるから自宅には持ち帰れない。したがって公務にも私物のスマホを使う。

飛び起きて電話にでると、丹野は勢いこんだ声で、

「DNA鑑定で犯人《ホシ》が割れた。いまから敬徳苑いくぞ」

「すぐいきます。しかし犯人《ホシ》は──」

誰なのか訊く前に電話は切れた。

スマホの画面で時刻を見たら午前五時だった。まだ満足に寝ていないし、きょうは公休だが、

刑事にそんないいわけは通用しない。犯人が逮捕されれば捜査本部が設置されないだけましだ。

風間は大きな息を吐くと、ふたたびネクタイを締めた。

7

きのうまでのぐずついた天気が一転して、けさは雲ひとつない晴天だった。

若希駅前はすこし前まで職場にむかうひとびとで混雑していたが、ようやく落ちついてきた。郊外の小規模な駅だから、朝夕のラッシュ時をのぞいて乗降客数はすくない。

制服姿の武藤は見張り所のパイプ椅子にかけて、拾得物件預り書を書いていた。見張り所とは交番の入口に面した部屋で、扉はいつも開けっ放しだ。

細長いテーブルのむこうから服部千代《はっとりちよ》が書類を覗きこんで、

「あんた、字ィ汚いなあ」

すみません、と武藤は無愛想に答えて、

「拾得日時は、おとといの午前五時でまちがいないですね」

「うん。野良ちゃんの餌《えさ》やりにいった時間やけ、まちがいない」

服部は八十四歳で、近くの若希団地でひとり暮らしをしている。野良猫に餌をやって団地の住人と揉めたり、迷い猫を捜してくれと相談にきたり、この交番にはしゅっちゅう顔をだす。猫のことばかり口にするから、あだ名は猫婆さんだ。

服部が届けてきたのは、古めかしいデザインの携帯電話だった。

「おととい拾ったのに、きょう持ってこられたんは、なしてですか」

「ずっと雨やったけね。野良ちゃんの餌やるだけでくたくたじゃ」

「拾得場所――拾うた場所を教えてください」

服部は住宅街の路上だと答えた。武藤は念のために手袋をはめて携帯電話を点検した。いわゆるガラケーでバッテリーが切れているらしく、電源ボタンを押しても電源は入らなかった。最初からバッテリーが切れていたのか服部に訊くと、

「さあ、そりゃわからんけど、いっぺんも鳴らんやった」

武藤は拾得物件預り書に記入を終え、服部に控えを差しだして、

「遺失物の保管期間は三か月間で、それをすぎても落とし主があらわれん場合、遺失物の所有権は拾得者に移ります。しかし携帯電話は個人の住所や連絡先が記録されとるんで、三か月が経過しても所有権は服部さんに移りません。ただし落とし主が見つかったら、報労金を受けとる権利を主張できますが――」

「なんか知らんけど、権利やらいらんわ。これもいらん」

服部は控えを押しもどした。武藤は苦笑して、

「控えは処分されても結構です。でも、きちんと手続きをした証明として、いちおうお渡しすることになってますんで」

服部は顔をしかめて控えを買物袋に押しこんだ。服部が帰ったあと、見張り所の奥にある待

機室に入った。待機室には係員のデスクがあって、オフィスのような構造だ。いつも吹きさらしの見張り所とちがって冷暖房が入っているから居心地がいい。

いちばん奥のデスクで、交番所長の福地信夫《ふくちのぶお》がノートパソコンをいじっている。福地は三十九歳で階級は巡査部長である。簡易金庫の扉を開けて、拾得物件預り書と携帯電話をしまった
ビニール袋を入れようとしたら、

「猫婆さんは、なん拾うてきた」

「ガラケーです」

ビニール袋の中身を見せると、福地は鼻を鳴らして、

「あいかわらず、おれたちの仕事を増やしてくれるのう」

「ええ。このあいだの入れ歯よりましですけど」

「どげな拾得物でも管理はちゃんとしとけよ。あとでクレームつけられたら面倒やけの」

「はい」

拾得物件預り書と携帯電話を簡易金庫に入れると、見張り所にもどった。拾得物は条川署の会計課で保管される。

ひと月ほど前、服部は公園のトイレで拾ったという入れ歯を持ってきた。それ以前にも、落とし物として杖《つえ》や補聴器を届けにきた。

「落としたひとは困っとうやろうと思うて」

服部の意見はもっともだが、忙しい最中にあれこれ拾得物を持ってこられるのは迷惑だった。

若希町は高齢者が半数近くを占めるだけに、手のかかる住人が多い。認知症で迷子になったり徘徊したりする者もいれば、虐待や盗難に遭ったと錯覚して一一〇番通報する者もいる。

菅本キヨの殺害容疑で藪下稔が逮捕されたのは、きのうの朝だった。

藪下は八十歳で、菅本キヨとおなじ敬徳苑の入所者である。きのうは公休で逮捕には同行しなかったから、けさ登庁したときに詳細を聞いた。

逮捕の決め手となったのは、菅本キヨの遺体から採取した付着物が藪下のDNAと一致したことだった。藪下の手やベッドからも、菅本キヨの毛髪と唾液が検出された。藪下は重度の認知症でコミュニケーションは図れないものの、突然暴れだすので職員たちは手を焼いていた。過去に夜間徘徊や他室侵入をしていたというから、事件当日も徘徊中に菅本キヨの居室に侵入し、彼女を殺害したとおぼしい。認知症のせいで動機は不明らしいが、あっけなく事件が解決したことに物足りなさをおぼえた。

現場に第一臨場したのは自分たちだけに、もっと活躍したかった。むろんそんな考えは警察官として不謹慎だし、被疑者が認知症の老人では犯意の立証も困難だ。とはいえ、このところ高齢者の犯罪や事故が多発している。

高齢化社会が進むにつれて、この交番は高齢者の世話でますます忙しくなるだろう。早く本署に異動したいが、そのためには検挙実績をあげて本署の上司に顔を売る必要がある。けれども、これといった検挙実績はなく、ミスをしないよう職務をこなすのが精いっぱいだ。

無茶ばかりしていた高校生の頃にくらべると、最近はすっかり臆病になった。下っぱの警察

官は自分で判断できないことが多いから、いつもびくびくしている。いつだったか福地にそれをいうと、

「おまえも大人になったちゅうことよ。無茶やらせんでええけ、なんでも相談せえ」

福地はいつも部下の行動に神経を尖らせている。

交番所長という立場上、部下がミスや不祥事を起こせば監督責任を問われるからだ。無難に命令をこなすだけのイエスマンにはなりたくないが、その傾向は階級が上になるほど強まるらしい。となると、がんばって本署にいっても窮屈なのに変わりはなく、将来が思いやられた。


午前中は特に事件もなく、地理教示や警らくらいでのんびりすごした。十二時をすぎた頃、新田と石亀清《きよし》が駐車違反の取締りからもどってきた。

石亀は五十六歳で巡査長と交番班長を兼ねている。でっぷり肥って貫禄があるし、一般人が聞いたらそれなりの肩書に聞こえるだろう。だが巡査長は勤続年数が長ければ誰でもなれるし、交番班長にしても若手の指導役にすぎない。

石亀は若希駅前交番に勤務して二十年近いベテランなのに、まったく出世していない。その理由は職務に対して意欲が乏しく、上司に反抗的な態度をとるからららしい。

石亀は交番の前に警ら用自転車を停めると、交番の裏へ煙草を吸いにいった。交番内は全面禁煙のうえに、制服では外で吸えないからだが、若希駅前交番で喫煙者は石亀しかいない。

もっとも武藤も高校一年の頃からヘビースモーカーで、毎日三箱は吸っていた。警察学校に

入ってやむなく禁煙したものの、ときどき無性に吸いたくなる。警察学校を卒業後の卒業配置——卒配でこの交番にきたとき、石亀に釣られてうっかり煙草を吸おうとしたら、

「馬鹿ッ。おまえは未成年やろうがッ」

福地に怒鳴りつけられた。

高校から煙草を吸っていたせいか、自分が十九歳なのをすっかり忘れていた。

「はたちになってからも煙草はやめとけ。どうせ本署の敷地内は全面禁煙や。一生交番勤務でええならべつやが、出世する気があるなら禁煙せい」

福地は暗に石亀のようになるなといいたかったらしい。

石亀は警察官のくせにギャンブル好きで、ひまさえあればパチンコを打っている。

武藤もギャンブルは好きだったし、酒もしょっちゅう呑んでいた。しかし警察官になってからは、周囲の眼が怖くてギャンブルに手をだせない。酒は非番や公休のときに呑むが、いつ非常招集がかかるかわからないから量をひかえている。

どうして、これほど禁欲的な生活になったのか。不良時代は彼女がいたし女はいくらでも寄ってきたのに、さっぱり縁がなくなった。盛り場にいけば出逢いがあるかもしれないが、昔の不良仲間と顔をあわせそうで足がむかない。石亀によれば、身分を隠してこっそり風俗店にいく警察官もいるという。けれども、そこまでして欲求を満たすのも気がひける。

「たまには息抜きもせな、長続きせんぞ。キャリアはともかく、おれたちノンキャリアは、なんぼがんばったちゃ給料はたいして変わらん」

石亀がいったとおり、警察官は公務員だから勤続年数による昇給は安定している。必死で勉強して昇任しようと検挙実績をあげようと、給料にそれほど差がないのなら、がんばらないほうが得だ。福地は、十七も年上の石亀を持てあましているようで、

「石亀さんは悪いひとやないけど、あげなゴンゾウになったらしまいやぞ。定年まで交番で冷や飯喰わされて、どげするんか」

ゴンゾウとは職務を怠《なま》けてばかりで、うだつのあがらない警察官のことだという。

その日の昼食は、けさ登庁する途中コンビニで買った焼肉弁当とカップ麺だった。食事は休憩時間に交替でとるが、事件や事故が起きたらすぐさま臨場するから、食事を抜くことも珍しくない。それだけに、喰えるときは腹いっぱい喰う習慣がついた。

武藤は二階にある休憩室で、あわただしく弁当をかきこみ、カップ麺を啜《すす》った。休憩室は仮眠にも使う畳敷きの部屋で、なんの装飾もない室内は寒々しい。

それでも清潔なぶん、いま住んでいる独身寮よりもましだった。正式には待機宿舎と呼ばれる独身寮は民間から買いあげた築三十年以上の老朽化したマンションで、外観も室内も薄汚れている。三階にある1Kの部屋は、湿気が多いうえに換気も悪い。

窓から見えるのは高速道路の高架くらいで、夜は大型トラックの走る音が耳につく。家賃が安いのと条川署から近いのが取り柄だ。警察官は非常招集に対応するため職住近接が基本である。新田も近くの棟に住んでいるから、寮の愚痴をこぼすと、

「おれも最初は厭やったけど、どうせ寝に帰るだけや。寮でたいんなら、はよ結婚せい」

「結婚したら、どこ住んでもええんですか」

「そうはいかん。ふつうは官舎や。嫁さんは気ィ遣うちゅう話や」

「官舎って社宅ですよね。寮みたいに汚いんですか」

「いや、新築もあるらしい。けど近所に上司が住んどるけ、嫁さんは気ィ遣うちゅう話や」

「厭やなあ。近所づきあいでストレス溜まるでしょう」

「そげな心配は結婚してからせえ」

新田は愚痴をいわないし、上司や同僚の悪口もいわない。性格は生真面目《きまじめ》なのに、石亀と仲がいいのも不可解だった。

「たしかにゴンゾウは困るけど、ああいうひとも警察には必要やと思う」

新田は以前そういったが、なぜそう思うのかはわからない。

あわただしく昼食を終えて一階におりた。待機室を通ると、福地はむずかしい顔でノートパソコンのキーボードを叩き、石亀は弁当を食べながらスポーツ新聞を読んでいた。

武藤は見張り所にいた新田と交替した。休憩に入って二十分しか経っていないが、いつ事件が起きるかわからないから食事の交替が優先だ。

見張り所で待機するのは在所警戒、交番の前に立つのは立番警戒、外で見張りをするのは所前警戒と呼ぶ。強《し》いていうなら在所警戒でひまなときが休憩に近い。

パイプ椅子にかけると、満腹のせいで目蓋が重くなった。

通りから丸見えの見張り所で眠るわけにいかないから太腿を指でつねっていたら、ぼさぼさの白髪頭で老眼鏡をかけた男が入ってきた。よれよれのスーツを着て、右手に紙袋をさげている。歳は七十代なかばくらいに見える。

「こんにちは――」

武藤は会釈したが、男は鋭い眼でこっちをにらんで、

「おい、新田はおるか」

しわがれた声でいった。息が酒臭い。武藤は眼をしばたたいて、

「どうされましたか」

「ええから新田を呼べ。ゴミというたらわかる」

「ゴミ？　ゴミがどうかしたんですか」

「ふざけるなッ。わしは弁護士の五味陣介《じんすけ》じゃッ」

とうてい弁護士に見えない風体だから、頭がぼけたか酔っぱらっているのかと思ったが、仕方なく休憩室にいった。コンビニのおにぎりを食べていた新田に、

「あの、五味さんて爺さんがきてますけど――」

そう声をかけると、新田はおにぎりをテーブルに放りだして一階におりてきた。

「おひさしぶりです」

新田が笑顔で頭をさげると、五味はにやりと笑った。ふたりは以前からの知りあいらしい。新田はうれしそうな表情で近況を訊いたが、五味は大きなあくびをして、

「あいかわらずよ。おまえもまだ交番勤めじゃ、出世の目はないの」

「ええ。この交番《ハコ》が性《しょう》におうてますから」

新田は苦笑した。ところで、と五味はいって、

「一時間ほど前、うちで昼酒呑んどったら、息子から電話があっての」

「息子？　五味さんに息子なんていましたっけ」

「おらん。けど会社の金落としたけ、百万用意してくれていうとる」

「えッ。もしかしてそれは――」

「適当に話あわせとったら、息子の代理の奴が金を取りにくるそうじゃ。よりによって弁護士のわしに電話してくるとは、あほな奴《や》ッちゃ」

「まちがいなく、オレオレ詐欺ですね」

「おう。だから、おまえに知らせにきたんじゃ」

「ありがとうございます。金の受け渡しは何時にどこで？」

五味は腕時計に眼をやってから、右手にさげた百貨店の紙袋をかかげて、

「二十分後じゃ。おまえらが捕まえやすいよう、金の受け渡しは若希駅のホームにしといたぞ」

紙袋のなかには古雑誌が何冊か入っていた。

五味は見た目こそだらしないが、この交番から近い若希駅を金の受け渡し場所に指定したり、金に見せかけた紙袋を持ってきたり、警察官顔負けの行動だ。

本来なら本署に指示をあおいで応援を呼ぶべきだが、受け渡しの時間は迫っている。といっ

て制服で張り込んだら、犯人に気づかれる可能性が高い。五味はそれを察したように、

「おまえらは、いまからホームの駅事務室に隠れとけ。犯人《ホシ》があらわれたら、わしが新田の携帯を鳴らす。それを合図に身柄《ガラ》を押さえろ」

「さすが五味さんですね。駅事務室なら制服で張り込んでも犯人《ホシ》に気づかれんでしょう」

「ほな、あとでの」

と五味はいって、ぶらぶら歩きだした。

新田は待機室に駆けもどって、福地と石亀に事情を伝えた。福地は興奮した面持《おもも》ちで、

「新田と武藤はすぐ駅事務室にいけッ。おれも本署に連絡したら、そっちにいく」

8

横に鉄格子のはまった窓から、明るい陽光が射している。

捜査員たちはほとんど出払って刑事課はひと気がない。がらんとした室内に警察無線の音声が響く。四十分ほど前、若希駅のホームでオレオレ詐欺の被疑者をマル張《はり》中と本部から無線が入った。

マル張とは張り込みの隠語だ。ついさっき詐欺未遂容疑で被疑者を現行犯逮捕したらしいが、若希駅での事案とあって新田たちはばたばたしているだろう。

風間がデスクでノートパソコンのキーボードを叩いていると、

「オレオレ詐欺か。サベージの連中が嚙んどるかもしれんの」

隣のデスクで丹野がいった。風間は手を止めて、

「このあいだ主任が捜してた根岸って奴も、前にオレオレ詐欺で捕まえたそうですね」

「けど、帳簿やら証拠やら始末されて嫌疑不十分や。あのガキは、いつかいわせちゃる」

「根岸は、またオレオレ詐欺をやっとるんじゃ――」

「いや、根岸もそこまで馬鹿やなかろう。オレオレは刑が重いけ、長く続ける奴ァおらん。いったん稼いだら、すぐほかの商売《シノギ》に鞍替えする」

「じゃあサベージがバックにいたとしても、べつの奴ですか」

「たぶんの。なんにせよ、だまされる年寄りもたいがいにして欲しいわ。金持ってこいちゅう電話は詐欺やちゅうとるのに、なんぼいうてもわからん」

丹野はデスクに肘をつき、眼と眼のあいだを指で揉んだ。ノートパソコンの画面に表示されている時刻は一時をまわったが、丹野が捜査書類で手こずっているから、まだ昼食はとれそうもない。

菅本キヨの傷害致死容疑で藪下稔を逮捕したのは、きのうの朝だった。

逮捕といっても藪下は重度の認知症を患っているから、手錠もかけず敬徳苑から車椅子で運びだした。むろん一般の留置場で、ほかの留置人と同房にはできない。高齢のうえに持病もあるから介助も必要だ。嘱託医立ち会いのもとで、ひとまず取調室に入れたが、藪下は意味不明なことをつぶやくだけで会話が成立しない。自分が逮捕されたのも理解していないようだった。

「これじゃ身上調書も弁解録《べんろく》取書も作れんの」

丹野は溜息まじりにつぶやいた。

敬徳苑の職員からコミュニケーションはとれないと聞いていたが、見た目は元気そうだから自分の氏名さえ口にできないとは思わなかった。藪下が唯一反応したのは食事だけで、仕出しの冷めた弁当――官弁を手づかみでたいらげた。

いまは二十四時間監視のできる保護室に収容しているが、取調べができる状態ではない。調書がとれなければ公判は維持できないから起訴は困難だ。DNA鑑定の結果からして菅本キヨを殺害したのは藪下にちがいないが、殺意の立証も困難だから傷害致死容疑での立件だ。恐らく検察官の要請で、精神保健指定医による精神鑑定がおこなわれ、藪下の責任能力の有無が問われるだろう。その結果、責任能力が問えないと判断すれば、隔離病棟施設に措置入院させる。

措置入院とは、入院をさせなければ自傷他害の恐れがある場合、保健所長を経て都道府県知事に通報し、強制的に入院させることだ。警察官の通報は二十三条通報、検察官の通報は二十四条通報という。つまり検察官が藪下を不起訴と判断したら、二十四条通報になる。

藪下を保護室に入れたあとで、丹野は溜息をついて、

「近頃はあげな被疑者《マルヒ》が増えとるけ、ややこしいわ」

つい最近も他県の介護施設で高齢者が殴り殺されたり、窓から突き落とされたりといった事件が起きている。犯人はどちらも被害者とおなじ入所者で、重度の認知症を患っていた。

マスコミが報道するのは被疑者の逮捕までで、そこから先を知る者はすくない。

藪下のように会話もできないほどではなく、犯行時に心神喪失や心身耗弱と思われる被疑者が不起訴や無罪になることも多い。その場合は医療観察法に基づき、最大三か月の医療鑑定入院を命じ、その後の通院や入院の是非を判断する制度もある。

認知症や心神喪失者が起こした事件は罪に問えないケースが多く、気の毒なのは被害者とその家族だ。藪下が敬徳苑に入所したのは六年前だが、すでに身寄りはないし本人に責任能力もない。菅本キヨの遺族は、介護事業者である敬徳苑を相手どって民事訴訟を起こすのがせいぜいだろう。

「よし終わった。おれァ飯いくけど、おまえは？」

丹野がデスクに両手をついて立ちあがった。すみません、と風間は軽く頭をさげて、

「きょうはコンビニで買《こ》うてきたんで」

「またか。そげなもんばっか喰うとったら、力《リキ》がでらんぞ」

すみません、と風間はまた頭をさげて、丹野の後ろ姿を見送った。広い背中が見えなくなるとキーボードから手を放し、大きく伸びをした。これでようやく食事にありつける。

「丹野主任とお昼いかなくていいんですか」

庶務係のデスクから春日千尋《かすがちひろ》が声をかけてきた。風間は肩をすくめて、

「いつも一緒やもん。たまにはひとりで喰いたいよ」

千尋は二十五歳の巡査で課内庶務係の事務を担当している。丸顔にすこし垂れ気味の眼は愛《あい》

束ねている。


嬌《きょう》があるが、女性警察官らしく化粧っ気はなく地味な印象だ。体型は小柄で黒髪を無造作に
　デスクの引出しからレジ袋に入ったサンドイッチをだすと、千尋が腰を浮かせて、

「コーヒーでもいれましょうか」

「いいよ。自分でいれる」

　窓際の棚に一課の湯呑みやコーヒーカップがまとめてある。そこから自分のコーヒーカップをとってインスタントコーヒーの粉末を入れ、ポットから湯を注いだ。

デスクにもどると、サンドイッチを食べながらコーヒーを啜った。

　千尋は手持ちぶさたなのか、こちらに近づいてきて、

「敬徳苑の事件は、もう片づいたんですか」

「うん。どうせ不起訴やけどね」

「でも驚きました。認知症のお年寄りが犯人だなんて」

「高齢化社会やからね。ほかの老人ホームでも、似たような事件が起きとるやろ」

「でも藪下ってひと、取調室でるとき車椅子だったでしょう。まともに歩けないのに、どうやってほかの部屋に――」

「その気になったら歩けるみたいよ。特養じゃ、ときどき夜に徘徊してたらしい」

「そうなんだあ」

「この事件は、もう終わった。それより筒見を殺《や》った連中を挙げたい」

「そのひとってホストクラブを経営してたんですよね」

「それだけやなくてサベージの幹部やったと聞いとる。被害者が半グレやから気乗りせんけど、殺人を見逃すわけにはいかんけね」

「うわ、かっこいい。だんだん刑事っぽくなってきましたね」

思わず照れそうになるのをこらえつつ、

「まだまだだよ。つうか、刑事っぽいとか春日さんにわかると？」

「わかりますよ。刑事課にきたのは、あたしのほうが先ですもん」

風間が苦笑すると、千尋は続けて、

「犯人の見当はついてるんですか」

「わからん。サベージと対立しとる筑仁会か半グレか、それとも内輪揉めか」

「組織犯罪対策課《ソタイ》と生活安全課《セイアン》もサベージを追ってますね」

「なんの件で？」

「闇スロットです。本部も動いてるみたいで」

「闇スロね。そっちからたどったほうが早いかもしれんな」

「あたしが喋ったって、いわないでくださいね」

「もちろん。しかし本部のことまで、よう知っとるね」

「当然ですよ。ここに一日じゅう坐ってると、いろんな話が厭でも聞こえちゃうから」

千尋は笑って自分の席にもどった。

千尋にはじめて逢ったのは先月刑事課に異動したときで、最近は周囲の眼がないとしきりに話しかけてくる。もしかしたら自分に気があるのかもしれない。彼女に好感は持っているが、恋愛の対象としては考えていない。新田とつきあっている看護師の森光《もりみつ》理奈にくらべると華やかさに欠ける。

理奈と新田が知りあったのは、警察官と看護師の合コンだった。合コンを企画したのは自分だし理奈を口説きたかったから、ふたりが交際をはじめると新田との仲はぎくしゃくした。もとをただせば自分の片思いとあって、いまはもう未練はないし、新田に対してもわだかまりはない。だが、どうせつきあうなら理奈に見劣りしない女性がいい。

交番勤務の頃は結婚願望が強くて、ほかにも合コンを企画したり、グループ交際をしたりしていたが、いまはそんな余裕がない。結婚に執着していたのは単に伴侶が欲しいからではなく、出世を考えてのことだ。警察という組織は社会的な安定を重んじるだけに、早めに身を固めたほうが評価される。

けれども一課の刑事になったいま、出世の道は遠のいたし結婚願望も薄れている。いまは刑事としての職務に専念すべきで、女のことなど考えてはいけない。自分にそういい聞かせているが、仕事一辺倒の毎日に疲れをおぼえるのもたしかだった。

サンドイッチを食べ終えてひと息ついていると、二課の捜査員たちと一緒に福地と新田が入ってきた。福地と新田は、両手に手錠をかけられた若い男を両側からはさんでいる。男はスーツこそ着ているものの、顔つきはあどけなく詐欺を働くようには見えない。

男が二課の捜査員に連れられて取調室に入ると、福地は交番にもどるらしく刑事課をでていった。新田はそのあとをついていく。風間は廊下で新田を呼び止めて、

「いまの被疑者《マルヒ》は、どういう奴か」

「まだ十八歳の大学生よ。自分は荷物の受け渡しを頼まれただけで、なんも知らんていうとる」

「なら受け子やな。それ以上たどれんのか」

「SNSで知りおうた女に誘われたていうとった。いまはそれだけしかわからん」

じゃあの、と新田は笑みを浮かべて急ぎ足で去っていった。

9

グランドピアノが軽快なジャズを奏でている。

三階のレクリエーションルームには、車椅子に乗った入所者たちが集まっている。彼らの背後には介護員たちが立ちならび、リズムをとったり手拍子をしたり雰囲気を盛りあげている。

ピアノを弾《ひ》いているのは施設長の桜井美咲である。きょうはピアニストを気どってか、背中のあいた真っ赤なドレスで巻き髪をアップにしている。

ピアノの巧拙《こうせつ》はわからないが、ときおり鍵盤を叩きつけるような響きがあって耳障りだ。そもそも高齢者を相手にジャズは不適当だろう。その証拠に入所者たちの大半は無表情で、居眠

りしている者も多い。にもかかわらずジャズにこだわるのは桜井の趣味らしい。

隣に立っているフロアリーダーの穴見は苦笑して、

「ほんとうは、ふるさととか赤とんぼとか、そういうのを弾いて欲しいんだけどね」

穂香の耳元でささやいた。反対側にいた河淵も似たような意見で、

「うちの入所者さまの年代なら、懐メロやろ。星影のワルツとか高校三年生とか」

敬徳苑では月に一度の割合で演奏会がある。桜井は気がむけばピアノを弾くが、外部から慰《い》問《もん》を招く場合もある。特養老人ホームのレクリエーションは数多い。

うちわテニス、風船バレー、玉入れ、輪投げ、ボウリング、カラオケ、貼り絵や塗り絵、折り紙、書道、ＤＶＤ観賞、生け花、囲碁、将棋などのほかにクリスマスや正月、花見や運動会といった季節の行事もある。

三階の入所者は要介護度が高いから参加できない種目もあるし、参加できても反応は薄い。けれども入所者のＱＯＬ《生活の質》を向上させ、ＡＤＬ《日常生活動作》の低下を防ぐには欠かせない。三階にくらべて二階は意識が明瞭な入所者が多いだけに、飽きさせないプログラム作りが大変らしい。

穂香はぼんやりピアノを聞きながら、異様な感覚にとらわれていた。

二日前に菅本キヨが殺害され、藪下稔が逮捕されたのはきのうの朝だった。

新聞やテレビは事件のことを大々的に報道し、きのうから敬徳苑の周囲には報道陣が詰めかけている。けさ出勤した職員たちは一階ロビーに集められ、理事長の井狩政茂から事件のことを口外しないよう釘を刺された。

「菅本キヨさんが亡くなられたのは誠に痛ましく残念です。が、このようなことが起きるとは事前に予見できるものではなく、当施設の管理不足はなかったと認識しております。みなさんは入所者さまやご家族を動揺させないよう、ふだんどおり業務をこなしてください。またマスコミの取材に関しては、わたしと施設長で対応するので、個人としての発言はくれぐれも控えてください」

箝口令《かんこうれい》が敷かれたせいか、敬徳苑の館内は至って平穏である。

特養に勤務する以上、入所者の死は身近だが、菅本は病死や自然死ではなく殺されたのだ。スケジュールどおりにピアノ演奏会をやるよりも、菅本を追悼《ついとう》する催しに替えたほうがよかったのではないか。演奏会の準備をしているとき、穴見にそれをいうと、

「清水さんのいうとおり、入所者さまが亡くなるのは避けられないけど、それに慣れちゃいけない。ぼくらは介護が仕事なんだ」

「あたしも慣れちゃいけないと思います。ただ慣れないからこそ、菅本さんを悼《いた》んでも――」

「菅本さんが亡くなったのは、ぼくだってショックだよ。でも理事長がおっしゃったように、ぼくたちが暗い表情を見せたら、入所者さまやご家族が動揺する。そのせいで退所が増えたり、新たなトラブルが起きたりするかもしれない」

たしかに入所者たちは重度の認知症であっても、他者の感情には敏感である。何事もなかったように介護をするのが、もっとも適切な対応なのだろう。とはいえ介護員たちは上司や入所者の眼がないところでは、額を寄せてひそひそと話をしている。自分のミスで菅本が亡くなっ

たという疑いは晴れたが、藪下の行動に気づかなかったのは悔やまれる。

副施設長の堀口浩和によれば、加害者の藪下に賠償能力がないからか、菅本の息子夫婦は安全配慮義務違反で敬徳苑を訴えると息巻いているらしい。

堀口は痩せた青白い顔を曇らせて、

「たまにしか面会にこなかったくせに、夫婦で泣きわめくからまいったよ。うちに責任はないって突っぱねてるけど、きみもなにか訊かれても、よけいなことをいわないようにね」

「よけいなことっていうか——ほんとうのことしかいってません」

「嘘をいえってわけじゃない。でも予見できない誤嚥や転倒事故でも、損害賠償が認められた判例があるんだよ。誰が聞いてるかわかんないんだから、言葉には注意してってこと」

歩行介助を拒否した高齢者がトイレ内で転倒し、骨折によってＡＤＬが悪化したケースでは、施設側が一千万円を超える賠償を命じられたという。

それを聞いて、あらためて介護する側の責任の重さを感じた。堀口はケアマネジャーを兼ねているから、しょっちゅう入所者の家族と面談している。それだけに介護に関する発言には神経質だ。

壁の時計が二時五十分をさして、ようやくピアノ演奏が終わった。桜井はうやうやしくお辞儀をしたが、拍手をしたのは介護員だけだった。

このあと三時からは、おやつの時間である。

きょうのおやつは管理栄養士が作ったプリンで、飲みものはコーヒーか紅茶を選べる。介護員たちは入所者の車椅子を押して食堂に移動すると、すばやく配膳をすませた。

穂香は敬徳苑で最高齢の若杉勝利に寄り添って、スプーンですくったプリンを口に運んだ。若杉は無反応だが、いつものようにぴちゃぴちゃと舌を鳴らしてプリンを咀嚼する。

すこし離れた席に近江八重子がいる。近江は会話こそできないが、ふだんは食事の自力摂取ができるのにプリンに手をつけようとしない。

穴見がそれに気づいて、プリンを食べさせようとしている。

「どうしたの近江さん、きのうもきょうも食欲ないじゃない」

しかし近江は顔をそむけて食べようとしない。彼女は菅本とおなじ居室で、事件直後にコールした。菅本が藪下に襲われるのを見たはずだから、それが影響しているのか。

穂香にしても、まだショックから立ちなおれない。

あの温厚な菅本が殺されたのは悲しいが、藪下を憎む気にはなれなかった。藪下のセクハラ行為や菅本に対する暴力は認知症のせいであって、本人に悪気はないだろう。一度も言葉を交わしたことのないふたりが加害者と被害者になるのは、あまりにも切なかった。

きょうは早番だから四時には帰れる。もうすぐ啓太に逢えると思ったら、弱りきった気持が癒される。だが気がかりなことは、ほかにもある。無言電話や迷惑メールはいまだに続いているし、ゆうべはもっと不気味なことがあった。

深夜、啓太と布団で寝ていたら、カタカタと金属が触れあうような音がした。

不審な音は玄関のほうから聞こえてくる。足音を忍ばせて玄関にいくと、ドアについている郵便差込み口の蓋がカタカタ動いていた。驚いて玄関の照明をつけたとたん、郵便差込み口の蓋が閉まり、階段を駆けおりる足音がした。

急いでドアチェーンをかけてドアスコープを覗くと、廊下にはもう誰もいない。あとを追いかけようかと思ったものの、怖くてすぐには足が動かなかった。郵便差込み口の蓋の下にある郵便受け箱は斜めに傾いていて、いまにもはずれそうだった。

郵便差込み口を開けたのは室内を覗くためか。それだけでも怖いが、郵便受け箱がはずれかけていたから、部屋に侵入するつもりだったのかもしれない。とりあえず郵便受け箱をもとの位置にもどし、簡単にははずれないようガムテープで固定した。

築三十年の安アパートとあってオートロックはもちろん、セキュリティは皆無だ。階段をのぼって二階にあがれば、誰でも玄関の前までこられる。いまの部屋に住んでから、新聞や宗教の勧誘は何度もきたし、得体のしれない訪問者がチャイムを鳴らしたこともあった。

ゆうべ玄関の前にいたのは、いったい誰なのか。こんな古いアパートを泥棒が狙うとは思えない。変質者の可能性もあるが、もっとも疑わしいのは元夫の根岸雅也だ。

啓太に逢わせろとせがまれるのが厭で、根岸の電話番号とメールは着信拒否にした。その直後から無言電話や迷惑メールが頻発《ひんぱつ》するようになった。最近は尾行の気配も感じていただけに、このアパートに住んでいるのを知られたかもしれない。

いずれにしても、一連の行為をおこなったのが同一人物なら、もはやストーカーだ。ゆうべのようにまた誰かが部屋にきたらと思うと、たまらなく怖い。といって、いまの職場を辞めるわけにはいかないし、引っ越す金もない。ストーカー行為がやむのを念じて、しばらく様子を見るしかなかった。

プリンの食器とコーヒーや紅茶のカップを下膳《さげぜん》して、入所者のトイレ誘導を終えると四時になった。タイムカードを押そうと介護員室に入ったら、介護主任の辻根がデスクにいた。

「お疲れさまです」

穂香は笑顔で一礼したが、辻根は硬い表情で、

「菅本さんのヒヤリハット報告書はどうなってんの。なにも書いてないじゃない」

「すみません。でも菅本さんの件は、ヒヤリハットにはあたらないと思って」

「あなたのミスはないってこと？」

「はい。完璧とまではいえませんけど――」

「でも菅本さんは亡くなったのよ。これは事故じゃないの」

「――事故だと思います」

「だったら、事故報告書を書きなさいよ」

「でも、そのへんは警察に何度も話しましたから――」

「警察に話したって、うちの資料がないじゃない。ヒヤリハットを書くのは、事故を未然に防ぐために情報を共有するからでしょう。こんな大事故の報告書を書かないでどうするの」

「わかりました。すぐ書きます」

デスクにつこうとしたが、サービス残業は禁止、と辻根はいって、

「いまじゃなくていいから、近日中に書いて」

辻根のいいかたでは、事故報告書というより始末書だ。菅本が亡くなったのを自分のミスのようにいわれるのは納得できなかった。

タイムカードを押して介護員室をでると、非常階段にむかった。入所者が一緒でない場合、職員はエレベーターを使わず、非常階段でフロアを行き来するのが決まりである。

非常階段のドアは、エレベーターとおなじくテンキーで暗証番号を入力して開ける。むろん入所者が勝手に出入りするのを防ぐためだ。

穂香は非常階段を駆けおりると、急ぎ足で託児所にむかった。

託児所をでると、啓太をチャイルドシートに乗せて自転車を漕いだ。

二日ぶりの晴天で、五月の風がさわやかだった。菅本の事件があってから家事が手につかず、夕食は簡単にすませていたが、きょうは栄養のあるものを啓太に食べさせたい。

啓太のリクエストはカレーだったから、肉と野菜がたっぷりのカレーにしようと思った。隣町にハートモールという大型ショッピングセンターがあるが、遠いのが難点だ。

アパートから近い若希銀座にむかった。若希銀座は若希駅前にあるアーケード商店街で、ハートモールに客を奪われたせいか、閉まっている店のほうが多い。いわゆるシャッター商店街だが、古びた店構えのわりに新鮮な食材があるし、こちらの顔をおぼえてくれるのがいい。

「おや、啓太くん。また大きゅうなったね」

「啓太くん、きょうはなん食べるん」

アーケードのなかで自転車を押し歩きしていると、年老いた店主たちが声をかけてくる。啓太はあまり人見知りしないほうで、手を振って喜ぶ。はじめて啓太と買物にきたとき、奥さんと呼ばれて顔がこわばったが、それにも慣れた。

肉屋ではコロッケを、八百屋では玉ネギを一個おまけしてくれた。

小学校の下校時とあって、駅前の通りは子どもたちが三々五々歩いている。自転車を走らせるのはあぶないから、若希銀座をでてからも自転車は押し歩きした。

若希駅前交番と書かれた交番の前に、制服の警察官が立っていた。身長は百八十センチ以上ありそうで、がっしりした体格だ。背筋をぴんと伸ばし、両手を後ろで組んで前方を見つめている。

その前を通りかかったとき、あのひとだあれ、と啓太が訊いた。

「おまわりさん」

「おまわりしゃん？」

啓太が訊きかえしたとき、警察官がこちらを見て、あ、と声をあげた。

「あの――清水さんですよね」

驚いて足を止めたが、ようやく誰なのかわかった。

菅本が亡くなった深夜、敬徳苑にきた警察官だ。あのときはマスクをしていたから、すぐにわからなかった。あらためて見ると、肉厚の扁平《へんぺい》な顔で威圧感がある。眉毛はないに等しいほど薄く、眼は糸のように細い。制服を着ていなかったら、とても警察官とは思えない。

「先日はどうも」

穂香が会釈すると、警察官はあわてて敬礼して、

「こちらこそ、ご協力ありがとうございました」

「この交番にいらっしゃったんですね」

「はい。いろいろ大変やったと思いますが、すこしは落ちつかれましたか」

「ええ。まだ本調子じゃないですけど」

「なんか困ったことがあったら、いつでも相談してください」

「ありがとうございます」

ふたたび会釈して歩きだそうとしたとき、ストーカーのことが脳裏をよぎった。この警察官には最初に事情聴取をされたが、高圧的な刑事とちがって親身に話を聞いてくれた。

彼ならば、ストーカーについても適切なアドバイスをしてくれるかもしれない。もしそうでなくても、なにかあったときのために警察に話しておいたほうがいい。

「実は、ちょっと気になることがあるんですけど――」

穂香がそう切りだすと、警察官はうなずいて、

「お時間は大丈夫ですか。よかったら、なかでうかがいましょう」

大きな掌で交番の入口を示した。

10

二日ぶりに晴れたとあって夜の街はにぎわっている。

風間は飲食店が軒を連ねる通りを歩いていた。今夜も聞き込みだが、丹野とは別行動だ。時刻は十時をまわって、酔客のダミ声や夜の女たちの嬌声《きょうせい》が耳につく。

交番勤務だった頃は事件がない限り、非番や公休は呑みにいけたが、最近はまったくそんな余裕がない。酒が呑めないのに聞き込みで夜の街を歩くのは、お預けを喰ったようで不快だった。

二時間ほど前、オレオレ詐欺の拠点摘発について臨時の捜査会議があった。

捜査会議には刑事第一課、刑事第二課、組織犯罪対策課、生活安全課の捜査員が出席した。司会役の片桐が説明したところでは、きょう詐欺未遂容疑で逮捕された十八歳の大学生は、SNSで知りあった女から簡単に稼げるバイトがあると誘われたと供述した。大学生がSNSを通じてバイトに興味があるとメッセージを送ると、バイト先の電話番号を教えられた。

大学生はその番号に電話してバイトの詳細を聞いた。電話にでたのは二十代とおぼしい男で、指定された人物から書類を受けとってくるだけで報酬は三万円だといった。大学生がバイトを希望すると、きょうの昼に男から電話があった。

男は大学生にスーツを着用して若希駅のホームにいくよう命じ、五味という老人から紙袋を受けとってこいといった。その際、五味の息子の代理だと名乗るよういわれて不審に思ったが、男から犯罪ではないと説得されて現場にむかった。

受けとった紙袋は隣駅の田畠《たばたけ》駅にある暗証番号式のコインロッカーに入れるよういわれていたが、若希駅のホームで五味から紙袋を受けとったところを、駅事務室に張り込んでいた福地と新田に逮捕された。大学生の供述により、SNSを通じてバイトを紹介した女は、きょうの夕方、刑事第二課が任意同行を求め、事情聴取をおこなった。

女はやはり大学生で年齢はたちだった。ガールズバーに勤めており、客の男から儲け話があると持ちかけられた。すぐに稼げるバイトがあるので誰か紹介してくれたら、その都度手数料を払うと男にいわれ、SNSで拡散したという。

「女子大生の供述からして、この男はリクルーターだと思われます。女子大生は容疑が固まりしだい逮捕する方針ですが、オレオレ詐欺の拠点は短期間で撤収されます。その前にリクルーターを特定して首謀者の逮捕につなげたい。つきましては関係各課で情報を共有し――」

片桐に続いて刑事第一課課長の荒木政義《あらきまさよし》がマイクを握り、このところ県内でオレオレ詐欺をはじめ特殊詐欺が多発しており、県警本部では来月を特殊詐欺根絶月間として対策に乗りだすといった。

「七月には条川署創立五十周年の記念式典をひかえていますから、なんとしても成果をだしたい。オレオレ詐欺グループには半グレ集団、サベージの関与も疑われるので、捜査員は各自捜査に全力をあげるように」

オレオレ詐欺は数年前まで高齢者に金を振り込ませていたので「振り込め詐欺」と呼ばれていたが、最近は銀行が高齢者の高額な振込みを警戒しているので、じかに現金を受けとる手口が増えてきた。

オレオレ詐欺グループは巧妙な分業制によって成りたっている。

「金主」と呼ばれる出資者を頂点に、拠点の責任者である「店長」、拠点から高齢者に電話をかける「掛け子」、ATMから金を引きだす「出し子」、被害者から金を受けとる「受け子」、出し子や受け子が金を持ち逃げしないよう監視する「見張り役」、出し子や受け子をスカウトする「リクルーター」などで構成されている。

ほかにも高齢者の個人情報を提供する「名簿屋」、詐欺に使用する携帯電話回線を用意する「道具屋」、オレオレ詐欺の拠点を用意する「代行屋」、金主と実働部隊をマッチングする「仲介屋」がグループに協力している。グループによって、金主は「社長」、店長は「番頭」、掛け子は「プレイヤー」など呼び名が異なる。

大きな組織の場合は番頭が複数の拠点を管理し、各拠点に店長がいる。掛け子は店長から事前に電話応対についての研修を受ける。グループはひとつの集団ではなく、接点は限られている。たとえば金主は店長とやりとりするが、掛け子以下のメンバーと面識はない。店長は掛け子に指示をだす一方、リクルーターを通じて受け子を集める。

掛け子が高齢者をだまして金を受けとる段階になると、店長はリクルーターに連絡し、受け子と見張り役を現場にいかせる。受け子と見張り役に面識はなく、見張り役は受け子を尾行して指示どおりに行動するかを監視する。

グループの指示系統はちがうパターンもあるが、いずれもメンバーの接点は限られており、直接連絡をとりあうのはごく一部だ。その理由はメンバーどうしを結託させないのと、芋づる式に身元がばれるのを防ぐためだ。

こうしたグループの構造が上層部の摘発を困難にし、最末端の受け子しか逮捕できないことが多い。上層部は危険を察知するとすぐさまグループを解散し、証拠を隠滅するから捜査は迅速さを求められる。去年、オレオレ詐欺グループの首謀者と目されていた根岸雅也を逮捕したにもかかわらず、起訴できなかったのも物的証拠が乏しかったせいだ。

女子大生の供述によるとリクルーターはショウと名乗っていたが、店には二回きただけで本名や職業はわからないという。ただ女子大生がバイト中にスマホで客を撮った写真に、その男が写りこんでいた。

捜査資料として配付された写真を見た限りでは、二十代なかばから三十代前半で痩せ形、茶髪を長く伸ばした水商売風の印象だった。この写真を手がかりに男の素性を洗うのが聞き込みの目的だ。

男はリクルーターだけに、若い女がいる店をまわっては儲け話があると持ちかけている可能性が高い。とはいえ通常の聞き込みでは、リクルーターの男に捜査の手がおよんだのが店の女性を通じて広まる可能性がある。

そうなれば本人はもちろん、オレオレ詐欺グループは解散して行方をくらますだろう。オレオレ詐欺グループに気づかれないよう捜査を進めるには、客を装って男の素性を探るしかない。

捜査会議のあと、各課で話しあった結果、夜の街で顔を知られていない若い捜査員で手分けして、リクルーターの聞き込みをすることに決まった。

手はじめはリクルーターが女に声をかけていそうなガールズバーだ。生活安全課の資料によると、条川署管内のガールズバーは九軒ある。風間が担当するのはそのうちの三軒だが、客として店にいくには飲食費がかかる。

条川署をでると丹野は一万円札を押しつけてきて、

「これでなんとかせい。ただし酒は呑むなよ」

「わかりました。領収書は――」

「自腹じゃ。こげなもん捜査費で落ちるかい」

捜査をするよう命じておきながら捜査費がでないのは理不尽だが、交番勤務の頃も刑事は自腹が多いと聞いていた。あるいは丹野が上司に気を遣って自腹を切ったのかもしれない。

風間はスマホの地図を見ながら、事前にチェックしたガールズバーをまわった。任意同行した女子大生がバイトをしている店は、べつの捜査員が担当している。ガールズバーの料金システムは、たいてい時間制になっていて五十分から六十分が呑み放題で、料金は三千円から四千円程度だ。

風間は二軒のガールズバーに顔をだしてウーロン茶を注文した。

ガールズバーでは、女たちが呑むドリンクに何割かのキャッシュバックがある。ガールズバーはキャバクラやスナックにくらべて時給が安い。もっと稼ぐにはドリンクをねだるしかなく、それを拒む客には対応が冷たくなるが、一万円以内で三軒まわるには女たちに呑ませられない。

スマホでリクルーターの写真を見せて、女たちに面識はないか訊いた。

「おれの知りあいの子が、このひとに気があるみたいで逢いたがっとるんよ。いっぺん呑んだだけで名前も知らんていうとるけど――」

女たちに怪しまれないよう話をでっちあげたが、男を知っている者はいなかった。

三軒目のガールズバーはイルザという店だった。

店舗は路地に面していて居酒屋と焼鳥屋のあいだにある。キャストと呼ばれる従業員は三人で、みな丈の短いTシャツを着てショートパンツを穿いている。店内はカウンター席しかなく、やけに照明が明るかった。客は大学生風の男がふたりいる。

料金は三千円で六十分呑み放題だったが、ここでもウーロン茶を注文した。

風間の前についたのはキャストのなかで、いちばん整った容姿の女だった。年齢は二十代なかばくらいで接客の手際もいいから店長らしい。女はセリナと名乗った。

セリナはウーロン茶のグラスを風間の前に置いて、

「ウーロンでいいんですか。ウイスキーも焼酎もカクテルも呑み放題なのに」

「うん。酒はひかえとるけ」

「うちは、はじめてですよね」

「うん」

「きょうはお仕事の帰り?」

「まあね」

「どういうお仕事ですか」

「ふつうのサラリーマン」

「それじゃ、わかんないよ」

風間は曖昧に笑ってごまかした。セリナは甘えるように口角をあげて、

「ね、一杯いただいてもいい?」

「ごめん。さっき遣《つこ》うてしもて、あんまり持ちあわせがないんよ」

「そっか。じゃあ、しょうがないね」

セリナはいくぶん冷めた表情になった。前の二軒で七千円を遣ったから予算はあと三千円しかないが、この店でなにも聞きだせなかったら今夜の聞き込みがむだになる。

風間は財布を見るふりをして、

「あ、遣うたと思うたら、まだ金があった。一杯呑んでええよ」

「ほんとにいいんですか。ありがとうございます」

セリナは微笑すると、店の奥にいってモスコミュールを作った。じっと手つきを見ていたら、ウォッカは入れずジンジャエールしか注いでなかったからノンアルコールのフェイクだ。フェイクのくせにライムを浮かせているのが芸が細かい。

セリナとひとしきり世間話をしたあとでスマホの写真を見せて、前の二軒とおなじ台詞を口

にした。

「そのひとなら店にきたよ。名前は、たしかショウさんだった」

とセリナはいった。風間はカウンターに身を乗りだして、

「連絡先はわかる？」

「わかんない。二、三回しかきてないし」

「誰か知らないかな」

「さあ、いつもホスクラの代表ときてたけど――」

「ホスクラってどこの？」

「ワイズガイって店」

「じゃあ、小田切って店」

小田切怜の源氏名をいうとセリナは眼をしばたたいて、

「もしかして小田切さんの知りあい？」

「いや、高校の同級生がホストやってたから、名前聞いたことがあるだけ」

「小田切さん、有名だもんね」

「どういうふうに？」

「すっごい男前だし、女の子にやさしいから」

小田切について探りを入れたが、それ以上のことはわからなかった。

会計を頼むと料金は五千円だった。ライムを浮かせただけのジンジャエールが二千円もして、

そのぶんは自腹だから腹立たしい。とはいえ、ショウという男と小田切につながりがあるとわかったのは収穫だった。

店をでてから丹野に電話すると、いまからワイズガイにいくぞという。腕時計を見ると十一時すぎだった。今夜はこれで帰れると思っていたからうんざりして、

「いまからですか」

「あたりまえじゃ。ほかの課に先越されたらどうする」

ワイズガイの近くにあるコンビニで丹野と待ちあわせた。

丹野はすぐにあらわれたが、どこかで呑んでいたらしく眼のふちが赤く息が酒臭い。こっちはウーロン茶で聞き込みしていたのに自分だけ呑むとは卑怯《ひきょう》だ。丹野はそんな思いを察したらしく、

「いまは勤務中やないぞ。おまえが小田切のことを聞き込みしてきたけ、急遽《きゅうきょ》仕事になったんじゃ」

いいわけがましいことをいった。

ワイズガイのあるテナントビルの前まできたとき、小田切がビルからでてきた。きょうは黒いスーツでヴィトンのクラッチバッグを小脇に抱えている。小田切はこちらに気づかないようで通りを歩いていく。

「どこいくか様子見よう」

と丹野はいった。ふたりで小田切を尾行すると、さっき聞き込みしたイルザのそばにきた。

そのまま店に入りそうな気配に、丹野は足を速めて小田切に追いつき、

「おい、ちょっとええか」

背後から声をかけた。小田切は足を止めると怪訝《けげん》な表情で振りかえって、

「丹野さん、どうしたんすか」

「話があるんじゃ。ちょっと顔貸してくれ」

「話ってなんすか。急いでるから、この場でいってください」

「ここじゃくわしくいわれんけど、ショウちゅう男を知っとるやろが」

「さあ、そんな名前の奴は多いんで」

「オレオレ詐欺の受け子集めとる奴じゃ。おまえも一枚嚙んどるんやないか」

「知りません。おれはもういきますよ」

小田切は歩きだした。待てッ、と丹野は語気を強めて、

「おまえがそういうつもりなら、職質に切りかえるわ。そのバッグ、なんが入っとるか、なかを見せれ」

「はあ？　職質は任意っすよね。お断りします」

「そげないいわけで逃げられんのは、おまえも知っとろうが」

「じゃあ、この店で話しましょう」

小田切はイルザのドアを開けると、すばやくなかに入った。丹野は不意をつかれて、あッ、と叫んであとを追った。さっき聞き込みにきただけに気まずいが、自分だけ外にいるわけにはは

いかない。

丹野に続いて店内に入ると、カウンターの女たちが眼を見張った。客は誰もおらず、小田切は急ぎ足で店の奥へむかっていく。突きあたりにはトイレがある。

「おい、待てッ」

丹野も店の奥へ歩きながら大声で怒鳴った。

小田切はそれを無視してトイレに駆けこむとドアを閉めた。丹野はトイレのドアノブをひっぱったが、内側から鍵をかけているようで開かない。

「なんしよんか、こらッ。はよでてこいッ」

丹野は拳《こぶし》を振りあげてトイレのドアを乱打した。

「お客さんこそ、なにしてるんですか。静かにしてくださいッ」

セリナがカウンターで甲高《かんだか》い声をあげた。

「条川署のもんじゃ」

やかましいッ、と丹野は怒鳴って、
女たちは訝《いぶか》しげに眉をひそめて顔を見あわせた。丹野はこっちをにらんで顎をしゃくった。

警察手帳をだせということだ。

上着の懐から警察手帳をだして女たちに示すと、セリナが軽蔑したような眼をむけて、

「あんた、警察《ヒネ》やったん。汚いまねしよるね」

風間は視線をそらして警察手帳を上着にしまった。同時に水の流れる音がしてトイレのドアが開き、小田切がでてきた。丹野がその前に立ちふさがって、

「きさま、便器になん捨てたんかッ」

「意味がわかりませんね。職質中は小便もできないんすか」

小田切は涼しげな表情で答えた。丹野は鋭い眼でこっちを見ると、

「おい、便所ンなか調べろ」

風間はトイレに入って個室のなかを見た。ぱっと見に不審な点はなかったが、水洗用のタンクの蓋を開けると、水の底にスマホが沈んでいた。

上着を脱いでワイシャツの袖をまくってタンクに腕を突っ込み、スマホを拾いあげた。びしょ濡れになった腕とスマホを洗面台のペーパータオルで拭いたが、スマホは旧型の機種だから防水機能はついていないだろう。

トイレをでると、丹野はカウンターの椅子にかけ、小田切のクラッチバッグの中身を点検していた。小田切は隣で煙草を吹かしている。風間はスマホを丹野に見せて、

「これがありました」

「電源入れてみろ」

丹野にいわれて電源ボタンを長押ししたが、水没で故障したらしく作動しない。ご丁寧にメモリーカードは抜いてあるからトイレに流したのだろう。丹野は舌打ちして、

「証拠消しやがったの。ただですむと思うなよ」

「なにいってんすか。それは、おれのスマホじゃないすよ」

と小田切がいった。まあええ、と丹野はいって、

「続きは署で聞くわ」

「はあ？　おれがなにしたっていうんすか」

「公務執行妨害《コウボウ》じゃ。捜査を妨害しやがったからの」

「でたらめいわんでください。おれがいつ捜査を妨害したんすか」

小田切がいった。とたんに丹野は小田切の首根っこをつかんで前に突き飛ばした。小田切はつんのめってカウンターに身を乗りだし、そこにあったグラスが床に転げ落ちた。

「公務執行妨害《コウボウ》が厭なら、器物損壊の現行犯やの」

と丹野がいった。こんなのめちゃくちゃよッ、とセリナが叫んで、

「グラス割ったの、あんたじゃない」

「おまえがこの店の責任者か」

「そうだけど——」

「なら、いらんこといわんで被害届だせ」

「どうして？」

「ガールズバーは深夜酒類提供飲食店じゃ。キャバやホスクラみたいに風俗営業許可一号をとらん限り、接待行為は禁止やろが」

「そんなこといったって、どこのガールズバーでも——」

「談笑やお酌《しやく》は接待行為。特定の客と三分も話せば談笑とみなされて、すでに違法なんや。ごちゃごちゃ抜かしよったら、いまから生活安全課の刑事《セイアンデカ》呼ぶぞ」

深夜酒類提供飲食店や風俗営業の許可は生活安全課が担当しているだけに、彼らににらまれたら夜の商売はできない。セリナは一瞬口ごもったが、

「呼ぶなら呼びなさいよ。こんなのまちがってる」

もういい、と小田切はかぶりを振って、

「逆らうな。黙って被害届をだせ」

「ほう。たまには、おまえもええことというやないか」

丹野は小田切をねぎらうように肩を叩いた。

小田切の眼にぎらりと凄《すご》みのある光が宿ったが、それは一瞬で消えた。丹野はきょうの日時と器物損壊罪での逮捕容疑を口にすると、小田切に手錠をかけて、

「おい、PC《パトカー》呼べ」

風間にむかって顎をしゃくった。

11

浴室のなかは湯気がこもって蒸し暑い。

穂香は額の汗を手の甲で拭《ぬぐ》い、シャワーの温度を調整した。入浴介助用のTシャツとショートパンツは飛び散る湯と汗でぐっしょり濡れている。

浴室は陽あたりがいいうえに、いまは昼の二時すぎだから室温はかなり高いだろう。

とはしない。肌に張りがある。近江は裸を見られるのが恥ずかしいらしく、うつむきかげんで顔をあげようとしない。

　三階の入所者たちはみな重度の認知症だけに、排泄や入浴介助で肌をさらすのは日常的だ。仮に不本意であっても介助が必要なら、それに慣れざるをえない。

　けれども近江は入所から半年しか経たないせいか、羞恥心《しゅうちしん》が強い。要介護度は四で食事や排泄や歩行など全面的な介助が必要なのに、食事は自力摂取できるし排泄も自分でしようとする。

　穂香はシャワーの温度を指で確認してから、近江の足元にすこし湯をかけて、

「熱くないですか」

　返事はなかったが、白髪頭が前後に揺れたのを見て、足元から湯をかけはじめた。シャワーは心臓から遠くて血行が滞りやすい末梢《まっしょう》から中枢の順にかけていく。

　シャワーで全身を温めたあと陰部や臀部を洗おうとしたら、近江はタオルを手にして自分で洗いはじめた。おなじ居室の菅本キヨが薮下稔に殺害されてから、ショックのせいか欠食が続いたが、やっと食欲が回復した。穂香はいくぶん曲がった背中を流しながら、

「お元気になられてよかったです。この調子なら要介護度がさがってるかも――」

　といいかけたとき、急に近江が前にのめった。シャワーチェアから落ちそうになるのを寸前で抱き止めたが、あやうく事故になるところで心臓がどきどきした。

介護業務のなかで、もっとも注意を要するのは入浴介助、いわゆるフロ介である。

近江のように入浴を恥ずかしがったり拒んだりする者もいれば、入浴の意味を理解できない者もいる。なんとか入浴まで漕ぎつけても、転倒、溺水《できすい》、体調の急変など浴室内での事故は数多い。それだけに入浴前には看護師がバイタルチェックをおこない、入浴できるかどうか判断する。

穂香たち介護員は浴室の清掃はもちろん浴槽に湯を張り、入所者の着替えを用意する。そのあとトイレ誘導をおこなってから浴室にむかう。浴槽内で排泄されたら、湯をぜんぶ捨てたうえに大がかりな清掃が必要になるからだ。

躯に麻痺《まひ》がある入所者の場合、衣服の着脱は脱健着患が基本である。衣服を脱がすときは麻痺のない健康な側から、衣服を着せるときは麻痺のある患部側からという意味だ。

入浴は週二回で、入所者の躯の状態に応じた入浴をおこなう。自立歩行が可能なら一般浴、座位が保持できるなら介助浴、寝たきりの場合は機械浴、それぞれに浴室と浴槽が異なる。

週に二回の入浴はすくないようだが、敬徳苑のような従来型特養では週二回以上の入浴または清拭が省令で義務づけられている。そもそも百名を超える入所者を一度に入浴させることはできない。一日に三十数人を入浴させても三日がかりだから、週に二回が限度である。

しかも一日のスケジュールは決められているだけに、ひとりの入浴に時間はかけられない。十分以内に終わらせて、次の入所者を入浴させる。入浴介助は重労働だから、それ専門のパートを雇っている施設もあるが、敬徳苑は介護員だけでおこなう。

近江を風呂に浸からせたあと更衣室でパジャマを着せ、ドライヤーで髪を乾かした。きょう入浴させるのは近江が最後だから、もうじき休憩がとれる。

近江を車椅子に移乗させて居室にむかった。菅本キヨが殺されて以来、近江はべつの居室にいる。事件は解決したものの、現場となった居室は入所者やその家族への配慮から現在使われていない。

近江を居室に誘導すると、爪切りをして水分補給をさせた。爪切りをするのは入浴後は爪がやわらかいからで、水分をとらせるのは入浴の発汗で血液の粘度が高くなっているからだ。

「お風呂上がりは体力を消耗してますから、ゆっくり休んでくださいね」

近江にそう声をかけて居室をでた。

ロッカールームで濡れたTシャツとショートパンツを脱ぎ、いつものポロシャツとトレーニングパンツに着替えた。ほんとうはシャワーを浴びたかったが、そこまでの時間はない。

介護員室に入ると入浴介助の記録をノートパソコンに入力し、デスクの引出しから弁当をだした。

弁当の中身はけさの朝食の残りで、ウインナーの炒めものと玉子焼と沢庵《たくあん》、ご飯にはふりかけがかかっている。昼食は入所者とおなじメニューを有料で食べられるが、自分で作ったほうが倹約になる。

時刻はもう三時をすぎている。きょうは日勤で朝の八時半から働いているが、入浴介助に時間を喰ったせいで、いままで休憩がとれなかった。

穂香は箸《はし》を動かしながら私物のスマホに眼をやった。

きょうは不審な着信はなく迷惑メールもきていないが、けさ出勤しようとアパートをでたら、むかいの公園の前に黒いミニバンが停まっていて、アイドリングの音が聞こえてきた。車内はよく見えず、誰が乗っているのかわからない。

誰かを見張っているような気配に、啓太を抱いて駐輪場にいった。自転車に乗って駐輪場をでると、さっきの車はもういなかったが、こちらに気づいて去ったような気もする。おととい の夜は郵便差込み口の蓋を誰かが開けていたし、不穏な気配が増している。

ストーカーの件を交番の警察官に相談したのは、きのうの夕方だった。

警察官は武藤大輔と名乗った。武藤と交番に入ると、啓太は珍しそうにあたりを見まわして、

「ここどこ?」

「交番よ」

「こーばん? こーばんってなに?」

「んーとねえ、おまわりさんがいるとこ」

「犬のおまわりしゃんは?」

「犬のおまわりさんはいないけど、本物のおまわりさんがいるよ」

武藤は啓太の前に腰をかがめて、

「こんにちは。ぼく、いくつかな」

「ふたつ――おまわりしゃん、怖い」

「怖くないよ。ほら、抱っこしてあげようか」

武藤は笑顔で両手を伸ばしたが、大男のうえに強面のせいか啓太はべそをかきだした。武藤はおろおろして、ごめんねごめんね、とあやまった。穂香もあわてて、

「すみません。ふだんは人見知りしない子なんですけど――」

啓太をあやそうとしたとき、奥の部屋からもうひとり若い警察官がでてきて、

「ぼく、こっちきて遊ぼう。おかあさん忙しいから」

とたんに啓太はけろりとして、その警察官についていった。武藤は苦笑して、

「おれじゃだめみたいですね。どうぞおかけください」

細長いテーブルの前にあるパイプ椅子を勧めた。

恐縮しつつそれにかけると、武藤はむかいに腰をおろした。穂香は無言電話や迷惑メールが頻発していて尾行の気配を感じることや、郵便差込み口を誰かが開けていたことを語った。

「郵便受け箱がはずれかけていたのは、ちょっと気になりますね」

武藤は太い首をかしげて、

「郵便差込み口から手や針金を差しこんで、ドアの鍵をあけるのはサムターン回しです」

「サムターン回し？」

「ドアの外から内側の鍵をあける手口で、空き巣や変質者がよく使います」

「やっぱり――」

「犯人が侵入しようとしてたかどうかはわかりませんが、念のため在宅時はドアチェーンをか

けて、郵便受け箱がはずれないようにしてください」

「とりあえずガムテープで固定しましたが――」

「サムターン回しを防ぐために、鍵につけるカバーがあったほうがいいですね。百円ショップやホームセンターに売ってます」

「さっそく買って帰ります」

「ただ、そういう行為が同一人物の仕業かどうかが問題ですね。無言電話や迷惑メールは相手が特定できたら、ストーカー規制法の対象になるんですけど――」

「相手はわからないんです」

「改正ストーカー規制法やとSNSでのつきまといも規制対象ですから、ツイッターやブログに執拗な書きこみをするのも禁じられてます」

「前はツイッターもブログもやってたんですが、最近はほったらかしです」

「誰か犯人に心あたりは？」

「わかりませんけど、もしかしたら別れた夫が――」

穂香は離婚のいきさつを手短《てみじか》に語ったが、根岸がサベージの幹部で傷害や恐喝の前科があり、オレオレ詐欺の容疑者として逮捕されたとはいえなかった。ただ啓太に逢わせるのを拒んで別居してから、一連のストーカー行為がはじまったといった。

「だとしたら、元のご主人の可能性もありますね」

「ええ。でも、そうじゃないかもしれませんし」

「念のためにうかがいますけど、元のご主人のお名前は」

穂香は答えるべきかどうか迷った。もしストーカーが根岸だったとしても、警察沙汰にしたいわけではない。厭がらせをやめて、そっとしておいて欲しいだけだ。

しばらく口ごもっていると武藤は微笑して、

「無理にお話しいただかなくても結構です。とりあえずパトロールを強化しますが、またなにかあったら連絡してください」

啓太はもうひとりの警察官にすっかりなついて、なかなか帰ろうとしなかった。だが武藤が近づきかけると穂香にすがりついてきた。武藤は薄い眉を八の字にして、

「やっぱだめかあ」

穂香は苦笑して、すみません、と頭をさげた。武藤はかぶりを振って、

「いえいえ、おれの人相が悪いんです」

「そのとおりやの。もうちょっとにこにこせえよ」

もうひとりの警察官が笑った。

はい、と武藤は答えて顔をほころばせたが、ぎごちない笑顔が滑稽《こっけい》だった。

「ほら、啓太。おまわりさんにバイバイしなさい」

穂香がうながすと、啓太は無言でちいさく手を振った。武藤ともうひとりの警察官は外まで見送りにきてくれた。ふたりに礼をいって交番をあとにした。

それから百円ショップでサムターン回し防止用のカバーを買い、玄関のドアの鍵につけた。

これでひとまず安心だと思ったら、けさ黒いミニバンを見てまた不安になった。よほど武藤に連絡しようかと思ったが、車に乗っているのがストーカーとは限らない。騒ぎたてるのも気がひけて武藤には伝えなかった。

穂香が弁当を食べ終えたとき、同僚の音村沙織が介護員室に入ってきた。沙織はデスクにつくと、コンビニのレジ袋からおにぎりをだして、

「あー、もう疲れた」

首を左右に振って、ぼきぼきと鳴らした。お疲れさまです、と穂香は会釈して、

「いまからお昼ですか」

「うん。あんた、もうフロ介慣れた？」

「ええ。まだまだですけど」

「爺さんのフロ介なんか、ソープやデリヘルと変わらんやろ」

返事に困って苦笑すると、沙織は続けて、

「風俗よりサービスしとるのに、こんな安月給じゃやっとれんわ。そう思わん？」

「でも、あたしは新人ですから」

「何年がんばったちゃ、たいして給料はあがらんよ」

沙織はスマホを片手におにぎりをぱくついて、

「あんた、よう辛抱したね」

唐突にそういった。穂香は首をかしげて、

「なにがですか」

「菅本さんが殺されたとき、なんやかんやいわれたやろ」

「――ええまあ」

「辻根のババアとか堀口の馬鹿とか、意地が悪いけね」

介護主任や副施設長の悪口をいうわけにはいかず、曖昧にうなずいた。

「あんたは辞めるやろって、みな陰でいうとったんよ」

「そうなんですか」

「けど辞めんでよかったわ。女の介護員が減ったら、どうせまた喰い詰めた野郎が入ってくるやろ。河淵みたいなおっさんと働くの厭やけね」

穂香はふたたび苦笑した。

沙織がいったとおり、最近の介護業界には倒産やリストラで職を失った中年男性が増えているらしい。彼らは再就職が困難だけに、人手不足で求人の多い介護職を目指すのだろう。

穂香が通った職業訓練校の介護講座にも、若者にまじって中年男性が何人かいた。同僚の河淵も百貨店に勤めていたが、リストラに遭って五十五歳から介護職になった。

河淵は背が低く小肥りで風采があがらない。穂香より前から働いているのに仕事は遅く、いつもオムツ交換や入浴介助で手間どっている。そのわりに愚痴が多いから、みんなの顰蹙《ひんしゅく》を買う。

けさの申し送り――夜勤職員が入所者の状態を伝達する引継ぎの際にも、河淵はろくに話も聞かず、うつらうつらしはじめた。辻根がそれに気づいて尖った声をあげた。

「河淵さん、聞いてるんですか。大事な話をしてるのに」

「すみません。ちょっと体調が悪くて」

河淵がぼそぼそいいわけすると、辻根は顔をゆがめて、

「わかってんの、河淵さん。みんなの足をどれだけひっぱってるか」

「――すみません」

「きついのは、みんな一緒。この仕事がそんなに厭だったら、無理しなくていいよ」

辞めろといわんばかりの口ぶりだったが、フロアリーダーの穴見は、

「チームワークが悪いのは、ぼくの責任です。河淵さんはまだ仕事に慣れないだけですから、ぼくたちがサポートしていきます」

「そんなことといって、こっちにも皺寄せはくるのよ」

「入所者さまだけでなく、スタッフどうしも気持よく助けあうのが大事じゃないでしょうか。ぼくたちがぎくしゃくしてたら、心のこもった介護はできないと思います」

辻根は不満げな表情で口をつぐんだ。

沙織はおにぎりを頬張りながら、けさの申し送りの件を口にして、

「辻根のババアがやりこめられて気持よかったあ。穴見っち、マジ惚れなおしたわ」

「穴見さんは、ほんとにやさしいですよね」

「あんた、気ィあるんやない？　かわりに告白《コク》っちゃろうか」

「いえ、そういうのじゃないです」

あわててかぶりを振ったとき、沙織が廊下を顎でしゃくった。

廊下に眼をやると、理事長の井狩と施設長の桜井がいた。井狩は背は低いが骨太な躯つきで、禿げあがった頭と造作の大きい顔は色艶がいい。井狩は両手を背中で組み、あたりを睥睨《へいげい》するように歩いていく。桜井はそれに付き従いながら、なにか小声で喋っている。

ちッ、と沙織が舌打ちして、

「仕事もせんくせに昼間からいちゃつきやがって。はよラブホでもいけっつーの」

「え、じゃあ理事長と施設長って――」

「あんた知らんやったん。あのふたりがデキとうの」

「でも、だいぶ歳が離れてますけど」

「三十近く離れとうやろ。理事長は還暦すぎとるのに、ようやるわ」

「それって、みんな知ってるんですか」

「うん。公然の秘密ってやつ」

「たしか息子さんは市会議員でしたよね」

「井狩恭介やろ。あれも親父とおなじで女癖が悪いて噂よ」

「あたし選挙のとき、投票しちゃいました」

「うちの職員は強制みたいなもんよ。あたしはこっそり、ちがう候補にいれたけどね」

沙織によれば、理事長の井狩は敬徳苑を私物化して巨額の利益を得ているという。が、疲れているときにそんな話は聞きたくないから、それとなく話題を変えた。

12

鉄格子のはまった窓は曇りガラスで、外の景色は見えない。

小田切は窓を背にして、古ぼけた事務用のデスクの前に視線を落としている。デスクは被疑者が倒したりできないよう、脚が蝶番《ちょうつがい》で床に固定されている。映画やドラマにでてくる取調室とちがってデスクに電気スタンドはない。

小田切の手錠ははずされているが胴体は腰紐で縛られ、腰紐は手錠とからめてパイプ椅子にくくりつけてある。もし逃走を図るなら椅子ごと逃げるしかない。

デスクをはさんで丹野が腕組みをして、

「はよショウちゅう奴との関係を吐け。ショウはオレオレのリクルーターやろ」

「なんの仕事か知りません。うちの客から紹介されて、あのガールズバーで呑んだだけっす」

「そのとき、どげな話をした？」

「自分もホスクラ経営したいっていうから、相談に乗ったんです」

「うちの客ちゅうのは誰か。いつショウを紹介された」

「もうかんべんしてください。弁護士も不当逮捕だっていってますよ」

と小田切はいった。丹野は鼻を鳴らして、

「なんが不当逮捕じゃ。ガールズバーから被害届がでとる」

「丹野さんが仕組んだからじゃないすか」

「なんも仕組んどらん。おまえが証拠を隠滅したからじゃ」

「いつ証拠を隠滅したんすか」

「スマホを便所のタンクに入れたやないか」

「そのスマホは、おれのじゃねえっていってるでしょう。おれのだって証明できるんすか」

イルザのトイレから回収したスマホは生活安全課の解析班が復旧を試みたが、通信履歴やデータは調べられなかった。仮に復旧できても暴力団や半グレは、トバシと呼ばれる他人名義のスマホや携帯を使っているから本人のものだと証明するのはむずかしい。

刑事課の取調室である。

ドアは半開きで、被疑者の姿が見えないよう外にパーティションが置かれている。ドアを開けておくのは、強引な取調べができないよう密室にしないためだ。

風間はパイプ椅子にかけ、壁際にある小机でノートパソコンにむかっていた。

液晶画面に表示された時刻は四時だった。ゆうべ小田切を逮捕して、けさから取調べを続けている。小田切は弁護士を呼べの一点張りで、なにも喋ろうとしなかった。

「なんが弁護士呼べか。若《わけ》えくせに、いっぱしのヤー公みたいなまねしやがって」

丹野は毒づいたが、被疑者には弁護士を呼ぶ権利があるから拒めない。小田切はそういう知識があるうえに、弁護士の知りあいまでいるから複数の前科がありそうだった。

前科前歴や各種の手配情報は各都道府県警の照会センター――通称１２３に保存されており、警察電話や各署の端末で照会できる。しかし小田切は前歴が三つあるだけで、前科はなかった。

前歴は逮捕されたが起訴されなかった場合、前科は逮捕後に起訴されて有罪判決がでた場合につく。どちらも当該者が死亡するまで警察のデータベースに記録される。

小田切の三つの前歴は恐喝と詐欺と傷害だったが、検察の判断はいずれも嫌疑不十分だった。嫌疑不十分とは犯行をおこなった可能性があっても、それを立証する証拠が不足している状態だ。三回も逮捕されながら嫌疑不十分になるとは、かなりの知能犯らしい。

小田切はきょうの午前中に弁護士と接見して、逮捕は不当だと訴えたらしい。器物損壊は親告罪だから、被害者が訴えれば物証がなくても逮捕できるが、小田切はグラスを割ったのを認めようとしない。

実際には丹野が突き飛ばしたからグラスが割れたのだし、丹野がガールズバーに被害届をだすよううながしたのだから、小田切が罪を認めないのは当然だ。

風間にしても、丹野の強引すぎるやりかたには反感を持っている。ゆうべ小田切をパトカーに乗せて連行したあと、スマホの件で丹野から責められた。

「おまえがもたしとるけ、小田切に証拠消されたやないか。あのスマホにはリクルーターの連絡先だけやなくて、もっとでかい事件《ヤマ》につながるネタがあったはずや」

「すみません」

やむなく詫びたが、丹野が小田切の逮捕を急いだせいで証拠を固められなかったのだ。

とはいえ、丹野が自分の非を認めるはずはない。いったん逮捕した以上、なにがなんでも起訴まで持ちこむのが警察だ。丹野はひとまず器物損壊罪で小田切を勾留《こうりゅう》したい様子で、

「おまえは職質から逃走した末、暴れてグラスを割ったんじゃ。それは認めるしかないぞ」

「割ったのは認めます。おれの過失です」

「ちがう。おまえは故意に割った」

「故意じゃありません」

器物損壊罪は故意犯、すなわち故意による損壊がなければ成立しない。小田切はそういう知識もあるらしく、押し問答が続くばかりで調書の作成はいっこうに進まない。

菅本キヨの傷害致死容疑で逮捕した籔下は認知症のせいで取調べができないまま、けさ検察に身柄を送った。検察は不起訴にするから措置入院になるだろう。

捜査本部が設置されたら署に何日も泊まり込まねばならず、それが避けられたのは幸いだった。けれども起訴もできない被疑者は張りあいがない。

「おまえの家《ヤサ》は割れとるんじゃ。故意て認めんなら、家宅捜索《ガサ入れ》しちゃるけの」

丹野は痺《しび》れを切らしておどしたが、小田切は平気な顔で、どうぞ、といった。

「いまはそこに住んでませんから」

「なら、どこに住んどるんか」

「決まってません。ホテルに泊まることもあるし、サウナやネカフェのこともあります」

「ふざけやがって。こっちにゃあ、なんぼでも時間があるんじゃ。夜中まで根比べするか」

と丹野はいったが、時間はそれほどない。

被疑者を逮捕したら四十八時間の勾留、いわゆるヨンパチがはじまる。四十八時間以内に被疑者を釈放するか、検察に身柄を送検するかを決めなければならない。取調べも基本的には日中で、一日あたり八時間以内とされている。

グラスを割った器物損壊だけでは微罪だし、検察は起訴を見送るかもしれない。勾留期限が切れる前にべつの容疑がでてくれば再逮捕できるが、その可能性は低いだろう。丹野もそれはわかっているから、しだいに焦りが増している。

なあ小田切よ、と丹野は急におだやかな声でいって、

「こげなケチくさいことで、おまえとやりおうてもしょうがない。おれが訊きたいんは、オレオレのリクルーターのことじゃ。おまえが喋ったのは誰にもいわんけ、教えてくれや」

「そういわれても、そいつのことは知らないっす」

「ならサベージがらみで、なんかないか」

「なんかとは?」

「筒見殺《や》ったんは誰か。ちゅうてもいわんやろうけ、ほかのネタでもええ」

「サベージのことなんか知りません。このあいだも、そういいましたよね」

「おまえはサベージのもんやろが。うちじゃ、そう見とるぞ」

「勝手に決めつけないでください。これ以上、不当な取調べを続けるなら、県警本部の監察官室と公安委員会に訴えますよ」

「なんちゃッ。もういっぺんいうてみぃッ」

丹野が拳でデスクを叩いたとき、半開きのドアから係長の笹崎勲が顔をだした。笹崎に手招きされて丹野は席を立った。ふたりきりになると小田切は大きく伸びをして、

「あのさ、煙草吸いたいんだけど」

「だいぶ前から署内は全面禁煙。悪いけど我慢して」

「やっぱそっかあ。ね、刑事さんって歳いくつ?」

小田切は微笑を浮かべて訊いた。風間はすこしためらってから、

「二十六」

「なんだ、おれと同い年じゃん。あんなうるさいおっさんの下で働くのは大変だろ」

風間が黙っていると小田切は続けて、

「これって不当逮捕だよな。丹野さんがおれを突き飛ばしたのは、あんたも見たはずだ」

「――いいや」

「またそんな嘘をいう。嘘つきは泥棒のはじまりだよ」

「ふざけるな」

「なんで刑事《デカ》なんかになったの。割にあわないっしょ」

「なにが」

「安月給でこき使われて、一般市民に嫌われるから」

「よけいなお世話よ」

風間はそっぽをむいたが、ふと庶務係の春日千尋から、組織犯罪対策課と生活安全課がサベージを追っていると聞いたのを思いだした。どちらもサベージの構成員が経営する闇スロット店を内偵しているらしい。風間は小田切のほうにむきなおって、

「ところで、サベージの連中は闇スロット店をやっとるらしいな」

はあ？　と小田切は首をかしげた。

「なんだよ、そのおっさんみたいな訊きかた。素人《しろうと》丸出しだな」

「なら、どう訊けばいい」

「見返りはあるのかってこと。なんのメリットもないのにネタを提供する奴がいるもんか。もっとも、おれはサベージの人間じゃねえし、なにも知らんがね」

「いますぐ見返りはない。けど、おれに恩売っといて損はないぞ」

あはは、と小田切は笑って、

「おもしろいことというなあ。あんた将来性あるよ」

「そうかな。ありがとう」

風間は苦笑した。丹野のように怒ってばかりだと小田切は反抗するだけだ。小田切の機嫌をうかがいつつ、同年代の気安さを利用して情報をひきだそうと思った。もし可能なら、小田切を捜査協力者にして今後に役立てたい。

「おれは刑事《デカ》ちゅうても駆け出しやけ、情報が欲しいんよ。なんでもええから教えてくれ」

「ふーん。ところで、あんた名前は？」

「どうでもええやろ」

「どうでもよくねえよ。公務執行中は身分を提示しなきゃいけねえんだろ」

「その必要があればね」

「必要あるさ。おれは取調べされてるんだから、刑事《デカ》の名前くらい知りたいよ」

「うるさいな。風間だよ」

「じゃあ風間くん、いいこと教えてやるよ。半グレの情報を知りたけりゃ、クラブにいきな」

「クラブ？　ミューズとか、ああいう店か」

小田切はなぜか眼を一瞬泳がせてから、

「どこの店ってわけじゃねえが、若い奴がひとりでいりゃあ、オレオレがらみの奴やドラッグの売人が声かけてくる。あんたは面が割れてねえから大丈夫だろ。丹野のおっさんみたいなのが一緒にいたら、相手にされんけどな」

「なんでそんなこと知っとる。サベージとは関係ないんやろ」

「あのね、おれはホスクラで十九のときから働いてんの。風俗の女たち相手にしてりゃ、そんな情報は厭でも入ってくるさ。っていうか、あんたもホストやんなよ。いまの十倍稼げるぜ」

「十倍は盛りすぎやろ」

「いや、あんたより年下で年収三千万や四千万なんてざらだ。ここは田舎だから東京なんかにくらべて年収は低いけど、一千万くらいなら楽勝さ」

「おれでも稼げるかな」

「もちろん。警察辞めたら、いつでも相談しな」

「へえ。じゃあ、そのときは頼むわ」

冗談でそういったとき、ドアの隙間から丹野が険しい顔を覗かせた。

「ちょっとええか」

急いで取調室をでると、丹野は声をひそめて、

「ガールズバーの女が被害届を取りさげにきやがった」

「えッ」

「小田切の弁護士に知恵つけられたみたいや。笹崎係長と説得しとるけど、器物損壊は親告罪やけ、被害届を取りさげられたらおしまいじゃ」

「じゃあ小田切は――」

「とりあえず調べは中断じゃ」

取調室にもどると、丹野が小田切に手錠をかけ、風間が腰縄を持って留置場にむかった。小田切は被害届が取りさげられたのを察しているのか、薄笑いを浮かべて、

「丹野さん、もう終わりなの。カツ丼喰わせてくださいよ」

丹野はさっきまでのように怒鳴ることもなく、無言で長い廊下を歩いた。被害届がどうなるのか、よほど気がかりなのだろう。

留置管理課にいくと、小田切の身柄を留置担当官――看守に引き渡した。刑事課にもどると、風間と丹野は笹崎に呼びだされた。笹崎は丸顔をしかめて、

「被害届の取りさげを受理した。小田切は釈放します」

んなアホな、と丹野はいって、

「なら公務執行妨害《コウボウ》で再逮捕します」

「無茶いうたらいかんよ。丹野主任の気持はわかるけど、あんまり強引な捜査をせんように」

「糞ッ。あのガールズバー、ぶっ潰《つぶ》しちゃる」

丹野は毒づいたが、笹崎は首を横に振って、

「またしょっぴく機会はあるけ、もうちょっと辛抱してください。うちだけで手柄立てようとしたら、ほかの課もええ顔せんから」

笹崎は丹野とこみいった話があるようで、風間は席をはずした。

小田切はまもなく釈放されるだろうが、その前にできることはないか。小田切の所持品はすでに確認済みで不審なものはなかったが、もう一度だけ調べてみようと思った。

風間は留置管理課にいくと、小田切の所持品を見せてくれるよう頼んだ。留置場に収容された被疑者の所持品――領置品は所持品保管庫で預かっている。留置管理課は刑事第一課に転任する前、看守として勤務していたから、課長も係長も面識がある。

小田切の所持品をだしてもらうと、領置目録と呼ばれるリストを見ながら、ひとつひとつ点検した。財布、現金、キャッシュカード、煙草、ライター、どこかの部屋の鍵、飲食店の名刺

やイベントのチケット。身元が割れるのを警戒してか、運転免許証やクレジットカードはない。

「――やっぱり、なにもないな」

胸のなかでつぶやきつつ、イベントのチケットを手にとった。

チケットにはミューズと店名があり、イベントの開催日は来週の金曜だった。さっき取調室でミューズのことを口にしたとき、小田切が眼を泳がせたのは、この店に出入りしているせいかもしれない。となると調べてみる価値はありそうだった。

風間は領置品を返却して留置管理課をあとにした。

13

夜の若希団地は暗く静まりかえっている。

まだ七時半だから帰宅していない住人も多いだろうが、団地の規模のわりに明かりが灯《とも》った部屋はすくない。若希団地は昭和四十年代に建設された大型団地で、総戸数は二千を超える。住人は高齢者が多く過疎化が進んでいるが、武藤が幼い頃は同級生が住んでいたし、すこしは活気もあった。けれども最近はめっきり住人が減ったようで、日中も閑散としている。

武藤は警ら用自転車を漕ぎながら、団地内を通る道を走っていた。

先を走っていた新田がふと自転車を停めて、団地の窓を見あげた。武藤は横にならんで自転車を停めると、どうしたんですか、と訊いた。

新田は明かりのついた五階の窓を指さして、

「あそこに五味さんが住んどる」

「ああ、あの弁護士の――」

新田によれば、五味はかつてゴミジンと呼ばれた、やり手の弁護士だったらしい。けれども現在は国選弁護と年金で生活しているという。

三日前、五味のおかげでオレオレ詐欺の受け子を若希駅のホームで逮捕した。五味がホームで被疑者を待っているあいだ、武藤は新田と駅事務室に隠れていたが、

「犯人《ホシ》は、おれと新田が確保する。万一取り逃がしたら、おまえが身柄《ガラ》押さえろ」

あとからきた福地にそういわれて出番はなかった。

逮捕された受け子の大学生は、荷物の受け渡しを頼まれただけでオレオレ詐欺とは知らなかったと主張した。ほんとうに知らなかったのか、リクルーターに逮捕されたらそういえと指示されたのか。

いずれにせよ、オレオレ詐欺の量刑は重い。

過去には受け子に故意性がなかったとして無罪判決がでたこともあったが、金銭受領行為に関与しただけでも有罪とした最高裁の判例がある。初犯で実害もでていないから執行猶予はつくにせよ、詐欺未遂罪の共同正犯として有罪判決がくだされるだろう。

大学は恐らく退学処分になるし、前科がつくから将来は厳しくなる。高卒の身からすると、せっかく大学までいったのにと思うが、五味は弁護士になっても団地住まいだ。

武藤はそのことを口にして、

「人生って、いったいなんが正解なんすかね」

「正解なんかないやろ。けど自分が正解て思うたら、それでええんやないか」

新田はそう答えると自転車を漕ぎはじめ、武藤はあとをついていった。

受持区域をパトロールする警ら活動である。警らには一日に何回もでるから、住人や街の様子はあらかた記憶している。一見異状はなくても、ふだんとちがうなにかを感じたら、そこに注意をむける。

「姿なきを見、音なきを聞け」

というのが警察学校で教わった捜査の基本だが、ひっきりなしに職務はある。きょうも遺失物や拾得物の取り扱い、駐禁の取締り、自損事故の処理、放置自転車のチェックなどで朝から忙しかった。たいした事件や事故でないのなら、わざわざそれを見つけてまで職務を増やしたくないのが本音だ。

「なんぼあわてたって事故も事件ものうならん。ぼちぼちやれや」

石亀もそういったが、新田はがむしゃらに職務をこなす。さっきも買物袋を両手にさげた老婦人を見かけると、かわりに買物袋を持って団地の部屋まで送っていった。

武藤もそれを手伝ったし新田の行為はりっぱだと思うが、そんなことまで手伝っていたら、きりがない。武藤は新田とならんで自転車のペダルを漕ぎながら、

「先輩は、自分の人生は正解て思うとるんですか」

「いや、まだまだ足りんて思うとるよ。なし、そげなことを訊く」

「だって先輩は、めっちゃまじめやけ」

「おまえだって、まじめなときはまじめやないか」

「どういう意味ですか」

「このあいだストーカーの相談にきたんは、なんてひとやったかの」

「清水さん、ですけど」

「その清水さんと喋っとうとき、ものすご熱心やったぞ」

そういわれたとたん、かあッ、と顔が熱くなった。

穂香がストーカーの件で相談にきたのは、オレオレ詐欺の受け子を逮捕した日の夕方だった。彼女と喋っているときはそれほど意識しなかったが、気持が昂っていたのは事実だった。

新田はそれを見透かしたように、

「おまえ、年上が好みなんか」

「いえ、べつに――」

「嘘つけ。子どもには嫌われとったけど、でれでれしとったやないか」

「そんなことないですって」

むきになって否定したが、顔の火照《ほて》りはひかなかった。ただ、と武藤は続けて、

「ストーカーが気になるけ、清水さんのアパートいってもええですか」

新田は含み笑いでうなずいた。

三つ年上で息子までいる女に気があるのか、自分でもよくわからない。菅本キヨが不審死を遂げて敬徳苑に臨場したとき、穂香に事情聴取をした。その際に特養の日常を知ったが、介護員たちの仕事は想像以上に過酷だった。

シングルマザーとはいえ、穂香はまだ若く容姿も整っている。もっと高収入の働き口があるはずなのに低賃金で重労働の介護業務を選んだのは、どうしてなのか。それがなんであるにせよ、入所者たちに尽くす彼女に敬意を抱いた。

同時に穂香を苦しめるストーカーへの憤《いきどお》りが湧いた。ストーカーの件は福地に報告したが、明確な被害がないから犯罪は成立せず、捜査はできない。もっとも警察は事件に応じて対応が変わる。身も蓋もないことをいえば、面倒な事件は民事不介入やその他の理由で捜査を拒む。捜査義務の生じる告訴はもちろん、被害届をだしても受理されない。

「検挙率あげるには、犯罪の認知件数を減らすしかないけの」

福地は以前そういった。

犯罪の認知件数に対して、どれだけ検挙できたのかが検挙率だ。警察は検挙率だけでなく犯罪防止にも努めているから、検挙率があがっても犯罪の認知件数が多ければ評価されない。つまり犯罪の認知件数という分母が減れば、検挙率は上昇する。

「だから、しょうもない事件は被害届がでても握るんじゃ」

握るとは被害届を受けとっても刑事課に提出しない。すなわち揉み消しである。

「関東のある県警じゃ、当直ンときに事件の認知件数が十件超えたら、当直員全員がサービス残業させられたんじゃ。おかしな話やろ」

福地のいったとおり、数字だけを見て評価を決めるのは矛盾している。現場の警察官は犯人を捕まえるのが職務だと思っているのに、上層部は数字によって出世が左右されるからだろう。ストーカー被害の担当は生活安全課だが、もっと深刻な事態が起きない限り、捜査には至らない。ストーカーによる犯罪を未然に防ぐには、早い段階で対策を講じるべきだ。けれども警察にできるのはパトロールの強化や犯人への警告くらいで、事件化するまでは動けない。


穂香のアパートは二階建ての古びた建物だった。

あたりは老朽化した家が多い住宅地で、若希団地以上に閑散としている。アパートから通りをはさんでちいさな公園がある。穂香が息子を遊ばせるにはちょうどいいが、公園は不審者が潜む可能性もあるだけに危険だった。

新田は自転車を停めると、パールハイツと看板のあるアパートを眺めて、

「うちの寮よりましやけど、ずいぶん古いのう」

「シングルマザーだから、生活が大変なんですよ」

腕時計の針は七時四十分をさしていた。アパートは一階と二階に三部屋ずつあって、穂香の部屋は二〇三号室だと聞いた。まだ帰宅していないらしく、部屋の明かりは消えている。

ふたりはアパートの周辺を一巡したが、これといって不審な点はない。

「もうええやろ。交番《ハコ》もどるぞ」

と新田はいった。でも、と武藤はいって、

「あとちょっとだけ見回ってもええですか」

おまえ、と新田はあきれた表情になって、

「やっぱり気があるんやの」

「いえ。清水さんにパトロールを強化するていうたんで――」

「まあええわ。おれは先帰るけど、近所を見回るだけにしとけよ」

「はい」

「部屋まであがりこんだら、おまえもストーカーじゃ」

新田が交番にもどったあと、武藤は住宅街を見まわしながら、ゆっくり自転車を漕いだ。

穂香は何時に帰宅するのか。夜勤でない限り、もうじき帰ってくるはずだから、一瞬でも顔が見たかった。もっといえば、パトロールしているところを穂香に見せたかった。われながら幼稚な発想だが、彼女の身が心配なのだと自分にいい聞かせた。

さっきとおなじ道を通ってアパートのそばにもどってきた。穂香が帰宅したかどうか、部屋の明かりを確認して帰ろうと思ったら、いつのまにか公園の前に黒いミニバンが停まっていた。車種はヴェルファイアでハザードを焚《た》いている。

不審な気配に鼓動が速くなった。あの車にストーカーが乗っているかもしれない。

武藤はヴェルファイアに逃げられないよう、前方にまわりこんで自転車を停め、運転席の窓をノックした。すこししてパワーウインドウがおりた。

同時に車内から男の怒声が響いた。

「ちょっと停めただけやないか。もういくけ、チャリどけろッ」

運転席を覗きこんで男の顔を見たとたん、あッ、と思わず叫んだ。

男は訝しげな表情でこちらを見たが、まもなく眼を丸くして、

「武藤――武藤やねえか」

「根岸さん」

「おまえ、こげなところでなんしよるんか」

「パトロール中です」

ふうん、と根岸は感慨深げにつぶやいて、

「何年ぶりかの」

「高校のとき以来やけ、だいぶ経つと思いますが――」

くくく、と根岸はハンドルにもたれかかって笑うと、

「おまわりになったとは聞いとったが、ぜんぜん制服が似合わんの」

「しゃあないです。こんな顔やけん」

武藤はぶっきらぼうに答えて、なんでここに、と訊いた。

根岸はアパートを顎でしゃくって、

「別れた嫁と息子がそこに住んどる」

「えッ」

「息子に逢わせろちゅうても逢わしてくれんけ、顔だけ見にきたんじゃ」

「じゃ、じゃあ、清水さんは――清水穂香さんは――」

おまえ、と根岸は眼を見張って、

「おれの元嫁知っとるんか」

根岸雅也は四つ年上で、かつては筑仁会系の暴力団組員だった。武藤が天邪鬼のリーダーだった頃は小遣いをくれたり、呑みに連れていってくれたり、よく面倒を見てもらった。当時は自分もアウトローの道へ進むと思っていたから、根岸を先輩として慕っていた。

けれども根岸は内輪でトラブルを起こして組を破門になり、しばらく消息を絶った。武藤が警察学校に入った頃、根岸が条川市にもどってサベージの幹部になっていると人づてに聞いた。

去年の秋、根岸の逮捕を署内で耳にした。世話になった先輩とはいえ、警察官という立場上、面会にはいけなかった。根岸はオレオレ詐欺に関する詐欺容疑で逮捕されたが、嫌疑不十分で不起訴になった。その根岸が穂香の元夫だとは思わなかった。

ひさしぶりに見る根岸は短く刈った髪を逆立て、頬がこけた鋭角的な顔は褐色に日焼けしている。もうじき五月なかばなのに長袖のTシャツなのは、肘のあたりまで刺青が入っているせいだ。

思いがけない再会に言葉を失っていると、根岸は窓から身を乗りだして、

「なし穂香を知っとるんか。はよいわんかい」

仕方なく穂香がストーカーの件で相談にきたことを語った。もし根岸が犯人なら藪蛇《やぶへび》だが、

ほかに説明のしようがない。武藤はひととおり語り終えると、

「もしかして、根岸さんがストーカーやったんですか」

単刀直入に訊いた。馬鹿いえ、と根岸は即座にいって、

「ふざけんな。誰がストーカーじゃ」

根岸によれば穂香とは別居してから連絡がとれず、住所や職場もわからなかった。しかし最近になって、知人が敬徳苑のデイサービスに親を迎えにいったとき、穂香を見かけた。それで彼女が敬徳苑に勤めているのを知ったという。

「そしたら、こないだ敬徳苑で殺人があったやろ」

「ええ、おれも現場にいきました」

「あいつのことが心配になったけ、若い奴に住所調べさせたんじゃ」

穂香が尾行の気配を感じていたのは、それが原因かもしれない。根岸は続けて、

「おとといの朝、はじめてここにきた」

「清水さんと話しましたか」

「いや、穂香が厭がると思うて声はかけんやった。この車は最近乗りはじめたけ、おれとは気イつかんやったろう。息子の——啓太の顔をちらっと見ただけじゃ」

「ちゅうことは無言電話とか迷惑メールとか——」

「そんなせこいまねするか。おれの性格知っとろうが」

「ええまあ」

「ストーカーかなんか知らんけど、穂香が困っとるんなら助けてやってくれ」

「はい」

「今度、呑みいこうや。おまえの職場の話も聞きたいしの」

「それはちょっと――」

「人目につかんとこならええやろ。おまえの番号教えれや」

半グレ集団の一員と逢うのはまずいが、むげに断るのも気がひけた。しぶしぶスマホの番号を口にすると、根岸はそれを自分のスマホに登録した。

「おれはそろそろ交番にもどります。根岸さんもここに駐車するのはまずいですから――」

「まさか、おれから切符切るつもりか。駐禁の標識はどこにもねえぞ」

「でも路側帯は幅が七十五センチ以下ですから、何分の停車でも違反です」

「わかったわかった。おまえ、マジでおまわりになったんやのう」

根岸は苦笑してヴェルファイアを走らせた。

14

大きな窓から明るい陽光が射している。

敬徳苑の昼食は、よその特養とおなじく十二時からだ。介護員たちは配膳を終えると、車椅子にかけた入所者たちに付き添って食事介助をはじめた。テレビでは昼のニュース番組が流れている。五月もまもなく下旬とあって、地域によっては真夏なみの気温だという。

穂香はいつもどおり若杉勝利の隣につくと、

「はい、お昼ご飯ですよ。お口開けてくださーい」

うっすら開いた口にスプーンをさし入れた。

きょうの昼食は鯖《さば》の照り焼、海老《えび》とワカメの酢の物、つみれ汁、ご飯、フルーツみつ豆だ。咀嚼力のない若杉はペースト食だから、どれもどろどろに溶けていて見ただけでは元の料理がわからない。

敬徳苑では入所者の状態にあわせて、普通食、ひと口大、あらきざみ食、きざみ食、ペースト食の五種類が用意されている。毎日の献立は管理栄養士が考え、それをもとに調理師が作る。施設によっては調理補助のスタッフがいて配膳や下膳、食器の洗浄までやってくれるらしいが、敬徳苑では介護員の業務である。

同僚の音村沙織は、理事長の井狩が人件費をけちっているといい、

「自分は贅沢三昧《ざんまい》のくせに、あたしたちにはなんでも押しつける。入所者さまと交流深めろちゆうなら、そんな時間をくれっつーの」

穂香は食事介助をしながらテーブルのむこうに眼をやった。

近江八重子がのろのろとスプーンを動かして、昼食を食べている。食事の種類は普通食より食べやすいひと口大だ。隣についている河淵は介助もしないで、テレビに視線をむけている。近江は自力摂取ができるものの、誤嚥の危険があるだけに眼を離してはいけない。

近江は要介護度四で重度の認知症だから、ふつうは食事に介助が必要だ。にもかかわらず自力摂取ができるのは運動機能が回復しているからだろう。といって会話はいっさいできないから、症状にむらがあるようだった。

穴見はてきぱき動きまわって、入所者たちの様子をチェックしている。無気力な河淵とは対照的に、穴見がいるとあたりの雰囲気が明るくなる。特に女性の入所者は、穴見に声をかけられただけで顔をほころばせる者が多い。

「女は灰になるまで女ちゅうけど、あれってマジやね」

いつだったか沙織はそういった。

むろん穂香も女としての自分を意識するときがある。けれども、いまは食べていくのと啓太の面倒をみるので精いっぱいだ。介護の仕事はまだまだ未熟だし、私生活ではストーカーに悩まされているとあって、そういう感情にひたる余裕がない。

アパートの前で黒いミニバンを見て以来、不審な車は見かけず、尾行の気配も感じない。といってストーカー行為がやんだわけではなく、無言電話や迷惑メールはあいかわらず続いている。

ゆうべも深夜に玄関のチャイムが鳴った。恐る恐るドアスコープを覗くと誰もいなかったが、子どもがいたずらをする時刻ではない。この前も郵便差込み口の蓋を誰かが開けていたのを思いだすと、怖くてドアを開けられなかった。

無言電話や迷惑メールは無視していればすむ。だが部屋にまでこられては身の危険を感じる。

自分だけならともかく、啓太になにかあったらと思うと気が気でない。

息子とふたりきりの生活は心細い。恋愛などできる状況ではないと思いながらも、こんなとき誰かがそばにいてくれたらと考えてしまう。

ストーカーは根岸なのか、それとも別人なのか。この前交番にいったとき、武藤はパトロールを強化するといったが、あれきり連絡はないから特に進展はないのだろう。

昼食が終わると下膳をすませ、キッチンで食器を洗った。

食洗機があるから、食器は軽く下洗いするだけだ。そのあと入所者を洗面所に誘導して口腔ケアの介助をする。口腔ケアは毎食後におこなうが、入所者の体調や時間の都合で手がまわらないことも多い。二階の養護棟のように要介護度の低い入所者は、自分で歯磨きをする。三階の特養棟の入所者はほとんど介助が必要なので、そのぶん時間がかかる。

穂香は若杉の入れ歯をはずし、コップに入れた洗浄剤に浸《つ》けた。高齢者の場合、口腔ケアは虫歯や口臭の予防よりも、嚥下障害による誤嚥《ごえん》性《せい》肺炎を防ぐのが目的だ。

スポンジ状の歯ブラシで若杉の口腔内をぬぐっていると、

「うえーッ」

隣の洗面台で叫び声がした。

穴見が口腔ケアをしていた米山《よねやま》フミが唾を吐き散らしている。米山は七十九歳で四月に入所したが、いつも口腔ケアを厭がる。ただ厭がるだけでなく、車椅子の上で暴れたり歯ブラシに嚙みついたり、徹底的に抵抗する。

ほかの介護員では手に負えないから、いちばん女性受けのいい穴見が口腔ケアを担当しているが、それでもだめらしい。穴見は苦笑して、

「さあ、入れ歯はずそうね。お口きれいにしなきゃ病気になっちゃうよ」

米山の口に右手を伸ばした。とたんに米山はその指に嚙みついた。

「あいてて」

穴見は顔をしかめて腕をひいたが、米山は指に嚙みついたまま放さない。入れ歯を剝《む》きだしにして獲物を捕らえた猛獣のように首を左右に振っている。なすすべもなくおろおろしていると、近江の車椅子を押していた河淵が駆け寄ってきて、

「こりゃいかん。手伝いましょう」

米山の顎をつかんで口を開かせようとした。しかし穴見はかぶりを振って、

「そんな乱暴しちゃだめです。ぼくは大丈夫だから、このままにしといてください」

「はあ——わかりました」

河淵は不満げな表情だったが、近江の車椅子を押してその場を離れた。

まもなく米山は息が苦しくなったのか、ごほごほ噎《む》せながら口を開けた。穴見は右手の指から血を流しながらも、左手で米山の背中をさすって、

「米山さん、大丈夫ですか」

心配そうに声をかけている。米山はもう平気な様子だったが、穴見の怪我はかなりひどい。

ＰＨＳで看護師の林を呼ぼうとしたら、穴見はそれを制して洗面台で傷口を洗い、

「これくらい平気だよ。絆創膏《ばんそうこう》があればいい」

急いで介護員室から絆創膏を持ってきた。穴見は指をガーゼでぬぐい、消毒用エタノールを傷口にスプレーした。穂香はまだ血がにじむ指に絆創膏を巻いた。穴見は微笑して、

「ありがとう」

「これだけでいいんですか。もし米山さんに感染症があったら――」

「それはないから大丈夫。ぼくのことより、若杉さんの口腔ケアを続けて」

穂香はおずおずとうなずいて、若杉のそばにもどった。

口腔ケアのあとトイレ誘導をして、若杉を居室にもどした。

珍しく早めに休憩がとれたから介護員室で昼食をとった。きょうも朝食の残りを詰めた弁当で、おかずは冷凍食品のミートボールとナポリタンだ。

弁当を食べながら廊下に眼をやると、穴見が急ぎ足で歩いていくのが見えた。きょうは七時出勤の早番のはずだが、まだ休憩もしないで働いている。

敬徳苑で働くようになってから、入所者に叩かれたり、つねられたりするのは日常的だ。とはいえ、さっきの穴見の態度はまねできない。あれだけひどく嚙まれても、まったく冷静さを失わないのは驚きだった。いまの自分にとって介護の手本は穴見だ。とても追いつけそうにないが、見習う努力はしようと思った。

　ドアが開いて、汗ばんだ顔の河淵が入ってきた。河淵は椅子にかけるなり、

「あー、疲れた疲れた」

　溜息まじりにいった。穂香は溜息にうんざりしつつ、お疲れさまです、といった。

「介護の仕事はじめてから、つくづく思うんだけど、人間ってのは管《くだ》だね」

「管？」

「そう。みんな若いうちは働いたり恋愛したり子育てしたり、いろいろやってるけど、爺さん婆さんになったらなんにもできないし、わが子も寄りつかない。しまいに頭がぼけたら、喰って飲んで排泄するだけ。要するに管だよ」

　品のない台詞に箸が止まった。

　河淵はデスクの引出しからレジ袋をだすと、介護員室をでていった。河淵は満足に仕事もできないくせに、いつも周囲を不快にさせる。気をとりなおして弁当に箸をつけたら、もう河淵がもどってきた。給湯室で湯を入れたらしいカップ焼きそばを手にしている。

　河淵はデスクにつくと、カップ焼きそばの蓋を開け、割箸で中身をかきまぜた。青海苔と液体ソースの匂いが鼻について弁当の味がわからなくなった。河淵はずるずる麺を啜りながら、

「穴見さん、指はどうなった？」

「だいぶ血がでてました。でも絆創膏貼っただけです」

　穂香はそっけなく答えた。

「米山さん、なにも持ってないかな。Mなら伝染《うつ》らないだろうけど、Cやワ氏だったらやばい

よ」

「穴見さんは大丈夫だっていってましたけど」

Mはメチシリン耐性黄色ブドウ球菌、Cは C型肝炎、ワ氏はワッセルマン反応陽性、つまり梅毒だ。高齢の入所者には、そうした感染症を持っている者もすくなくない。昔は注射針の使いまわしや衛生管理の行き届かない輸血が多かったせいだ。

あーあ、と河淵はまた溜息をついて、

「介護って命がけだよなあ。こんな安月給で感染症に罹《かか》ったら、やってらんないよ」

「でも穴見さんはりっぱでしたね。ぜんぜん動揺しなくて」

「おれだって何回も嚙まれたよ。血はでなかったけど、めちゃくちゃ痛かった。辻根さんにいったら、嚙まれるほうが悪いんだってさ」

河淵が口を開くたび、あたりの空気が濁っていく気がする。すっかり食欲が失《う》せて、弁当は半分ほど残した。河淵とふたりでいるのが厭で、早めに休憩を切りあげた。

廊下にでたら、介護主任の辻根と副施設長の堀口がこっちに歩いてきた。

ちょっといい？　と辻根はいって、

「けさメールがあったんだけど、最近入った女の介護員は入所者さまを虐待してるって」

「虐待？」

「まさかと思うけど、そんなことしてないよね」

あたしがですか、と穂香は眼を見張って、

「してません。っていうか、誰がそんなメールを——」

「匿名《とくめい》だからわからない。お詫びの返信したけど、返事はなかった。うちのウェブサイトにお問合せのメールフォームがあるでしょ。そこから送ってきてるの」

「そのひとは、あたしを名指ししたんですか」

「ううん。でも最近入った女の介護員って、あなたのことでしょう」

「だとしても、虐待なんてぜったいしてません」

まあそうだろうけど、と堀口がいって、

「火のないところに煙は立たぬっていうからね」

「ちょっと待ってください。そんないいかたされたら——」

思わず高い声をあげたが、堀口はそれをさえぎって、

「菅本さんの事件があってから、うちの評判は悪くなったし、入所者さまのご家族は神経質になってる。どこからもクレームがこないよう、ささいなことでも注意しなきゃ」

ふたりが去ったあと、大きな溜息が漏れた。

河淵の溜息にうんざりしていたが、他人のことはいえない。ただ懸命に働いているだけなのに、次から次へと厭な出来事に見舞われる。

前にも似たようなメールがきて、辻根から責められた。そのときは最近入った女の介護員は態度が悪いと書いてあったらしいが、最近入ったという表現からして同一人物だろう。

同一人物となると、メールを送ったのはストーカーの可能性が高い。ストーカーはアパート

の部屋までくるくらいだから、自分がここに勤めているのも知っているはずだ。これ以上クレームのメールが送られてきたら、虐待の事実がなくても解雇されるかもしれない。

そんな不安に駆られて廊下に佇《たたず》んでいると、沙織が歩いてきて、

「もうすぐ二時よ。レクのセッティングできとる?」

「いまからです」

そう答えたものの、内心でひやりとした。

沙織にいわれるまで、きょうのレクリエーションは風船バレーなのをすっかり忘れていた。ヒヤリハットが増えてきたのは神経が疲れているせいだろう。

穂香は急いでレクリエーションルームにむかった。

15

暗い店内にはヒップホップが大音量で流れている。

ギャングスタ系と呼ばれる暴力的な日常をテーマにしたラップミュージックだ。DJブースではニューエラのキャップをかぶり、オーバーサイズのTシャツを着た男が曲をつないでいる。黒人を気どってか真っ黒に日焼けした顔で、相撲取りのように肥っている。

メインフロアをぎっしり埋めた男女は年齢層が若く、二十代前半が多い。大半が踊っているが、ナンパ目当てでうろつく男たちや、壁際に立って彼らを値踏みするような女たちもいる。

繁華街のはずれにあるクラブ、ミューズの店内である。前にきたときはＥＤＭ──エレクトロニック・ダンス・ミュージックがかかっていたが、今夜はヒップホップのイベントらしい。バーカウンターにスツールはなくスタンディングだ。勘定はキャッシュオンデリバリーで、注文するたび現金を払う。メインフロアの奥に短い階段があり、その上にＶＩＰシートらしいボックス席が見える。

風間はメインフロアを見ながら、カウンターでジントニックを呑んでいた。ニットキャップをかぶり、色の薄いサングラスをかけている。上は黒いＴシャツで下はホワイトデニムのジーンズだ。ふだんはしない恰好《かっこう》をしたのは変装のつもりだが、こういう店は不慣れだから落ちつかない。

腕時計の針は十時半をさしている。小田切が持っていたチケットは、このイベントの前売券だった。ガールズバーの女が被害届を取りさげたせいで小田切は釈放された。その後の動向はわからないが、今夜はここにあらわれる可能性が高い。

「半グレの情報を知りたけりゃ、クラブにいきな」

小田切は取調室でそういったが、ミューズのことを訊いたら眼が泳いだ。小田切の口ぶりでは、オレオレがらみの連中やドラッグの売人がいるようでもあったから、探ってみる気になった。

毎日忙しいわりに捜査はまったく進展していない。朝から晩まで丹野と歩きまわるのも、いいかげんで疲れてきた。丹野も結果をだせないのに焦っていて、ちょっとしたことで怒鳴る。

かと思えば聞き込みの合間にコンビニに入ると、大福餅をふたつ買って、

「刑事に大福は縁起もんじゃ。黒い餡《あん》を白い皮がくるんどるけの」

餡を犯人に、皮を刑事に見立ててのゲン担ぎらしい。ゲンを担ぐのは勝手だが、こっちまで大福を喰わされるのは迷惑だった。非科学的な迷信にすがるようでは、今後の捜査も心もとない。

きょうも聞き込みや捜査書類の作成で忙しかったが、一時間ほど前に退庁できた。それから部屋に帰って服を着替えて、この店にきた。雰囲気としてはチャラ箱――ナンパ目的のクラブで、カジュアルな店だからドレスコードはない。フロントで当日料金を払うと、受付の女が手の甲にイベント用のスタンプを押した。スタンプは再入場に使うためだ。

丹野には今夜の行動を伝えていない。勝手に動くのは禁じられているが、プライベートで呑みにきたと考えれば、いちいち報告する必要はないだろう。

十一時になって店内は一段と混雑してきた。

風間は二杯目のジントニックを注文してメインフロアを見まわした。小田切はもうきているかもしれないが、店内が暗いのと混雑のせいで見つけるのがむずかしい。変装しているとはいえ、近づきすぎたら正体がばれる。

もっとも小田切がこなくても、サベージに関する情報がつかめればいい。ギャングスタ系のイベントだけにガラの悪そうな連中は大勢いる。オレオレ詐欺の勧誘でもドラッグの売買でも、不審な動きがあったら近寄って素性《すじょう》を探るつもりだった。

ジントニックを呑みながら客たちを眺めていたら、壁によりかかっていた女と眼があった。髪はストレートの金髪で、大きな眼とふっくらした唇が印象的だった。胸の膨らみがあらわな丈の短いTシャツを着て、股上の浅いショートパンツから長い脚が伸びている。

ナンパだと思われたくなくて、まもなく眼をそらしたが、女はつかつかと近寄ってきた。女は隣にくると、慣れた仕草でカウンターに肘を置いて、

「お兄さん、ひとり?」

「——ああ」

「じゃあ、一杯おごって」

女は微笑した。近くで見ると日本人離れした顔だちだが、声はあどけない。歳ははたちから二十二くらいに見える。風間は財布から千円札をだしてカウンターに置き、

「なにを呑む」

女はそれには答えず従業員にむかって、

「テキーラをショットで」

「強いんやな」

「そうでもないけど、酔いたいから」

「酔いたいことがあったの」

「だってイベントじゃん。テンションあがったほうがいいでしょ」

「ここは、よくくるの」

「ときどき。お兄さんは？」

「はじめて」

「そうなんだ。ね、名前教えて」

不意に訊かれてとまどった。苗字をいうわけにはいかず、シロウと答えた。女はカレンと名乗った。顔だちに似て外国人めいた名前だが、どうせニックネームだろう。

ショットグラスのテキーラが運ばれてきた。カレンはそれを勢いよくあおって、

「シロウって、なんのお仕事？」

「質問ばっかやな」

「もしかして、やばい仕事？」

「そんなんやない――ただの会社勤め」

「へえ、リーマンには見えないけど」

「カレンはなにやってんの」

「先月バイト首になって、いまはプー」

「なんのバイト？」

「キャバクラ。つうかシロウも質問ばっかじゃん」

カレンはテキーラを立て続けに呑み、そのたびに金をだすはめになった。

素性のよくわからない女に何杯もおごるのは馬鹿馬鹿しい。とはいえカレンの容姿は整っているし、しばらく女に縁がなかっただけに昂るものもある。警察官という職業柄、軽はずみな

ことはできないが、顔見知りが増えるぶん情報も入る。そんな理屈をつけて三杯目のジントニックを注文した。

カレンは酔いがまわったのか、大きな眼をきらきらさせて、

「ね、これからどうする？」

「どうするって、じきに帰るよ」

「マジで？　せっかく知りあったのに」

カレンは形のいい唇を尖らせると、ＶＩＰシートを指さして、

「あっちでゆっくり呑みたい」

「ここでええやろ。贅沢いうな」

「そんなに高くないよ。モエ一本抜いて一万円」

「じゅうぶん高いやないか」

カレンはなぜＶＩＰシートに誘うのか。初対面の自分に気があると、うぬぼれるほど若くはない。ＶＩＰシートで金を遣わせることで、この店からバックマージンをもらっているのか。

風間はそれを確かめるつもりで、

「なんでＶＩＰで呑みたい？」

「だって、いったことないから」

「嘘つけ。モエ一本一万とか、値段まで知っとるくせに」

「嘘じゃないよ。店のひとから聞いたの」

カレンのいうことは信用できないが、カマをかけてみようと思った。

もし店からバックマージンをもらうような立場なら、サベージについての情報も知っていそうだった。彼女自身は無関係でも、店の従業員や知りあいにサベージの連中がいるかもしれない。こういうクラブで、その手の奴らをおびきだすにはドラッグの話題がいいだろう。

風間はカレンに肩を寄せて、

「VIPいってもいいけど、酒だけやと盛りあがらんな」

「どういう意味？　もっとハイになりたいってこと？」

「まあね」

「なにがいいの。アガるやつ？」

カレンは探るような眼で、こっちを見た。思ったとおり話に乗ってきたが、薬物の種類は指定しないほうがいい。覚醒剤でもコカインでも危険ドラッグでも売人がわかれば、貴重な捜査情報になる。

「なんでもいい。っていうか、どんなのがある？」

「あたしはくわしくないけど、訊いてみる」

「誰に？」

「押し屋に決まってんじゃん。早くいこう」

カレンは強引に腕を組んできて、VIPシートへいこうとする。押し屋とは英語でいうプッシャー、つまりドラッグの売人だ。

風間は動揺を抑えるように、残りのジントニックを呑み干した。

16

薄い壁越しに隣室のテレビの音声が聞こえてくる。

深夜のバラエティ番組らしく、出演者たちのけたたましい笑い声が耳障りだった。隣の二〇二号室には、四十代後半くらいの無愛想な女が住んでいる。このアパートに越してきたとき、あいさつにいくと、蛍光ピンクのジャージで玄関にでてきた。

髪は色が褪《さ》めかけた茶髪で、丸々と肥えた顔は吹き出物だらけだった。菓子折りを渡しても礼の言葉はなく、曖昧にうなずいただけでドアを閉めた。独り身のようだが、なんの仕事をしているのかわからない。

穂香は卓袱台《ちゃぶだい》に置いた卓上ミラーを見ながら、顔にクリームをのばしていた。

湯上がりの肌は乾きやすいし、このところストレスのせいか保湿が足りない。スキンケアに気を遣うような職場ではないが、身だしなみは整えておきたい。

きょうは遅番だったから七時半に勤務が終わった。

啓太を託児所に迎えにいってアパートに帰り、夕食を食べた。啓太を風呂に入れたあと、しばらく相手をしてから寝かしつけた。風呂は啓太と一緒に入ったほうが手っとり早いが、もうじき三歳になるから、なるべくひとりで入浴させる習慣をつけている。

穂香は朝食の下準備をすませて、ついさっき風呂からあがった。これから床に就くまでが、ひとりでくつろげる貴重なひとときだ。とはいえ十一時をまわっているし、あすは七時出勤の早番で六時に起床しなければならない。

鏡に映る顔は、だいぶやつれている。この部屋で暮らしはじめてから、ふとした表情に生活感がにじんできたように思える。ずっと忙しいだけに中学や高校の同級生とは逢っていないが、天涯孤独で生活に追われているのは自分だけかもしれない。

同級生のなかには就職もせず、親元で呑気《のんき》に暮らしている者もいる。彼女たちをうらやんではいけないと思いながらも、ひとり取り残されたようなさびしさを感じる。

肌の手入れを終えてから、スマホでいつもチェックしているブログを読んだ。

ブログを書いているのは自分とおなじ年代のシングルマザーで、毎日の生活が綴《つづ》られている。育児に関する記事が多くて参考になるのと、幼い男の子や飼い猫の写真に癒される。

根岸と暮らしていた頃は美容やファッションの記事ばかり読んでいた。いまは育児や介護に関するサイトやニュースくらいしか見ない。スマホのゲームで遊んだり、友人たちとラインでやりとりしたり、インスタに写真をアップしたりもやらなくなった。

以前は好きだった男性ミュージシャンの曲も聴かないし、そもそも音楽を聴く習慣がなくなった。日増しに若さが失われていく気がするが、そのわりに自分が成長したと思えないのが悲しかった。

ブログを読んだあと、照明を落として布団に入った。

啓太は眠っているのに母親が隣にきたとわかるらしく、寝返りを打ってしがみついてきた。啓太を抱き寄せて頭をそっと撫でていると、疲労のせいでまもなく目蓋が重くなった。

心地よい眠気に浸っていたら、外の階段をのぼる足音がした。鉄の階段だから夜は足音が響く。住人の誰かが帰ってきたらしいが、すこし経ってもドアが開く気配がない。奇妙に思っていたら、コンコン、と玄関のドアが鳴った。拳でドアを叩いたような音に目蓋を開けた。

壁の時計は十一時三十五分をさしている。

こんな時間に訪ねてくる知りあいはいない。布団に半身を起こして耳をそばだてていると、またコンコンと音がした。なにかの聞きちがいか空耳であって欲しいと念じたが、あきらかにノックの音だ。

啓太を起こさぬよう、ゆっくり布団をでた。

忍び足で玄関にいったとき、がちゃがちゃとドアノブがまわった。とたんに心臓が縮みあがって、腕に鳥肌が立った。玄関の鍵はかけてあるものの、誰かが部屋に入ってこようとしている。恐怖で口のなかが渇いていくのを感じながら、

「誰ですか」

ドアのむこうに声をかけた。しかし返事はない。

膝をがくがくさせながらドアスコープを覗いた。廊下には誰もいないが、階段をおりる足音はしなかったから、ドアスコープの死角に隠れているのだろう。

思いきって玄関の照明をつけると、

「誰ですかッ。警察を呼びますよ」

うわずった声をあげた。次の瞬間、カンカンと階段を駆けおりる足音がした。

とっさに追いかけようかと思ったが、逃げたのではなく外で待ち伏せしているかもしれない。いずれにせよ、こんなことをするのはストーカーにちがいない。

タイミング悪く啓太が眼を覚まして、どうしたの、と訊いた。

「なんでもないよ。心配しないで寝なさい」

そう答えたが、ストーカーがもどってくる可能性もあるから、このままでは眠れない。

布団にもどって枕元のスマホを手にとった。一一〇番にかけようかと思ったが、知らない警察官がきたら、一から事情を説明しなければならない。

スマホで若希駅前交番の電話番号を調べると、深呼吸してから電話をかけた。

17

夜の若希駅前は閑散としている。

電車がホームに入るたび、勤め帰りのひとびとが駅舎をでてくるだけで、駅にむかう者はいない。若希銀座はほとんどの店がシャッターをおろし、アーケードのなかは真っ暗だ。

唯一明るいのは駅の隣にあるコンビニで、高校生くらいの少年が四人、駐車場にしゃがんでいる。もう十一時四十分だし、不良がかった服装だけに声をかけようと思ったが、交番から足を踏みだしたとたん、四人は足早に去っていった。

武藤は交番にもどると、見張り所のパイプ椅子に腰をおろした。

高校生の頃は自分がぐれていただけに、ああいう少年たちには親近感がある。深夜徘徊で補導して少年補導票を作成すれば、少年補導一件として検挙実績になるが、そうはしたくない。点数稼ぎのために微罪で補導するよりも、じっくり事情を聞いて更生をうながすべきだと思う。けれども自分が近づいただけで、たいていの少年たちは逃げてしまう。武藤がそれを愚痴ると、

「逃げられて当然やろ。おまえのその面とガタイが怖いんよ」

新田は笑った。石亀もおなじ意見で、

「おまえは制服着とらんやったら、暴力団《マルビー》にしか見えん。まちっとがんばって組織犯罪対策課《ソタイ》に入れてもらえ」

所長の福地は日勤だから先に帰った。新田と石亀は車上荒らしの一一〇番通報が入ってでかけているから、交番には武藤しかいない。

きのうの公休は、ひさしぶりで実家に顔をだした。実家といっても賃貸の古ぼけたアパートで、母の富子《とみこ》がひとりで住んでいるだけだ。

鳶職《とびしょく》だった父が足場から落ちて死んだのは、武藤が三歳のときだった。母から聞いた話では、ずいぶん子煩悩だったらしいが、父に関する記憶はほとんどない。うっすらおぼえているのは、ちくちくする髭の感触と煙草の匂いくらいだ。

母は場末のスナックを借りて商売をはじめ、女手ひとつで武藤を育てた。スナックはそれなりに繁盛していたようだが、武藤が警察官採用試験の一次試験に合格したのと同時に店を畳んだ。母は警察の身辺調査を気にしていて、

「あたしが水商売しよったら、肩身がせまかろうけ」

常連客の紹介で食品工場のパートにいくという。採用時に身辺調査があるのは事実だが、まだ二次試験に合格したわけでもないし、親が水商売だから不利になるとは限らない。

「かあちゃんより、おれのほうが問題よ。補導歴もあるんやけ、二次で落ちたらどうするんね」

と武藤はいった。しかし母はかたくなで、ふたたび店を開けようとはしなかった。幸い警察官になれたからよかったものの、不採用だったら母に顔向けできなかった。

高校二年までは不良グループのリーダーで、母には迷惑ばかりかけてきた。それだけに二次試験に合格したとき、母の喜びようは尋常ではなかった。

「まさかあんたが警察官になれるとは思わんやった。あたしゃ、もういつ死んでもよか」

何度もそういって涙ぐむ母の姿に、武藤も目頭が熱くなった。

だが期待されているぶんプレッシャーも大きい。軍隊さながらの警察学校で、不良あがりの自分が辛抱できたのは母を落胆させたくなかったからだ。その気持はいまも変わらないが、母は水商売を辞めてから、めっきり老けこんだ。

パートのライン作業のせいか手や肌は荒れて、白髪も増えた。歳は五十近いから老けるのは

当然にせよ、そのうち体調を崩すのではないかと心配になる。

ゆうべ部屋を訪れたときも、母はいくぶん痩せて顔色が悪かった。ふだん武藤が顔をだすと唐揚げや餃子やナポリタンといった得意な料理を作るのに、出前の寿司をとっていた。

「金もないくせに、贅沢せんでええっちゃ」

「あんたのために注文したんやない。あたしが食べたかったんやけ」

母はそういうわりに、すこししか箸をつけない。出前をとったのは体調がかんばしくないせいかと思うと、ますます心配になって、

「なし、そんなん食欲がないいん。どっか具合悪いんやったら病院いかな」

「どっこも悪くない。あんたが一人前になるまで、死にゃあせん」

「おれが警官なったとき、もういつ死んでもええていうとったやないね」

「そんときはそんときよ。あんたこそ大丈夫ね？」

「なにが？」

「あんたはだらしないけ、ひとり暮らしは大変やろ。はよ彼女見つけて結婚し」

「結婚なんか、まだ早いちゃ。かあちゃんこそ再婚しいや」

「馬鹿いいなさんな。男はとうさんでこりごりじゃ」

母は笑ったが、弱音を吐かない性格だけに、放っておいたら無理を続けるだろう。といって、いまさら同居するわけにもいかない。特別な事情がない限り、新人の独身警察官は寮に住むのが決まりだし、もし許可がおりても母が反対するに決まっている。

もう十二時前とあって、若希駅前は一段と人通りがすくなくなった。

ぼんやり外を見ながら母のことを考えていると、電話が鳴った。

武藤はすばやく受話器をとって、

「はい、若希駅前交番です」

「あの――武藤さんはいらっしゃいますでしょうか」

おびえたような女の声だった。その声に聞きおぼえがあると思いつつ、

「わたしですが」

「よかった――あたしです。清水穂香です」

ああ、と武藤は思わず高い声をあげて、

「どうされました」

「さっき、誰かが部屋にきたんです。顔はわからないんですけど――」

その誰かは玄関のドアをノックしたりノブをまわしたりしたが、穂香が照明をつけて大きな声をあげると、階段をおりていく足音がしたという。

「でも、まだそのへんにいるかもしれないと思ったら、すごく怖くって――」

「わかりました。すぐいきますから、部屋にいてください」

電話を切るなりPSWで新田に連絡し、事情を説明した。

いま外出したら交番は無人になるが、ストーカーが穂香のアパート周辺に潜んでいるなら急を要する。新田も現場を離れられない様子で、反対はしなかった。

武藤は交番をでて警ら用自転車に飛び乗ると、猛然とペダルを漕いだ。

18

ＶＩＰシートは革張りのソファと大理石風のテーブルがワンセットで、三つの席が横にならんでいる。席どうしはガラスの壁で区切られ、ソファからメインフロアが見渡せる。

風間とカレンは階段をのぼってすぐのソファにかけていた。奥のふたつの席では、今夜のイベントのゲストらしい派手な服装の連中が騒いでいて、女たちの嬌声が耳障りだった。

テーブルにはステンレス製のシャンパンクーラーがある。

シャンパンクーラーのなかにはクラッシュアイスで冷やされたモエ・エ・シャンドンのボトルが入っている。カレンががぶがぶ呑むせいで、ボトルの中身はあとすこししかない。これを空けたらまた金がかかるだけに、風間はシャンパンをひかえて水ばかり呑んでいる。

カレンはシャンパングラスを片手に、べったり肩を寄せてくる。風間はそれを肩で押しもどしてはメインフロアを眺めている。小田切はまだ姿を見せないが、いまはべつの目的がある。

ＶＩＰシートに移動してから、カレンはスマホで誰かに電話して、ひそひそ喋っていた。相手はドラッグの売人だろう。売人はサベージの構成員か、それとも暴力団関係者か。いずれにせよ、ひとまず接触して販売ルートを探りたい。カレンは電話を切ると、

「すぐ持ってくって」

「なんを持ってくる？」

「さあ。わかんないけど、見てから買えば」

風間が警察学校に入った頃は、若者たちを中心に危険ドラッグが蔓延《まんえん》していた。

当時の危険ドラッグは化学物質を植物に吹きつけたハーブが主流だったが、植物に有効成分は含まれておらず、単に喫煙しやすくするために用いられていた。

植物に吹きつける化学物質は大麻の有効成分に似せた合成カンナビノイド、覚醒剤類似成分であるカチノン系化合物がおもだった。前者は大麻のような多幸感、後者は覚醒剤や合成麻薬MDMAに近い中枢神経興奮作用をもたらす。

厚生労働省が合成カンナビノイドやカチノン系化合物を包括指定して、危険ドラッグの取締りが厳しくなってからは、未知の成分や指定薬物を使った粗悪なドラッグが出回りはじめた。過剰摂取するとブラックアウト——失神したり、意識不明で常軌を逸した行動をとったりする。種類によっては、ひと口吸っただけでブラックアウトしてしまう極めて危険なものもある。

カチノン系化合物を主成分にしたバスソルトは烈しい興奮状態とともに攻撃性が強くなり、人間に噛みつきたい衝動が起きる。フロリダ州マイアミでは、バスソルトを吸引したと思われる男がホームレスの顔面を喰いちぎっているところを警官に射殺された。

日本でも広まったハートショットは、わずか一か月で十五人の死者をだし、四十件もの交通事故が発生した。最近はハーブではなく、一見してそれとわからないパウダーやリキッドが増えているが、危険ドラッグは違法になったうえに身体に悪影響があるせいで需要は減った。かわりに麻薬や大麻の需要が伸びている。

腕時計に眼をやると十二時前だった。

ＶＩＰシートに移動して一時間近く経ったが、売人はこない。

「まだかよ。すぐくるんやなかったんか」

「あわてないでいいじゃん。なに焦ってんの」

カレンがそういったとき、黒服の従業員がそばにきて、

「そろそろお時間ですが――」

「時間？」

「ＶＩＰシートは、ワンテーブル六十分となっておりますので――」

「はあ？」

「まだ呑むでしょ。もう一本シャンパン頼めば延長できるよ」

カレンは平気な顔でいった。さっき一万円も払ったのに、もう一本頼んだら二万円だ。

「そんな金ないぞ。フロアにもどろう」

「ここで呑もうよ。もうすぐアガるやつもくるんだし」

カレンは動こうとしないし、ここでひきあげたら、いままで遣った金がむだになる。仕方なく延長料金を払ったが、おかげで財布の中身はわずかになった。むろん捜査経費では落ちないから自腹である。

従業員が二本目のモエ・エ・シャンドンを持ってきた。メインフロアはカウンターで酒を注

文するが、ＶＩＰシートのシャンパンとワインは従業員が運んでくる。

モエ・エ・シャンドンはシャンパンのなかでは手頃な価格だ。いま呑んでいるのはいちばん安いやつだから、並行輸入なら原価は四千円程度だろう。カレンにそれを愚痴ると、

「ここは良心的なほうよ。東京なら一本二万はするもん」

「東京にいたことあるんか」

「ううん。友だちに聞いただけ」

風間は鼻を鳴らしてサングラスを傾けた。

カレンにだけ呑ましておくのがもったいないから呑みはじめたが、テンションはすっかりさがっている。やはりカレンは店からバックマージンをもらっているのだろう。捜査のためとはいえ、そんな女に酒をおごったのは失敗だった。

げんなりした気分で呑んでいると、坊主頭でサングラスをかけた男が階段をのぼってきた。

「あ、やっときた。こっちこっち」

カレンが男に手を振った。この男が売人らしい。

男はゴールドの刺繍《ししゅう》が入った黒いジャージを着て、プラダのセカンドバッグを小脇に抱えている。サングラスのせいで年齢ははっきりしないが、三十代前半くらいの雰囲気だ。

お待たせ、と男は笑顔でいってソファを指さすと、

「ここいいすか」

風間は無言でうなずいた。

男は隣に腰をおろして煙草に火をつけた。ジャージの袖から藍色《あいいろ》のタトゥーが覗いている。従業員がなにもいわないところを見ると、店は男の素性を知っているのかもしれない。男は吸いはじめたばかりの煙草を灰皿で揉み消すと、セカンドバッグのファスナーを開けて、

「お兄さん、なんがいると？」

「なにがある？」

「なにって、いろいろあるよ」

「それじゃあ――」

とっさに答えられず口ごもっていると、カレンが横から身を乗りだして、

「アガるやつがいい」

「そっか。なら、お兄さん、スマホ貸して」

「えッ」

「すぐかえすけ、はよ貸して」

有無をいわせぬ迫力に圧《お》されて、スマホを渡した。なにをするのか不安だが、スマホは私物だから警察官とはばれないし、画面ロックがあるから勝手には使えないだろう。

男はスマホをテーブルに置き、セカンドバッグのなかを探ると、白い粉末が入ったビニールの小袋を取りだした。いわゆるパケだ。風間はごくりと唾を呑んで、

「それは？」

「チャーリーに決まっとうやないの」

男は手際よくパケを破ると、白い粉末をスマホの画面に広げた。

チャーリーとはコカインの隠語だ。ここで現行犯逮捕しようかと思ったが、勝手な行動をとったと丹野に責められるのは確実だ。それだけでなく、署内でも問題になる可能性がある。

警察手帳も手錠も持っていないから、逮捕にはかなり手こずるだろう。どうするべきか迷っているうちに、男は財布からクレジットカードをだしてスマホの上の白い粉末を線状に整えた。

続いて男は千円札をストローのように丸め、それを輪ゴムで縛り、

「ワンラインだけサービスするけ、味見して」

「いや、ここじゃちょっと——」

「平気平気。誰もチクる奴ァおらん」

男はストロー状になった千円札を差しだした。いくら捜査のためでも、コカインを吸うわけにはいかない。懸命に断る理由を考えていると、カレンが肘で脇腹をこづいて、

「もしかして、やったことないの」

「——うん」

「じゃあ、お手本見せたげる」

カレンは男から千円札を受けとると、風間のスマホを自分の前に置いた。カレンはスマホに顔を近づけるとストロー状の札を鼻孔に入れ、もう一方の鼻孔を指で押さえた。

「いいよ、いまやらなくても——」

あわてて止めたが、カレンは札の先端を白い粉末にあてると、ずっ、と鼻を啜った。とたん

に白い粉末が三分の一ほど減った。カレンはストロー状の札をこちらに差しだして、

「さあ、やってみて」

仕方なく札を受けとったものの、どうすることもできない。

カレンは白くなった鼻孔を手の甲でぬぐうと、スマホをこっちに寄せて、

「早くやんなよ。すごい上物だよ」

風間は額に脂汗がにじむのを感じつつ、

「いまはいい。あとでやるよ」

「お兄さん、そりゃないやろ。ひとを呼びつけといて」

と男がいった。さっきまでとは一変して暗い声だった。男は続けて、

「お兄さん、見かけん顔やけど、なんしよるひと？」

「リーマンだって」

カレンが答えた。ふうん、と男はつぶやいて、

「初回は信用が大事や。ヒクだけヒイといて、警察《ヒネ》に密告《さ》す奴もおるからの」

ヒクとはドラッグを買うという意味だ。風間はかぶりを振って、

「そんなことしないよ」

「口だけじゃ信用できんの」

と男はいってサングラスをはずした。瞳孔が開いた眼がぎらぎらしている。瞳孔が開きっぱなしなのは覚醒剤中毒者の特徴だ。サングラスをかけていたのは、それを隠すためだろう。

「やらんのなら、身柄《ガラ》洗わせてもらうぞ」

　男は背後を顎でしゃくった。

　振りかえると、いつのまにかジャージ姿の男が三人立っていた。三人とも二十代前半くらいで体格がいい。取っ組み合いには慣れているが、四人が相手では不安だった。下手《へた》をすれば店全体を敵にまわすかもしれない。カレンはおびえた様子で、

「なんでやんないの。怒らせちゃやばいよ」

　テーブルの下で握った拳がじっとり汗ばみ、腋の下を冷たいものが流れた。

　いまトラブルを起こせば今後の捜査が困難になる。といって、ここでコカインを吸ったのがばれたら身の破滅だ。

「どうしたんか、兄ちゃん。はよ吸わんかい」

　と男がいった。風間は乾いた唇を舐めて、

「やっぱりあとにするよ。ちょっと調子が悪いけん」

「調子が悪い？　呑みが足らんけ、びびっとるんやろ」

「まあね」

「なら、かんべんしちゃるけ、それ一気せえや」

　男はモエのボトルを顎でしゃくった。ボトルには三分の二ほどシャンパンが残っている。もう酒は呑みたくないが、コカインを吸わされるよりましだ。

「――わかった。やるよ」

風間は溜息まじりにいってモエのボトルをつかんだ。それを両手で抱えてラッパ呑みをはじめたが、炭酸が喉につかえて息苦しい。途中でやめんなよ、と男がいった。

「一気で呑まんやったら、もう一本呑ませるぞ」

風間はボトルを垂直に掲げると、必死でシャンパンを呑みこんだ。

19

壁の時計は十二時をさした。

隣室のテレビの音声はやんだが、静けさがかえって不安をかきたてる。

穂香は普段着に着替えて布団の上に坐っていた。若希駅前交番に電話してから五分が経った。さっきドアをノックしたのは恐らくストーカーだろう。あれから不審な物音はしないが、まだアパートの周辺に潜んでいるかもしれない。

もうじき武藤がくるから、この機会にストーカーを捕まえられるかもしれない。ストーカーは元夫の根岸である可能性が高いが、別人であって欲しい。父親として啓太に逢いたいという気持は理解できる。けれどもそれを拒まれたからといって、執拗に厭がらせをするのは卑劣だ。

根岸はサベージの幹部として犯罪に関わっている。離婚したのも啓太に逢わせないのも、それが原因だが、一緒に暮らしていた頃は楽しい思い出もたくさんある。かつての妻にストーカーをするような男だとは思いたくなかった。

外で自転車のブレーキ音が響いて、階段を駆けあがってくる足音がした。

穂香は立ちあがって玄関にいった。武藤にちがいないと思ったが、怖くてドアを開けられない。まもなくノックの音がして、

「清水さん、大丈夫ですか。武藤です」

ほっとしてドアを開けると、武藤が敬礼した。制服姿で懐中電灯を手にしている。武藤はぎごちない笑顔を見せて、

「あれから、なにかありましたか」

「いいえ。階段をおりる足音がしてからは、なにも――」

「清水さんは部屋にいてください。自分は周辺を見回ってきます」

武藤は踵をかえした。いったんドアを閉めて啓太の様子を見にいくと、ぐっすり眠っている。ふたたび玄関にもどったが、外の様子が気になって仕方がない。じっとしていられずにドアの前で足踏みをしていた。

十分ほど経って武藤はもどってきた。浮かない表情から犯人はいなかったとわかった。

「あちこち見てまわりましたが、誰もいませんでした」

「――そうですか。もう逃げたんですね」

「お役にたてず、すみません」

「そんな――あやまることなんかないです。こちらこそ、こんな夜中にお呼びたてして申しわけありません」

「とんでもない。それが仕事ですから」

武藤は走りまわったせいか、顔じゅうが汗まみれだった。

「ちょっと待っててください」

部屋にもどると、濡れタオルを持ってきて武藤に渡した。武藤は何度も礼をいって顔の汗をぬぐった。タオルを受けとって部屋にもどり洗面所に置くと、サンダルを履いて廊下にでた。

武藤はストーカーの遺留品がないか調べるといって、懐中電灯で廊下や階段を照らした。それを見守っていると、隣室のドアが開いて女が顔をだした。今夜も蛍光ピンクのジャージを着ている。

「夜中になんしよるんね。うるさいで寝られんやないの」

女は尖った声をあげたが、武藤に気づいて眼を見張ると、

「なんか事件でもあったん？」

「まだ事件と決まったわけではないですが――誰か不審な人物を見かけませんでしたか」

武藤は訊いた。さあ、と女は首をかしげて、

「不審かどうかわからんけど、きのうの夕方、黒い車がそこの公園の前に停まっとったよ」

穂香は、はっとして武藤を見た。武藤には黒いミニバンを見たのを伝えていなかった。だが武藤は思いあたるふしがあるのか、表情が険しくなった。

「あたしも、おなじところで黒いミニバンを見ました。たぶんその車です」

「それはいつ頃ですか」

「たしか九日くらい前です」

「車種はわかりませんか」

武藤は勢いこんだ様子で訊いた。穂香は車にはうといだけに車種はわからない。隣室の女もかぶりを振ったが、武藤がなにか知っていそうなのが気になって、

「黒いミニバンのことで、なにかご存知なんですか」

「いえ、ただ重要な情報なので――」

「ほんなら、あたしはもう寝るけ。静かにしとってよ」

隣室の女は顔をひっこめるとドアを閉めた。穂香は自分の部屋のドアを開けて、

「立ち話だとお隣に悪いから、あがっていかれませんか。散らかってますけど」

「いえ、職務中ですので」

「じゃあ、冷たいものでも――」

「それでは、お言葉に甘えて」

冷蔵庫の麦茶をグラスに注いで持っていくと、武藤は喉を鳴らして一気に飲み干した。ごちそうさまでした、と武藤は両手でうやうやしくグラスを差しだした。

それを受けとったとき、視線がからみあった。武藤の細い眼になにかいいたげな色が宿ったが、一瞬でそれは消え、もとの表情にもどった。

「またなにかあったら、いつでも連絡してください。失礼します」

武藤は敬礼すると足早に去っていった。

20

闇のなかで、ずきずきと痛みが脈打っていた。

頭蓋骨を金属の環《わ》で締めつけられるような頭痛とともに意識がもどってきた。目蓋を開けると、蛍光灯の光が眼を刺した。まぶしさに顔をそむけて寝返りを打った。口元が濡れている感触に手の甲でぬぐったら、べっとり唾液がついた。眠っているあいだに、よだれを垂らしたらしい。口のなかは苦く粘って喉はカラカラに渇いている。

風間はうつ伏せになると、烈しい頭痛をこらえて頭をもたげた。

寝起きのせいで霞《かす》んだ視界に事務用のデスクと椅子が見えた。コンクリートが剝きだしの壁には、なにかのイベントらしいポスターが貼られ、部屋の隅に段ボール箱が積んである。自分の軀に眼をやると、背もたれの革が剝《は》げ、スポンジがはみだしたソファに横たわっていた。

ここは、いったいどこなのか。腕時計を見ると、もう四時半だった。

きょうは土曜日だが、八時半までに登庁しなければならない。それなのに、こんな時間まで寝込んでしまうとは最悪だ。寝ているあいだに非常招集でもかかっていたら首が飛ぶ。

署から着信がないか確認しようとジーンズの尻ポケットを探ったら、スマホがない。財布はあったが、ニットキャップとサングラスもない。たまらなく厭な胸騒ぎがして額に汗がにじんでくる。

ミューズでカレンという女に声をかけられ、VIPシートで吞んだ。

ドラッグに関する情報を探るつもりで、カレンに頼んで売人を呼びだした。そこで売人の男に詰め寄られ、シャンパンを一気吞みするはめになった。シャンパンはなんとか吞み干したが、そこから先がわからない。

懸命に記憶をたどっていると、ドアが開く音がして誰かが部屋に入ってきた。ソファに両手を突いて起きあがろうとしたが、ずきん、と鋭い痛みが後頭部に走って、ふたたびうつ伏せた。吞みすぎたせいか動悸《どうき》が速く、胃袋から酸っぱいものがせりあがってくる。

「やっと起きたか」

聞きおぼえのある声に顔をむけると、黒いスーツを着た色白の男が立っていた。

小田切怜だと気づいて飛び起きようとした。が、頭痛と吐き気のせいでソファにかけるのがやっとだった。小田切は薄笑いを浮かべて、

「無理すんな。まだ気分悪いだろ」

「なんで、おまえが――」

自分のものとは思えないほど、かすれた声がでた。

「おぼえてねえのか。せっかく運んでやったのに」

「ここは、どこなんか」

「ミューズの事務所さ」

「おれのスマホはどこにやった」

小田切はデスクを顎でしゃくった。デスクの上に眼を凝らすと、スマホとサングラスとニットキャップが置いてある。小田切は続けて、

「おれが盗《と》ったんじゃねえ。おまえが落としたんだ」

「知るか。はよスマホをかえせ」

小田切はスマホを手にして、こっちに放った。それを受けとると急いで着信履歴を見たが、幸い署からの連絡はなかった。スマホはアプリでロックしてあるから、中身は見られていないだろう。けれども小田切の罠にかかったのは確実だ。おい、と風間はいって、

「おれをハメやがったの」

「ひと聞きの悪いことをいうな。おまえは女ナンパして、VIPシートでモエ一気したらしいじゃねえか。呑みすぎで倒れたくせに、おれのせいにすんなよ」

シャンパンはボトルに三分の二ほど残っていた。それ以前も呑んでいたし一気に呑むのは苦しかったが、酒はかなり強いほうだ。酔っぱらうのがせいぜいで前後不覚になるとは思えない。

「あのシャンパンに、なんか混ぜたんやろ」

「知らんね」

小田切は椅子にまたがると、背もたれに両腕を乗せて、

「どうだ。こうするとおれが刑事《デカ》で、おまえが容疑者みてえだな」

「ふざけるな。あの女は――カレンはどこにいる」

「さあね」

「あいつも、おまえの仲間やろ」

「質問が多いな。もうちょっと自分の立場を考えたほうがいいぞ。おまえを生かすも殺すも、おれしだいなんだ」

小田切は上着からスマホをだすと、画面をこちらにむけた。

とたんに腹の底がひやりとした。スマホの画面には、この店のVIPシートにかけた自分の姿が映っていた。カレンと売人に両側をはさまれ、こわばった表情で筒状に丸めた札を手にしている。テーブルの上には自分のスマホがあって、線状になった白い粉末が載っている。

小田切はスマホの画面に触れて、次の画像を見せた。

それにはシャンパンをラッパ呑みする自分の姿が映っていた。どちらの画像にも自分の顔ははっきり映っているが、カレンと売人は鼻と口を手で覆っている。恐らく顔を映させないためだ。ということは、カレンも売人も撮影を知っていたにちがいない。

「やっぱりハメやがったのッ」

風間は怒鳴った。小田切は肩をすくめてスマホをしまった。

こんな画像を丹野や笹崎が見たら激怒するだろう。が、ドラッグの販売ルートを探ろうとして売人に接触したのだから、そう弁明するしかない。

おい小田切ッ、と風間はいって、

「ふざけたまねしくさって、どうなるかわかっとるんか」

「どうにでもしろよ」

「なら、その画像をよこせッ」

「やってもいいが、画像はほかにも保存してるし、動画もあるぞ。いざってときは条川署に送りつけるか、ネットにアップしてもいい」

「もう許さん。いまから署までこいッ」

「その前に顔洗ったらどうだ。おまえの鼻は真っ白だぜ」

ぎょっとして鼻を指で擦《こす》ったら、指先に白い粉がついた。

恐る恐る指先を舐めると、わずかに苦みがある。それがなんなのか悟った瞬間、冷たい戦慄《せんりつ》が背筋を貫いた。小田切は自分が寝ているあいだにコカインを吸わせたのだ。

風間は頭痛を忘れてソファから立ちあがると、

「ぶっ殺しちゃるッ」

小田切に飛びかかろうとしたが、足がもつれて床に膝をついた。

おいおい、と小田切は苦笑して、

「おまえは刑事《デカ》だろう。そんな物騒なこといっていいのか」

「やかましいッ。画像や動画くらいで、おれを潰せると思うか」

「画像や動画だけじゃねえのは、もうわかっただろ。おまえはコカインを吸ったんだ」

「そんな証拠がどこにある。コカインは映ってても、吸ってる画像はないぞ」

「おまえも刑事《デカ》なら知ってるだろ。コカインが抜けるのは尿検で二日から五日だが、毛髪は九十日も反応がでる。検査されりゃ即逮捕だ」

たしかにコカインが抜けるには時間がかかるが、小田切がそこまで知っているとは思わなかった。悔しさに奥歯を噛み締めていると、小田切は続けて、

「九十日経っても逃げられねえぞ。カレンって女はシャブで前科《マエ》があるからな。そんな女といちゃついてただけでも、警察《サツ》にとっちゃ大問題だろ」

風間はうなだれて床に視線を落とした。

画像や動画を撮ったのは、あとからやってきた売人の連れだろう。あのときは緊張していたせいで、まったく気づかなかったが、とりかえしのつかない過ちを犯してしまった。

「まあ、そう落ちこむな。おまえを潰そうってわけじゃねえ」

風間は顔をあげて、なんがいいたい？　と訊いた。小田切は微笑して、

「もとはといえば、おまえがいいだしたんだ」

「なにを」

「おれに恩売っといて損はない。おまえはそういったよな」

「だからなんか」

「これからは持ちつ持たれつでいこうってことさ。おまえだって野心はあるだろう。おたがい協力しあっていきゃあ、この街でのしあがれるぜ」

「ふざけたことをいうな」

「ふざけてねえよ。おまえみたいなノンキャリの刑事《デカ》に出世の見込みはない。これから定年まで上司にぺこぺこするんだぞ。それでいいのか」

「いいもなにも、それが公務員やろ」

「それじゃ訊くけど、おまえはなんのために生きてんだ。まさか正義のために、なんていうなよ」

「なんのためって、ようわからん。けど刑事《デカ》になろうと思うて、そうなっただけや」

「ふうん。そりゃあごりっぱだけど、うだつのあがらん人生なんて、くだらねえぞ」

「なら、おまえはなんのために生きとるんか」

「金さ。いまの時代、金以外になにがある。金さえありゃあ、人間の心だって買える」

「そんなもん、金目当ての奴やないか」

「おまえは甘《あめ》えな。人間はなにかを目当てに他人とつきあうもんだ。その証拠に男も女も容姿や年齢で相手を選ぶじゃねえか。はじめは金目当てで寄ってきた奴も、時間が経ちゃあ、そいつを好きだと自分で信じこむようになるのさ」

「なんでそう信じこむ?」

「そんなこともわからねえのか。自分が金目当ての人間だって思いたくねえからよ。ひとは誰しも、きれいごとが好きだからな」

「かもしれんが、犯罪でいくら稼いでも、いつかは捕まるぞ」

「犯罪っていうのは、要するに事件だろ。事件として明るみにでない犯罪はいくらでもあるが、それは犯罪じゃねえ。たとえば、おまえはゆうべコカインを吸った。でも、おまえとおれが黙ってりゃ、犯罪じゃねえだろ。それとも、おまえは犯罪者か」

「犯罪者やない。おれは、おまえにはめられただけじゃ」

「はめられようとそうでなかろうと、警察《サツ》は許しちゃくれねえぞ。それがいまの法律ってもんさ。正義とか悪とか、なんにも関係ねえ。うまくやった奴の勝ちなのさ」

「もうええ。おれは帰る」

「おまえに選択の余地はねえ。お近づきのしるしに種明かしをしてやろう。おまえがこの店に入ってきたとき、おれはＶＩＰにいたが、すぐ気づいた」

「やっぱり、おまえがカレンに声をかけさせたんやな」

「あれはサービスさ。よけいなことしなきゃ、一発やれたのに」

「それならそれで、おどしのネタにしたやろが」

あはは、と小田切は乾いた声で笑った。

風間は鼻を鳴らすと指でこめかみを押さえた。

頭痛はまだおさまらないし吐き気もするが、体調などどうでもいいほど深刻な状況に陥った。小田切に協力するのは警察に対する裏切りだ。といって断れば、麻薬取締法違反で逮捕される。捜査のためだったといいわけしても、有罪判決はまぬがれない。初犯だから執行猶予がつくだろうが、懲戒免職になって路頭に迷うはめになる。

それよりも自分が取調べを受けて留置場に収容されるのを想像すると、恐怖に悪寒《おかん》が走る。どうせ破滅するなら、もうすこし様子を見てからでも遅くない。

風間は深々と溜息をついて、

「顔洗いたい。洗面所はどこか」

「教えてやってもいいが、交渉成立だな」

しぶしぶうなずくと、小田切はにやりと嗤《わら》って椅子から腰をあげた。

21

開け放った窓から吹きこむ風に薄いカーテンがひるがえっている。

高速道路の高架のむこうに西日に赤く染まった空が見える。陽当たりが悪いせいで、室内は薄暗く湿気が多い。窓を開けているのは換気のためだ。

武藤は卓袱台の前に坐り、カップ麺を啜ってはコンビニのおにぎりをぱくついている。このところ掃除を怠けていたから、1Kの室内は足の踏み場もない。衣類やペットボトルやレジ袋がそこらじゅうに散らばり、布団は敷きっぱなしだ。

もっとも掃除をしたところで建物自体が老朽化しているから、たいしてきれいにならない。フローリングの床はささくれ立って壁紙は四隅が剝げている。

条川署の待機宿舎——独身寮である。

けさは交替時刻の九時前に物損事故が起きて、その対応で時間を喰った。勤務を終えて本署で着替えをすませ、寮に帰ってきたのは昼すぎだった。それから飯も喰わずにひと眠りして、いまが朝食だ。まだ五時だからもっと眠りたいが、早めに片づけたいことがある。

ゆうべ穂香の部屋にいったとき、隣室の女はおとといの夕方、黒い車が公園に停まっていたといった。穂香が黒いミニバンを見たのは、武藤が公園の前で根岸に逢った頃だ。黒いミニバンは根岸のヴェルファイアだろう。

けれども根岸はストーカー行為を否定した。息子の顔がひと目見たくて車を停めていたと答えた。あのときはそれで納得したが、おとといも穂香のアパートのそばにいたとなると、やはり疑わしい。本人に逢って問いただそうと思った。

根岸の電話番号は聞いてあるから寮に帰って連絡すると、六時に逢おうという。

「ひさしぶりやけ、旨《うま》いもんでもおごっちゃる。なんが喰いたいか」

根岸は上機嫌でいったが、警察官が半グレ集団の幹部におごってもらうわけにはいかない。ひと目につく場所もまずいから、駅前の古い喫茶店で待ちあわせることにした。

穂香には根岸と旧知の間柄なのを話していない。そのことを打ちあけようかと思ったが、穂香が動揺するのが心配でなにもいえなかった。根岸との関係を説明するには、自分が不良だった過去も語らざるをえない。それが原因で、彼女が自分を避けるようになったらつらい。

ゆうべ穂香から部屋にあがらないかといわれたとき、本音をいえば誘いに応じたかった。だが警察官という立場を考えると我慢するしかなかった。

これからも穂香の役にたちたいし、頼りにされていたい。そこから先はなにも考えていないし、考えてはいけない気がする。自分の感情はともかく、いまはストーカーという彼女の悩みを解決してやりたかった。

待ちあわせ場所の喫茶店に着いたのは、六時前だった。

条川駅前の商店街にある風月《ふうげつ》という店で、高校生の頃に何度かきたことがある。ぜんざいや汁粉といった甘味が売りの店だけに客は女性や老人ばかりで、顔見知りに逢う可能性は低い。和風の店内には琴の音色が流れている。

根岸は煙草を吸うだろうから喫煙席に坐って、アイスコーヒーを注文した。

高校生の頃は、この店にくると白玉ぜんざいの大盛りを食べていたが、いまは当時ほど甘味に飢えていない。軀が大きく強面の自分がそんなものを食べるのは滑稽なようで、他人の眼も気になる。

六時五分になって根岸が店に入ってきた。

刺青を隠すためにきょうも長袖のTシャツでスキニーの細いジーンズを穿いている。Tシャツもジーンズも黒のうえに、逆立てた短髪と褐色の顔は武藤とおなじく甘味処に似あわない。

根岸は居心地悪そうにあたりを見まわしながら、テーブルのむかいにかけて、

「なんかこの店は。女と年寄りばっかりやないか」

「すみません。ここやったら、ひと目につかんので」

根岸はコーヒーを注文すると煙草に火をつけて、

「こげなとこじゃ酒も吞めん。はよでて、べつの店いこう」

「ほんとはそうしたいですが、立場上まずいですから――」

「おれとは呑まれんてか」

「すみません」

「おまえは、てっきり極道なると思うとったがのう。警官も縦社会やけ、しんどかろうが」

「ええ。だいぶ慣れましたけど」

「給料も安かろう。なんぼもらいよんか」

「高卒やし、まだ下っぱやけ、ぜんぜんすくないです。根岸さんは稼いどるんでしょう」

「まあまあやの。おまえと遊びよった頃よりは、だいぶましよ」

武藤はひと差し指で自分の頬を斜めになぞって、

「やっぱり、こっちは厳しいですよね」

「もう極道で喰える時代やない。おまえも知っとうやろうけど、いまは代紋だしただけでパクられる。裁判は検察の求刑どおりで、仮釈《かりしゃく》放もかからん。大きな仕事《ヤマ》踏んで長い懲役いったら、それで人生しまいじゃ」

「組に入らんほうが自由ですもんね」

「そらそうよ。いまどき部屋住みして、兄貴分やら親分やらにへいこらしよっても埒《らち》あかんぞ。はよ金稼ごうと思うたら、盃《さかずき》やら邪魔よ。仲間どうしで助けおうたほうが早い」

「いまは、どういう商売《シノギ》を――」

おまえ、と根岸は苦笑して煙草を灰皿で揉み消すと、

「おれをひっぱるつもりか」

「まさか――でも怒らんで聞いてくださいよ」

「なんか。はよいえ」

「根岸さんはサベージの幹部って噂ですけど――」

「そげなこたあ、いわれん。けど心配すんな。やばい商売はしとらん」

武藤はうなずいた。ただのう、と根岸はいって、

「こげな地方でよ。親が貧乏で学歴もないもんがのしあがろうと思うたら、堅気じゃ無理やぞ。なにかしらあぶない橋渡らな、一生貧乏のまま、こき使われて終わりじゃ」

「わかります。おれもそう思うてましたから」

「なら、なし警官やらなったんか」

「あるひとから、いろいろ面倒見てもらったからです」

「あるひとて警官か」

「ええ。条川署の少年係やったひとです」

筋金入りの不良だった自分が警察官を志したきっかけは、片桐誠一に憧れたからだ。片桐は条川署生活安全課少年係の係長だったが、いまは刑事第二課にいる。

片桐には何度か補導されたし叱られもしたが、ほかの警察官とちがって思いやりがあった。暴漢に襲われて瀕死の重傷を負ったときも、たびたび見舞いにきてくれた。この店にはじめてきたのも片桐と待ちあわせたときだった。

根岸には片桐の実名は伏せて、あらましだけ語った。根岸は興味なさそうな表情で聞いてい

たが、また煙草に火をつけると、

「それで、おまえもそげな警官になりたいんか」

「はい」

「けど高卒やったら、出世はできんし金にもならん。それでええんか」

「よくはないですけど、いまさら辞めるわけには――」

「おまえは、あいかわらず要領悪いのう。高校ン頃も喧嘩ばっかりで、金はいっちょん稼ぎきらんやったが。いまからでも遅ないけ、まちっと儲かる商売せえや。なんなら、おれが紹介しちゃろか」

「いえ、結構です」

まあええわ、と根岸はいって、

「ところで、なんか話があるんやないか。おれを呼びだして酒も呑まんちゅうのは、ほかに用事があるけやろ」

「はい。たいした用やないんですが」

「なんか。いうてみい」

「おとといの夕方、清水さんのアパートにいきましたか」

「いや、いっとらんぞ」

「清水さんのアパートの前で、黒いミニバンを見たってひとがいるんです。もしかしたら、根岸さんの車やないかと思うて――」

「また啓太の顔を見たくなったけ、ちょっと車停めとっただけよ。それ以外なんもしとらん」

「あそこに停車するのは違反ですし、清水さんも神経質になってるんで、今後はひかえてもらえんですか」

「なし穂香が神経質になるんか。もしかして、あいつはおれを疑《うたご》うとるんか」

「いえ。でも根岸さんがあのへんにいると誤解されますんで――」

「わかった。けど、はよストーカー捕まえれや」

「はい。がんばります」

「啓太になんかあったら、どうするんか。なんやったら、おれが張りこんで――」

「それはやめてください。おれがなんとかします」

「マジで頼むぞ。啓太はおれの生きがいなんじゃ」

根岸はそういって頭をさげて、

「いまだって逢いたいでたまらん。穂香が厭がるけ、我慢しとるんじゃ」

「そこまで啓太くんに逢いたいなら――」

「逢いたいなら、なんか」

「よけいなことをいうようですけど、いっそ堅気になったら――」

根岸は怒るかと思ったが、予想に反してしんみりした表情になると、

「啓太のためなら堅気になってもええ。けど簡単にはいかん」

「サベージのしがらみですか」

「くわしくは話せん。おまえとは住んどる世界がちがうんじゃ」

それから会話は途切れて、ほどなく根岸は席を立った。

根岸がストーカーである可能性は消えていないが、息子への愛情は嘘ではなさそうだった。啓太のためなら堅気になってもいいというのは本音かもしれない。

いずれにせよ、穂香に対するストーカー行為がやめばそれでいい。警察官という立場上、これ以上根岸に関わるのは危険だった。

22

取調室から刑事の怒声が聞こえてくる。

強引な取調べを防ぐという名目でドアは開けてあるから、大きな声は筒抜けだ。

「おまえが覚醒剤《シャブ》喰うたんは、尿検でわかっとるんじゃ。ごちゃごちゃいいわけせんで、誰から買《こ》うたか正直にいわんかッ」

風間は刑事課のデスクでノートパソコンにむかっていた。

尿検という言葉を聞いたせいか、無意識のうちにキーボードを叩く手が止まった。いま自分も尿検査をされたらと想像しただけで背筋が寒くなる。

同時に、小田切から見せられた画像が脳裏に蘇った。あれが表にでたら自分も取調室に入れられる。それもただの犯罪者ではなく警察官の面汚しとして、すさまじい糾弾を受けるだろう。

ミューズの事務所をでたのは、けさの五時すぎだった。それからマンションに帰り、ふだんどおり登庁したが、きょうほど勤務がつらかったことはない。シャンパンのせいか、それともコカインのせいか、いまだに気分が悪いうえに睡眠不足だ。

もう夜の七時だから、なにもなければ退庁できる。けれども丹野より先に帰れないのがもどかしい。こんなときに事件でも起きたら、捜査に加わる自信がない。

日中は丹野と一緒に聞き込みをしたが、歩くのがやっとでいまにも倒れそうだった。途中で寄ったコンビニで、丹野にゲン担ぎの大福餅を喰わされたときは、喉につかえて食べられず、こっそりゴミ箱に捨てた。

刑事課にもどってからも、庶務係の春日千尋に顔色の悪さを指摘された。

「大丈夫ですか。すごく具合悪そうですけど」

平気だと答えたが、心なしか課内の眼が自分に集中している気がする。誰かに薬物使用を見破られたらと思うと生きた心地がしない。コカインが毛髪から検出されなくなる九十日後まで、こんな不安が続くのは耐えがたい苦痛だ。

が、そんなことよりも小田切に弱みを握られたのが人生最大の失敗だった。

「もしおれが捕まるようなことがあったら、おまえも道連れだ」

小田切は別れ際にそういった。

まだ小田切から指示はないが、いずれなにかを頼まれるにちがいない。それが法に触れることだったら、さらに罪を重ねることになる。コカインだけなら初犯で執行猶予がつくが、べつの犯罪に手を染めたり、警察の情報を漏洩《ろうえい》したりすれば、実刑を喰らって刑務所行きだ。元警察官が収監されると、囚人たちからひどいいじめを受けるという。いまのうちにすべてを告白して、人生をやりなおしたほうがいいかもしれない。

とはいえ警察を懲戒免職になった身で再就職はむずかしい。もし就職できたとしても、長時間労働で低賃金の仕事しかないだろう。むろん両親には二度と顔むけできない。自分が刑事になったのを喜んでいたのに一転して犯罪者になったら、どれほど悲しむか見当もつかない。

もともと自分を見下していた兄に至っては、どう反応するか考えるのも厭だ。感情の問題だけでなく、自分の犯罪が実名で報道されたら、父や兄の仕事にも影響をおよぼす。

となると、罪を重ねるのを承知で職務を続けるべきだ。この窮地を脱するにはどうすればいいのか見当もつかないが、それを模索するしか生き残るすべはない。そんな考えを巡らせていたら、

「おいッ」

野太い声がして心臓が縮みあがった。丹野が隣のデスクからこっちをにらんで、

「なん、ぼやっとしとんか。しゃんしゃん仕事せんか」

「――すみません」

「おまえ、けさから様子がおかしいの。なんかあったんか」

「いえ、ちょっと体調が悪いだけです」

平静を装って答えたが、丹野は疑わしげな視線をむけてきた。

犯人を炙《あぶ》りだす刑事の眼だ。後ろめたいことがあるだけに眼をあわせるのが怖い。だが、ここで眼をそらしたら丹野は不審に思うだろう。

鋭い眼を必死で見返していると、丹野は自分のデスクに視線をもどして、

「ほんとに具合悪そうやの。おれァもうじき帰るけ、おまえは先にあがれ」

はい、と答えて安堵《あんど》の息を吐いた。丹野は続けて、

「もうすぐ家宅捜索《ガサ入れ》で忙しいけ、ゆっくり休め」

「どこの家宅捜索ですか」

「闇スロじゃ。サベージの幹部が経営しとるらしい。おれは小田切やないかと見ちょる」

「えッ」

「あの糞ガキ、今度こそ刑務所《ムショ》にぶちこんじゃる」

丹野がそういったとたん、たちまち不安が湧きあがってきた。

23

五月も下旬に入って、通りにならぶ家々の庭木は緑が濃い。

まだ十時をすぎたばかりだが、強い陽射しが照りつけて制服の下に汗がにじむ。気温はそれほど高くないのに暑いのは、制服の上から耐刃防護衣と呼ばれる防刃ベストを着ているせいだ。

武藤は警ら用自転車を押しながら溜息をついて、

「暑いなあ。もう夏みたいですね」

「おまえが肥えとるけよ。まちっと痩せれ」

新田が笑いを含んだ声でいった。新田も隣で警ら用自転車を押している。住宅街の路地を歩いていくと、新田は一軒の木造家屋に顎をしゃくって、

「よし。次はここ」

はい、と武藤は答えて、その家の前に自転車を停めた。

門も庭もない粗末な家で、玄関のドアが道路に面している。チャイムのボタンを押すと、ややあってドアが開き、五十がらみの女がでてきた。

武藤は作り笑顔で敬礼して、

「こんにちは。駅前交番の者ですが、巡回連絡にまいりました」

女はこちらを見て眼をしばたたいた。制服の警察官が突然自宅を訪れたら驚くのは当然だけに、住民の反応には慣れている。

武藤はオレオレ詐欺や自転車の盗難防止のチラシを差しだして、

「最近こういう事件が多発しておりますので、ご注意ください」

女はいくぶん安堵した表情でチラシを受けとった。

巡回連絡——略して巡連は受持区域を訪問して、犯罪や事故に関する注意を呼びかけ、警察への意見や要望を聞く。巡回連絡には、その日に巡回する地域の地図と巡回連絡簿を携行する。巡回連絡簿は個人情報が詳細に書かれているから、あつかいは厳重だ。出発前に持出時間と冊

数を日誌に記載し、交番に帰ってから返却時間と冊数を書く。

巡回連絡はおもに未訪問の民家をまわり、巡回連絡カードに記入を求めて、家族構成や緊急連絡先を把握し、非常時の対応に役立てる。地域の安全のための職務だが、警察を嫌っている者もすくなくない。居留守を使われるのはしょっちゅうだし、門前払いをされたり罵声《ばせい》を浴びせられたりする。

警察に協力的な住民でも、巡回連絡カードには住所氏名、年齢、家族構成、職業、学校名、車の有無やナンバーといった個人情報が必要なだけに拒まれることも多い。

記入は任意だから強制はできないが、それでも記入させるのが警察官の腕の見せどころだ。新人警察官にとって巡回連絡は、聞き込み捜査の練習でもある。

とはいえ人あたりのいい新田が難なく巡連をこなすのにくらべて、武藤は強面のうえに口下手とあって、いつも手こずる。新田はそれを見かねて、

「おれが指導しちゃるけ、しばらく練習せい」

巡連にいくたび、後ろにひかえて住民とのやりとりを眺めている。

武藤がチラシを渡した女は興味なさげに紙面を一瞥《いちべつ》すると、ドアを閉めようとした。

あ、あのう、と武藤はいって、

「もうすこしお時間よろしいでしょうか」

「なんですか」

女は怪訝そうな表情でいった。武藤は巡回連絡カードを差しだすと、

「こちらにご記入をお願いしたいんですが——」

「え、どういうこと？」

「えー、犯罪や事故に備えてですね。緊急時の連絡先を——」

「これって書かなきゃいけないんですか」

「いえ、記入は任意なんですけど——」

「だったら書きません。いま忙しいんで」

女がふたたびドアを閉めかけたとき、すみません、と新田が割って入って、

「お忙しいところ大変恐縮です。このカードにご記入いただきますと、もし事件や事故、災害などがあった場合、迅速に対応できます。こちらに必要事項を書くだけですので、ご協力願います」

新田がさわやかな笑顔でいうと、女も顔をほころばせて、はい、と答えた。

どうしてこうも態度が一変するのか。

武藤は、女が巡回連絡カードに記入するのを悔しい思いで眺めた。新田はもっと喋りかたを勉強しろというが、外見の差も大きいと思う。

「いまのは、おまえが書かせたことにしといちゃるけの」

次の訪問先にむかう途中で新田がいった。武藤はかぶりを振って、

「いえ、そんな——」

「ええけ気にすんな」

「――すみません」

巡連の実施状況は職務質問とおなじく勤務評定に影響するから、新田の申し出はありがたかったが、自分の不甲斐なさに気持が沈んだ。そういえば、と新田がいって、

「清水さんの件はどうなっとる。まだストーカーはおさまらんのか」

「だと思います」

「清水さんは離婚しとるていうたの」

「はい」

「別れた亭主が犯人ちゅうことはないんか」

「さあ――」

武藤はぎくりとしつつ言葉を濁した。

おととい根岸に逢ったのは、むろん誰にも喋っていない。交番でいちばん親しい新田にさえ、根岸との関係を打ちあけられないのがつらい。

「さあ、次はどこいったらええか、わかるか」

と新田が訊いた。武藤は道路脇に警ら用自転車を停めると、制帽を脱いだ。

続いて制帽のなかから、四角に折り畳んだ地図をだした。

巡回連絡は一年に一度以上の割合で、受持区域の全世帯を訪問するよう義務づけられている。しかし現実には戸数が多すぎるのと職務が多忙なせいで、ほとんどの交番が実施できない。若希駅前交番にしても、けさのように時間のあるときに未訪問の家をまわるのが精いっぱいだ。

新田は受持区域の地理をほとんど把握しているが、武藤はまだわからない場所が多い。地図で現在地を確認してから、荷台の箱にしまってあった巡回連絡簿をめくった。

「あれですね」

武藤が一軒の家を指さすと、新田はうなずいて、

「よし、正解」

この界隈にしては新しい庭付きの一軒家で、門柱の表札に野元《のもと》とある。新田によれば中古住宅として売りにでていたのを、いまの住人が購入したらしい。

門柱のインターホンを押すと、三十代前半くらいの女がエプロン姿で応対にでてきた。武藤は精いっぱいの笑顔でチラシを差しだして、巡回連絡にきたことを告げた。

またしてもカードの記入を拒まれるかと思ったが、女はすなおに応じてくれた。女は野元知《と》美《み》という名だった。夫とふたり暮らしで、この家に越して半年になるという。

武藤はカードを受けとると何度も礼をいって、

「なにかお困りのことや、不安に感じることはありませんか」

野元はすこし考えてから、

「不安に感じるってほどじゃないですけど、ちょっと気になることが――」

「どんなことでしょう」

野元は通りをはさんだむかいの家に眼をやって、

「最近、若い男のひとたちがしょっちゅう出入りしてます。それも夜中に」

「おむかいさんとおつきあいは?」

「ありません。ただ、ここに越してきたとき、あいさつにいったら、お爺さんがでてきたんです。てっきりひとり暮らしかと思ってたので」

「ほかにはなにか?」

「昼間もカーテンを閉め切ってるから、変だなと思って」

「わかりました。これから訪問してみます」

そういったとたん、野元は狼狽《ろうばい》した表情になって、

「あの、あたしがこんなことといったのは——」

「もちろん口外しません」

むかいの家は古ぼけた木造二階建てで、柵《さく》も塀《へい》もない庭に雑草が生い茂っている。築年数は四十年以上だろう。野元がいったとおり、どの窓もカーテンが閉まっている。野元の家をでてから巡回連絡簿で確認すると、住人の氏名は芝原登《しばはらのぼる》で年齢は七十五歳だった。

「たしかに前は、ひとり暮らしやったみたいやの」

「不審者が勝手に住んどるんでしょうか」

武藤と新田は雑草が茂る庭を通って玄関の前に立った。表札はなく、埃《ほこり》にまみれた引戸の脇にチャイムのボタンがある。それを押したが、電池が切れているらしく音がしない。

武藤は引戸を軽く叩いて、

「こんにちは。駅前交番の者ですが、巡回連絡にまいりました」

室内からはなんの応答もない。

留守かと思いつつ何度も声をかけると、ようやく引戸が開いて、白髪頭の痩せた男が顔をだした。深い皺が刻まれた顔には老人斑が浮き、眼のふちが爛《ただ》れたように赤い。

武藤が差しだしたチラシを老人は無視して、

「なんの用か」

しわがれた声でいった。昼間から呑んでいるようで息が酒臭い。

「あの、巡回連絡にまいりました」

「そんなん知らん。ひとがせっかく寝とったのに起こしやがって」

「お休みのところ、すみません。あの、失礼ですが、芝原登さんでしょうか」

「おう」

老人はぶっきらぼうに答えた。別人が住人を装っている可能性もあるだけに、

「あの、念のために生年月日をお願いします」

「なし、そげなこといわないけんのか」

「すみません。ご本人かどうか確認が必要なので――」

老人はしかめっ面で生年月日を口にした。巡回連絡簿と一致するから、やはりこの老人が芝原のようだった。もうええか、と芝原はいって、

「眠たいけ、はよ帰ってくれ」

「すぐ帰ります。ただ夜中に若い男性が出入りしているとうかがったもので――」

「孫が友だちやら知りあいやら連れてきよるんじゃ。迷惑な話よ」

「お孫さん？　いつから同居されてるんですか」

「ずっと東京で仕事しよったけど、ちょっと前に帰ってきた。また東京いくていうとったけ、もうじきでていくやろ」

芝原は投げやりな口調でいって、ぴしゃりと引戸を閉めた。

24

その日の午後、条川署の中会議室で緊急の捜査会議が開かれた。

捜査対象は、条川駅近くの繁華街で営業する闇スロット店だ。闇スロットは違法カジノの一種で、十年以上前に規制されたギャンブル性の高い機種を風営法の許可なく設置し、客に高額なレートで遊ばせる。レートの高い台なら一回の大当たりで十万円以上勝てるが、そのぶん負ける金額も大きく一日に数十万円負けることも珍しくない。

もともと違法営業だからパチスロ機の基板も裏モノを使い、遠隔操作をおこなう店も多い。ドリンク類やカップ麺は無料で、換金は店内でおこなう。

警察を警戒して店の看板はなく、一見《いちげん》の客は誰かの紹介がないと入店できない。顧客にはＩＤ番号が発行され、次回からはそれを口にすることで入店できる。入口には監視カメラが設置され、従業員が客の姿とＩＤ番号を確認してからドアを開ける。

捜査会議は県警本部の生活保安課、条川署からは刑事第一課、組織犯罪対策課、生活安全課の捜査員が招集された。署内で複数の課が関わっているのは、捜査対象の闇スロット店はサベージの幹部が経営していると目されているからだ。前に千尋がいっていたのも、この店のことにちがいない。

条川署の組織犯罪対策課と生活安全課は違法賭博店の内偵に力を入れており、問題の闇スロット店についても存在を把握していた。店側の警備体制が厳重すぎるせいで手をだせずにいたが、負けがこんだ客から「箱替え」の情報がもたらされた。「箱替え」とは摘発を逃れるため、定期的に店舗を移動することだ。

「箱替えの時期はわかりませんが、早ければ数日以内でしょう。店を移動されたら、いままでの捜査がむだになる。その前になんとしても摘発したいので、今回の家宅捜索を決定しました」

嶋中良文《しまなかよしふみ》がホワイトボードの前でそういった。

嶋中は県警本部生活保安課の管理官で、官名すなわち階級は警視である。ノンキャリアの叩きあげらしく歳は五十がらみで、体格は小柄ながらも精悍な顔つきだ。

五十名近い捜査員たちはパイプ椅子にかけ、嶋中の言葉に耳を傾けている。

「家宅捜索は本日夜から未明にかけて。客がもっとも多くなった頃合を見計らって突入します。店の従業員は全力で突入を妨害してくると思いますので――」

風間は手元の資料に視線を落としていたが、気持は上の空だった。もし小田切が闇スロット店の経営者だったらと思うと、背中に火がついたような焦燥を感じる。

「もしおれが捕まるようなことがあったら、おまえも道連れだ」

闇スロット店の家宅捜索がおこなわれるのを聞いてからずっと、小田切の言葉が脳裏で繰りかえされている。ミューズにいって小田切の罠にはまり、協力関係を強いられたのはおとといの朝だ。毛髪からコカインが抜けていないのはもちろん、いまなら尿検査でもひっかかるかもしれない。

今夜の捜査で小田切が逮捕されたら、自分も破滅する。

捜査会議がはじまるまでは、なんらかの事情で家宅捜索が中止になるのを念じていた。しかし捜査を指揮する嶋中の発言からすると、今夜の決行は確実だ。

おとといミューズで逢ったとき、小田切とはスマホの電話番号を交換している。

「なにか情報があったら連絡してくれ。おれのスマホは他人名義《トバシ》だから、じきに使えなくなる。番号変えたらその都度教えるけど、妙な気は起こすなよ」

おまえがどうなるかは、おれしだいだからな、と小田切は念を押した。

闇スロット店の経営者が小田切かどうかわからないが、店の連中がサベージに関わっているのはまちがいない。となると小田切に連絡すればサベージに伝わって、店はもぬけの殻になるだろう。県警本部まで乗りだしている捜査を潰すのは、警察という組織を——ひいては上司や同僚たちを裏切ることになる。それだけでも胸が痛むが、もっと忌《い》まわしい展開も考えられる。

今夜の家宅捜索が失敗に終わったら、上層部は内通者の存在を疑う恐れがある。その結果、自分が情報を漏らしたのが発覚すれば、地方公務員法第三十四条の守秘義務違反で逮捕される。さらにコカインの使用で麻薬取締法違反も加わるから、初犯でも実刑はまぬがれない。

だが、いまなら依願退職に持ちこめるかもしれない。現職の警察官が麻薬に手をだしたのだから、理由はどうあれ本来は懲戒免職だ。けれども警察という組織は内輪の不祥事を表沙汰にしたがらない。警察官の犯罪は匿名報道が多いのも、おなじ理由からだ。

いまのうちに自供すれば情状酌量《しやくりよう》の余地があるとして穏便な処分ですむ可能性があるが、小田切が捕まったら、もう手遅れだ。その前に自供すべきか。裏切者になるのを覚悟で小田切に連絡するか。

「とにかく今夜の家宅捜索《ガサ入れ》が勝負です。各人におかれては万全の注意を払って――」

ホワイトボードの前では、嶋中がまだ話を続けている。

風間は全身になまぬるい汗をにじませながら、絶望的な逡巡《しゆんじゆん》を続けた。


捜査会議が終わったあと、丹野とふたりで遅い昼食をとった。

条川署の近くにある大衆食堂で、安いのだけが取り柄の店だ。今夜の捜査が気になって食欲はまったくなかったが、なにも食べないと丹野が不審がる。

風間はアジフライ定食、丹野はカツ丼の大盛りを注文した。取調室で被疑者にカツ丼を食べさせてやるのは昔の映画やドラマの話で、実際にそうすれば自白させるのが目的だと疑われる。

刑事は体力勝負のうえに食事の時間が満足にとれないだけに、カツ丼をはじめ丼ものをよく食べる。長シャリ——麺類は大きな事件を抱えている場合、捜査が長引くというゲン担ぎで食べるのは禁忌とされている。特に捜査本部が設置されて三日間は「三が日」と呼ばれ、刑事たちはそのあいだ麺類を口にしない。

もっとも刑事に限らず、麺類は席をはずすとのびてしまうから、多忙な警察官が職務中に食べるには不適当だ。丹野はそのせいか、麺類をいっさい食べようとしない。

丹野は旺盛な食欲でカツ丼をかきこみながら、

「きょう家宅捜索《ガサ入れ》かける闇スロ屋は、ほとんど要塞らしいの」

「——要塞?」

「おう。窓はひとつもないし、チェーンソーでも破れんようドアに鉄板仕込んどる。エレベーターも闇スロの従業員が操作せな、店のある階に停まらんらしい」

「そんな店に、どうやって突入するんですか」

「エレベーターが使えんやったら階段がある。非常口はぜんぶ押さえるけ、猫の仔一匹逃げられん」

「でもドアは大変ですね。チェーンソーでも破れんとなると——」

「おまえ、管理官の話、聞いとらんやったんか」

「えッ」

「爆破じゃ。従業員がドア開けんやったら、爆薬で吹っ飛ばすていうたやろうが」

「それは聞きました。でも、ほんとにやるんでしょうか」

　風間はそうごまかしつつアジフライを齧《かじ》ったが、ほとんど味がしない。管理官が喋っているあいだ上の空だったせいで、爆薬のことは聞き漏らした。丹野は続けて、

「県警本部《オモヤ》がやるちゅうたら、やるんよ。ちゅうても、ぶっつけ本番やのうて、爆薬仕掛けるんはだいぶ練習したらしいぞ」

「――そうなんですか」

　闇スロット店が要塞だと聞いたとき、家宅捜索が失敗するのではないかと期待した。だが、いくら頑丈《がんじょう》なドアでも、爆薬を仕掛けられてはひとたまりもないだろう。県警本部がそれだけ本腰を入れている証拠で、失敗する可能性は低い。

　丹野にすべてを打ちあけるなら、いまのうちだ。

　闇スロット店の張り込みにかかってからでは、そんな話はできない。丹野に事情を話せば激怒するだろうが、今夜の捜査からはずされるのは確実だ。恐らく尿検査や毛髪検査をされたあと、監察官の事情聴取を待つことになる。行き着く先は破滅にしても、この耐えがたい苦悩からは逃れられる。

　小田切に情報を漏らして警察全体を敵にまわすより、いま白状したほうが傷は浅い。思いきってこの場で喋ってしまうべきだ。

　そんな衝動に駆られたせいで、味噌汁の椀を持った指先がぶるぶる震える。味噌汁をこぼしそうで口に運べず、椀をテーブルにもどしたら、おい、と丹野がいった。

「おまえ、えらい顔色悪いの。どうかしたんか」

極度の緊張で口のなかが渇ききって、すぐに言葉がでない。

「あのう――」

風間はうわずった声をあげて唇をわななかせた。

25

穂香はオムツ交換車と呼ばれる台車を押して廊下を歩いていた。

顔にマスクをしてビニール製の手袋をはめ、ディスポエプロンと呼ばれる排泄介助用の使い捨てエプロンを身につけている。

時刻は四時半だが、窓の外はまだ昼間のように明るい。このところ夕方になるたび、日が長くなったのを感じる。穂香は居室に入ると入所者のベッドのカーテンを閉めて、

「はい、オムツ交換しますねー」

入所者に声をかけてからオムツ交換をはじめた。

まず入所者の服を脱がせて紙オムツのテープをはずし、足を広げて陰洗ボトルで陰部を洗ったあとタオルで清拭する。排泄の有無を確認し、紙オムツが汚れていなければ尿とりパッドの交換だけですますが、そうでない場合は紙オムツも交換する。

汚れた紙オムツと尿とりパッドはビニール袋に入れて口を縛り、オムツ交換車のゴミ箱に入れる。オムツ交換が終わると入所者に礼を述べ、排泄記録表に量や色や形状を記入して、よう

やく一名ぶんが終わる。

オムツ交換は早朝、朝食後、昼食後、夕方、夕食後、消灯後と二十四時間に六回おこなう。

オムツ交換は介護の基本だが、新人にとってはもっとも手間どる作業だ。

排泄物の臭いや感触に慣れるのは時間がかかるし、男性と女性で尿とりパッドのつけかたがちがったり、清拭の際に体位変換をさせたり、オムツを替える段取りも簡単ではない。

敬徳苑で働きはじめた頃は他人の躯に触れるだけでも怖かったから、排泄物を処理するたびに気が滅入った。夜勤の巡視で、勝手にオムツをはずした入所者がベッドじゅうを糞便で汚していたときは泣きたくなった。

けれども最近はそんな事態にも動じることなく、淡々と作業をこなす。以前にくらべて半分近い時間でオムツ交換ができるほど手際がよくなった。

短期間でオムツ交換が上達したのは穴見のおかげだ。介護員たちはストレスのせいか、新人に対して無愛想な者が多いが、穴見は根気よくオムツ交換の手順を教えてくれた。いまでもこまめに助言をくれて、

「清水さんはまた上手になったね。もうじき実務者研修もいけるんじゃない」

とはげましてくれるのがうれしい。

実務者研修とは介護福祉実務者研修——旧ホームヘルパー1級のことだ。介護福祉実務者研修を修了すれば実務経験三年を経て、穴見とおなじ介護福祉士の国家試験を受験できる。

まだ新人の穂香にとって介護福祉士は雲の上の存在だが、いずれは到達したい目標である。

穴見がついていてくれれば、すこしずつでもそこに近づいていける気がする。

夕方は介護員が多いからオムツ交換は短時間で終わる。

穂香は担当している居室のオムツ交換を終えて、汚物処理室にむかった。オムツ交換車を押して汚物処理室に入ると、音村沙織が河淵照夫に文句をいっていた。

「使用済みのオムツと尿とりパッドはビニール袋の口を結んで運びなさいよ。移動のときに臭いがするし、感染症の危険もあるんやけ――」

「すみません。急いでたもんで」

「もう新人やないんやけ、たいがいで仕事おぼえてっちゃ」

「はい。でもユニット型の特養じゃ、こういう台車は使わないらしいですね」

「どういうこと？」

「ネットで読んだんですけど、居室に台車を入れるのは感染症予防とプライバシーに対する配慮から好ましくないと――」

「それはユニット型やけできるんやろ。うちは従来型なんやけ、台車がなきゃ作業が進まんの。オムツ交換も半人前のくせに、知ったふうな口きかんでッ」

沙織が怒声をあげると、河淵は無言で汚物処理室をでていった。河淵が仕事ができないのはたしかだが、五十五歳にもなって二十八歳の沙織に怒鳴られるのは、さすがにつらいだろう。

「ったくもう。あの糞おやじが」

沙織はなおも毒づいて、

「あいつ、いつまで勤めるつもりかな。ぶっちゃけ辞めて欲しいんやけど」

穂香はオムツ交換車の汚物をゴミ箱に移しながら、

「でも歳が歳だから、転職はむずかしいでしょうね」

「そんなこたあ知らんよ。あいつ、このまま働いとったら、ぜったいなんかやらかすよ」

「やらかすって、なにを――」

「なんかわからんけど、そんな気がする。あのおやじ、あんな顔して女好きやし」

「そうなんですか」

「辻根のババアから聞いたけど、女の入所者さまやと陰洗の時間が長いみたい」

「それは、ちょっと気持悪いですね」

「うちら女の介護員も、じとーっとした眼で見とるちゅう噂よ。あんたも気ィつけな」

「あたしもですか」

「こないだあいつ、清水さんって彼氏いるんですか、って訊いてきたんよ。そんなん知らんけ、自分で訊けばちゅうたけど、あいつマジキモいわ」

沙織が去ったあと、ストーカーのことが脳裏をよぎった。

誰かが部屋のドアをノックしたのは、三日前の深夜だった。若希駅前交番に電話して武藤にきてもらったが、犯人はわからなかった。まさか河淵がストーカーではないだろうが、沙織の話を聞いて不安になった。

あの夜からストーカー行為はおさまっている。厭がらせは何日か間隔が空くのがふつうだから、まだ安心はできないが、武藤の存在は心強かった。警察は事件性がない限り、捜査ができないらしいのに、武藤は親身になって手助けしてくれる。

その理由は、武藤がひと一倍まじめなせいか、あるいは職務以外に思うところがあるのか。あの夜、武藤は帰り際になにかいいたそうな眼をしていた。武藤がなにをいいたかったのかはわからないが、あのときの表情を思いだすと、かすかに胸がざわついた。

汚物の処理をすませると、まもなく五時だった。

五時からは離床介助で、六時の夕食に備えて入所者たちを食堂に連れていく。離床介助は入所者を起きあがらせる動作の総称で、ベッドに寝かせるのは臥床介助と呼ぶ。

起床介助は朝の声かけから着替え、体調の確認や洗顔まで、就寝介助は就寝前の着替えから歯磨き、服薬までをさす。もっとも施設によっては言葉の意味する範囲が異なるらしい。

穂香はふたたび居室をまわり、入所者たちをベッドから抱き起こして車椅子に乗せ、食堂に誘導した。ベッドから車椅子への移乗——トランスは事故が起きやすいだけに体力も神経も遣う。コミュニケーションのとれない入所者は突然抵抗したり暴れたりするから、ほかの介護員に応援を頼むこともある。

その点、いちばん介助がしやすいのは近江八重子だ。近江は会話こそできないものの、自分から軀を動かしてくれる。きょうもベッドから車椅子にすんなり移乗できた。おなじ居室の入所者は先に誘導したから、近江が最後だ。

「さあ、食堂いきましょうね。きょうのおかずは和風ハンバーグですよ」

そう声をかけて車椅子を押そうとしたとき、ぱたり、と背後で音がした。

なんの音かと振りかえったら、近江のベッドの横に黒いちいさな手帳が落ちていた。手帳から紐が延びていてその先にペンがついている。三階の入所者はほとんど私物を持ちこんでいないから、介護員の誰かが落としたのか。穂香は奇妙に思いつつ、

「近江さん、ちょっと待っててくださいね」

車椅子から離れて手帳を拾った瞬間、

「あッ」

背後で叫び声がした。

驚いて振りかえると、近江が眼を見開いて車椅子から立ちあがっていた。

26

県警本部生活保安課の嶋中がスマホを手にして喋っている。

「客がビルに入った。人着は小肥りで背が低い。五十がらみの男。はい了解」

嶋中は腕時計に眼をやってからマーカーを手にすると、21時15分、客1名入店とホワイトボードに書いた。闇スロット店のあるビル周辺には、偵察役の先行班が張り込んで従業員の出入りを監視している。従業員は店長を含めて四名で、すでに入店を確認ずみだ。

風間たち残った捜査員は突入班で、きょう捜査会議があった中会議室で待機している。ホワイトボードには闇スロット店のあるビルや店内の見取り図が貼られ、レジカウンターやパチスロ機、出入口やトイレの位置が記されている。見取り図は、客から得た情報をもとに作成したものだ。

闇スロット店の営業時間は午後九時から午前六時までで、早い時間はサラリーマンや肉体労働者、遅い時間は水商売の客が多い。いつ突入するかは客の入り具合と、嶋中の判断による。

風間はパイプ椅子にかけ、長机の上の捜査資料を見つめていた。

丹野は隣で腕組みをして宙をにらんでいる。丹野は眉間の皺が深いから常に険しい表情に見えるが、こちらに後ろめたいことがあるせいで眼をあわせるのが怖い。

きょう丹野と昼食にいったとき、小田切の罠にはまってコカインを吸引させられたのを打ちあけようと思った。ところが、思いきって口を開きかけたとき、

「丹野主任、ここにいらしたんですか」

寝癖だらけの髪で、よれたスーツの男が丹野に声をかけた。痩せた顔に無精髭を生やし、歳は二十五、六に見える。男は丹野を覗きこむように腰をかがめて、

「さっきの捜査会議はなんですか。嶋中管理官まできてるってことは、でかい事件《ヤマ》ですよね」

「おれに訊いたってむだよ。副署長ンとこへいけ」

丹野はわずらわしそうな表情で、片手を振った。もういきましたけど、と男はいって、

「なにも教えてくれないんですよ。ほかの社に特抜きさせるんじゃないでしょうね」

「そんなん知るか。はよ、あっちいけ」

「冷たいなあ。丹野主任は」

男は眉を八の字に寄せたが、こちらを見るなり笑顔になって、

「あ、こちらのかたは、はじめてですね」

名刺を差しだした。

「わたし、こういう者です。よろしくお願いします」

風間がそれを受けとると、丹野は舌打ちして、

「おい、風間ァ。こいつによけいなこと喋るなよ。おまえの首が飛ぶぞ」

名刺には九日《きゆうにち》新聞社会部記者、秋場良治《あきばりようじ》とあった。九日新聞は県下で購読率の高い地方紙だ。秋場はにやにやしながら一礼して、べつのテーブルにいった。

秋場が割りこんできたせいで、丹野にはなにもいえないいま、こんな時間になった。

「さっき、なんかいおうとしとったの」

秋場が去ってから丹野は訊いたが、なんでもないとごまかした。

コカインのことを打ちあけられなかったのを悔やむ一方で、安堵する気持もあった。事実を話して前途を閉ざすより、なんとかして活路を見いだしたい。

とはいえ、いまの窮地をどうやって脱するかが問題だ。闇スロット店に家宅捜索が入るのを小田切に伝えれば、小田切はそれを店に伝え、従業員はすぐさま客を帰すだろう。その際に証拠も処分するから、捜査は失敗に終わる。

家宅捜索に影響を与えず小田切を逃がすには、どうすればいいのか。

必死で考えていたら、また嶋中のスマホが鳴った。嶋中は電話にでると、

「えー、ふたり目の客がビルに入った。人着は二十代なかばの男、長髪でホスト風、黒いスーツ。了解」

そういってマーカーでホワイトボードに書きこんだ。丹野がこちらをむいて、

「もしかしたら小田切やないか」

ええ、と風間は答えたが、内心で猛烈な焦りをおぼえた。

いま店に入ったのが小田切ならば、まちがいなく逮捕される。いまから店をでても先行班の捜査員が任意同行を求めるだろうが、店内で現行犯逮捕されるよりはましだ。

小田切を逃がすには電話するしかない。いつでも小田切に電話できるようスマホはワイシャツの胸ポケットに入れてあるが、突入班が現場にむかってからでは遅い。

現場では丹野や捜査員たちの眼があるから、電話する隙はない。いまにも嶋中が突入の指示をだすような気がして居たたまれない。風間はそっと腰をあげて、

「トイレにいってきます」

丹野はじろりとこっちを見たが、無言でうなずいた。

中会議室をでて急ぎ足でトイレにいった。幸いトイレには誰もいない。

個室に入って鍵をかけ、便器に腰かけるとスマホを手にした。小田切の電話番号は通話履歴が残らないアプリを使い、シークレットモードで登録してある。

個室の外に耳を澄ませつつ電話をかけたが、つながらない。呼びだし音がしばらく鳴って留守電に切り替わった。留守電ではこちらの声が録音されるから、具体的なことは喋りたくない。

「おれだ。今夜はやばいぞ。はよ、そこをでらな――」

声をひそめてそういいかけたとき、トイレのドアが開く音がした。

あわてて電話を切って便器の水を流した。小田切が家宅捜索に気づくかどうか不安だが、ここではもう喋れない。恐る恐る個室をでると、刑事第三課の捜査員が小便器で用を足していた。

風間は洗面台で手を洗い、男に軽く頭をさげてトイレをでた。

中会議室にもどって席についたら、嶋中がホワイトボードにむかっていた。嶋中は三人目の客の入店時間と人着を書き終えてから、こちらをむくと、

「よし。十時をめどに着手」

大声でいった。

いまは九時四十分だから、二十分後だ。現着するまで十分として、まもなく出発だ。捜査員たちは長机の上をあわただしく片づけはじめた。


腕時計の針は九時五十五分をさしている。

風間は覆面パトカーの後部座席で窓の外を見つめていた。隣には丹野がいて、運転席と助手席にはおなじ刑事第一課の捜査員がいる。

窓の外には、闇スロット店が営業している雑居ビルがある。灰色に薄汚れた五階建てのビル

で、ほかにテナントは入っておらず、とっくに潰れた店の看板が壁一面にならんでいる。闇スロット店があるのは五階だが、窓がふさがれているせいで明かりは見えない。

一基しかないエレベーターは五階のボタンを押しても動かない。客が五階にあがるには、まず闇スロット店に電話してID番号を口にする。そのあと従業員がエレベーター内の監視カメラで客の顔を確認してから、エレベーターを操作する仕組みだ。

雑居ビルの出入口は正面と裏の二か所にある。従業員や客の逃走に備え、風間たちは車内から裏口を見張っている。むろん正面にも捜査員たちが配置につき、突入の指示を待っている。

あたりは呑み屋街のはずれだけに、ネオンはまばらで通行人もわずかだ。

条川署をでてから闇スロット店の客は急速に増えて、小田切らしき男を含めて九名が店内にいる。摘発の際はまず客の身柄を押さえて、賭博行為を認めさせねばならない。店側が知らぬ存ぜぬで通しても、客の証言があればその場で逮捕できる。

客の人数からして突入は秒読みの段階だが、いまだに小田切からの着信はない。小田切のスマホは他人名義だから、すでに電話番号が変わっている可能性がある。

もし電話番号が変わっていたら、警告はむだだ。いや、変わっていなくても具体的なことは留守電に入れていないから、危機を察知できるかどうかわからない。

小田切がでてくるよう念じつつ雑居ビルを見つめていると、無線から男の声が響いた。

「本部どうぞ。突入班、配置完了しました。着手許可願います」

雑居ビルの正面で待機している第一班班長の声だ。まもなく条川署から嶋中が応答した。

「こちら本部。これより着手してください」

一気に鼓動が速くなった。

風間たち捜査員はいっせいに車をおりて、雑居ビルにむかった。

小田切が店内にいたら、もう時間切れだ。絶望的な気分で歩いていくと、捜査員たちが非常階段を駆けあがっていった。彼らのあとを追って二階にあがろうとしたが、非常階段の踊り場に古い事務机や椅子やロッカーといったがらくたが大量に積んである。

がらくたを積んであるのは非常階段で出入りをさせないためらしい。火災の際の避難路をふさいでいるから、あきらかに消防法違反だ。捜査員たちはがらくたを運んで一階におろした。

風間もそれを手伝ったが、がらくたが重いうえに何度も非常階段をのぼりおりしたせいで、汗まみれになった。がらくたを撤去したあと、捜査員たちは非常階段をのぼって五階にいった。

闇スロット店のドアは、見るからに頑丈そうな金属製だった。

店の看板はなく、ドアに会員制と書かれたプレートが貼ってあるだけだ。その下に、未成年者や暴力団関係者の入店はお断りします、とあるのが滑稽だった。

組織犯罪対策課の係長と防護服に身を包んだ捜査員がふたり、闇スロット店の前に立った。やはり爆薬を仕掛けて店のドアを破壊するつもりらしい。

「警察や。ドアを開けなさい」

係長がドアを叩いて叫んだ。店からはなんの応答もない。

ドアの上には、これ見よがしに監視カメラがある。係長はそれにむかって捜索差押許可状、

いわゆるガサ状を掲げて、

「ドアを開けろッ。開けな爆破するぞッ」

大声で何度も怒鳴ったが、やはり応答はなかった。係長は続けて、

「開けんのなら、しゃあない。いまから爆薬を設置するけ、カメラでよう見とけッ」

ヘルメットをかぶり防護服を着た捜査員がふたり、ドアノブと蝶番付近に爆薬を仕掛けた。粘土の塊《かたまり》に電気コードがついたような形状で、捜査員たちの会話からすると扉破砕用爆薬――ブリーチング・チャージと呼ばれる指向性爆薬らしい。

爆薬の設置が終わると、防護服の捜査員はリールに巻かれたコードを延ばしながらドアから離れ、全員が非常階段の踊り場まで退避した。こうなったら、爆破が失敗するのを祈るしかない。いずれドアは破られるだろうが、突入に時間がかかれば、従業員は賭博の証拠を隠蔽《いんぺい》するだろう。

「まもなくドアを爆破する。入口から離れろッ」

防護服の捜査員が店内に声をかけてから、リモコンを操作した。

次の瞬間、どーんッ、と轟音《ごうおん》が響き、建物が地震のように揺れた。白煙と埃がもうもうとあたりにたちこめ、それが薄れてくると、金属製のドアが床に倒れているのが見えた。天井も破れて配線が垂れさがり、ドア付近の壁は煤《すす》で真っ黒だった。

風間は落胆したが、躊躇《ちゅうちょ》しているひまはない。

「よし。突入ッ」

組織犯罪対策課の係長を先頭に、捜査員たちは店内になだれこんだ。

薄暗い店内にはスロット機がずらりとならび、ちょっとしたパチンコ店のようだった。まさか爆薬を使うとは思わなかったのか、従業員や客たちは呆然《ぼうぜん》としている。

風間は店の奥へと進みながら、眼を見開いて小田切の姿を捜した。

27

蛍光灯の豆球が1Kの室内を淡く照らしている。

穂香は卓袱台に頬杖をついて、啓太の寝顔を見つめていた。さっき寝かしつけたばかりだが、もうぐっすり眠っている。啓太はよく寝返りを打つから、ベビー布団は早い時期にやめた。大人用の布団で一緒に寝ているが、寝相が悪いときは手足が顔や軀にあたって何度も起こされる。

壁の時計は十時をまわった。

今夜も隣室からテレビの音声が聞こえてくる。またバラエティ番組らしく、出演者の笑い声が耳につく。卓袱台に視線をもどしてスマホを手にとった。

認知症について検索すると、検査の際に脳画像検査なしで診断する医師もいるようだった。そういう医師が主治医意見書を書いたのなら、認知症を装うことも可能だ。

きょう五時の離床介助で、近江八重子をベッドから車椅子に移乗させた。車椅子を押そうとしたら背後で音がして、ベッドの横に黒い手帳が落ちていた。それを拾おうとしたとき、近江があッと叫んで車椅子から立ちあがっていた。

近江は会話こそできないものの、食事は自力摂取できるし、ある程度軀も動かせるから、立ちあがるだけなら意外ではない。けれども、あのときの反応は健常者に近いものだった。

近江はあわてた様子で、すぐさま車椅子に腰をおろした。穂香は手帳を差しだして、

「これって、近江さんのですか」

彼女は狼狽した表情で、おずおずとうなずいた。

穂香が手帳を渡すと、近江は急いでパジャマのポケットにしまった。

三階の入所者は認知症が重いせいで、ほとんど私物を持ちこんでいないだけに、近江が手帳を持っているのはいままで知らなかった。しかも手帳を渡すときに、ちらりとめくれたページには文章が綴られていた。

さっきの反応といい手帳の文章といい、要介護度四の入所者には困難な行動だ。認知症が急に改善して要介護度がさがったとしても不自然だった。

近江は口をつぐんでいるだけで、ほんとうは会話が可能なのではないか。

そんな疑念が脳裏をよぎったが、この場で問いただすのは彼女を心理的に圧迫するかもしれない。そう考えて、何事もなかったように食堂へ連れていった。近江はまだ動揺しているらしく夕食は半分しか食べず、こちらの反応を窺《うかが》っているような気配もあった。

認知症の検査には、問診と認知機能テストと脳画像検査がある。問診は医師が患者に自覚症状を訊いたうえで、病歴や身体所見を調べる。

認知機能テストは、医師の質問に対して口頭や筆記で回答する方式で、長谷川《はせがわ》式簡易知能評価スケールやミニメンタルステート検査と呼ばれる知能検査が一般的だ。どちらも時間や場所に関する見当識《けんとうしき》、記憶力、計算力、言語能力などを調べて、知能低下の度合を診断する。

脳画像検査では、CTやMRIなどの機器で脳の萎縮状態や認知症のタイプを調べる。これら三つの検査を総合して認知症の症状を診断する。

一方で要介護認定は、各市区町村への申請書、被保険者証、主治医意見書が必要だ。申請書類による受付がすむと、調査員による訪問調査がある。調査員は各市区町村の担当職員や委託を受けたケアマネジャーで、本人や家族に聞きとり調査をおこなう。

それと並行して主治医に意見書の作成を依頼する。訪問調査の内容は要介護認定ソフトによる一次判定を経て、各市区町村が設置する介護認定審査会による二次判定で検討される。

二次判定では一次判定の分析結果や主治医意見書、調査票の特記事項などをもとに要介護度を決定し、利用者やその家族に通知する。

敬徳苑のような特養は原則として要介護度三以上でないと入所できないが、その際に医療的な検査をするわけではない。入所申込書や介護保険被保険者証といった必要書類を提出し、入所判定会議で入所の優先順位を決定する。入所の時期が近づくと、契約書を締結して入所となる。

したがって訪問調査や医師による検査で、要介護度三以上と判断されれば特養に入所できる。脳画像検査をしない医師なら、入所希望者が認知症を装うのはそれほど困難ではないだろう。

もっとも近江が詐病《さびょう》だと決まったわけではない。近江はアルツハイマー型認知症だが、脳画像検査で異常が見られない場合もありえるし、症状が急速に改善した可能性も否定できない。

きょうは遅番で、勤務は七時半までだった。

穴見も遅番だったから、帰りが一緒になった。タイムカードを押して介護員室をでたあと、廊下で立ち話をした。その際に、認知症が急に回復する場合があるか訊くと、

「ひと口に認知症っていっても、さまざまな種類があるからね。幻視や鬱状態のあるレビー小体型認知症なら、かなり回復した事例があるみたいだけど――」

「アルツハイマー型はどうでしょう」

「進行を遅らせることはできても、完治は困難だろうね」

「やっぱり、そうですよね」

「どうしたの。なにかあったの」

「近江さんのADL《日常生活動作》が急に向上したように感じたので――」

「ああ、あのひとは要介護度四にしちゃ、もともと症状が軽いよ。がんばれば自宅で介護できるレベルだね」

「でも、ご家族は面倒をみられないんですよね」

「というか、面倒みたくないんだろう。娘さん夫婦がいるけど、ぜんぜん顔ださないから」

「そういうご家族って多いですね」

「うん。残念だけど、ぼくらがそのぶん親身になってケアしなきゃ」

「はい」

「特養を姥捨《うばす》て山なんていう奴もいるけど、この敬徳苑はそういうのじゃない。入所者さま全員に、ご自宅にいるより快適だって感じてもらいたいんだ」

「ほんとですね。がんばります」

穴見の力強い言葉には、いつも元気づけられる。介護業務は低賃金で重労働だが、世の中の役にたつ重要な仕事だと思わせてくれる。

近江が手帳を持っていたのは、穴見にいわなかった。近江が詐病かどうかはともかく、彼女の態度からして、手帳のことは秘密にしておきたいのかもしれない。だとすればプライバシーを尊重すべきだと思った。

穴見ともっと話したかったが、啓太を迎えにいかねばならない。穴見は託児所の前まで見送ってくれた。穂香は別れ際に頭をさげて、

「それじゃあ、お疲れさまでした」

「うん。お疲れさま。よかったら、今度食事にいこうよ」

はい、と即座に答えたら、啓太くんも一緒に、と穴見はつけ加えた。

思いがけない誘いに胸が高鳴った。穴見には職場の上司として好意を抱いていたが、あのとき胸が高鳴ったのは、それとはべつの感情だった。

穴見との関係が発展するとは思えないし、そういう方向に考えてはいけない気もする。だが、このままストーカー行為がおさまれば、平穏な日常がとりもどせる。

28

その夜、条川署の柔道場は捜査員と被疑者で混みあっていた。

今回の家宅捜索で闇スロット店の店長と従業員三名、客九名を現行犯逮捕した。店側の四名は常習賭博容疑、客は単純賭博容疑だ。店内にあったスロット機や換金用の現金、顧客名簿はすべて押収し、資材運搬用のトラックパトカーで条川署に運びこんだ。

逮捕者が多いから条川署への移送には護送車を使った。取調べも刑事課の取調室ではなく、最上階にある柔道場を代用して、ノートパソコンや長机を持ちこんだ。

店長と従業員たちは、いつかこうなると覚悟していたのか、さして動揺は見られない。店長は自分が経営者だと主張しているが、実質的な経営者はべつにいる可能性が高い。店側の連中が落ちついているのにくらべて客は大半が初犯だけに、涙ぐんだり声を詰まらせたり、取り乱している者も多い。

風間もついさっきまで、そんな状況に陥るはずだった。

小田切を逮捕すれば、コカインのことを喋って自分を道連れにするか、罪を軽減するための駆け引きに使うだろう。いずれにせよ警察官としての人生はそこで終わるから、闇スロット店に踏みこんだときは打ちひしがれていた。

ところが人着からして小田切だと思った男は別人で、小田切は店にいなかった。留守電が功を奏したのか、べつの理由でか、ひとまず破滅は回避できた。

「糞ッ。小田切はおらんのかッ」

丹野は悔しがったが、自分を疑っている気配はないのに安堵した。

風間は丹野とふたりで客の事情聴取をした。

闇スロット店へ最初に入店した、五十がらみで小肥りの男だ。背が低いうえに横に撫でつけた髪はまばらで、いかにも風采があがらない。男はおびえきっていて、厚ぼったい顔は蒼白《そうはく》になっている。

その顔に見おぼえがあると思ったら、河淵照夫だった。年齢は五十五歳で特別養護老人ホーム、敬徳苑の職員である。

半月ほど前、敬徳苑で入所者の菅本キヨがおなじ入所者の藪下稔に殺害された。藪下は重度の認知症で起訴できず、隔離病棟施設に措置入院させられた。あの事件があったとき、河淵は夜勤で、第一発見者の清水穂香とともに事情聴取をした。

河淵の供述によれば、きょうは日勤で五時半に勤務を終えた。あしたが休みなのでパチンコにいったが、大敗して立ち呑み居酒屋でやけ酒を呑んだ。なけなしの金を注ぎこんだせいで、酔いがまわるにつれて悔しさがつのり、負けぶんを取りかえそうと思って闇スロット店にいったという。

「パチ屋で負けて、すってんてんやろう。闇スロいく金はどうしたんか」

丹野が訊くと、河淵はカードでキャッシングしたと答えた。

「借金してまでやるちゅうのは、常習やの」

河淵は烈しくかぶりを振って、

「ちがいます。これで二回目なんです」

「あの店をどこで知ったんか」

「近くを歩いてたら、呼びこみに釣られて――」

「キャッチか。そのときは儲かったんか」

「いえ、五万ほど負けました」

「こういうたらなんやけど、介護の仕事ちゃ給料安かろうが」

「はい」

「なし闇スロやらしたんか」

「日頃のストレスが溜まって、つい――」

「せいぜいパチンコにしとけ。闇スロは違法賭博じゃ」

「すみません。もうやりません」

河淵は長机に額がつくほど頭をさげて、

「お願いです。うちの職場には知らせないでください」

「それは、おまえの心がけしだいやけど、身元引受人はおるか」

「――母がおります」

河淵は全国規模の百貨店に勤めていたが、勤務先の店舗が三年前に閉鎖され、リストラで退職したという。再就職がなかなか決まらなかったせいで、妻子と不仲になったあげく離婚した。慰謝料がわりにそれまで住んでいた一戸建てを売却し、妻は娘とともに実家へ帰った。

その後、河淵は職業訓練校の介護講座に通い、介護職員初任者研修の資格を取得して、半年ほど前から敬徳苑で働いている。いまは年金暮らしの母親と若希団地で同居していると聞いて、いくぶん哀れみを感じた。

河淵が勤めていた百貨店には、幼い頃に両親とよく買物にいった。当時は大勢の客でにぎわっていて、豪華な雰囲気に眼を奪われた。東証一部上場企業だから、地元の就職先としては一流だっただろう。リストラに遭わなければ、定年後は平穏な人生をすごせたかもしれない。

それが職を失ったうえに妻子に見捨てられ、安月給で高齢者の介護に追われている。五十五歳という年齢からして、明るい将来があるとは思えない。いつまで働けるかわからないし、遠からず母親の介護も必要になるだろう。

とはいえ自分もコカインの吸引が発覚したら、似たような運命をたどるはめになる。歳は若くても前科者ではまともな就職先はないだけに、この先ずっと底辺の生活を強いられる。河淵のような人生を歩むくらいなら、どんな危険をおかしても秘密を隠し通すしかない。

途中で休憩や食事をはさみつつ、全員の事情聴取を終えたのは午前三時をすぎていた。

闇スロット店の店長と従業員、常習犯とみなされた客一名は留置場に身柄を送られた。それ以外の客たちは供述調書を読ませてから指印《しいん》を押させ、身元引受人がきた順番に帰らせた。彼らは書類送検され、後日地検に呼びだされる。恐らく略式起訴で、十万円から二十万円程度の罰金になるだろう。

河淵は母親が高齢とあって深夜に呼びだすのはひかえ、早朝に連絡をとった。

やがてあらわれた母親は八十すぎの小柄な老婆だった。母親は曲がった背中をさらに丸めて、

「ほんなごつ申しわけありまっしぇん。うちの息子がご迷惑ばおかけして――」

丹野が恐縮するほど、詫びの言葉を何度も繰りかえした。

河淵は母親の手をひいて、とぼとぼと帰っていった。河淵の罰金がいくらになるのかわからないが、それを捻出するためにまた借金をするのだろう。

長時間にわたる勤務で、捜査員たちの顔には脂が浮き、無精髭が伸びている。徹夜仕事になったが、彼らの表情には闇スロット店の摘発を終えた充足感がにじんでいる。きょうも通常どおりの勤務だから、捜査員たちはノートパソコンや長机を片づけた柔道場で仮眠をとった。

風間もワイシャツを着たまま青畳に横たわった。軀は疲れているのに眼が冴えて眠れない。ニュースでも見ようとスマホを手にしたら、小田切から着信があった。

風間は通話を保留にすると、急いで起きあがった。トイレにいくふりをして廊下にでて、誰もいないのを確認してから通話ボタンを押した。風間は声をひそめて、

「どうした？　いま警察《カイシャ》やけ、あんまり話せんぞ」

「闇スロの家宅捜索《ガサいれ》なら、はっきりそういえよ。おかげで大損だ」

「ちゅうことは、あの店の経営者はおまえなんか」

「おれじゃねえ。風営法違反で、うちのホスクラにくるかと思って早めに閉めただろうが」

「しょうがないやろ。おれも捜査に加わっとったけ、くわしく話せんやった」

「それならそれで、もっと頭を使え。ただ情報をよこしたのは評価してやる」

「評価やら、せんでええ。もう切るぞ」

「まあ待てよ。おまえ、サベージのことを知りたがってたな」

「ああ」

「井狩恭介を調べてみろ」

「井狩恭介？」

「新人の市会議員だ。掘ったらいろいろでてくるぞ」

「どうしてそれを――」

「おれからの礼さ。じゃあ、またな」

小田切は電話を切った。

29

よく晴れた朝だった。

七時半になって武藤たち地域課の当番勤務員は、条川署の屋上に整列した。全員がすでに制服に着替え、拳銃や手錠や警棒など装備品を着装している。点呼のあと指揮官の号令がかかり、点検官から服装や装備品のチェックを受ける。点検官は課長、指揮官は係長だ。

「手帳ッ」

と指揮官の号令がかかれば即座に警察手帳を提示し、

「納めッ」

の声でもとの場所にしまう。以下、警棒、手錠、警笛、拳銃と続く。

朝の「通常点検」である。警察学校では一糸乱れぬ動作が要求され、教官が服装も細かくチェックするから、毎朝点検のたびに緊張した。

警察学校にくらべて、実際の通常点検は事務的でスピーディだ。みな多忙なだけに時間をかけられないからだが、年末や年頭におこなわれる全署員の通常点検はべつだ。署長が点検官、副署長が指揮官となり、マスコミにも公開するとあって気が抜けない。

通常点検のあと朝礼があり、管内の事件事故の発生状況や連絡事項の伝達がある。おとといの夜、闇スロット店の摘発で、店長と従業員三名、客九名を現行犯逮捕したという。摘発された闇スロット店はサベージの幹部が経営していると署内で耳にした。

サベージの幹部といえば、根岸が浮かぶ。根岸はどんな商売をしているのか口にしなかったが、闇スロット店に関わっている可能性もあるから、今後の捜査が気になった。

朝礼のあと条川署をでて、警ら用自転車で若希駅前交番にいく。

駐輪場へむかっていたら、新田と一緒になった。

「おととい逮捕された闇スロ屋の店長って、サベージの奴ですかね」

武藤が訊くと新田は首をかしげて、

「サベージのもんでも、どうせ下っぱじゃ。自称経営者やろ」

「まだ上がおるちゅうことですか」

「ああいう店は、どこも逮捕要員を社長や店長にしとる。実質的な経営者とは捕まる前から話ができとるけ、なんぼ取調べしても、ちょっとやそっとじゃ唄《うと》わん。実質的な経営者が誰か唄うたら、釈放されても仕返しされるけ、この街にはおられん」

「オレオレとおなじで、上までたどるんは大変ですね」

「堅気も半グレも大きな組織は、みんなトカゲの尻尾《しっぽ》切りよ。そういえば、さっき風間に聞いたけど、捕まった客に敬徳苑の職員がおったそうや。清水さんの知りあいやないか」

武藤は眼を見張って、

「敬徳苑の誰ですか」

「河淵ていうとった。おれとおまえが敬徳苑いったとき、現場におったやろ」

「おぼえてます。河淵はまだ留置場に――」

「いや、初犯やけ、もう釈放したらしい」

「事件のことは、敬徳苑に伝わっとるんでしょうか」

「そこまでは知らん。もういくぞ」

新田は警ら用自転車にまたがって、ペダルを漕ぎはじめた。

武藤は急いで警ら用自転車に乗って、あとを追った。敬徳苑で菅本キヨが藪下稔に殺されたとき、河淵は穂香とふたりで夜勤だった。

河淵は五十がらみで背が低く、髪の毛が薄かった。外見は冴えないが、事情聴取の受け答えを見た限りでは、まじめそうだった。それだけに闇スロットに手をだすのは意外だった。そんな荒んだ一面があるのなら、ほかにもやましいことに手を染めているかもしれない。

武藤はペダルを漕ぎながら、河淵の身辺を探ってみようと思った。

30

茜《あかね》に染まった空の下で、霊園の緑は濃く茂っていた。

山の斜面に沿っておびただしい数の墓石がならび、土の匂いを含んだ風が吹いてくる。

穂香と穴見は細い参道をのぼりながら菅本キヨの墓を探した。穂香の手にはくる途中で買った花束があり、穴見は線香と缶ジュースの入ったレジ袋をさげている。

ふだんはTシャツかポロシャツにジーンズだから、ワンピースを着るのはひさしぶりだった。パンプスを履くのもひさしぶりで歩きづらい。穴見はジャケットにジーンズで、いつもと大差ない恰好だが、一緒に外を歩くだけで新鮮だった。

穴見と食事にいく約束をしたのは、一週間前だった。

きょうは勤務シフトで、ふたりとも休みが重なったから約束が実現した。穴見は啓太も連れてくるようにいったが、敬徳苑の託児所に預けた。きょうくらいは自由な時間が欲しかった。

食事の前に菅本キヨの墓参りにいこうといったのは穴見だ。

穂香は彼女の介護を担当していたうえに、遺体の第一発見者でもある。それなのに墓参りもしていない自分が恥ずかしかった。菅本の息子夫婦は事件当初、安全配慮義務違反で訴訟を起こしかねなかったが、穴見によれば丸くおさまったらしい。

「うちの理事長は力があるからね。息子さん夫婦も揉めたくなかったんだろう」

菅本キヨの墓は参道をしばらくのぼった一角にあった。

菅本家代々之墓と彫られた墓石は小ぶりで古びていた。亡くなってまもないというのに花筒の花は茶色くしなび、墓のまわりには落葉やゴミが溜まっていた。息子夫婦は納骨をすませただけで掃除もしていないらしい。

穂香と穴見は管理事務所でほうきと塵取《ちりと》り、ひしゃくと手桶《ておけ》を借りてきて入念に墓の掃除をした。そのあと花と缶ジュースを手向《たむ》け、火を点《とも》した線香を香炉に供えた。

「それじゃあ、お参りしようか」

と穴見がいった。穂香は瞑目《めいもく》して両手をあわせると、菅本キヨの冥福を祈った。しばらくして目蓋を開けたら、穴見はまだ合掌していた。穴見の真摯《しんし》な態度に、あらためて胸を打たれた。

やがて穴見が顔をあげると、ふたりは参道をくだった。

あしたで五月も終わりだが、今月はいろいろなことがあった。ゴールデンウィーク明けに菅本キヨが藪下稔に殺されたのをきっかけに、仕事の忙しさやストレスに加え、何者かのストーカー行為まであって一時は心が折れそうだった。

それになんとか耐えられたのは、穴見の存在が大きい。上司としてはもちろん、人間としても尊敬できる。穴見についていけば、いつかは自分も一人前の介護士になれる気がした。

職場の雰囲気も落ちついてきたし、ストーカー行為もおさまった。ふだんの生活がようやくもどってきたが、ひとつだけ気になることがある。

五日前、昼食の離床介助で近江八重子の居室に入った。

近江の黒い手帳を見てから、彼女は認知症を装っている——つまり詐病ではないかという疑念が胸にわだかまっていた。近江を苦しめたくなくて素知らぬふりを続けてきたが、彼女はこっちを見ると眼の色をかすかになごませた。幸い居室や廊下には誰もいない。

穂香は近江をベッドに腰かけた端座位にしてから、

「近江さん、ほんとはお喋りができるんじゃないんですか」

思いきって、しかし小声で切りだした。

「もしそうだったとしても、いっさい他言するつもりはありません。よかったら、あたしにだけ教えてもらえませんか」

近江は気まずそうな表情で眼を伏せたが、すこししてマットレスの下に手を差しこみ、前に見たペン付きの黒い手帳を取りだした。近江は広げた手帳にペンを走らせてから、こっちにむけた。

そのとおりです。ごめんなさい。

白いページにそう記されていた。穂香は近江を不安がらせないよう微笑して、

「あやまることなんかないです。打ちあけてもらってうれしいです」

近江は頬をゆるめてうなずいた。穂香は続けて、

「でも、どうしてですか。せっかくお喋りできるのに――」

近江はまた手帳にペンを走らせた。質問に筆談で応じるのは、声をだしたくないからだろう。誰かに聞かれるのを警戒しているのか。あるいは長いあいだ誰とも会話をしていないせいで、声がだしづらいのかもしれない。

近江が差しだした手帳には、娘たちの迷惑になるから、とあった。

穂香はうなずくと、近江を車椅子に乗せて食堂にむかった。もっと訊きたいことはあったが、彼女を刺激したくないし周囲の眼もある。

近江が認知症を装ったのは、娘夫婦の負担になりたくなかったためらしい。敬徳苑のような特養に入所できるのは要介護度三以上が条件だが、近江はそれに満たない。だから訪問調査や医師による検査では、会話ができないふりをして要介護度を高くしたのだろう。

そこまでして特養に入所したのは、娘夫婦となにかがあったのか。娘もしくはその夫と不仲だったのか。いずれにせよ七十九歳にもなって、そんな気遣いが必要な近江が不憫《ふびん》だった。

それ以来、近江と会話を交わすようになった。会話といっても周囲の眼を盗んでのことだから、短いやりとりしかできない。

「体調はいかがですか」

「ご飯は美味しかったですか」

「なにかして欲しいことがあったら、おっしゃってくださいね」

そんな問いかけに、近江は筆談か身ぶり手ぶりで応える。ほんとうは喋れるのに誰とも会話できない生活は、さぞかし苦痛だっただろう。自分とのやりとりがすこしでも気晴らしになればいいと思った。

ただ詐病がばれたら、近江は敬徳苑を追いだされるかもしれない。彼女が詐病だと知りながら黙っていた自分も責任を問われるだけに、誰にも気づかれないよう注意が必要だった。

「なんとなく、もの悲しい雰囲気だね」

と穴見がつぶやいた。

ええ、と穂香は答えて、あたりを見まわした。近江のことを考えていたせいで景色を見ていなかった。夕暮れが近いとあって参道はひと気がない。巣に帰ってきたらしい鳥たちが大きな樹のこずえで気ぜわしくさえずっている。

ふたりは霊園をあとにすると大通りにでて、条川駅前にむかうバスに乗った。

31

七時をすぎて、ようやく窓の外が暗くなった。

風間はテーブルの前であぐらをかいて、コンビニで買ったトンカツ弁当をつつきながら発泡酒を呑んでいる。刑事第一課に配転されてから、朝食は抜くことが多く昼食の時間は不規則だ。

夜は外食かコンビニ弁当という生活が続いている。

こんな食生活では体調を崩しそうだが、自炊すれば時間がかかるし、洗いものが増えるのが面倒だ。1DKの室内は、片づけるひまと気力がないままに散らかっていく。

もっとも小田切の罠にはまって以来、プライベートを充実させるどころか、不安に身を焦がす毎日を送っている。きょうは丹野が係長の笹崎たちと呑みにいったから、ひさしぶりで早く帰れた。けれども寄り道をする元気もなく、まっすぐ帰宅した。

闇スロット店の摘発から一週間が経った。

常習賭博罪で逮捕された店長と従業員は、いまも留置場で勾留されている。全員が罪を認めているが、みな実質的な経営者が誰なのか口をつぐんでいる。従業員は知らないにしても、店長はなにかしらつながりがあるはずだ。

店長は波多瀬《はたせ》守《まもる》という二十四歳の男で、二年前に裏カジノの客として逮捕され、単純賭博罪の前科があった。そのときは略式起訴の罰金刑ですんだが、今回は闇スロット店の店長として常習賭博容疑での逮捕だ。罰金または科料の単純賭博罪とちがって、常習賭博罪は三年以下の懲役になる。

取調べを担当していた組織犯罪対策課は、さらに刑が重い賭博場開帳等図利《とり》罪の適用もちらつかせた。それでも波多瀬はしぶとくて、いっこうに口を割らなかった。

ところが三日前、波多瀬の自宅マンションを家宅捜索すると、一グラムほどの大麻が発見された。組織犯罪対策課は波多瀬を大麻取締法違反容疑で再逮捕し、大麻の入手経路を追及した。

賭博場開帳等図利罪に加えて大麻取締法違反となると実刑なのはもちろん、かなりの長期刑になる。

波多瀬もさすがに譲歩して、大麻は李明林《リミンリン》という中国人の男から買ったと供述した。李明林は闇スロット店の常連客で、条川駅前のビジネスホテルにいるという。

薬物銃器が専門の組織犯罪対策第二課は、以前から李明林をマークしていたが、所在がわからないうえに決定的な証拠がつかめずにいた。

捜査員はただちに捜索差押許可状をとり、おとといの早朝、問題のビジネスホテルに急行した。李が宿泊していた部屋からは大量の覚醒剤や大麻などが見つかり、覚醒剤取締法違反ならびに大麻取締法違反容疑で李を現行犯逮捕した。

その日の朝、風間がデスクで捜査書類を整理していると、李が刑事課に連行されてきたが、李の顔を見た瞬間、全身の毛が逆立つような戦慄をおぼえた。

李はミューズでコカインを持ってきた売人だった。こっちを見られたらおしまいだから、取調室に近づかないようにして、李が留置場と刑事課を行き来するときは顔をそむけた。

李は薬物の仕入れ先と販売先については黙秘しているが、薬物を売っていた場所は供述した。それらはおもにバーやクラブで、むろんミューズも含まれていた。

ミューズの経営者はサベージの幹部とされる根岸雅也とあって、風営法違反を名目にした立入り調査が決定された。根岸はワイズガイの経営者だった筒見将彰を殺害した可能性もあるとして、丹野は根岸の身柄確保を買ってでた。

「あした家《ヤサ》を張り込んで、根岸をひっぱるぞ」

丹野はきょうの帰り際にそういった。刑事課にいたら李と顔をあわせるかもしれないから、張り込みにいくのは好都合だが、またしても心配事が増えたせいで胃が鉛を呑んだように重い。

風間はトンカツ弁当を三分の一ほど残して、発泡酒をあおった。

ミューズの立入り調査や、根岸と李明林のことを小田切に伝えるべきか悩む。小田切はミューズの事務所に出入りしているくらいだから、根岸ともつながりがあるだろう。といって逐一情報を漏らしていたら完全な密告者だ。小田切に捜査がおよぶとき以外は連絡したくなかった。

風間は私物のノートパソコンをテーブルに置いて、電源を入れた。

小田切はサベージの件で井狩恭介を調べてみろといったが、あれはどういう意味なのか。

ネットで検索してみると、公式サイトには日焼けした笑顔で白い歯を見せた本人の画像とともに、有名大学卒業や海外留学といった華やかな経歴が記されていた。

まだ二十八歳で県内の市議会議員では最年少らしい。介護職の地位向上や待遇の改善、福祉の充実を訴えていて、リンク先に特別養護老人ホームの敬徳苑がある。そこから敬徳苑のサイトに飛ぶと、理事長は井狩政茂とある。苗字からして理事長の息子だろう。

闇スロット店で逮捕した河淵は、敬徳苑の職員だった。敬徳苑がらみで井狩恭介と関係がありそうに思えるが、河淵は供述からすると単なる客のようだったし、すでに釈放した。

さらにネットで調べると、巨大掲示板のローカル板に井狩に関する書きこみがあった。検索を防ぐためか、井○恭介や○狩恭介のように伏せ字になっているが、井狩恭介のことにちがいない。

ブラウザをスクロールして書きこみを見ていくと「親の七光り」「女たらし」「大学は裏口入学」といった悪評が眼につく。なかでも眼をひいたのは「低偏差値のヤンキー高校卒で前科前歴あり」「父親は元参議院議員で特養を私物化」という書きこみだった。

ひとりの書きこみならデマかもしれないが、個人を識別するためのトリップと呼ばれる文字列が異なるから複数の人物の書きこみとおぼしい。

井狩恭介の前科前歴の内容を調べたかった。前科前歴は警察電話や各署の端末で照会できるが、個人的な理由で犯歴照会はできない。職務上正当な理由なく犯歴照会をすれば、処分の対象になる。

もっとも前科前歴があったところで、新たな犯罪に手を染めている証拠がない限り、捜査にはつながらない。そのうえ相手は市議会議員だけに下手に嗅ぎまわれば、しっぺがえしを喰らう。

こっちの正体を悟られずに、井狩の情報を得る方法はないか。もし井狩がサベージと関係があったとしても、小田切からそれを聞いたとは誰にも明かせない。

風間はノートパソコンを閉じると、クッションを枕にして床に寝転がった。

小田切に首根っこを押さえられている限り、神経の休まらない日々が続く。小田切との関係は破滅しかもたらさない。

ミューズでコカインを吸ったのは十日前だった。毛髪検査でコカインの反応がでるのは九十日間だから、コカインが完全に抜けるまで、あと八十日もかかる。それがすぎても自分がカレンや売人と一緒に映った画像や動画があるから、小田切はそれでおどしてくる。

どんな危険をおかしても秘密は隠し通すと決めたが、小田切が裏切るか捕まるかすればおしまいだ。小田切は野心家だから、これからもあぶない橋を渡るだろう。いつどうなっても不思議のない男に運命を握られているのは、たまらないストレスだ。

刑事としての職務をこなすだけで精いっぱいなのに、そんなストレスを抱えて生きていけるだろうか。この苦況から完全に脱するには、原因を除去するしかない。

もし小田切が死んだら――。

小田切が死んでしまえば、忌まわしい過去はなくなる。

われながら恐ろしい想像にぞっとして、思わずかぶりを振った。

32

照明を落とし気味の店内にカンツォーネが流れている。

煉瓦《れんが》と古木を基調にした内装で、客は女どうしやカップルが多い。

条川駅前のイタリアンバルである。

テーブル席が埋まっていたので、穂香と穴見はカウンター席にかけた。この店にきたのははじめてだが、穴見は何度かきたことがあるという。

ふたりの前にはプロシュートやクラテッロといった生ハム、エビと魚のフリット、パルミジャーノやペコリーノなどチーズの盛りあわせがならんでいる。店に入って一時間ほど経つが、ビールで乾杯してから、ボトルで注文した赤ワインは半分ほどに減った。

いつも敬徳苑とアパートを往復するだけだから、外食するのも酒を呑むのもひさしぶりだった。しかも隣に穴見がいるだけに気持が浮わついて、しだいに酔いがまわってきた。

穴見はきまじめな印象のわりに酒が強くて、酔った気配はない。穂香のグラスに眼をやっては、こまめにワインを注ぎ足してくれる。

「イタリアだと食堂はトラットリア、居酒屋はオステリアって呼ぶらしいね」

「そうなんですね。じゃあ、リストランテはレストランですか」

「うん。でもワイン中心の店はエノテカっていうらしいよ。ピザ専門店はピッツェリア」

根岸と結婚していた頃は、もっと高級な店に出入りしていたが、根岸はただ値段が高ければいいという考えだったから、穴見のような蘊蓄《うんちく》はなかった。どうしてそんな知識があるのか訊くと、

「ほんとうは起業したかったんだよ。外食産業に興味があって」

穴見は父親を幼い頃に亡くし、美容院を経営する母親とふたりで暮らしていた。

大学時代は、将来の起業を見据えてホテルのレストランでバイトをした。ところが母親が脳《のう》梗塞《こうそく》で倒れ、半身不随の身となった。穴見はバイトを辞めて看病に専念したが、母はもとから悪かった心臓の病で一年後に逝った。

「母を看病してたとき、いまの仕事に興味が湧いたんだよ。金儲けのために起業するより、お年寄りの役にたちたいと思って――」

穴見は大学を卒業すると同時に、介護の仕事に就いたという。

穂香も出版社に就職するのが夢だったが、母の看病をするために大学を中退した。穴見と似たような経歴だが、母が逝って身寄りを失ってからはガールズバーで働いた。介護の仕事に就いたのはシングルマザーになって生活に困ったからだ。

穴見の過去に同情するとともに、介護の仕事を志したきっかけに感動した。穂香も自分の身の上を語ったが、根岸の素性については口にしなかった。元夫が半グレ集団の幹部だといえば、さすがにいい気持はしないだろう。

前菜のあとトマトのリゾットと鴨肉のローストを食べると、赤ワインのボトルが空いた。もっと呑みたい気分だったし穴見とも喋りたかったが、もう八時半をすぎた。

「ごめんなさい。そろそろ啓太を迎えにいかなきゃ」

「あ、そうだね。じゃあ、ここはぼくが」

穴見は伝票を持って席を立った。

せめて割り勘にしようといったが、穴見はすばやくレジにいって支払いをすませた。ふだんはやわらかい物腰なのに、こういう場面では強引なのも好感が増す。

店をでてから、穴見と肩をならべて歩いた。

もうじき日常にもどるのだと思うと、名残惜《なごりお》しくて胸がつかえる。穴見は途中まで見送るといったが、自分とおなじ心境なのか話題が途切れた。黙って歩いているうちに、いつのまにか敬徳苑のそばまできた。職員の眼があるだけに、穴見と託児所にいくのはまずい。

穂香は路上で足を止めると頭をさげて、

「ありがとうございました。きょうは、ほんとに楽しかったです」

「こちらこそ、ありがとう。また食事にいきましょう」

はい、と弾んだ声がでた。穴見は微笑して、

「次は啓太くんも一緒にね。それじゃあ——」

片手をあげて踵をかえした。いさぎよい帰りかたが物足りない気もしたが、そう思うほど穴見に惹《ひ》かれている自分を意識した。

敬徳苑の敷地に入って託児所にむかっていると、建物のなかからコールの音がした。まもなく九時の消灯時間だから、夜勤の介護員たちは入所者のバイタルチェックで忙しくなる。

そのときふと、菅本キヨが殺された夜のことを思いだした。

あの夜、コールしたのは近江八重子だった。居室にいくと、近江はベッドに半身を起こしていて、なにかを指さすような仕草をした。その方向を懐中電灯で照らしたとき、菅本キヨの異変に気づいたのだった。

あの夜、近江は刑事の問いかけになにも答えず、ぽかんとしていた。当時は近江が重度の認知症だと思っていたから、菅本の異変に気づいてコールしたのかどうかも曖昧だった。

けれども近江は詐病であり、意識は明確だ。となると近江は菅本キヨが殺されるのを目《ま》のあ

たりにしたのかもしれない。だとすれば、そのときのショックは相当なものだろう。

事実、近江は事件以来、しばらく食欲を失っていた。あの夜のことを蒸しかえすのは彼女を苦しめるようで気がひけるが、藪下稔がどんな方法で菅本を殺害したのか真相を知りたい。

近江にそれを訊くべきかどうか迷いながら、託児所に入った。

33

若希銀座のアーケードのなかを髪の薄いずんぐりした男が歩いていく。

安っぽいポロシャツを着て、腰からずり落ちそうなトレーニングパンツを穿いている。灯《ひ》の消えた商店街にゴムサンダルの足音がぺたぺたと響く。

武藤は十メートルほど距離を置いて、そのあとをつけていた。武藤はベースボールキャップを目深《まぶか》にかぶり、Tシャツにチノパン姿だ。

前を歩いているのは、敬徳苑に勤める河淵照夫である。

きょうは公休で昼すぎまで眠ったあと、買い置きのカップ麺とおにぎりで食事をすませ、夕方から外出した。行き先は河淵の自宅である。

河淵は、このあいだ闇スロット店の摘発で逮捕された。すでに釈放されているが、そんな男が穂香とおなじ職場にいるのは心配だから、素行を調べておきたかった。といって自宅を訪ねるわけではなく、とりあえず場所を把握するのが目的だ。

河淵の住所は受持区域だから、すぐにわかった。若希団地の一号棟、四〇二号室だ。若希団地には弁護士の五味も住んでいる。住人の多くは高齢者だが、古い建物とあってエレベーターはなく、老朽化が烈しい。

若希団地に着くと一号棟からすこし離れた場所に立って、四階を見あげた。四〇二号室のベランダに洗濯物が干してあり、窓のカーテンは閉まっていた。河淵が同居している母親は高齢だから、たいてい部屋にいるだろう。

穂香によれば、敬徳苑の介護員は早番、日勤、遅番、夜勤というシフト勤務だった。河淵が何時に帰ってくるのかわからないから、見張ってもむだだ。

そう思って立ち去りかけたとき、階段をおりる足音がして河淵がでてきた。いままで食事をしていたようで爪楊枝《つまようじ》をくわえている。この時間に自宅にいたということは、きょうは早番か日勤か休日だったのだろう。

河淵はどこへいくのか急ぎ足で歩いていく。こっそり尾行していくと、河淵がむかったのは若希団地に近いパーラーマルハマというパチンコ店だった。つい最近、闇スロットで逮捕されたというのに、まったく懲りていないらしい。

河淵は店に入ると、ろくに台を選びもせず、さっそくパチンコを打ちはじめた。パチンコは不良時代にさんざんやったせいで、いまさら興味はないが、河淵の行動を観察しようと思った。

武藤は適当に台を選んでハンドルを握った。河淵とは背中合わせの席で、盤面のガラスを鏡がわりに見れば彼の動きがわかる。

店内はけたたましいBGMとパチンコ台の電子音で、頭が痛くなるほど騒々しい。時刻は七時をまわって、客は仕事帰りの中高年や老人が多い。

河淵は高確率のスーパーリーチがかかるたび、興奮した様子で盤面を凝視している。リーチがはずれると、ハンドルをひっぱったり拳で玉皿を叩いたり、典型的な負け組の行動だ。武藤はまったく勝つ気がなかったのに、三千円目で確率変動の大当たりをひいて六連チャンしたが、河淵は一度も大当たりをひかず負け続けた。

河淵が台を離れたのは八時半だった。一時間ちょっとしか打っていないが、大当たりを一度もひかなかったから二万円近くは負けただろう。河淵はパーラーマルハマをでてから、肩を落として夜道を歩いた。途中でスマホをだして誰かに電話すると、まもなく通話を終えた。河淵は自宅にむかわず、いましがた若希銀座のアーケードに入った。

河淵は商店街を通り抜け、ゆっくりした足どりで住宅地を歩いていく。古い家屋が多い地域で、ほとんどひと通りはない。どこへいくのかと思ったら、穂香のアパートがある方向だった。

武藤は一気に緊張しつつ尾行を続けた。

もしかしたら穂香にストーカー行為をしていたのは、この男かもしれない。そんな想像に気持が昂ってくる。河淵は穂香のアパートの前までくると、通りをはさんだ公園に入った。自分も公園に入るのは不自然だから、すこし離れた路地で足を止めた。

河淵はベンチに腰をおろして、スマホをいじりだした。暗くて表情は見えないが、スマホをいじるふりをして穂香のアパートを見張っている可能性もある。

武藤は民家の陰に隠れて、河淵の様子を窺った。アパートの前を通ったときに見た限りでは、穂香の部屋の明かりは消えていた。まだ就寝する時刻ではないから外出中らしい。河淵がすこしでも不審な行動にでたら、すぐさま身柄を押さえるつもりだった。

九時をまわった頃、河淵は腰をあげると公園をでた。

アパートにいくかと思って身構えたが、もときた方向へ歩きだした。なおもあとをつけようとしたら、路地の角から子どもの手をひいた女性がでてきた。

街灯の明かりに浮かんだ顔を見て、武藤はあッと声をあげた。

ふたりは穂香と啓太だった。穂香は一瞬とまどった表情になったが、

「清水さん、おれです。武藤です」

そう声をかけると、ようやく笑顔を見せた。

「すみません。きょうは制服じゃないんで、すぐにわかりませんでした」

穂香は珍しくプリント柄のワンピースでヒールの高い靴を履いている。ふだんはノーメイクに近いが、今夜はいくぶん化粧も濃い。啓太はじっとこっちを見あげてから、

「このひと、おまわりしゃん？」

穂香に訊いた。武藤はうなずいて、

「そうだよ。ひさしぶりやね」

腰をかがめて頭を撫でようとしたが、啓太はおびえた顔で穂香にすがりついた。武藤は苦笑すると、通りのむこうに眼をやった。河淵の姿はもう見えない。武藤は穂香に視線をもどして、

「清水さんは、いまお帰りですか」

「ええ。きょうは休みで、お友だちと食事にいったんです」

「きょうは自転車じゃないんですね」

「すこし呑んじゃったから家に置いたままです。武藤さんもお休み？」

「はい」

「でも、どうしてこんなところに。お休みの日までパトロールじゃないんでしょう」

「ええ、ただ、ちょっと気になることがあったもんで――」

「気になること？」

穂香に訊かれて、河淵のことをいうべきかどうか迷った。河淵の行動はあきらかに怪しいが、ストーカーだと決まったわけではない。あのう、と武藤はいって、

「変なことをおうかがいしますけど、職場に不審なひとはいませんか」

「不審なひとというと――」

「清水さんにストーカーをするようなひとです」

「なんともいえませんけど、心あたりがおありなんですか」

「まだ確証はないんで、氏名はひかえます。でも、なにか気づいたときは、いつでも連絡してください。交番でもいいですけど、急ぎのときは――」

武藤はチノパンのポケットからスマホをだすと、番号を表示して、

「自分に直接かけてください」

「わかりました」

穂香はショルダーバッグからスマホをだして、武藤の番号を入力した。穂香はすこし酔っているらしく足元がふらついている。いつになく表情も明るいから、誰と呑んでいたのか気になった。武藤はアパートの前までふたりを送ると、頭をさげて、

「それじゃあ、自分はここで」

「じゃあまた。ほら、啓太もバイバイしなさい」

バイバイ、と啓太はつぶやくようにいって、ちいさく手を振った。

穂香は会釈すると、啓太を抱きかかえてアパートの階段をのぼった。

穂香の態度は以前にくらべてそっけない。なにかを期待していたわけではないが、張りあいのなさを感じる。河淵をわざわざ尾行したのは彼女のためなのに、と恩着せがましい気持も湧いてきた。

「おれは、なにをしとるんやろう」

武藤はひとりごちて夜道を歩いた。

34

その日、敬徳苑に着いたのは四時半だった。まだ外は明るく夕方らしくない。

穂香は託児所に啓太を預けたあと、非常階段をのぼった。三階に着くとテンキーに暗証番号

を入力してドアを開け、館内に入った。

きょうは夜勤だから、勤務は五時から朝の九時までだ。ふだんの夜勤は憂鬱だが、きょうは穴見と一緒の勤務とあって胸が弾んでいた。

三日前、菅本キヨの墓参りのあと、穴見とイタリアンバルにいった。ただ食事をしただけで別れたが、あの夜から穴見に対する思いはますます濃くなった。

けれども恋愛は根岸との結婚生活で懲りているし、シングルマザーという負い目もある。穴見とは、いままでどおり上司と部下の関係でいい。自分にそういい聞かせたが、穴見も自分に好意を持っているようなのが気持を惑わせる。

「あしたは夜勤だけど、清水さんと一緒だから楽しみだな」

きのう穴見はそういって、感情のこもった視線をむけてきた。

あのときの穴見の表情を思いだすと、つい頬がゆるんでくる。だが夜勤だというのに明るくふるまっていたら、みんなに怪しまれる。

穂香は顔を引き締めて廊下を歩き、ロッカールームでポロシャツとトレーニングパンツのユニフォームに着替えた。それから介護員室でタイムカードを押した。

室内には辻根がいるだけで、穴見はまだ出勤してないようだった。いつもは早く出勤するだけに不審に思っていると、ホワイトボードに書かれたシフト表が書き替えられていて、きょうの夜勤は自分と河淵になっている。

「河淵さんは、きのうが夜勤じゃないんですか」

辻根にそう訊《たず》ねると、彼女は眉をひそめて、

「そうだったんだけど、おかあさんの体調が悪いからって急に早退しちゃったのよ。だから、ゆうべは穴見さんに夜勤に入ってもらって——」

穴見はそのまま午後まで働いて、さっき帰ったばかりだという。

「河淵さんは、まったく困ったもんよね。でも理由が理由だから、だめだともいえないし」

辻根が溜息をついたとき、ドアが開いて河淵がのっそり入ってきた。

背が低く腹がたるんでいるせいで、ポロシャツとトレーニングパンツのユニフォームがまったく似あわない。横に撫でつけた髪は、まばらなうえに脂ぎっている。むさ苦しい外見はいまにはじまったわけではないが、きょうは不快なのを通り越して憎らしかった。

河淵がわがままをいわなければ、今夜は穴見とふたりでいられたのだ。穴見がいないだけでも残念なのに、河淵と朝まですごすのかと思ったら暗澹《あんたん》となった。

夜勤の始業時間の五時からは、入所者の離床介助と夕食の準備である。やりきれない気分で居室にむかっていると、音村沙織と廊下で一緒になった。沙織はシフトの変更を知っていて、

「河淵の奴、マジ最低よね。せっかく穴見っちと夜勤やったのに」

しきりに同情してくれた。そうだともいえず曖昧に苦笑したが、

「あの糞おやじ、きのうはわざと早退したんやない？」

「どうしてですか」

「決まっとうやん。きょう、あんたと夜勤がしたかったけよ」

沙織にそういわれて寒気がした。

三日前の夜、穴見と別れたあと、啓太とアパートに帰ってきたら、武藤にばったり逢った。

「変なことをおうかがいしますけど、職場に不審なひとはいませんか」

あのとき、武藤はそういった。

「不審なひとというと——」

「清水さんにストーカーをするようなひとです」

武藤は確証がないという理由で氏名は口にしなかったが、不審なひととは河淵かもしれない。女性の入所者だと陰洗の時間が長いとか、女性の介護員を妙な眼で見ているとか、河淵にはかんばしくない噂がある。

「清水さんって彼氏いるんですか」

以前、沙織は河淵にそう訊かれたといった。

自分に興味を持っているなら、河淵がストーカーの可能性もある。だとすれば武藤に相談すべきだが、最近ストーカー行為はやんでいるし、河淵がやったという証拠もない。あまり突きつめて考えると、きょうの夜勤が耐えられなくなりそうだった。

穂香は河淵への疑念をいったん遠ざけて、仕事に集中した。

35

腕時計の針は七時半をさした。

ネオン街に近い通りとあって、いまから出勤するらしい水商売風の女が急ぎ足で歩いていく。四車線の道路はさっきまで車で混みあっていたが、帰宅時間のピークをすぎて交通量は減った。

風間はセレナの運転席で前方を見つめていた。

覆面パトカーではなく、赤色灯やサイレンアンプを搭載しない捜査車両だ。覆面パトカーの多くがセダンだが、そうした知識のある者には見破られるから、張り込みには特定されにくい車種を使う。

後部座席では、倒したシートに丹野が寝転がってスマホをいじっている。二名で張り込む場合は運転席と後部座席にわかれ、交替で見張りをする。男女ならともかく男ふたりが運転席と助手席にいたら、不審に思われるからだ。

車内を覗かれないようリアウインドウにはスモークを貼ってあるが、それだけでは不審がられると考えたのか、ガラスの外側には「赤ちゃんが乗っています」というステッカーがある。実際に乗っているのは赤ちゃんどころか、強面の丹野なのがおかしかった。

通りの斜め前に十階建てのデザイナーズマンションが見える。間取りは全室4ＬＤＫで家賃は二十万円以上するから、条川市では屈指の高級マンションだ。セレナを停めているのはコンビニの駐車場で、経営者に事情を話して駐車の許可を得ている。

張り込みの対象者――マルタイは根岸雅也だ。

根岸はサベージの幹部でミューズを経営している。ワイズガイ経営者だった筒見将彰を殺害した疑いがあるとして、根岸の身柄確保を主張したのは丹野だ。もっとも逮捕された李明林がミューズの客に薬物を販売していたというだけで、いまのところ具体的な容疑はない。ミューズにはゆうべ生活安全課が立入り調査に入ったが、根岸は姿を見せなかったという。

「あの野郎、いつまで部屋にこもっとるんか」

丹野が後部座席でつぶやいた。風間はマンションに眼をむけたまま、

「もしかして張り込みに気づいとるんでしょうか」

「それはない。奴の部屋から、こっちは見えん。半グレのガキがこげなマンションに住みやがって。おれは安月給で官舎暮らしやのに」

張り込みをはじめてからきょうで三日目だが、根岸は一度も外出していない。根岸の部屋は最上階の十階で、さっき離れた場所から確認すると、窓から明かりが漏れていたから部屋にいるのは確実だろう。といって逮捕令状も捜索差押許可状もないせいで室内には入れない。部屋までいって根岸を呼びだそうとすれば、犯罪がらみの証拠を隠滅するかもしれない。

根岸には参考人として任意同行を求める予定だ。任意同行は逮捕を前提としておこなう場合が多い。すでに逮捕状がでていても被疑者が逃走しないよう、ひとまず任意同行して事情聴取の段階で逮捕することもある。今回はまだ根岸を逮捕できるような証拠はないが、

「やるからには、必ず結果をだしてください」

係長の笹崎はそう釘を刺した。

「これは本来、生活安全課《セイアン》があつかう事案です。うちが出張って根岸を任意同行《ニンドウ》して、なにも収穫がなかったじゃあ、荒木課長に顔向けできませんよ」

「わかってます。こっちには切り札がありますけ」

と丹野はいったが、そんな切り札があるのかどうか疑問だった。

もし根岸が筒見の殺害に関わっていたとしても、証拠もなしに自供するはずがない。筒見もサベージの幹部だと目されていたから内輪揉めの可能性はあるものの、あるいはサベージのリーダーが殺害を指示したのかもしれない。

サベージのような半グレ集団は、暴力団とちがって拠点や構成員の顔ぶれがわからない。暴力団は組事務所があるから張り込みや家宅捜索も容易だし、盃による上下関係も明確だ。

一方、半グレ集団は拠点を持たず、構成員の定義や命令系統も曖昧だから、個人を特定するのがむずかしい。組織だった活動が見えづらいだけに暴力団対策法や暴力団排除条例の適用外で、有効な法規制もない。

警視庁や大阪府警は大規模な半グレ集団を準暴力団に指定して、取締りに乗りだしている。けれどもその実態は把握しきれず、新たに誕生した半グレ集団に手を焼いているのが現状だ。

かつての暴力団組員は敵対組織と抗争し、実行犯は自首して服役することで「男」をあげた。だが半グレ集団にそういう価値観はない。彼らは逮捕のリスクを避けて匿名性を重視する。そのため匿名性の高いネットやスマホを駆使した商売《シノギ》が多いのが特徴だ。

　半グレ集団は組織というより仲間に近い感覚で、一般人にまぎれて活動を続ける。日常は合法的な職場で働きながら、裏で違法なビジネスを手がける者もいれば、仲間の誘いがあったときだけそれを手伝う者もいる。そうした変則的な活動も、半グレ集団の実態が解明しづらい一因だ。

「暴力団《マルビー》のほうが、よっぽどあつかいやすかったわ。肚《はら》の据わった極道なら、こっちの立場もわかってくれたし、自分から進んで長い懲役にもいった」

　丹野は前にそういった。でも、と風間はいって、

「暴対法や暴排条例ができてからは、そういう接触はむずかしいんじゃ――」

「たしかにまわりの眼は厳しい。けど暴力団《マルビー》だって人間じゃ。親身になってつきあえば、捜査協力者《エス》にも仕立てられた」

　捜査協力者は組織の情報を刑事に伝えるから、組織にとっては裏切者だ。したがって刑事は彼らとの関係を同僚にすら明かさない。上司には報告しても建前だけで、捜査協力者の身に危険がおよばないよう配慮する。

「サベージの連中はガキが多いし、肚割って話せる奴もおらんけ、そげな駆け引きもできん。長い懲役かける度胸もないくせに、やることたあえげつないけ、始末におえんわ」

　暴力団に対する警察の締めつけが、半グレ集団を利したのは皮肉だ。かつて市内では広域指定暴力団、筑仁会が最大の勢力を有していたが、暴力団排除条例や幹部の相次ぐ摘発によって

弱体化し、それにともなってサベージが台頭してきた。

半グレたちは暴力団のように面子《メンツ》にこだわらない。金を稼ぐのが目的だから、暴力を行使する際にも匿名性を重んじ、捕まった際に刑が軽くなるようリスクを分散する。

ワイズガイの経営者だった筒見の殺害も十人で襲撃したから、誰が主犯なのかわからない。集団での暴行は殺意の立証ができないのを見越しての犯行だ。

「それにしても、サベージのリーダーはどこにおるんでしょうね」

風間がそういうと、さあな、と丹野はいって、

「こんだけ捜査しても、たどり着けんのは異常じゃ」

サベージのリーダーはキングもしくはKと呼ばれているが、まったく素性がわからない。どこに住んでいて、どこに出入りしているのかも不明だった。丹野は溜息をついて、

「ぜんぜん尻尾をださんほど悪賢い奴やけ、もう日本におらんかもしれんの」

「外国に高飛びしたってことですか」

「日本で指名手配かかって、タイやフィリピンに逃げとる奴らは大勢おる。タイもフィリピンも犯罪人引渡し条約はないし、警察は賄賂《わいろ》でごまかせるけ、金さえありゃあ犯罪者には天国よ」

「海外から手下に指示をだしてたら、捕まえるのは厄介ですね」

「こっちから金だけ吸いあげるんやけ、ええ身分よ。悪いことしとる奴が儲かって、悪い連中を捕まえるおれらが貧乏ちゅうのは、どうなっとるんか」

丹野は自分のことはほとんど話さないが、妻と中学生の息子と官舎に住んでいる。会話の端々から察した限りでは、妻子とはうまくいっていない様子だった。丹野に限らず、警察官は多忙なうえに自由が制限されるから、家庭に問題を抱えている者が多い。

警察官は職務で実績をあげても給料があがるわけではない。よほどの実績があればともかく、ふつうは表彰状がもらえるだけで昇進にも結びつかない。上司は自分の評価にこだわるから、実績優秀者ほど酷使される傾向にある。

上司の眼を気にせず、職務に意欲的でない警察官、いわゆるゴンゾウになってしまえば気が楽だ。少々職務を怠けても、公務員だから一般企業のように解雇されることはない。それでも多くの警察官が職務に励むのは、組織のなかで認められたいという思いからだろう。

風間も一人前の刑事として認められたいと願っていたが、小田切の罠にはまってからは不安におびえる日々が続いている。どんなにがんばったところで、小田切がコカインの吸引をばらしたとたん、自分が犯罪者になってしまう。いっそ小田切が死ねばいいと思う自分が恐ろしく、自己嫌悪に陥った。

この苦境を忘れるためには職務に没頭すべきだが、丹野の指示どおりにしか動けないのが不満だった。警察組織は完璧な縦社会だから、上司の命令が絶対なのはわかっている。けれども結果につながるのなら、スタンドプレイも許されるはずだ。

けさ、刑事課の前の廊下で秋場良治にばったり逢った。

秋場は九日新聞社会部記者、いわゆるサツ回りの記者だ。サツ回りは取材の基礎を学ぶのに適しているから、ほとんどの新聞社で新人記者が担当する。秋場も外見は若いが、取材が多忙なせいか、きょうも寝癖だらけの頭でスーツは皺くちゃだった。

「お疲れさまです」

会釈して通りすぎようとするのを呼び止めて、立ち話をした。年齢を訊くと同い年の二十六歳だという。秋場はそれで親近感を持ったらしく笑顔をむけてきて、

「こないだ摘発した闇スロですけど、やはりサベージがらみですか」

「まだわからんね。あいつらは素性を明かさんから」

「風間さんも丹野主任みたいなこというなあ。同い年なんだから、もっと気軽にいきましょうよ」

「そういわれても、おれみたいな下っぱが勝手なまねできんよ」

「平気ですよ。課長たちには、こうしときますから」

秋場はひと差し指を唇にあてた。風間は苦笑して、

「ところで、市会議員の井狩恭介って知っとる？」

「ええ。なにかやらかしたんですか」

「そういうわけやないけど、どういうひとか知りたくてね」

「若いくせに態度が横柄だって、評判悪いですよ。高校生のときは傷害や窃盗《せっとう》で捕まっているみたいだし」

「傷害と窃盗？　もっとくわしくわからんですか」

「細かくは知りません。人づてに聞いただけなんで」

「もうちょっと調べて、なんかわかったら教えてよ」

「風間さんもなにか知ってるから、こんな話したんでしょ。ぼくにも教えてください」

「まだ教えるほどのことはない。だから訊いとるんよ」

「わかりました。じゃあ、そのうち情報交換ってことで」

井狩恭介に傷害や窃盗の前科があるのなら、サベージに関わっている疑いが強まる。けれども犯歴照会は勝手にできないから、それを確認する手段がない。

時刻は八時をまわり、見張り役として運転席に坐って二時間ほど経った。そろそろ丹野と交替したいが、後部座席からは軽いいびきが聞こえてくる。疲労で霞む眼をこすりつつマンションを見つめていると、エントランスから男がでてきた。

短髪でサングラスをかけ、上は黒い長袖シャツ、下は短パンを穿いている。夜にサングラスなのも怪しいが、長袖シャツに短パンとはアンバランスだ。暑い時期に長袖シャツを着るのは、腕の刺青を隠している場合が多い。

道路のむこうに眼を凝らすと、男の外見は捜査資料にあった根岸の写真と一致する。

「起きてください。根岸がでてきました」

丹野に声をかけてから、ゆっくりとセレナを走らせた。

穂香は介護員室のデスクで、家から持ってきた弁当を食べていた。

遅番の介護員たちはすでに退出して、三階のフロアは静かだった。さっきまで九時の消灯にそなえて就寝介助をおこない、持病のある入所者に眠前与薬――就寝前の薬を呑ませ、ようやく一段落した。

36

河淵は、出勤前に買ってきたというフライドチキンをレンジで温めて食べている。河淵はこっちが話しかけてもいないのに、脂でぬめぬめした口元をほころばせて、

「たまに喰いたくなるんだよね。いつもカップ麺やコンビニ弁当だから」

河淵と一緒にいたくないが、遅い時間は巡視やオムツ交換、入所者のコールで忙しいだけに、いまのうちに食事をするしかなかった。

河淵は手づかみでフライドチキンの骨をしゃぶりながら、

「ちょっと気になったんだけど――」

といった。しつこく話しかけてくるのが不快で、思わず眉をひそめて、

「なにがですか」

「きょうの夕方、近江さんとなにか喋ってなかった？」

とたんにぎくりとしたが、いいえ、と答えた。

「近江さんが喋れないのは、河淵さんも知ってるでしょう」

「でも居室の前を通ったら、清水さんと話してるように見えたから――」

「あたしが話しかけてただけです」

「そうなんだ」

河淵はうなずいたが、納得したようには見えない。

六時の夕食前、近江八重子を食堂へ連れていこうと居室にいった。

おなじ居室にほかの入所者もいるが、みな重度の認知症だから話を聞かれても問題ない。きょうのおかずは近江が好きな鰈《かれい》の煮付けだったから、それを彼女に伝えると、いつものように手帳を広げて、まあ、うれしい、と筆談で応えた。

河淵は、あのときのやりとりを見ていたのだ。近江が会話できるのが発覚すれば、認知症が詐病だとわかって退所を命じられるだろう。

といって河淵に口止めするのは危険だった。近江が会話できるのを認めることになるし、自分もそれを知りながら黙っていたと責任を問われかねない。

そもそも河淵は仕事に意欲がなく、介護もいいかげんだ。きょう沙織がいったことが事実なら、きのうはわざと早退して、自分と夜勤になるよう仕組んだのかもしれない。

そのうえストーカーの疑いもあるとあっては、まったく信用できない。それどころか、おなじ部屋にふたりでいるだけで不安だった。

そういえば、菅本キヨが殺されたときも河淵と夜勤だった。あの夜、河淵は巡視からもどってくると、廊下で妙な足音を聞いたといった。それからまもなく近江からコールがあった。急いで居室にいったら、菅本が心肺停止状態だったのだ。

警察の捜査で犯人は藪下稔だと判明したが、ほんとうにそうだったのか。もしかして河淵がなにか工作をして、藪下を犯人に仕立てあげたのではないか。

そんな疑念が湧いて、ますます落ちつかなくなった。

たちまち食欲も失せて弁当は半分以上残した。河淵はまだフライドチキンを食べている。付合せのサラダもあるから、しばらくここにいるだろう。

穂香は弁当をすばやく片づけると席を立って、

「消灯いってきます」

「え、まだ九時前だよ」

河淵は怪訝《けげん》な顔でいったが、適当な理由を口にして廊下にでた。

あの夜、近江は菅本が殺されるところを見ていたのか。

だとしたら、藪下はどうやって菅本を殺害したのか。近江にそれを訊きたいと思いつつも、彼女を動揺させる気がしてためらっていた。けれども、いまはもっと深刻な疑いがある。

穂香は急ぎ足で居室に入ると、近江のベッドにむかった。近江はベッドに横たわっていたが、こちらに気づいてかすかに微笑した。穂香は枕元に腰をかがめて、

「あの、変なこと訊いてもいいですか」

耳元でささやくと、近江はうなずいた。

「もし厭だったら、無理に答えなくていいですからね」

穂香はそう念を押してから、菅本キヨが藪下に殺されるところを見たのか訊いた。近江は一瞬顔を曇らせたが、枕の下から手帳を取りだしてペンを走らせた。

見ました。でも暗かったので、ヤブ下さんかどうかわかりません。

近江は質問に動揺したのか、筆跡が乱れている。穂香は彼女の耳元に口を寄せて、

「もしかしたら、ちがうひとかもしれないんですね」

近江はうなずいて、また手帳に走り書きをした。それを見て、ぎょッとした。

この施設は怖いです。

なにがですか、と訊こうとしたとき、

「清水さん――」

背後の声に振りかえると、河淵が立っていた。

37

武藤はパイプ椅子にかけて、若希駅前の通りを見つめていた。

交番の見張り所で待機する在所警戒である。十時をまわって、駅舎を出入りするひとびとはわずかになった。開けっ放しの出入口から吹きこむ夜風が心地いい。

六月から制服が半袖の夏服になったが、肉付きがいいせいか、すこし動いただけで汗がにじ

む。暑いのが苦手な武藤にとって、これからの季節は憂鬱だった。

新田と石亀は違法駐車の通報があって対応にでかけている。交番所長の福地は本署にもどったが、まだ帰宅してないようで、さっき電話があった。

「おい、武藤。先月は努力目標ぎりぎりやったぞ。今月は気合入れていけよ」

「はい」

「おまえもたいがいで一人前になれッ」

いきなり怒鳴られて面食らった。

努力目標とは検挙件数のノルマで、目標を達成できないと勤務評定に影響する。県警本部の指示で、職務質問、巡回連絡、飲酒運転、スピード違反、少年補導、窃盗、薬物などさまざまな強化月間が設定される。

そのたび数字を求められるが、予算の追加や増員はない。にもかかわらず、所轄によっては全員が努力目標を達成するまで休憩や休日返上で働かされるという。

若希駅前交番は駅前交番のわりに事件がすくなく、本署である条川署も数字にうるさくなかった。けれども三月に署長が代わってから、だんだん締めつけが厳しくなってきた。

そのせいで福地もぴりぴりしているが、班長の石亀はゴンゾウだし自分も半人前だ。まじめな新田のおかげで、かろうじて努力目標を達成している。

表で警ら用自転車が停まる音がして、石亀と新田がもどってきた。

石亀は首筋の汗をタオルで拭きながら、こちらを見て、

「どうしたんか。浮かん顔して」

「さっき交番所長《ハコチョウ》から電話があって――」

努力目標の件で叱られたというと、石亀は鼻を鳴らして、

「おおかた本署でケツ叩かれたんやろ。気にせんでええ」

「でも自分は努力目標がなかなか達成できんけ、申しわけなくて――」

「いまの署長がぎゃあぎゃあいうとるだけよ。まだ若いけ、上の機嫌とって出世したいんやろ」

「だとしても数字をあげな、治安にも関わりますし」

「どんだけ数字あげても一緒よ。たとえば飲酒運転がゼロになったら、取締りの効果があったちゅうことやろう。けど上の人間はそう思わん。なし検挙実績がゼロなんか、ちゃんと数字をあげろていう。ゼロならゼロで、サボっとるて思われるんじゃ」

「たしかにそれは変ですけど――」

「極端な話、数字のために無理やり摘発せなならん。ネズミ捕りやら駐禁やら、いらん点数稼ぎして市民が喜ぶか」

「いつも嫌われてます」

「先月は暴走族取締強化月間と痴漢《ちかん》対策強化月間やったけど、うちの交番《ハコ》でどうやって数字あげろちゅうんか」

条川市はかつて暴走族が多かったが、少子高齢化や二輪免許取得者の減少のせいか、最近は

すっかりなりをひそめている。若希駅の路線は乗車率が低いだけに、痴漢の被害もめったにない。

「今月は特殊詐欺根絶月間ぞ。先月ならゴミジンのおかげでオレオレの受け子を逮捕したけ、実績になったのにのう」

と石亀がいった。新田が笑って、

「また五味さんにオレオレの電話がかかってきませんかね」

「あの爺さんに関わったら、前の痴漢のときみたいに大騒動になるぞ」

石亀は大きなあくびをすると、交番の裏へ煙草を吸いにいった。新田は以前、痴漢冤罪《えんざい》を晴らそうとして問題を起こしたと署内の噂で耳にした。

当時のことはくわしく知らないが、痴漢と聞いて河淵のことを連想した。勝手な捜査は許されないから、このあいだ河淵を尾行したのは誰にも喋っていない。ただ口の堅い新田になら、打ちあけてもいいような気がした。河淵の不審な行動について話すと、新田は微笑して、

「あいかわらず、清水さんのことは熱心やのう」

「――そういうわけやないんですが」

「けど、おまえのいうことがほんとなら、その河淵ていう男はかなり怪しいの」

「でしょう。清水さんとおなじ職場やけ、心配なんです。ただ河淵がストーカーちゅう証拠がないのに、清水さんにいうてええもんかどうか――」

「つまらんつまらん。うかつなことはいわれんぞ」

「はい。でも時間があるとき、河淵の様子を探ってもええですか」

「知らん。おれに許可求めんなよ」

「――すみません」

「まあ、そういうおれも前は勝手なことしよったけどの」

「痴漢冤罪の件ですか」

「ああ」

「噂やと、先輩が冤罪を晴らしたとか……」

「そんなこたあ、どうでもええが、おまえもほどほどにしとけよ」

「わかりました」

「ここはおれが見とっちゃるけ、いまのうちに飯喰うとけ」

これから深夜にかけて、事件や事故の対応で忙しくなる。

武藤は待機室に入ると、買い置きのカップ麺に入れる湯を沸かした。途中で石亀が入ってきて二階にあがっていった。休憩室で仮眠をとるつもりらしい。

カップ麺を啜りながらコンビニのおにぎりを食べていると、私物のスマホが震えた。割箸を片手にスマホを見たら、ショートメールが届いていた。相手は穂香だった。

このあいだおっしゃった不審なひととは、河淵さんでしょうか？

文面からすると、穂香も河淵を怪しいと思ったらしい。ならば、もう名前を伏せておく必要はない。割箸を放りだして即座に返信した。

そうです。なにかありましたか？

武藤は固唾《かたず》を呑んで画面を見守った。しばらく経っても返信はこない。我慢できずに電話をかけたが、呼びだし音が鳴るだけで応答はなかった。

穂香は河淵になにかされたのではないか。そんな不安に駆られて、じっとしていられなくなった。見張り所にいって新田に相談すると、

「また清水さんか。たいがいにしとけよ」

あきれた表情でいった。

「いつ連絡先教えたんか。交番所長《ハコチョウ》に知られたら、やばいぞ」

「すみません。でも心配なんで、様子見てきていいですか」

「すぐもどれよ。責任持てんぞ」

「ありがとうございます」

武藤は一礼して交番を飛びだすと、警ら用自転車に乗った。

38

丹野はデスクをはさんで根岸とむかいあっていた。

風間は壁際の小机を前にして、パイプ椅子にかけていた。小机の上のノートパソコンで丹野と根岸のやりとりを記録しているが、いまのところ役にたちそうな供述はない。

条川署刑事第一課の取調室である。いつものようにドアは半開きで、外にパーティションが置かれている。パソコンの画面に表示されている時刻は十時半をさした。

根岸に路上で声をかけ、任意同行を求めたのは八時すぎだった。むろんすなおに応じるはずもなく、しばらく押し問答が続いたが、根岸は前科があるだけに警察があきらめないのはよく知っている。

任意同行とは建前だけで、拒み続ければ無理にでも理由をつけて逮捕する場合もある。根岸もそれを承知しているから、しぶしぶ同行に応じた。とはいえ参考人としての任意同行だから、決め手に欠ける。所持品も調べたが、不審なものは持っていなかった。

取調室に入ると、丹野はさっそく根岸を問いつめた。

「李明林とは、どういう関係か」

「そんな奴は知らんです」

「嘘をつけ。おまえの店で覚醒剤《シャブ》やら大麻《クサ》やら売っとったんぞ」

「おれは逮捕されたわけじゃないんですよね。もう帰っていいですか」

「帰ってええよ。家まで送っちゃるけ、あしたの朝迎えにいくわ」

「厭がらせはやめてください。ゆうべも生活安全《セイアン》課がうちの店にきたけん、客が怖がって寄りつかんですよ」

「おまえがちゃんと説明せんけやろうが。なし店におらんやった？」

「体調が悪いけ、うちで寝とったです」

「闇スロの店長しよった波多瀬は知っとるの」

「知りません」

「波多瀬は自分が経営者ていうとるけど、どうせ逮捕要員じゃ。闇スロの実質的な経営者は誰か」

「それも知りません」

「案外、おまえが経営者やないか」

「ちがいます」

「波多瀬の家《ヤサ》から大麻がでてきた。それを波多瀬に売ったのが李明林じゃ。おまえはサベージの幹部なんやから、知らんはずがない」

「おれがサベージの幹部だって証拠でもあるんですか」

「証拠？　おまえは前に恐喝で捕まったとき、おれはサベージの幹部じゃいうて被害者をおどしたやないか。ほかにも、おまえがサベージの幹部ていうとるもんはたくさんおる」

「それは昔の話ですよ。いまはサベージと関係ないです」

「やかましい。おまえがキャンちゅうまでやっちゃるけ、覚悟せいッ」

「そういうあつかいするんなら、弁護士呼んでください」

「いつでも呼んじゃるよ。けど話が終わるまで逢われんぞ。なんぼ弁護士でも、取調室に入れるわけにはいかんけの」

「逮捕もしとらんのに、身柄を拘束するのは違法やないですか」

「どこが拘束しとる。ドアも開いとるし、いつ帰ってもええちゅうとるやないか」

「なら帰ります」

根岸が腰を浮かせると、同時に丹野も立ちあがった。

風間はパイプ椅子をさげて、外にでられないよう行く手をふさいだ。いつでも帰れるといいながら、決して帰さないのも警察の常套《じょうとう》手段だ。根岸が強引に部屋をでようとすれば、丹野はわざと転んででも公務執行妨害で逮捕するだろう。いわゆる転び公妨だ。

根岸はそれに気づいたようで、苦笑して椅子に腰をおろした。丹野も薄笑いを浮かべて、

「おまえもしぶといのう。去年はオレオレ詐欺やっとったくせに、図々しいんじゃ」

「やってません。だから釈放されたでしょう」

「嫌疑不十分ちゅうだけで、おまえはクロじゃ。また逃げられると思うなよ」

一般人ならともかく、元暴力団組員でサベージ幹部の根岸は少々揺さぶっても落ちない。弁護士があいだに入れば、強引な取調べもできなくなる。時刻は十一時近いが、逮捕もせずに留置場には入れられないから事情聴取を続けるしかない。

笹崎からは必ず結果をだすよういわれているのに、根岸をこのまま帰すはめになったら丹野は責任を問われる。ひいては自分の評価に関わると思ったら、丹野の勇み足が怨めしい。

こうなったら小田切に連絡して、根岸について訊いてみようか。小田切はミューズに出入りしていたから、根岸のことを知っているはずだ。しかし小田切に連絡すれば捜査情報を漏らすことになる。

丹野と根岸のやりとりを聞きながら、そんなことを考えていると、

「そういやあ、おまえの元嫁さんは介護の仕事しよるの」

丹野がぽつりといった。

根岸は一瞬ぎょッとした表情になったが、すぐ硬い顔つきにもどって、

「さあ、ずっと逢《お》うてないけ、知らんです」

「おまえは知らんでも、こっちは清水穂香を知っとるんよ。先月、敬徳苑ちゅう老人ホームで殺しがあったけ、事情聴取したわ」

敬徳苑の事件には風間も臨場した。あの清水穂香が、根岸の元妻だとは知らなかった。根岸はあきらかに動揺したようだが、口を閉ざしている。丹野はデスクに身を乗りだして、

「さあて、また元嫁に話を聞くか」

「――なしてですか。あいつはなんも知らんですよ」

根岸は尖った声でいった。

「知らんでもええ。おまえがなんも喋らんけ、しゃあないやないか。けど、おまえみたいな奴が旦那やったと職場に知れたら、居心地悪かろうの」

根岸はいきなりデスクに両手を突いて、

「ちょっと待て、こらあッ」

真っ赤な顔で怒鳴った。

「穂香は関係なかろうがッ。汚ねえまねすんなッ」

根岸は弾《はじ》かれたように椅子から立ちあがった。丹野は鼻を鳴らして、

「坐れ。でかい声だすな」

「穂香に厭がらせしやがったら、ただじゃすまさんぞッ」

「ほう、おれをおどすんか。脅迫罪で縄かけちゃろうか」

根岸は憎悪に満ちた眼を丹野にむけて、

「おお。やってみぃッ」

「興奮すんな。ええから坐れ」

丹野が顎をしゃくると、根岸はしぶしぶ腰をおろした。

清水穂香は介護員という立場だから、かつての夫が半グレ集団の幹部なのは職場に知られたくないだろう。根岸の動揺ぶりからすると、まだ穂香を思いやる気持があるらしい。

「元嫁が心配やったら正直に吐け。筒見を殺《や》ったんは誰か」

丹野が訊いたが、根岸は首を横に振って、

「知らん」

「おまえが手下に殺せちゅうたんやろ」

「ちがう」

「なら、誰が殺《や》ったかいえ」

「だから、マジで知らんのです」

「堂々巡りやの。元嫁に話聞いてもええんか」

やめろッ、と根岸は怒鳴ってから、溜息とともにうつむいて、

「――やめてくれ」

気弱な声でいった。どうやらこれが丹野のいった切り札らしい。

なあ根岸、と丹野は不意に声をなごませて、

「もう肚《はら》割って話そうや。おまえもはよ帰りたいやろ」

根岸は顔をあげた。

「そのかわり見返りをよこせ」

「見返り？」

「こっちも手ぶらじゃ、ひきさがれんのじゃ。それなりの情報があったら帰しちゃる」

「なんが知りたいんですか」

「筒見を殺《や》れちゅうたんは誰か。サベージのリーダーか」

「知らんです」

「知らんはずなかろうが。おまえは誰の指示で動いとるんか」

「おれはサベージに関わっとらんていうたでしょう」

「ならワイズガイの小田切はどうか。あいつは筒見が死んで代表になった。あいつが筒見を殺《や》ったんやないか」

「知りません」

「こっちは大目に見てやっとるのに、なんも知らんじゃすまされんぞッ」

根岸は答えない。もうええ、と丹野はいって椅子の背もたれに躯をあずけると、

「あした元嫁の職場にいって、じっくり話聞いちゃるわ」

「待て」

「待ってどうする。おまえはなんも喋らんやないか」

「武藤を呼んでくれ」

「武藤？　武藤ちゃ誰か」

「若希駅前の交番におる」

風間ははっとした。若希駅前交番の武藤は新田の後輩で顔見知りだが、根岸とどういう関係なのか。そういやあ、と丹野はいって、

「そげな奴がおったの。なし、おまえが知っとるんか」

「昔の知りあいや」

「武藤を呼んでどうする」

「あいつになら話す」

「なんを話す？」

「あんたらが喜びそうなことよ」

「もったいつけんで、おれに話せ」

根岸は硬い表情でかぶりを振った。丹野は舌打ちをしてこちらをむくと、

「地域課に事情話して、武藤を呼べ」

はい、と風間は答えて椅子から腰をあげた。

39

街はずれの丘は暗く静まりかえっていた。

武藤は敬徳苑の敷地に入ると、正面玄関の前で警ら用自転車を停めた。

ここへくるまで全力でペダルを漕いだせいで、全身が汗まみれだった。さっき穂香のアパートに寄って部屋を訪ねたが、応答はなかった。

穂香と電話がつながらないのが心配だった。彼女の身になにかあったのか。河淵を不審に思ったのはなぜなのか。もう十一時なのにアパートにいないのは、きっと夜勤だと思って敬徳苑にきた。

玄関脇のインターホンを押すと、しばらくして穂香の声がした。

「武藤さん。どうされたんですか」

インターホンのカメラでこちらを見ているらしく当惑したような声だった。が、ひとまず無事な様子に安堵した。アパートにいないし電話がつながらないので心配になったと答えると、穂香はまもなく玄関にでてきた。入所者のコールが相次いで電話にでられなかったという。

「すみません。わざわざきていただいて——」

穂香は頭をさげた。いえいえ、と武藤は片手を振って、

「なにもなくて安心しました。ただ、ちょっとおうかがいしたいことがありまして——」

「なんでしょう」

　武藤は口元に手をかざすと声をひそめて、

「さっきのメールで、河淵さんのことをお書きになっていましたが——」

「はい。まだ確信はないんですけど、あたしを見張ってるような感じがするんです。このあいだ武藤さんも職場に不審なひとがいないかっておっしゃってましたから、それも気になって——」

　穂香はときどき後ろを振りかえりながら小声でいった。

「河淵さんは、きょう夜勤ですか」

「はい。だから厭なんです」

「それは心配ですね」

「武藤さんは、どうして河淵さんを不審に思ったんですか」

　闇スロット店にいたところを賭博容疑で逮捕されたといいたかったが、プライバシーに関わるだけに口外できない。武藤はすこし考えてから、

「三日前の夜、清水さんとばったり逢いましたよね」

「ええ」

「あのすこし前、清水さんのアパートの前の公園に河淵さんがいたんです」

「どうして、そんなところに——」

「わかりません。でも不自然ですね。河淵さんには、ほかにも怪しい点がありますし——」

「怪しい点？」

「それは個人情報なのでお話しできませんが、じゅうぶん気をつけてください」

「わかりました。ただそんなこと聞いたら、ますます怖いです」

穂香はおびえた表情で肩をすくめた。そのとき、ＰＳＷ——署活系無線機が鳴った。急いで応答すると、相手は新田だった。

「いま交番所長《ハコチョウ》から電話があった。いますぐ本署にこいっていうとるぞ」

用件を訊いたが、わからないという。武藤は無線を切って、

「すみません、急用ができました。なにかあったら、すぐ連絡してください」

穂香はうなずいた。武藤は敬礼すると踵をかえした。


武藤はふたたび警ら用自転車を走らせた。こんな時間に本署へ呼びだされるとは何事なのか。非常招集ならともかく、個人的な用件らしいのが気になった。

条川署に着いて地域課にいくと、福地がデスクで待っていた。

「おまえ、サベージの幹部と関係あるらしいの」

福地は険しい表情で訊いた。武藤は眼をしばたたいて、

「どういうことでしょう」

「とぼけんな。根岸ちゅう奴を知っとろうが」

「知ってますけど——」

「そいつは、いま刑事課の取調室におる。おまえを呼べていうたそうや」

「どうして自分を——」

「知るか。おまえ、そいつとつるんどるんやなかろうの」

「つきあいがあったんは昔です。警察官を拝命してからは、なにもないです」

武藤は狼狽しつつ答えた。もし根岸が自分と逢ったのを喋っていたら、捜査情報の漏洩や犯罪への関与を疑われる。福地は被疑者を見るような眼をむけてきて、

「昔のことやろうと問題じゃ。これ以上、おれの足をひっぱったら承知せんぞ」

「はい」

「はよ刑事課にいけ。丹野主任が待っとる」

丹野とは敬徳苑で菅本キヨが殺されたとき、顔をあわせたことがある。それにしても、根岸はなんの容疑で取調室にいるのか。こっちの立場はわかっているはずなのに、どうして自分を呼んだのか。武藤は不安を感じつつ廊下を歩いた。

刑事課に入ると、ドアのそばに風間が立っていた。

「遅かったの。なんしよったんか」

風間は疲れた顔つきでいった。すみません、と武藤は頭をさげて、

「警らにでとったもんで——」

風間によれば、根岸は逮捕されたのではなく参考人だという。ミューズに出入りしていた売

人の李明林や筒見殺害の件で事情を聞いている。いまのところ逮捕に結びつく証拠はないが、根岸は事情聴取を拒んだかわり、情報提供に応じるといったらしい。

「根岸は、おまえにになら話すていうとる」

「なしてでしょう。ずっと逢《お》うてもないのに」

「まあ、なんでもええ。根岸と話してくれ」

風間は見透かしたような笑みを浮かべると、取調室を顎でしゃくった。

風間と一緒に取調室に入ると、根岸がデスクのむこうにかけていた。根岸は上目遣《うわめづか》いで詫びるような視線をむけてきた。丹野がこっちを見てから根岸にむきなおって、

「おう、武藤がきたぞ。さあ話せ」

「だめです。ふたりきりにしてください」

「なしか。おまえは武藤がきたら喋るていうたやないか」

丹野は粘ったが、根岸は頑《がん》として応じない。武藤とふたりきりにするだけでなく、半開きになったドアを閉めてくれという。丹野は不満げな表情で席を立って、おい武藤、といった。

「根岸とどげな関係か知らんが、つまらんネタしか聞けんやったら、おまえも絞られるぞ」

丹野と風間は外にでていき、取調室のドアを閉めた。

武藤は大きく息を吐いて根岸のむかいに坐った。すまん、と根岸は頭をさげて、

「おまえの名前はだしとうなかったけど、どうしようもなかった」

根岸は否認を続けるつもりだったが、丹野から穂香の職場に事情聴取にいくとおどされて、

譲歩するはめになったという。根岸はドアのむこうを窺いつつ、

「おれのことで、あいつに迷惑かけたくない。けど丹野に調書はとられたくないけ、おまえを呼んでもろたんよ」

と小声でいった。わかりました、と武藤はいって、

「おれと喫茶店で逢うたのは、丹野主任に話しましたか」

「昔の知りあいとしかいうとらん。いうたら、おまえが困るやろ」

「はい。いろいろ勘ぐられます」

「いまでも勘ぐられるやろ。マジですまん」

「大丈夫です。ただ、この機会に足を洗うたら――」

「そうしたいけど、まだ無理や。このところ内輪でごたごたしとるけ、それがおさまったら血イ見らんで足抜けできるかもしれん」

「内輪揉めですか」

「丹野たちには、ぜったいいうなよ」

「はい」

「リーダーと幹部が揉めとるらしい」

「根岸さんも幹部でしょう」

「おれはまだ下っぱじゃ。リーダーがどこにおるかも知らん」

「それで情報ちゅうのは――」

武藤が訊ねると、根岸は若希駅前交番の受持区域にある住所を口にして、

「そこに古い家がある。芝原ちゅう爺さんが住んどるけど——」

「芝原？　その家ならいったことがあります」

あれは、たしか先月の下旬だった。新田と巡回連絡をしたとき、むかいの家の住人から深夜に不審な若者たちが出入りしているといわれて芝原宅を訪れた。武藤は続けて、

「あの家になんかあるんですか」

「あそこは、オレオレの支店じゃ」

「えッ。あんな民家でオレオレ詐欺ですか」

「前はマンションを拠点にするのが多かったけど、住民の眼につく。支店には掛け子が何人もおるけ、一軒家や民泊のほうが都合ええんじゃ」

「だから若い連中が出入りしとったんですね。芝原って爺さんは孫の友だちていうとったけど、あの爺さんはどういう役目なんですか」

「よう知らん。家を貸しとるだけかもしれん」

「根岸さんは去年、オレオレで捕まりましたよね。もしかして今回も——」

「おれはもうやっとらん」

「じゃあ、オレオレの支店を動かしとるのは？」

「悪いけど、そこまではいわれん。支店の連中からたどってくれや」

「わかりました」

「いまいうたことは内密に頼むぞ。おれが密告《さ》したんがばれたら、消されてしまうけの」

と根岸はいった。わかってます、と武藤はいって、

「根岸さんも気ィつけてください」

「ああ。ところで、穂香にストーカーしとった奴は捕まえたか」

「いえ、まだです」

ストーカーは河淵かもしれないが、根岸には話せない。さっき敬徳苑にいったことも伏せておくべきだ。ただ、と武藤はいって、

「もうじき犯人の目星がつきそうです」

「そうか。おまえも大変やろうけど、穂香と啓太のことを見守ってやってくれ。おれァ、なんもしちゃれんけ――」

根岸はそういいかけて、なにかをこらえるように唇を結んだ。

40

大型テレビの液晶画面にローマの街並が映っている。

スクーターに乗った男女があぶなっかしい運転で道路を走っていく。スクーターを運転しているのはオードリー・ヘップバーン扮するアン王女で、その後ろに乗っているのがグレゴリー・ペック扮する新聞記者のブラドリー、映画「ローマの休日」の一場面だ。

大型テレビのまわりには車椅子にかけた入所者と介護員たちがいる。入所者の老人たちはモノクロの映像を眺めているが、ほとんど表情に変化はない。

午後のレクリエーションのDVD観賞である。

映画のDVDは家庭内視聴以外の目的で許可なく上映するのは違法らしいが、DVD観賞は多くの介護施設でおこなわれている。権利者側も相手が高齢者とあって文句がつけにくいのだろう。レクリエーションルームはカーテンを閉め、すこし照明を落としている。

穂香は画面を観ながら、近江の車椅子の隣にかけていた。

ときおり彼女の様子を窺うと、ごくわずかに口元がほころんでいる。近江は認知症ではないから、むろん映画の内容を理解しているが、それを表情にだせないのが気の毒だった。

穂香の隣に沙織がいて、すこし離れた位置に穴見と河淵がいる。ふたりとも車椅子の横に坐っているが、穴見が常に入所者を気遣っているのにくらべて、河淵は何度もあくびを噛み殺している。そのくせ、ときおりこっちを見るのが不気味だった。

河淵と一緒の夜勤から二日が経った。

あの夜、巡視のときに事件のことを近江に訊いた。事件とは、いうまでもなく菅本キヨの殺害だ。近江に犯行を目撃したのか訊くと、菅本を殺したのは藪下かどうかわからないと答えた。

さらに近江は、この施設は怖いです、と書いた。その理由を訊こうとしたとき、背後から河淵が声をかけてきた。

「清水さん——おれも消灯にいきます」

わざわざ報告するほどの用件ではなく、見張られているようで不安になった。

それからは入所者のコールが続いて対応に追われ、十一時すぎに武藤がきた。武藤によれば五日前の夜、河淵はアパートの前の公園にいたという。公園にいた理由を知りたかったが、河淵を刺激するのは危険に思えて、なにも訊けなかった。

とはいえ、河淵がストーカーである可能性はますます高くなった。それどころか菅本を殺した疑いすらある。河淵は後ろ暗いことがあるせいか、警官がきた理由をしつこく訊いてきた。

「なんで夜中に警官がきたのかな。清水さんが呼んだんですか」

「いいえ、パトロールの途中だといってました。先月は菅本さんの事件があったから、用心してるんでしょう」

武藤さんとは顔見知りだし、とつけ加えると、河淵はなぜか表情を曇らせた。

いまのところストーカー行為はおさまっているが、もし河淵がストーカーなら安心はできない。五日前の夜、アパートの前まできて、なにをしようとしていたのか。

さらに菅本を殺したのも河淵だとしたら、おなじ職場にいるだけで危険だ。もし自分に危害を加えなくても見逃すわけにはいかないが、菅本を殺した証拠はないから武藤には相談できなかった。

DVD観賞が終わるとおやつの時間で、食堂に移動して入所者たちにフルーツあんみつを食べさせた。おやつのあとは四時のオムツ交換やトイレ誘導まで、すこし時間がある。

穂香は入所者たちをいったん居室に誘導してから、介護員室に入った。室内には辻根と沙織がいた。沙織はデスクに頬杖をついて、

「ローマの休日ってよかったわあ。あたしもブラドリーみたいな彼氏が欲しい」

「でもブラドリーとアン王女の恋愛って、たった一日でしょ。それで満足できる？」

辻根がパソコンのキーボードを叩きながらいった。沙織は顔をしかめて、

「一日じゃ厭。死ぬまでやないと」

「それじゃ映画にならないわよ」

辻根は苦笑してこっちを見ると、

「清水さん。急で悪いけど、また夜勤入ってくれる？」

「えッ。いつですか」

「あさって。二階の子が急に辞めちゃって、ひとり応援にいかせたからシフトがまわんないのよ」

また夜勤に入るのは憂鬱だが、断れば辻根が機嫌を悪くする。引き受けるしかないと思いつつ、誰と一緒の勤務なのかが気になった。また河淵だったら最悪だ。

「わかりました。ただ相勤は――」

「穴見さんよ」

よかったやん、と沙織がにやにやして、

「穴見っちと夜勤なら、あたしが代わっちゃろうか」

「いえ、そんな――」

穂香は曖昧に笑ったが、耳たぶが熱くなるのを感じた。辻根が眉をひそめて、

「あら、清水さんも隅に置けないわね」

「ちがいます。そういうのじゃないんです」

「個人的なことには干渉しないけど、仕事はちゃんとやってね」

辻根の背後で、沙織がおどけて舌をだした。沙織に悪気がないのはわかるが、よけいなことをいうのは困る。ただでさえ辻根には嫌われているだけに、穴見との関係を詮索《せんさく》されたくない。

その場にいるのが気まずくて介護員室をでた。

廊下を歩いていたら、穴見とばったり逢った。穴見は立ち止まって微笑すると、

「辻根さんから聞いた？　あさって夜勤でしょ」

「ええ」

穂香は笑顔をかえしつつ、誰かに見られていないか、あたりを見まわした。

「ぼくがシフトを変えてもらったんだ」

「そうなんですか」

「はじめは河淵さんと一緒だったけど、野郎ふたりで夜勤するのもやだなと思って。立て続けに夜勤させて、ごめんね」

「あやまることなんかないです。穴見さんと夜勤なら楽しいですもん」

思わず本音を口にすると、顔が赤らむのがわかった。そのとき廊下のむこうから河淵が急ぎ

足で歩いてきた。突きでた腹がぶざまに揺れ、脂ぎった顔から汗が流れている。河淵はふたりの前で足を止めると、

「いやー、まいったな」

肩で息をしながらつぶやいた。穴見が首をかしげて、

「どうしたんですか」

「米山フミさん、三日でてなかったんですけど、さっきオムツ交換してたら、いきなりKOT漏らして。ベッドの上は、もう洪水です」

KOTとは便で、三日ぶりの排泄となると量は多いだろう。衣服もシーツもすべて交換だから大変だが、他人に頼らずひとりで処理するべきだ。しかし穴見は迷惑がる様子もなく、

「わかりました。ぼくも手伝いましょう」

急いで廊下を歩きだした。


六時の夕食の前に、近江の居室へ離床介助にいった。

おなじ居室の入所者を食堂に連れていったあと、近江が最後に残った。

近江を後回しにしたのは、ふたりで会話する時間を作るためだ。彼女もそれを理解していて、ふたりきりになると遠慮がちに笑顔を見せる。穂香はベッドのそばに車椅子を運んでくると、
周囲に誰もいないのを確認してから、

「ちょっとだけ、お喋りしましょうか」

近江はいつものように手帳とペンを手にして筆談で応える。

会話の内容は体調や食事のことなど他愛のないことだが、ずっと認知症を装っている彼女にとっては気晴らしになるらしく、嬉々《きき》とした表情になる。

せっかく喜んでいる近江に厭なことを思いださせるのはつらかった。けれども、この施設は怖いと書いた理由が知りたくて、

「ひとつ訊いてもいいですか」

思いきってそう切りだした。

「このあいだ近江さんは、この施設が怖いって書きましたけど、あれはどういう――」

近江はやはり不快な様子で眉を寄せたが、まもなく手帳に走り書きをした。

せんきょ。

いつもは漢字で書くのに、きょうはひらがななのは、よほど動揺しているのか。

「せんきょって、あの投票する選挙ですか」

近江はうなずいて、ふたたびペンを動かした。

しかいぎいんせんきょ。

「市会議員選挙？」

穂香が復唱すると、近江は続けて、

わたしたちのなまえで、かってにとうひょう。

すぐには意味がわからなかったが、わたしたちとは入所者のことだろう。入所者が投票する

のなら不在者投票だ。そういえば敬徳苑で働きだして間もなく、市議会議員選挙があった。

「勝手に投票ってことは——もしかして、不在者投票で不正があったんですか」

近江はうなずいた。穂香はごくりと唾を呑んで、

「いったい誰が——」

と訊いた瞬間、がたん、と廊下で音がした。ぎょッとして居室の外を覗いたら、河淵が立っていた。穂香は驚くと同時に怒りをおぼえて、

「そこで、なにしてるんですか」

尖った声でいった。河淵はおどおどと眼を泳がせて、

「清水さんを呼びにきたんだよ。食堂にくるのが遅いから」

「離床介助に手間取ってたんです。急ぎならＰＨＳにかければいいでしょう」

「あ、それもそうだね」

河淵はいま気がついたという表情でいった。

この男は、自分が近江と喋っているのを聞いていたのか。それが気になったが、確かめる勇気はなかった。河淵はそのままひきかえせばいいものを、わざわざ居室に入ってきて、

「離床を手伝いましょう」

不安そうな表情の近江をベッドから抱き起こそうとする。ぎごちない手つきにいらいらして、河淵を押しのけると近江を抱きかかえて車椅子に乗せた。

「いやあ、清水さんはおれより移乗がうまいね」

河淵は見え透いたお世辞をいったが、返事をする気になれない。近江を乗せた車椅子を押して居室をあとにした。

41

午後の刑事課は捜査員たちが出払って、ひと気がない。

風間は自分のデスクでノートパソコンにむかっていた。報告書の作成でキーボードを叩いているが、ときおり視界が霞んでくる。きのうからけさまで根岸のマンションを見張っていたから、空腹と疲労が烈しい。丹野はさっき昼食にいくといって外出した。珍しく自分を誘わなかったのは、どこかで昼寝でもするつもりなのか。

けさ早く、刑事第二課の捜査員たちは芝原登の自宅を家宅捜索した。外観はなんの変哲もない古ぼけた民家だが、根岸の供述によればオレオレ詐欺の拠点だという。供述といっても調書はとっておらず、若希駅前交番の武藤からの伝聞だ。丹野は武藤から話を聞いたあと、その内容を上司の笹崎に報告し、根岸を解放した。

しかし逃亡の恐れがあるうえに、芝原宅がオレオレ詐欺の拠点だという裏もとれていない。風間は丹野とともにきのうの朝から根岸のマンションを張り込んだ。

それと同時に刑事第二課の捜査員たちは、芝原宅の内偵をはじめた。本来なら長期にわたって内偵して、オレオレ詐欺グループの全容解明をおこなうべきだ。

ところが捜査員たちが張り込んでいると、芝原宅から三人の男がでてきた。このままでは逃走の恐れがあるとみて、捜査員たちは男たちを呼び止め、急遽家宅捜索に踏みきった。

その結果、芝原宅の二階からオレオレ詐欺に用いられたIP電話、三千人分の個人情報が記された名簿やUSBメモリー、詐欺の会話用マニュアルなどが発見され、芝原を含めた男四名を詐欺未遂容疑で逮捕した。

逮捕された男はふたりが二十四歳、もうひとりは二十五歳で、芝原の孫の芝原翔《しょう》だった。

四人は、いまも取調べを受けている。芝原は孫が二階でなにをしていたのかは知らないと主張した。二十四歳の二名は初犯で実刑をまぬがれようとしてか、あっさり罪を認め、彼らは芝原翔を店長だと証言した。

先月、SNSを通じて受け子を募集した女子大生は、バイト先のガールズバーでショウと名乗る客に勧誘されたと供述していた。女子大生がバイト中にスマホで撮ったショウの写真と芝原翔の顔が一致して、店長とリクルーターを兼ねていたのが判明した。

それにともなって弁護士の五味陣介の自宅にオレオレ詐欺の電話をかけたのは、芝原たちの犯行だと推測された。刑事第二課はオレオレ詐欺グループの金主が誰なのか追及しているが、芝原翔は黙秘を続けているらしい。

丹野は自分が根岸から情報をひきだしたと主張して、取調べに加わりたがった。けれども上層部は根岸を逮捕できなかったのと、筒見の殺害についても捜査の進展がないのを理由に、それを拒んだ。

「今月は特殊詐欺根絶月間やけ、二課の連中は大喜びじゃ。おれのネタで張り込んだくせに手柄を横取りしくさって」

丹野はさんざん悔しがった。

芝原宅の摘発によって根岸の供述は事実だと判明したから、マンションの張り込みはひとまず中断した。根岸は穂香への事情聴取を恐れているから、しばらく妙な動きはしないだろう。

ふとわれにかえると、キーボードを打つ手が止まっていた。目蓋が重くなってディスプレイの文字が二重に見える。洗面所で顔を洗って刑事課にもどってきたら、

「風間さん、もうお昼食べました？」

春日千尋が訊いた。風間は庶務係のデスクの前で足を止めて、

「いや。まだやけど――」

「あたし、お弁当作りすぎちゃって。よかったら、これ食べません？」

千尋はピンクの弁当箱をデスクに置いた。弁当箱を開けると、なかにはおにぎりが四つ入っている。千尋は蓋を裏返すと、その上におにぎりをふたつと沢庵を置いて、こっちに差しだした。張り込み中はまともな食事をしてなかっただけに、生唾が湧いた。

「ありがとう。ほんとにいいの」

「もちろんです。それだけじゃ足りないと思いますけど」

「いや、じゅうぶんよ。じゃあ、もらっていくね」

風間は弁当箱の蓋を手にして自分のデスクにもどった。ノートパソコンを見ながらおにぎり

を頬張っていると、千尋が麦茶の入ったグラスを運んできた。

「ああ、ありがとう」

風間はぶっきらぼうに礼をいった。千尋の心遣いはうれしいが、こんなところを誰かに見られたら、妙な噂がたつかもしれない。彼女はこちらの心配をよそに無邪気な笑みを浮かべて、

「風間さんって、最近は合コンいってないんですか」

「えッ」

「そんなに驚かないでくださいよ。交番勤務の頃は、しょっちゅう合コンいってたんでしょ」

「誰がそんなこというたん？」

「えへへ。うちの女子たちは噂好きが多いですから」

「そんな噂は困るよ。いまは、そんなひまないいんやから」

「じゃあ、彼女もいないんですか」

「ああ」

「だったら、たまには呑みに連れてってくださいよ」

ストレートな誘いにとまどって、すぐには言葉がでてこない。もっとも、ここしばらく神経がすり減ることばかりで、プライベートを楽しむ余裕はなかった。ひさしぶりにのんびりするのも気分転換になるかもしれない。

「まあ、タイミングがあえばね」

「やったあ。約束ですからね」

千尋は軽い足どりで自分のデスクにもどった。

曖昧に答えたつもりなのに、一方的に約束だと決めつけられた。といって悪い気はしない。千尋は好みのタイプではないと思いながらも、弾むものがある。

胸のなかで苦笑しつつ麦茶を飲んだとき、私物のスマホが震えた。相手は小田切なのに気づいて、急いで席を立った。廊下にでると、誰もいないのを確認してから電話にでた。

「けさ、芝原の家を家宅捜索《ガサ入れ》したな」

小田切は低い声でいった。風間が黙っていると、

「どうして前もって連絡しない？」

「連絡しようにも知らんやった。けさになってわかったけ――」

「嘘をつけ。誰からの情報で家宅捜索《ガサ入れ》した？」

「だから知らんていうとろうが」

「ふうん。おれを裏切ったら、どうなるかわかってるだろ。早くいえッ」

と小田切は語気を強めた。

芝原登の自宅がオレオレ詐欺の拠点だと漏らしたのは根岸だが、口外はできない。根岸が密告したのがサベージに伝われば、根岸は裏切者として報復の対象になるだろう。

「誰からも聞いとらん」

風間は小声でいって、あたりを見まわした。廊下に人影はないものの、誰かがこっそり聞いていそうで鼓動が速くなる。

「芝原の家は二課が前から調べとった。おれは家宅捜索《ガサいれ》の直前まで知らんやった」

「おれたちの関係は信用がすべてだからな。今後はちゃんとやれ」

さんざんおどしておいて信用とは馬鹿げているが、逆らってもむだだ。小田切は舌打ちして、

「翔の野郎、前はホスクラを経営したいっていってたが、まだオレオレなんかやってたんだな」

「芝原翔は、おまえの仲間か」

「仲間じゃねえ。ところで、井狩恭介を調べたか」

「あたっとるけど、いまンところ、なんもでてこん」

「せっかく情報をやったんだ。もっと気合入れて調べろ」

「なし、そこまで井狩に執着する。なんか怨みでもあるんか」

「おれに質問できる立場か。黙って調べりゃいいんだよ」

「相手は市会議員やけ、うかつなことはできん。調べるだけのネタが欲しい」

風間がそういったとき、廊下のむこうから丹野が歩いてきた。風間はあわてて、

「いま話すのはやばい。もう切るぞ」

小田切の返事を待たずに電話を切った。丹野は大股で近づいてくると、

「誰と喋っとった？」

探るような眼で訊いた。

「ただの知りあいです」

「それにしちゃあわてとったやないか。なんしよるか知らんが、こそこそすんな」

丹野のあとをついて刑事課にもどった。

千尋がこっちを見たが、丹野がいるだけに気づかぬふりをして自分のデスクについた。ノートパソコンにむかうと丹野が溜息をついて、

「いま二課の連中に聞いたら、名簿屋が割れたらしい」

「誰が吐いたんですか」

「掛け子のガキじゃ。もうじき二課が名簿屋をひっぱってくるみたいやけど、逮捕はできんやろな」

「なんで逮捕できんのですか」

「高齢者の名簿を売っただけで、詐欺に使われるとは知らんやったというたら罪に問えん。個人情報保護法はザル法やけ、特殊法人や大企業の個人情報漏洩でも逮捕者はでとらん」

「名簿屋は金主が誰か知らんでしょうね」

「たぶんの。芝原翔を吐かせん限り、金主の正体はわからん」

「実質的な経営者がわからんのは、闇スロの店長とおなじですね」

「いまは人権じゃなんじゃちゅうて、ぬるい調べしかできんけよ。容疑がはっきりせんのならともかく、相手は確実に法を犯しとる犯罪者ぞ。そげな奴に人権やらあるか。ぶっ叩いてでも吐かせりゃええんじゃ」

風間は相槌《あいづち》を打ったが、自分も法を犯している身とあって耳が痛い。

「昔の取調べはすごかったらしいですね」

「目立つとこに怪我させせんやったら、なんでもありやった。稽古つけちゃるちゅうて道場連れてって投げ飛ばしたり、ゴムホースでぶん殴ったりの」

「ゴムホースで？」

「ゴムホースで殴られたら、たまらんごと痛いぞ。けど傷がつかんけ証拠が残らん」

「そこまでやったら自白率もあがるでしょう」

「おう。外野のもんは自白偏重とか抜かすけど、自白させなわからんこともある。けど暴力が使えんのやったら、べつの手ェ使うしかない」

「べつの手、ですか」

「まあ見とれ。サベージの糞ガキどもを揉めさせちゃる」

ははは、と丹野は顔をゆがめて嗤った。

42

穂香たち介護員は、五時をまわって介護員室に集合した。

午後の申し送りである。申し送りとは業務の引継ぎで、午前九時とこの時間におこなわれる。それまで勤務していた介護員が日誌をもとに、交替の介護員に入所者の健康状態や食事の摂取状況、問題行動などを伝達する。

きょうは夜勤でふだんなら先が思いやられるが、穴見が一緒とあってむしろ楽しみだった。穴見もおなじ気持のようで、こちらを見る表情は明るい。

「えー、米山フミさん、きょうも口腔ケアを嫌がって指に噛みつかれました。幸い出血はありませんでした。それと、マイナス二でラキソ入ってます」

沙織が日誌を見ながらそういうと、えッ、と河淵が声をあげて、

「マイナス二なら坐薬でいいんじゃないですか」

「あたしの判断がおかしいっていうの？　それとも便処置が厭だから？」

看護師の林静江がむっとした表情でいった。河淵はあわてた表情で、

「いえ、そんなことは――」

マイナス二は排便が二日ないという意味で、ラキソはラキソベロンという下剤の略だ。米山はこのあいだもマイナス三だったが、ラキソを入れたせいかベッドの上で大量に排泄した。特養において、看護師の立場は介護員よりはるかに上だから、彼らの判断には逆らえない。

河淵さん、と林はいって、

「近江八重子さんのこと、ヒヤリハットにあげた？」

「いえ、まだです」

「近江さんのおやつ介助したの、あなたでしょ」

「はい」

「おやつのとき、痰がらみで吸引しました。いまは疲れて眠ってますが、容態は安定してま

す」

えッ、と穂香は声をあげて、

「どうしておやつ介助を——近江さんはいつも自力摂取できるのに」

「でも、きょうは食べなかったから介助が必要かと思って」

と河淵がいった。

「無理に食べさせたんですか」

「ちがいます。スプーンを口に持っていったら、急に咳きこみだして——」

近江が痰がらみで吸引したのは、自分が知る限りはじめてだ。容態が安定していると聞いて安堵したが、河淵にはいつにもまして嫌悪感をおぼえた。

申し送りが終わったあと、辻根が口を開いて、

「今月に入って、二階の入所者さまの金品が立て続けに紛失しているそうです。認知症による物盗られ妄想の可能性もありますが、そうでなかったら大問題です」

二階の入所者は要介護度が低くコミュニケーションがとれるぶん、クレームが多い。入所者の勘ちがいや妄想で文句をいわれるのも珍しくない。とはいえ立て続けに金品を紛失するのは不自然で、盗難も否定できない。

「幸い三階ではそういう報告はありませんが、入所者さまの介護度が高いから気づいてないのかもしれません。みなさんもじゅうぶん注意して、なにかあったらすぐ報告してください」

介護員室をでて夕食の準備にかかったとき、沙織がそばにきて、

「あんたさあ、近江さんと喋っとったってマジ？」

「誰がそんなことを――」

「けさの申し送りで、河淵のおやじがいうとったよ。認知症が回復しとるんやないかて」

穂香は動揺を隠しつつ、

「しょっちゅう話しかけてはいますけど、近江さんが喋ったことはないです」

「だよね。あの糞おやじ、なんでそんな嘘つくんだろ」

近江と筆談でやりとりしたのは二日前だった。

あのとき近江は、わたしたちのなまえで、かってにとうひょう、と書いた。つまり市議会議員選挙の不在者投票で不正があったと答えたのだ。誰が不正をしたのか訊こうとしたが、河淵が居室の前にいたからそれ以上話せなかった。あのとき河淵は聞き耳をたてていたのか。

そのあと近江とは筆談していないから、彼女の答えはわからない。しかし敬徳苑理事長である井狩政茂の息子、井狩恭介は市議会議員だ。職員や入所者たちは、選挙前に井狩恭介の演説を聞かせられたが、暗に投票を求められたのとおなじで自分もすなおに投票した。

あの選挙で不正があったとしたら、入所者の不在者投票で井狩恭介に投票させたにちがいない。三階の入所者はほとんど会話もできないから、勝手に投票してもばれる心配はない。それを指示したのは井狩親子のどちらかだろうが、不在者投票に立ちあったのは誰なのか。

そんな役目を下っぱにまかせるのは危険だから、施設長の桜井美咲や副施設長の堀口浩和、あるいは辻根あたりが関わっているのかもしれない。いずれにせよ選挙違反となると、れっきとした犯罪だ。

近江が嘘をついているとは思えないが、勘ちがいした可能性もある。もし不正が事実だったとしても、それを告発すれば理事長たちが黙っているはずがなく、職を失うのは確実だ。しかも近江の証言以外に証拠はないから、不正が暴かれるかどうかもわからない。

とりあえず誰にも口外しないのが無難だろうが、河淵のことが気にかかる。

「勝手に投票ってことは――もしかして、不在者投票で不正があったんですか」

近江と筆談したとき、たしか自分はそういった。河淵がそれを聞いていたら、誰かに告げ口するかもしれない。いや、すでにそうしていたら、どうなるのか。

穂香は不安をおぼえつつ、夕食の準備を続けた。

43

その夜、若希駅前交番は早い時間から忙しかった。

七時頃から地理教示や拾得物の受理でばたばたしたし、八時台には物損事故と騒音の苦情、九時をまわって違法駐車、スーパーでの万引、少年の蝟集《いしゅう》、老人の徘徊、酔っぱらいの喧嘩と住民からの通報が相次いだ。そのつど対応に追われて、休憩はおろか食事もとれなかった。

武藤は新田と酔っぱらいの喧嘩を仲裁していたが、ようやく一段落して交番にもどった。時刻は十時すぎだった。福地はすでに本署にもどり、石亀は徘徊老人を自宅へ送り届けにいったから、交番には武藤と新田しかいない。

「おい、いまのうちに飯喰うとけ」

見張り所に入るなり、新田がいった。

「いえ、お先にどうぞ」

ひとまず遠慮したが、新田はいつも自分のことはあとまわしにする。

恐縮しつつ待機室に入ると制帽を脱ぎ、コンビニで買っておいた唐揚げ弁当を食べはじめた。とたんに電話が鳴って、見張り所から新田の応答する声がした。

まもなく新田が待機室に顔をだして、

「リサイクルショップから不法侵入のセンサー発報があった。ちょっといってくる」

「おれもいきます」

とっさに腰を浮かせたが、新田はかぶりを振って交番をでていった。

武藤はふたたび弁当を食べはじめた。腹は減っているのに、このところ憂鬱なせいで箸が進まない。憂鬱の原因は、根岸との関係を上司たちに責められたからだ。

根岸と取調室で話したあと、芝原の家がオレオレ詐欺の拠点だと丹野に伝えると、

「なし根岸は、おまえだけに話したんか。おまえらはどういう関係なんか」

根掘り葉掘り訊かれた。

丹野の上司である笹崎は会議室に武藤を呼びだして、いまも根岸と交際があるのかと何度も問いただした。過去に面識があっただけで関係はないと答えたが、

「根岸はきみとつながりがあるのをばらして、捜査をやりにくくするつもりでしょう。きみが処分されるのは痛くも痒《かゆ》くもないけど、不祥事は表沙汰にしたくない」

「不祥事は起こしてません」

「ならええけど、もし不適切な交際があったら懲戒処分ですよ。それだけはおぼえといて」と念を押された。懲戒処分は戒告程度であっても依願退職を意味する。根岸の出方しだいでは警察官を辞めるしかないと思ったら憂鬱になる。

交番所長の福地には、今回の件でますます毛嫌《ハコ》いされた。

「とにかく、おれの足をひっぱるな。この交番におるあいだ、なんか仕出かしたら承知せんぞ。ただでさえ努力目標が足りないと責められていたし、根岸と不適切な交際があれば上司も責任を問われるから無理もない。けれども部下の自分を信じてくれないのはさびしかった。

後ろめたいことがあるなら、いまのうちに配転希望をだせ」

浮かない気分で冷めた唐揚げを齧っていると、また電話が鳴った。受話器をとったら本署からだった。近隣住民の通報で、パチンコ店パーラーマルハマの駐輪場に不審者がいるという。

武藤は食べかけの弁当をゴミ箱に捨てると、制帽をかぶって交番をでた。

交番は無人になるが、やむをえない。あれは一昨年だったか、二人組の男にからまれた男が交番に駆けこんだが、警官がいなかったせいで暴行される事件が起きた。過去にも不在交番が原因で事件への対応が遅れた例もある。

県警本部はできるだけ交番を不在にしないよう、警察ＯＢを相談員として配置するなど対策を講じているが、人員不足のせいで対応できない交番が多い。

武藤は警ら用自転車に乗って、パーラーマルハマへ急いだ。

パーラーマルハマの駐輪場では、たびたび自転車の窃盗事件が起きている。自転車窃盗は転売目的から衝動的な犯行まで動機はさまざまだが、プロが狙うのは高級ロードバイクで、防犯カメラのすくない路上駐輪が多い。

パーラーマルハマに着くと、駐輪場の手前で警ら用自転車を停めた。駐輪場に眼を凝らしたが、不審な人物は見あたらない。すこしして店内から蛍の光が流れてきた。

まもなく閉店の十一時とあって、客たちが続々と店をでてくる。大量の景品を手にした笑顔の者もいれば、悄然《しょうぜん》と肩を落とした者もいる。これだけ人目があれば、仮に不審者がいても窃盗はむずかしいから交番にもどってもよさそうだった。

現場の状況を無線で本署に報告して、警ら用自転車にまたがったとき、髪の薄いずんぐりした男が店からでてきた。よく見ると河淵照夫だった。河淵はきょうも負けたらしく、疲れた表情で駐輪場に近づいてくる。

武藤は急いでペダルを漕ぐと、店の敷地を抜けて道路にでた。

こちらの姿が見えないよう物陰から様子を窺っていると、河淵は自転車を漕いで眼の前を通りすぎた。武藤はすぐさまあとを追った。

一週間ほど前に尾行したとき、河淵は自転車に乗っていなかった。盗難自転車の可能性もあるから、防犯登録の確認を理由に声をかけようと思ったが、河淵の行き先も気になった。

距離をとりながら尾行していくと、河淵は母親と同居している若希団地ではなく、べつの方向へ走っていく。どうやら敬徳苑にむかっているらしい。穂香は今夜どうしているのか気になったが、連絡しているひまはない。

なだらかな丘の上に敬徳苑の建物が見えてくると、思ったとおり河淵はそっちへむかった。いままでパチンコをしていたから夜勤ではないはずだ。

追いついて足止めすべきか、まだ行動を見張るべきか。

迷いつつペダルを漕いでいると、ＰＳＷ——署活系無線機が鳴った。

44

十一時からオムツ交換をして介護員室にもどると、ちょうど日付が変わった。

次のオムツ交換は朝の五時だから、それまでは一時間ごとの巡視とコールへの対応がおもな仕事だ。コールが多ければあわただしくなるが、夜勤ではのんびりできる時間帯である。

穂香は冷蔵庫の麦茶をグラスに注いでデスクについた。

グラスを口に運ぶと、よく冷えた麦茶が喉に沁みる。穴見はまだオムツ交換をしているようで、もどってこない。穴見とはじめて夜勤が一緒になったのは、敬徳苑に勤めてまもない頃だった。当時は仕事をおぼえるのに精いっぱいで、ろくに会話もできなかったが、いまはちがう。ひさしぶりに穴見と夜をすごせると思うと、胸がどきどきした。

とはいえ近江のことは気がかりだった。

近江は痰がらみで吸引したせいか、今夜は夕食をほとんど口にしなかった。さっき居室にいったときは眠っていたが、きょうは筆談もできなかったし、ずいぶん疲れているようなのが気になる。

近江が体調を崩したのは、河淵のいいかげんな介助が原因だろう。それを思うと怒りをおぼえるし、自分と近江のやりとりを聞いていたのか問いただしたかったが、なにを考えているのかわからない相手だけに声をかけるのが怖かった。結局なにも切りだせぬまま、河淵は日勤で先に帰った。

オムツ交換の状況を排泄記録表に書いていると、穴見がもどってきた。穴見は苦笑して、

「いやあ、まいった。陰洗のとき、シーツ濡らしちゃってね」

「穴見さんでも、そんな失敗があるんですね」

「うん。早くすませようと思って急いでたから」

それほど急いだのは自分に逢いたかったせいか。そんなふうに聞こえて面映《おもはゆ》い。穂香はグラスに麦茶を注いで、穴見のデスクに置いた。

「ああ、ありがとう」

穴見はよほど喉が渇いていたらしく、麦茶を一気に飲み干した。穂香は麦茶のおかわりを注いでから、出勤前にコンビニで買ったチョコを差しだして、

「これ、一緒に食べません？」

「うん。でも啓太くんにあげたほうが――」

「啓太のぶんは、ちゃんと買ってあります」

「そっかあ。じゃあ遠慮なく」

ふたりでチョコを食べながら喋っていると、幸福な気分になった。しばらく世間話をしたあとで、そういえば、と穴見がいって、

「きょう主任がいってたけど、二階で金品がなくなるってほんとかな」

「どうでしょう。入所者さまの勘ちがいだったら、いいですけど」

「だよね。そんなことをする職員はいないと信じたいよ」

穂香も同感だったが、河淵のように不審な者もいる。ふと河淵から近江のことを聞いていないか気になった。けれども、せっかくのいい雰囲気に水をさすようで口にしなかった。

うまい具合にコールもなく、一時間近く会話を楽しめた。巡視の時間が迫った頃、

「今度はどこへ食事にいこうか」

穴見が訊いた。おまかせします、と笑顔で答えたら、

「啓太くんも一緒にいける店がいいな。啓太くんの好物はなに？」

「えーと、ハンバーグとかカレーとか――」

「じゃあハンバーグにしよう。駅前に美味しい洋食屋があるんだ」

「はい。お願いします」

弾んだ声で答えた。

穴見はいつも啓太のことを気にかけてくれるのがうれしい。このまま上司と部下の関係でいいと思いながらも、穴見に惹かれる気持はますます強くなる。

ふたりは懐中電灯を手にして介護員室をでた。

「それじゃ、またあとで」

穴見と廊下で別れて、自分が担当する居室にむかった。

巡視は入所者の安否を確認するのが目的だが、ただ様子を見るだけでなく、ベッドのそばで呼吸や表情まで確認する。といって睡眠のさまたげになってはならないから、懐中電灯の光を顔にあてたり物音をたてたりしないよう神経を遣う。

そのうえ消灯したフロアは薄気味悪く、以前は廊下を歩くだけでも怖かった。けれども巡視が終われば、また穴見と話ができると思ったら苦にならない。

穂香は手際よく居室をまわって、入所者たちの安否を確認した。近江のことが気になっていたから、居室に入ると真っ先に彼女の様子を見にいった。さっきはぐっすり眠っていたが、体調に変化はないだろうか。

そう思いつつ懐中電灯の光を枕元にむけると、思わず叫びそうになった。

近江がいない。

ベッドの上には枕と掛け布団があるだけだ。もしかしてベッドから転落したのか。あわてて床を見たが、彼女の姿はない。近江は歩けないはずだし、移動はいつも車椅子だ。とはいえ認知症を装っていたように、ほんとうは自立歩行できるのかもしれない。

急いで廊下にでると、ほかの居室やトイレを見てまわった。

しかし近江はどこにもいなかった。うろたえつつＰＨＳで穴見に電話した。

「大変です。近江さんがいないんです」

穴見はすぐそっちへいくといって電話を切った。

居室の窓は転落防止のためにサッシにストッパーがついていて、十センチ程度しか開かない。エレベーターはテンキーに暗証番号を入力しないと乗れない構造だ。非常階段もドアにテンキーがあるから階下におりるのは不可能だ。近江はこのフロアにいるはずなのに、いったいどこへいったのか。

呆然として廊下に佇んでいると、穴見が急ぎ足で近づいてきた。

「まだ見つからない？」

穂香はうなずいた。

「近江さんは歩けるの」

「わかりません。歩けないと思ってたんですが――」

「もし歩けるのなら、清水さんとどこかで入れちがいになったのかもしれない。もういっぺん手分けして調べてみよう」

穴見は自分が担当する居室にいるかもしれないといって、急いでひきかえした。穂香もふたたび居室の点検にむかったが、食堂を横切ったとき、不意に違和感をおぼえた。

どこからか、ひやりとした風が吹いてくる。

足を止めてあたりを見まわしたとたん、ぎょッとした。食堂の窓が半開きになっている。足音が響くのも忘れて窓に駆け寄った。食堂の窓にもストッパーがついているが、それがはずされている。窓のむこうはベランダで、百二十センチほどの高さの手すりがある。

穂香はめまいをおぼえつつ、ベランダに足を踏みだした。

夜風になびいた髪が頬にかかる。指でそれを払いのけて手すりの前に立った。

胸が痛くなるほど鼓動が烈しい。

手すりから身を乗りだすと、ごくりと唾を呑んで下を見おろした。

次の瞬間、喉から悲鳴がほとばしりそうになった。

中庭の植え込みにパジャマ姿の近江が踊るような恰好で、あおむけに倒れていた。

穂香は廊下を走りながら、PHSで穴見に電話した。

「近江さんが中庭に倒れてました。救急車をお願いしますッ」

「わかったッ。すぐそっちへいく」

穴見は緊張した声でいった。

通話を切ってエレベーターの前までいき、暗証番号を押した。エレベーターの扉が開くまでのわずかな時間がもどかしい。

一階に着くとロビーを横切り、全速力で走った。中庭にでて懐中電灯で照らすと、近江は三階から見たときとおなじ恰好で植え込みに倒れていた。

「近江さんッ」

大声で叫んだが、意識がないらしく返事はない。転落事故でもっとも死亡率が高いのは頭部外傷だから、頭や首はもちろん軀も動かせない。地面に両膝をついて、近江のそばにかがみこんだ。

祈るような気持で首筋に手をあてたら脈があった。

穂香は大きく息を吐いて宙をあおいだ。三階から直接地面に落ちたら助からなかっただろうが、植え込みを囲むように生えている木の枝がクッションになったらしい。

まもなく穴見が息を切らして駆けてきた。とりあえず息があると伝えたら、穴見はあえぎながら、よかったあ、とつぶやいた。

「いま救急車を呼んだ。念のために看護師の林さんと辻根主任にも電話しといた」

「ありがとうございます」

「しかし、どうなってるんだろう。やっぱり近江さんは歩けたのかな」

「さあ——」

近江が認知症を装っていたのを打ちあけようかと思った。けれども彼女には誰にも他言しないと約束した。穴見なら黙っていてくれそうだが、口外しないよう頼めば負担をかける。

「近江さんは、きのう痰がらみで吸引したって申し送りでいってたね」

「ええ。ゆうべもずっと体調が悪いようでした」

「それを苦にしてってこともありうるけど、もしそうじゃなかったら——」

穂香はうなずいて、あたりを見まわした。

もし近江が誰かに転落させられたとしたら、犯人はどこにいるのか。暗がりに眼を凝らしていると、けたたましいサイレンが近づいてきた。

45

風間は刑事課のデスクでノートパソコンにむかっていた。画面の隅に表示された時刻は午前一時をさした。隣のデスクで、丹野がだるそうにマウスを動かしながら、

「おい、もう帰ってええか。当直手当おまえにやるけ」

珍しく冗談をいった。わかりました、と苦笑して答えたら、

「よし。なら、この会議資料頼むわ。朝までに仕上げとってくれ」

と丹野はいったが、ふたりとも当直だから帰れるわけがない。

いつも強気な丹野が愚痴るほど、当直の夜は長い。

交番は二十四時間勤務で刑事は基本的に日勤だから、勤務時間だけ見ると刑事のほうが楽に見える。けれども交番勤務は翌日が非番、翌々日が公休で、もうすこし時間に余裕がある。

刑事は日勤でもめったに早く帰れないし、土日祝日も休めないことが多い。そのうえ当直ともなれば、管内すべての事件に対応するだけに忙しさがちがう。

二時間ほど前も一一〇番通報があって、緊急配備が敷かれた。被疑者は原付バイクに乗って、通りすがりの女性のバッグを奪って逃走したという。つまりひったくりだ。

ひったくりは暴行や脅迫がなければ窃盗犯だから刑事第三課の担当だが、丹野と一緒に警らに駆りだされた。幸い被疑者は短時間で逮捕されて署にもどれた。捜査が長引けば、そのぶん事務的な作業が遅れて、さらに忙しくなるところだった。

キーボードを叩きながら捜査書類を作っていると、手錠と腰縄姿の男が取調室からでてきた。歳は二十代前半くらいで、色の褪めかけた茶髪が肩まで伸びている。

さっきの緊急配備で逮捕された被疑者だ。男は刑事第三課の刑事ふたりに前後をはさまれ、刑事課をでていった。行き先はむろん留置場だ。すでに深夜とあって本格的な取調べはあしたになる。

緊急性を要する重大事件は深夜でも取調べをするが、それ以外は被疑者の写真撮影や指紋採取をおこない、身上調査書と弁解録取書を作成して留置場で身柄を勾留する。身上調査書は被疑者の出生地や経歴、弁解録取書は逮捕事実についての被疑者の供述を記録したものだ。

二時前になって捜査書類を作り終えた。

今夜は遅寝組だから、なにも事件がなければ午前二時から午前七時まで仮眠がとれる。ところが捜査書類をプリントアウトしていたら、救急隊員からの通報が入った。

特別養護老人ホーム敬徳苑で、入所者の女性が三階のベランダから転落して重傷を負ったという。救急隊員から所轄署に通報があるのは、犯罪の疑いがある場合だ。

「まーた敬徳苑か」

丹野が溜息まじりにいった。風間はプリンターをいったん停止して、

「ベランダから転落ちゅうことは、事故か自殺かもしれんですね」

「どうかの。こないだみたいに認知症の年寄りが被疑者やったらかなわんぞ」

ふたりは急いで身支度すると、刑事課の部屋をでた。


鑑識係のワンボックスカーに同乗して、敬徳苑に着いたのは二時半だった。

若希駅前交番の新田と石亀が臨場していて、現場の保存にあたっている。新田はこちらに気づいてわずかに頰をゆるめ、風間も微笑をかえした。丹野やほかの捜査員がいるから気安く話はできない。

救急車は転落した入所者をすでに搬送していたが、救急隊員が玄関の前で待機していた。鑑識作業が終わるまで現場には入れないから、ひとまず救急隊員に事情を聞いた。三階のベランダから転落したのは、近江八重子という七十九歳の入所者で、重度の認知症を患っていたという。

「看護師の話だと要介護度は四で、会話も自立歩行もできないそうです。ふだんは介護員が車椅子で移動させているから、ひとりでベランダから落ちたとは考えにくいので――」

と救急隊員はいった。丹野は舌打ちして、

「ちゅうことは、本人が回復しても話はできんのか」

「ええ。それ以前に、意識が回復するかどうかもわかりません」

近江は条川大学病院に搬送されたが、意識不明の重体でＩＣＵに入っているらしい。

救急隊員に続いて、看護師の林静江に事情を聞いた。林は日勤で急患にはオンコールで対応するから、事件発生当時は自宅にいたが、電話で呼びだされたという。

事件の第一発見者は介護員の清水穂香で、きょうは夜勤だった。穂香は巡視の際、近江が居室にいないのに気づいて周辺を捜したところ、近江が転落しているのを発見した。事件発生当時、穂香のほかに三階にいた介護員は穴見智之だけだった。

「二階にも夜勤の介護員がいますけど、三階にはあがっていないし、近江さんが落ちたのも気づかなかったそうです」

「その清水さんと穴見さんは？」

「まだ三階にいます。入所者さまの介護があるので――」

夜間もオムツ交換やトイレ誘導が多く、こんなときでも手が離せないらしい。すこしして鑑識係の捜査員たちから作業が終わったと無線で連絡があった。

風間と丹野は館内に入り、林とともにエレベーターで三階にあがった。

穂香を呼ぶよう林に頼み、廊下で待っていると、丹野が首をひねって、

「清水穂香ていうたら、先月の事件のときも夜勤で第一発見者やったな」

「はい」

「しかも根岸の元嫁や。こいつァなんかあるぞ」

「でも先月の事件は犯人が確定してますけど――」

「藪下とかいうボケ老人か。ＤＮＡ鑑定までしとるけ、まちがいはなかろうが、どうもひっか

かる」

「介護施設は職員の虐待も多いですからね」

と風間がいったとき、憔悴した表情の穂香が急ぎ足で歩いてきた。丹野が軽く頭をさげて、

「清水さんも大変やね。先月もあげな事件があったのに」

「はい」

「あんときも第一発見者やったね」

丹野は探りを入れるようにいったが、穂香はうなずいただけで動揺した様子はない。

「それじゃ、被害者を発見するまでの動きを教えてもらえるかな」

三人は食堂にいき、テーブルでむかいあった。

丹野の質問に答える形で、穂香は事件前後の状況を語り、風間はそれを漏らさずメモした。そのあと穂香を実際に歩かせて、近江の転落に気づくまでの状況を再現させた。

彼女の証言と行動に矛盾はなかったが、歩けないはずの近江が食堂までいき、窓からベランダにでて手すりを乗り越えるのは無理がある。

「手すりは高さが百二十センチあるし、窓にはストッパーがついとる。誰かが被害者をベランダまで連れていって、突き落としたとも考えられる」

清水さんはどう思う？　と丹野が訊いた。

「刑事さんのいうとおりかもしれません。でも誰がそんなことをしたのか――」

「三階の夜勤は、ふたりだけやったんやろ」

「はい。あたしと穴見さんです」

「穴見さんにもあとから事情を聞くけど、先月の事件みたいに入所者の犯行はありうるかな」

「ないと思います。そんな体力がある入所者さまはいませんし」

「なら、外部から誰かが侵入した可能性は？」

「わかりません。ただ出入口は施錠してますし、階段やエレベーターも暗証番号を入力しないと使えませんから――」

「先月の事件とおなじ状況やな」

丹野は無精髭が伸びた顎を指でさすった。あの、と穂香はいって、

「近江さんの容態はどうでしょうか」

「意識不明でＩＣＵに入っとるらしい」

「回復の見込みは？」

「むずかしかろうな。もっとも回復しても話はできんから、犯人が誰かは聞きだせん」

穂香はなぜか眼を伏せた。丹野もそれに気づいたのか、

「どうした？　なんかいいたいことがあるんやないの」

「いえ、特にありませんけど、近江さんが気の毒で――」

穂香は指で目頭を押さえた。

46

午前三時をまわって、若希駅前はすっかり人通りが絶えた。

若希銀座のアーケードは真っ暗で、駅の隣にあるコンビニだけが白々と明るい。

武藤は交番の前に立って、軽く足踏みをしていた。あたりに誰もいないからいいが、警察官はそんな行動を禁じられているし、立番をする時間でもない。

新田と石亀は出払っているから、見張り所か待機室にいてもいい。といって椅子に坐っているのは落ちつかない。新田と石亀が早くもどってこないかと思いつつ、閑散とした通りに眼をむけている。

隣接交番の受持区域でひったくり事件が発生して、緊急配備が発令されたのは十一時すぎだった。ちょうどその頃、河淵を尾行していたが、無線で呼びだされて応援にむかった。

被疑者はほどなく逮捕され交番にもどると、今度は敬徳苑で入所者がベランダから転落するという事案が発生した。穂香のことが気になるだけに自分が臨場したかった。

ところがタイミング悪く、不良がかった高校生たちが駅前で喧嘩をはじめた。新田にその仲裁を命じられて敬徳苑にはいけなかった。いまのところ事件か事故かわからないが、救急隊員の通報らしいから、なにか不審な点があったのだろう。

穂香が夜勤だったら、なおのこと心配だった。だが昼間の勤務なら寝ている時間とあって、電話するのはためらわれた。大丈夫ですか、とだけ書いたメールを送ったが、いまだに返信はない。

いらいらしながら返信を待っていると、ようやく新田と石亀がもどってきた。新田によれば、ベランダから転落したのは近江八重子という入所者で、意識不明の重体だという。

「重度の認知症でふだんは歩けんそうやけ、事件の可能性が高いの。おまえがいつも気にしとる清水さんが第一発見者や」

「えッ。それで被疑者《マルヒ》は？」

「まだわからんが、被害者が転落した三階に、外部から侵入するのはむずかしい。階段もエレベーターも暗証番号が必要やけの」

「恐らく内部の犯行やろう」

と石亀がいった。

内部の犯行と聞いて、河淵のことが浮かんだ。自分が尾行していたとき、河淵はあきらかに敬徳苑へむかっていた。あの男なら敬徳苑の職員だから侵入は可能だ。よほどそのことを口にしようかと思ったが、石亀に知られるのはまずい。

河淵をそれ以前にも尾行したのは、新田にしか伝えていない。刑事課係長の笹崎や交番所長の福地には根岸との関係を疑われているだけに、勝手な行動をするなと責められるだろう。

石亀が二階の休憩室にいくのを見計らってから、

「ゆうべ、パーラーマルハマの駐輪場に不審者がおるちゅう通報があったでしょう」

そう切りだすと新田はうなずいた。

「不審者はおらんやったんですけど、駐輪場で河淵を見かけたんです。それであとをつけていったら、自転車で敬徳苑にむかってて——」

新田は武藤が喋っている途中で溜息をついて、

「おまえ、まだ尾行やらしよるんか」

「すみません。どうしても気になって」

「それで、敬徳苑に入るところまで見たんか」

「いえ、ひったくりで緊急配備《キンパイ》かかったけ、途中でひきかえしました。けど、河淵が敬徳苑にむかったのは、まちがいないと思います」

「だから被疑者《マルヒ》やといいたいんか」

「確証はないですが、闇スロでも捕まってますし、不審な行動もしとるので——」

「清水さんへのストーカー行為か」

「はい」

「それも確証はないやろ」

「いまのところ、そうですけど——」

「ストーカーはともかく、被害者を突き落とすような動機は？」

「そこまでは、まだわからんです」

「ちょうど風間が現場におるけ、あとでどういう状況か聞いてみよう」

「ありがとうございます」

けどええか、と新田はいって、

「おれに黙って勝手なまねすんなよ」

武藤はおずおずとうなずいた。

47

午前七時になって早番の介護員たちが出勤してきた。

穂香は食堂のテーブルで、ふたたび事情聴取を受けていた。

近江が転落したことは穴見が辻根に連絡したから、ほかの上司にも伝わっているはずだ。同僚たちはまだそれを知らないから、みな怪訝な眼をむけてくる。

丹野と風間という刑事はいったん席を離れて、穴見や二階の介護員にも事情を聞いていた。そのあいだ看護師の林と業務を続けていたが、十分ほど前に呼びだされた。

丹野には菅本キヨが殺されたときも、長いあいだ質問責めにされた。こちらの素性はわかっているから早めに片づくかと思ったが、丹野は前回にもまして執拗だった。

「被害者の近江さんは認知症で歩けんはずやのに、居室からでて食堂の窓を開け、ベランダから落ちた。清水さん、これは事故やなく事件かもしれん」

丹野は念を押すようにいって、

「二階のひとたちにも事情を聞いたけど、近江さんが転落したとき、三階には清水さんと穴見さんしかおらんやった。鑑識の調べやと、出入口は内側から施錠されとる。ちゅうことは――」

丹野はそこで言葉を切ると、探るような眼でこちらを見た。穂香はかぶりを振って、

「あたしも穴見さんも、なにもしてません」

「あなたはべつにして、穴見さんもそうやと、なし断言できる？」

「穴見さんがそんなことするはずないし、近江さんの居室を担当してたのは、あたしですから」

「しかし、あなたが眼を離した隙に、近江さんは被害に遭《お》うたんやろ」

「そうですけど――穴見さんを呼んでいただけませんか」

「穴見さんには、さっき事情を聞いた」

「でも、あたしだけだと記憶ちがいもあるかもしれないし――」

「まさかとは思うけど、ふたりで口裏をあわせられたら困るけの」

「口裏って――あたしと穴見さんを疑ってるんですか」

「そうやない。ただ、あなたたちが事件と無関係なら、誰がやったんかな」

「わかりません。誰かが外から侵入して――」

「そういう痕跡はない。さっきもいうたとおり、出入口は内側から施錠されとる。あなたたちを疑いたくはないけど、ほかに誰もおらんやろ」

このままでは自分たちに疑いがかかるのは避けられない。近江がみずから転落したとは考えにくいが、彼女が認知症を装っていたのを伝えるべきだろう。

とはいえ近江には他言しないと約束した。もし近江が回復しても、詐病をばらせば敬徳苑を追いだされるかもしれない。穂香はすこし考えてから、

「このことは、うちの職員には秘密にしてほしいんですけど――」

そう切りだすと丹野と風間はうなずいた。

「実は――近江さんは認知症じゃないんです」

「なんだって」

ふたりの刑事は眼を見張った。

「自立歩行ができるかどうかはわかりませんが、意識は明瞭です」

「なら会話ができるちゅうこと？」

「はい。ただ声を聞かれるのを警戒してるみたいで、筆談でしか話せませんが」

「認知症やないのに、なしここに入ったん？」

「娘さん夫婦に迷惑をかけたくなかったそうです。だから認知症のふりをして――」

「清水さん以外に、そのことを知っとる職員は？」

「いないと思います」

「けど、そんな重要なことは、上司に報告せないけんやろ」

「でも詐病だとわかったら、近江さんは退所を求められるでしょうし――」

「それを気兼ねして黙っとったと？」

「はい」

「近江さんが自分で歩けたとしたら、自殺しようとした可能性もある？」

「――わかりません。ゆうべは体調が悪そうでしたけど」

「なんにしても、清水さんの証言だけじゃ、認知症やなかったと証明できんの」

「近江さんのベッドを調べてください。マットレスの下に、あたしと筆談してた手帳があります」

丹野は上着の懐からスマホをだすと、誰かに電話してすぐに通話を切った。

「いま鑑識に確認したけど、近江さんのベッドに手帳はなかったそうや」

「そんな――」

「鑑識はマットレスの下まで、ぜんぶ調べとる。百パーセント見落としはないよ」

近江はあの手帳をどこかに隠したのか、それとも誰かが盗んだのか。疲れきった頭で考えこんでいたら、なあ清水さん、と丹野はおだやかな声でいって、

「介護はストレスが溜まる仕事やろ。魔がさすちゅうこともあるんやないか」

「魔がさす？」

「あなたは近江さんが歩けることにして、責任逃れをしとるんやないの」

丹野は眉をひそめてテーブルに身を乗りだした。

48

敬徳苑での事情聴取を終えて、条川署にもどったのは九時すぎだった。

ゆうべは当直だったのに、近江の事件があったせいで、また捜査書類を山ほど書かねばならない。退庁できるのは、早くても夜になると思うとうんざりする。

刑事課に入ると、刑事第二課の片桐が近寄ってきて、

「丹野主任、いま敬徳苑にいっとったんでしょう」

ええ、と丹野は答えた。

「オレオレの件やけど、敬徳苑から高齢者の個人情報が流出しとるです」

「ほんとですか」

「ええ。名簿屋がそう供述しました」

「敬徳苑の誰がやったんですか」

「ネットで匿名のやりとりしとったけ、相手はわからんそうです。ただ入所者は詐欺の対象にならんから、デイサービスの利用者や入所希望者がリストにあがってます」

「あの特養は、ろくな職員がおらんですね」

「こっちも調べを続けますが、敬徳苑のことでなんかわかったらお願いします」

わかりました、と丹野はいったが、片桐がその場を去ると顔をしかめて、

「おれが根岸からネタひっぱったおかげで、あいつらは点数稼げたんじゃ。そうそう手柄やってたまるかい。だいたい、あげな奴が、なし二課にくるんかの。ずっと生活安全課《セイアン》の少年係でええのに」

「片桐係長となんかあったんですか」

「おれが世話ンなった二ノ宮《にのみや》ちゅう課長の首を飛ばしよった。あいつがよけいなことしたせいでの」

「そのときのことかどうかわかりませんけど、本部長や署長も依願退職したって聞きました」

「その話はもうええ。おまえもあいつに関わるな」

「――はい」

「敬徳苑から個人情報を横流ししたんは、清水穂香やないか」

「清水さんは三階担当の介護員やけ、デイサービスや入所希望者まではわからんのじゃ――」

「いや、あの女ならやりかねん。元亭主の根岸とつるんどる可能性もある」

オレオレ詐欺の拠点が芝原宅だと供述したのは根岸だから、ふたりがつるんでいるとは思えない。しかし丹野は穂香への疑いをさらに強めたようで、

「あの女も根岸も、近いうち縄かけちゃる」

と息巻いた。

49

きょうの夕食は、スーパーの惣菜売場で買ったエビフライとナポリタンだった。

啓太にはなるべく手料理を食べさせたいが、調理する気力がなかった。食欲もまったくなく、ナポリタンをすこしつまんだだけで箸が止まった。

卓袱台のむこうで、啓太がエビフライにフォークを刺したまま首をかしげて、

「ママ、ぷんぷんしてる？」

「ううん、してないよ。どうしてそう思うの」

「じゃあ、びょーき？」

啓太の前ではふつうに振る舞っていたつもりだが、つい疲れた表情をしていたらしい。穂香は精いっぱい笑顔を作って、

「そんなことないよ。元気だよ」

「ほんと？」

「ほんと」

「ほんとにほんと？」

「ほんとにほんとよ」

啓太はやっと納得したようでエビフライを齧った。

六時になって、啓太の好きなテレビアニメがはじまった。啓太が夢中になってそれを観ているあいだに自分の皿をキッチンにさげた。ゆうべから一睡もしていないせいで軀はくたくたに疲れている。けれども神経がささくれ立っていて眠れそうもない。

丹野の事情聴取は、けさの九時近くまで続いた。

近江が認知症を装っていたのを丹野は信じてくれなかった。それどころか、近江をベランダから突き落としたと疑われている。菅本キヨが亡くなったときもそうだったが、なぜ丹野はこちらのいいぶんを聞こうとしないのか。

筆談の証拠だった手帳が消えていたから、ますます嘘をついているように思われた。丹野が自分を疑っている気配を察してか、同僚や上司たちも不審の眼をむけてくる。

丹野と風間が帰ったあと、辻根と堀口から介護員室に呼びだされた。

堀口はデスクのむこうで腕組みをして、

「近江さんは自分で歩けないんだ。刑事さんは事件かもしれないっていってたよ」

猜疑心《さいぎしん》に満ちた薄目をむけてきた。

「あたしもそう思います」

「事件ってことは犯人がいる。でも誰かが侵入した痕跡はないって、刑事さんはいってる。これはどういうことなんだろうね」

「副施設長も、あたしを疑ってるんですか」

「そうじゃない。でも巡視をしっかりやってれば、未然に防げたかもしれない」

「巡視は一時間おきに、ちゃんとやってました。穴見さんに確認してもらえれば――」

「穴見くんにはさっき話を聞いたけど、誰かが近江さんを突き落としたんだよ。どうしてそれに気づかないの」

「――申しわけありません」

「先月も菅本さんが殺されたのに、またこんな不祥事が起きちゃあ、うちの評判はガタ落ちだよ。さっき娘さんから連絡があって、損害賠償を請求するってさ。仮に事故だとしても施設の管理不足だっていってる」

近江に認知症を装った理由を訊いたら、娘に迷惑をかけたくないから、と手帳に書いた。娘夫婦は面会にもこないくせに、いきなり損害賠償を請求してくるとは非常識に思えた。

「娘さんに聞いた話じゃ、近江さんはうちに入所する前、オレオレ詐欺にだまされて大金を盗まれたそうだ。犯人は捕まらず、老後の蓄えがなくなったってさ。気の毒な話だよ」

近江にそんな過去があったとは知らなかった。近江が娘夫婦と気まずくなったのは、それが原因かもしれない。元夫の根岸はオレオレ詐欺に関わった容疑で逮捕されただけに、胸が締めつけられるような罪悪感をおぼえる。ちょっと聞いてるの、と堀口がいって、

「菅本さんのときは示談ですんだけど、裁判沙汰になったら施設側は弱いんだ」

「あたしにどうしろと――」

「どうしろとはいってない。ただミスが起きないよう、もっとしっかりして欲しい」

前にいったわよね、と辻根が口をはさんだ。

「入所者さまのご家族からメールが届いたって」

「メール、ですか」

「そう。最近入った女の介護員は態度が悪いとか、入所者さまを虐待してるとか書いてあったけど、あれはやっぱり清水さんのことじゃないの」

「ちがいます。どなたのご家族か教えてください」

「匿名だっていったでしょ。でも最近入った介護員っていえば、あなたのことよ」

「でも、あたしじゃありません」

「二階で入所者さまの金品がなくなってるのも、心あたりはない？　この際、正直に話して」

そんなことまで疑われていると思ったら、悲しくなった。

辻根と堀口はそれからも質問を繰りかえしたが、近江の詐病については口にしなかった。近江との約束でもあるし、どうせ信じてもらえない。いったらいったで、なぜそれを黙っていたのかと責められるのが落ちだ。

昼頃まで問いつめられて、ようやく解放されたが、このままではすまない。丹野はあらためて事情を聞くといっていたし、辻根と堀口には犯行を疑われたままだ。

近江が意識を回復して事実を述べれば、無実を証明できる。だが七十九歳という高齢だけに回復の望みは薄い。もし意識が回復しても、詐病がばれるのを恐れて沈黙するかもしれない。

オレオレ詐欺にだまされて老後の蓄えを失い、認知症を装って敬徳苑で暮らしていたのに、ベランダから突き落とされるとは、あまりにも悲惨だ。

条川大学病院へ見舞いにいこうかと思ったが、近江はＩＣＵに入っていると丹野がいっていたから面会はできないだろう。

帰り支度をして建物をでたら、託児所のそばに穴見が立っていた。

どうやら自分を待っていてくれたらしい。思わずすがりつきたくなるのをこらえたが、穴見の顔を見たとたん涙があふれだした。穴見は穂香の肩にそっと手を置いて、

「疲れたでしょう。大変だったね」

「ごめんなさい。あたしのせいで迷惑かけて――」

「なんであやまるの。清水さんはなんにも悪くないよ」

「でも、もっとしっかり巡視してれば、こんなことにはならなかったかも――」

「ちがうよ。今回の件は、フロアリーダーのぼくに責任がある」

穂香はしゃくりあげながら、かぶりを振った。近江がオレオレ詐欺で大金を失ったことを話すと、穴見は表情を曇らせて、

「近江さんは、ほんとに気の毒だね。なんにも悪いことしてないのに」

「責任を感じます。もうどうしたらいいのか、わかりません」

「そうやって自分を責めないで。ぼくらが未然に防げなかったのは悔しいけど、これでめげちゃいけない。啓太くんもいるんだから、元気ださなきゃだめだよ」

「――はい」

「丹野って刑事は、ぼくのことも疑ってるみたいだった」

「穴見さんのことまで？」

「うん。根掘り葉掘り訊かれて厭になったよ」

「そういえば刑事さんに事情を話してたとき、穴見さんを呼んで欲しいっていったんですけど、断られました。ふたりで口裏をあわせられたら困るからって――」

「そんなことというなんて、ひどいな。ただ外部から侵入した痕跡がないから、ぼくらを疑うのも無理はないけどね」

「いったい誰が近江さんを――」

「わからない。そもそも事故か事件かもわからないんだ」

穴見ともっと話したかったが、まわりの眼が気になった。ふたりで立ち話をしているのを見られたら、それこそ共犯を疑われかねない。

「今回の件でおたがい潔白だとわかってるのは、ぼくと清水さんだけなんだ。ふたりで真相を突き止めよう」

穴見は別れ際にそういった。

穴見の言葉を思いだすと、わずかに力が湧いてくる。だが警察の鑑識係でさえなんの痕跡も発見できなかったのに、はたして真相を突き止められるだろうか。それまでのあいだ、上司や同僚たちの冷ややかな視線に耐えられる自信がなかった。

50

条川駅前は大勢のひとびとでにぎわっている。

土曜の夜とあって、若者たちやカップルが多い。

風間は条川駅のそばにある細い路地を歩いていた。隣には庶務係の春日千尋がいる。

刑事は土日祝日が休みだが、きょうもふだんどおり登庁した。丹野は名簿屋が入手した高齢者の個人情報を誰が流出させたのか調べるといって、午後から敬徳苑にいった。

風間は書類仕事があるから、署に残って作業をこなした。夕方に丹野から電話があって、

「おれは別件で忙しなった。そっちにはもどらんけ、適当に帰れ」

別件がなんなのかわからないが、早く帰れそうなのは好都合だった。

二日前、売人の李明林が起訴されて拘置所に身柄を移された。李は早々と罪を認めたから起訴までも早かった。李にはミューズで逢っているだけに、李が取調べで刑事課を出入りするたび、自分に気づくのではないかとひやひやした。が、拘置所に入れば顔をあわすことはないから安堵した。

書類仕事がどうにか片づいて帰り支度をしていると、千尋が近寄ってきて、

「あの、今夜は予定あります？」

小声で訊いた。特にないと答えたら、

「じゃあ呑みにいきましょう。あたしも、もう帰るんで」

「え、でも――」

「このあいだタイミングがあえばって、約束したじゃないですか」

約束したのはたしかだから、しぶしぶ誘いに応じた。

わーうれしい、と千尋は笑顔で手を叩いて、

「一軒目は、あたしが知ってる店でいいですか」

ああ、と答えたのが失敗で、条川駅近くのバーに連れていかれた。条川駅周辺はかつて勤務していた駅前交番があるだけに、誰かに見られたらと思うと不安だった。しかし千尋は平気な様子で、

「仕事帰りに、ひとりでよくくるんです」

バーといっても立ち呑み形式で、気どった雰囲気はまったくない。生ハムやチョリソーやフライドポテトを肴《さかな》に、生ビールとハイボールを呑んだ。

千尋は小柄で地味な印象なのに酒が強くて、ハイボールを何杯もおかわりした。風間も酔いがまわるにつれて気持がほぐれてきたが、客が店に入ってくるたび横目で見てしまう。

「なんか緊張するなあ。警察《カイシャ》の女性と呑むのははじめてやけ」

「ほんとですか。合コンで呑んだことあるでしょう」

「あるけど、ふたりきりはないよ」

「やばいですね。丹野主任に報告しましょうか」

「やめてくれ。冗談でも頭が痛《いと》うなる」

あはは、と千尋は屈託なく笑って、

「うちの仕事って、ほんと面倒ですよね。なんでもかんでも上司に報告しなきゃいけないし
――」

「そのへんは、女性のほうが面倒やろ」

「めっちゃうるさいです。下着は透けないように白かベージュとか、家族や友だちの結婚式でも二次会はでるなとか――」

「なんで二次会がだめなの」

「酔っぱらって、はめをはずすのが心配だからじゃないですか。あたしは無視して三次会にもでますけど」

「春日さんは見かけによらず豪傑やね」

「そりゃそうですよ。あたしみたいな下っぱ婦警は、どうせ署内の結婚要員ですもん」

「たしかに警察は職場結婚が多いけど――」

「でしょう。あー、早くもらい手が見つかんないかな」

すこし垂れ気味の大きな眼で見つめられて、思わず視線をそらした。

店をでるとき割り勘にしようといったが、千尋は勝手に勘定をすませて、

「次は風間さんが好きな店に連れてってください」

「うーん、それほど好きって店もないけど――」

以前いったことのあるイタリアンや和風ダイニングを覗いたが、土曜の夜だけにどこもいっぱいだった。あちこち歩きまわると誰かに見られそうだから、早くどこかに決めたくて、

「そうだ。汚い店でもいい？」

「ぜんぜんオッケーです」

細い路地を歩いていくと、錆《さ》びついたブリキ屋根と色褪《いろあ》せた暖簾《のれん》が見えてきた。暖簾には「めし」と大きく書かれ、その横に「だるま食堂」とある。木造の店舗は廃墟のようだが、ガラス戸から明かりが漏れている。刑事第二課の片桐に教わった店で、新田たちと何度か食事にきた。

「大丈夫かな？　こんな店やけど」

「大好きです。こういうお店」

店内は前にきたときとおなじように、年配の男たちで混みあっていた。奥にある陳列棚には焼き魚、煮魚、アジフライ、メンチカツ、玉子焼、ポテトサラダといった料理がならんでいる。客はそれを勝手にとって食べる仕組みで、飯と汁物と酒は厨房に注文する。

ふたりは料理をとってくると、粗末なテーブルでむかいあった。

千尋はアジフライを肴に酎ハイをあおって、

「敬徳苑の事件って、進展ありました？」

声をひそめて訊いた。風間は冷酒の合間にモツ煮込みをつつきながら、

「内部の犯行みたいやけど、まだ被疑者《マルヒ》の見当がつかんよ」

敬徳苑で、入所者の近江八重子がベランダから転落したのは三日前だった。近江はまだ予断を許さぬ容態でICUに入ったままだ。丹野は清水穂香の犯行を疑っているようだが、証拠はない。千尋に訊かれて、くわしい状況を小声で説明すると、

「被害者が認知症を装ってたというのは、ほんとうでしょうか」

「わからん。その清水ちゅう介護員は被害者《マルガイ》と手帳で筆談しとったらしい。けど、その手帳はどこにもないけ、嘘かもしれん」

「嘘だとしたら、なんのためにそんなことをいったんだろ」

「うーん、被害者が自殺したように思わせたかったんかな」

「被害者は会話もできず、自力では歩けなかったんですよね」

「たぶん。ふだんは車椅子なのに、現場にはなかった。しかも食堂の窓にはストッパーがついとる。それを開けたうえにベランダの手すりを乗り越えるなんて、とうてい無理よ」

「もし被害者を自殺に見せかけようとしたのなら、食堂の窓際に車椅子を置いておくんじゃないでしょうか」

「でも重度の認知症やから」

「被害者が詐病だったら、自分で車椅子を使えるかも」

「だから詐病やなかった可能性が高い。誰かがベランダから突き落としたんよ」

「だとしても、被害者を居室からベランダまで運ぶのは大変じゃないですか」

「まあね。ただお年寄りやけ体重は軽いから」

「軽くても女性が運ぶのはきついでしょう」

「それはそうやけど」

「もし被害者が詐病だったとして、それを知ってたのは、清水って介護員だけなんですよね」

「うん」

「詐病なんていったら、真っ先に自分が疑われるって思わなかったのかな。もし自殺に見せかけるのが成功しても、その原因は虐待じゃないかといわれるでしょう」

千尋の指摘はいちいち鋭い。丹野も自分も、穂香の証言を疑うことしか頭になかった。千尋がいうとおり、穂香が近江を抱きかかえてベランダまでいくのは無理がある。単に犯行がずさんだったのかもしれないが、どうせ近江が詐病だと訴えるなら車椅子を使ったほうが自然だ。

「ありがとう。参考になった」

「ほんとですか。うれしい」

ただね、と風間は声をひそめて、

「その清水って介護員の元旦那は、サベージの幹部なんよ。だから丹野主任も、なおさら疑いを持っとる」

「そのひとは、サベージの幹部と知ってて結婚したんですか」

「どうかな。それは聞いとらん」

「相手が半グレだとわかって結婚するようなひとなら、きっと派手な生活が好きでしょう。歳もまだ若いんだし、離婚したって介護の仕事には就かない気がしますけど」

「なるほど。そういう考えかたもあるな。ただ敬徳苑の事件は一筋縄じゃいきそうもない。職員の誰かが高齢者の個人情報を名簿屋に横流ししとるし――」

「最悪ですよね。介護施設の職員がオレオレ詐欺の片棒を担ぐなんて」

「半グレたちとおなじで、金のためならなんでもやる奴が増えたんよ」

「でも介護施設で働いてるひとたちのほとんどは、お金のためだけで働いてるんじゃないと思います。長時間の肉体労働で給料が安くても、お年寄りの世話をしてるんだから」

「変な時代だよな。高齢者を介護するいちばん大変な仕事は重労働で低賃金なのに、高齢者を喰いものにする奴らは楽して稼いどる」

「貧困層とかお年寄りとか、弱者からお金を巻きあげるのは許せないです」

「おれもそう思うけど、うちの警察《カイシャ》は上の意向でしか動けんからなあ」

「わかります。でも風間さんは弱いひとの味方になってください」

風間はうなずいたが、小田切とのつながりを千尋が知ったらと思うと後ろめたかった。

だるま食堂の勘定は風間が払った。店をでたあと千尋は馬鹿丁寧に礼をいうと、あっさり帰っていった。呑みに誘われたときはわずらわしかったのに、なごり惜しく感じるのが妙だった。

交番勤務の頃は、誰もがうらやむ美貌の女性と恋愛したいと思っていた。

警察という組織では早く身を固めたほうが評価されるから、合コンを企画したりグループ交際をしたり結婚願望も強かった。刑事になってからは誰かと交際するひまもなく結婚願望は薄れたが、新米刑事の生活は孤独だ。くたくたになってマンションに帰り、敷きっぱなしの布団に横たわるときは誰かがそばにいて欲しいと思うこともある。

時刻はまだ十時で、ふだんなら刑事課にいる頃だ。まっすぐ帰るか、もう一軒寄るか。

迷いつつ歩いていると、上着の懐でスマホが震えた。

画面を見たら相手は小田切だった。いっぺんに酔いが醒めてうんざりしたが無視はできない。

不機嫌な声で電話にでると、小田切はくすくす嗤って、

「おまえ、ああいう地味な女がタイプなのか」

「——なんのことか」

「とぼけんなよ。さっき一緒に歩いてたじゃねえか」

千尋といるのを小田切に見られたと思ったら、にわかに緊張した。

「おれたちを見張ってたのか」

「心配するな。たまたま見かけただけさ。それより井狩恭介の件はどうなってる?」

「そう急《せ》かさんでくれ。まだ探っとる」

井狩恭介については調べる手がかりもないが、とっさに嘘をついた。

「さっさとやれよ。ほかにもなにかあったら、すぐ報告しろ。でないと、きょうの女のことを上司にチクるぞ」

小田切は軽い口調でいって電話を切った。

あの男は自分たちを監視していたのか。それとも本人がいったとおり、たまたま見かけたのか。いずれにせよ、千尋といるのを見られたのは失敗だった。

このまま小田切のいいなりになっていたら、千尋を巻きこむ可能性がある。それを防ぐには、小田切に消えてもらうしかない。また危険な願望が頭をもたげてくる。

風間は見えない出口を探すように、前方をにらんで夜道を歩いた。

51

汚れた綿のような雲が空を覆っている。

六月も上旬をすぎて、テレビのニュースによると、もう梅雨《つゆ》入りしたらしい。まだ雨は降っていないが、空はいまにも泣きだしそうに曇っている。

穂香は自転車のペダルを漕いで、なだらかな坂をのぼった。

敬徳苑の敷地に入ると駐輪場に自転車を停め、チャイルドシートから啓太をおろした。啓太を連れて託児所にいったら、保育士たちがいっせいに視線をむけてきた。

みな笑顔だが、その表情はどことなくぎごちない。近江の事件が起きてから、そういう表情には慣れている。保育士に啓太を預けて託児所をでると、敬徳苑の建物にむかった。

近江がベランダから転落して五日目の朝である。

あれ以来、上司や同僚たちは不審者を見るような眼をむけてくる。事件があったとき、現場にいたのは自分と穴見だけだし、丹野という刑事から執拗に事情聴取をされたせいだろう。

穴見によれば、丹野はきのう敬徳苑にきて理事長と逢っていたらしい。顔はあわせていないが、なにを調べにきたのか気になった。

穴見に聞いたところでは、近江はいまも意識不明でICUにいるという。体調が安定して一般病室に移っても意識が回復する見込みは薄いから、自分の無実を証言できる者はいない。

職員のなかで自分を信じてくれるのは、穴見と沙織だけだった。穴見も現場にいただけに丹野から疑いをかけられているという。にもかかわらず、ふたりで真相を突き止めようとはげましてくれる。

沙織とは、きのう汚物処理室で立ち話をした。

彼女はふだんと変わらぬ、あっけらかんとした態度で、

「あんたみたいなぼんやりした子に、虐待なんかできるはずないよ」

「信じてもらってうれしいです。でも、あたしって、そんなにぼんやりしてますか」

「ぼんやりしとるよ。せっかく穴見っちが気がありそうなのに、ぜんぜん手ェださんもん」

そこまでぼんやりしてない証拠に穴見と食事にいったが、なにもいえなかった。

でもさあ、と沙織はいって、

「いったい誰がやったんやろ。あんたと穴見っちじゃないのはたしかやけど」

「わかりません。外からは誰も入れないし――」

「うちの職員なら入れるやん。暗証番号知ってれば非常口から入って、三階まで階段のぼりゃええ」

「まあ、そうですけど――」

「あたしは河淵のおやじが怪しいと思うね。あの日、河淵はおやつ介助で近江さんについてたよ」

「それは申し送りで聞きました」

「ふだん怠けてばかりの河淵にしちゃあ、やけに熱心やなと思うてたの。そしたら近江さんは咳きこんじゃって、痰がらみで吸引したでしょ。あいつがなんかやらかしたんよ」

「介助が乱暴だったとか？」

「あいつはいつもそうやん。でも、もっとやばいこと考えてたのかも——だから夜中に忍びこんで、近江さんを突き落としたんじゃね？」

「もっとやばいことって？」

「あんな糞おやじの考えてることはわからんよ。近江さんが気に喰わなかったとか、うちの施設を困らせたかったとか、そんなんやないの」

沙織のいうとおり、近江が体調を崩したのは河淵の介助が原因だろう。それが故意によるものかどうかはわからないが、河淵はストーカーだった可能性もあるだけに不気味だった。

先月の末、武藤はアパートの前の公園で河淵を見たといったし、ほかにも不審な点があるといった。武藤からは事件直後に、大丈夫ですか、とメールがあったが、朝まで事情聴取を受けていたから着信に気づかなかった。

その日の午後、武藤に電話すると事件のことが心配で連絡したという。

「刑事さんは、あたしが犯人だと疑ってるみたいで——」

これまでのいきさつを説明してから、そう愚痴をこぼすと、

「清水さんが犯人やないのはわかってます。犯人は外部から侵入したと思います。いまはまだ話せませんけど、心あたりもありますし」

武藤は力強い口調でいった。

心あたりとはなんなのか訊くと、もうすこし捜査を進めてから連絡するといった。武藤が信じてくれたのは心強いが、丹野に疑われている以上、容疑が晴れない恐れもある。

穂香は非常口のドアの前に立って、テンキーに暗証番号を入力した。

ドアを開けて非常階段をのぼりながら、あの夜のことを考えた。いったい誰が三階に忍びこんだのか。防犯カメラは玄関とロビーにしかなく、犯人の姿は映っていなかった。非常口の暗証番号と防犯カメラの位置を知っているのは職員だけだから、やはり内部の犯行かもしれない。

三階にあがって介護員室に入り、タイムカードを押した。タイムレコーダーの時計は十時十分をさしている。きょうは遅番で出勤時刻は十時半だ。

介護員室には誰もいないし、始業まで時間があるからコーヒーを飲もうと思った。自分のカップにインスタントコーヒーの粉末を入れ、ポットの湯を注いだとき、ドアが開いて辻根が入ってきた。

「おはようございます」

微笑して頭をさげたが、辻根はこわばった表情で、

「いますぐ理事長室にいって」

理事長室は一階にあるが、いままで入ったことがないだけにとまどった。

「わかりました。でも、どうして――」

「そんなの知らないわよ。理事長がお呼びなの」

穂香は介護員室をでると、急いで非常階段をおりた。

理事長室は廊下のいちばん奥にあって、あたりと雰囲気がちがう。ドアは重厚な木製でドアの手前から赤絨毯《あかじゅうたん》が敷いてある。緊張しつつドアをノックしたら、はい、と野太い声が答えた。

はじめて見る理事長室は、高級ホテルのロビーのような外観だった。床には赤絨毯が敷きつめられ、天井からシャンデリアがさがっている。

壁面はドアとおなじく重厚な木製で、奥の全面窓から中庭が見える。その窓を背にして巨大なデスクがあり、頭の禿げあがった初老の男が革張りの椅子にかけている。デスクの前には派手な化粧をして、ブランドものらしいタイトなワンピースを着た女が立っている。

理事長の井狩政茂と施設長の桜井美咲だ。井狩は応接用のソファを顎でしゃくって、

「まあ坐んなさい」

おずおずとソファにかけたら、桜井が険しい表情でむかいに坐って、

「清水さん、単刀直入に訊くけど、今回の事件に関わってない？」

「――関わるとは、どういう意味でしょう」

「鈍いわね。あなたが近江さんを突き落としたのかって訊いてるの」

「そんなことしてません」

強くかぶりを振ったが、桜井はテーブルに身を乗りだして、

「先月は菅本キヨさんが暴行されて亡くなった。あのときも、あなたが夜勤だったわね」

「――はい」

「あなたが夜勤のときに限って大変な事件が起きる。あなたが犯人じゃないとしても、こういう事件が二回も起きた責任は感じないの？」

「感じます。でも巡視は欠かさずやってましたし――」

「防ぎようがなかったっていうの？　介護主任から聞いたけど、あなたが入所者さまを虐待してるってメールもきてる。こんなこといいたくないけど、あなたを疑わざるをえないのよ」

穂香はうつむいて溜息をつくと、

「だから、辞めろってことですか」

「なに開きなおってんの。近江さんの件は裁判沙汰になりそうなのよ。辞めたくらいで責任とれるわけないでしょ」

「じゃあ、どうすれば――」

「どうすればじゃないでしょう。自分で考えなさい」

「まあ待て」

井狩の声に顔をあげた。

「施設長は、きみに退職勧奨してるわけじゃない」

「はい」

「ひとつ確認したいが、近江さんは認知症が回復してたって噂がある。それについてはどう思う？」

「そんな噂を誰から――」

「誰だっていい。きみがどう思ってるか教えて欲しい」

穂香はなんと答えるべきか考えこんだ。

噂を流したのは河淵にちがいない。あれは七日ほど前だったか、近江と居室で筆談していたとき、物音がして外を見ると河淵が立っていた。あのとき河淵は、近江とのやりとりを盗み聞きしていたのかもしれない。

やりとりのなかには、不在者投票で不正があったという自分の発言も含まれている。ここに呼びだされたのは、それが井狩と桜井の耳に入ったからではないか。だとしたら、近江の詐病を認めるのはまずい。ここはいったんとぼけておいて、武藤に相談したほうがいい。

穂香は大きく息を吸って、

「近江さんは認知症が回復したように見えたこともありました。でもコミュニケーションはとれませんでしたし、自力歩行も無理ですから、要介護度に変化はなかったかと――」

「すると近江さんが、ひとりでベランダから落ちた可能性はないっていうんだな」

「――そう思います」

「きみはわかってるのか。自分が不利になることをいってるのが」

「不利？」

「近江さんがひとりで転落したにせよ、うちは管理不足を問われる。しかし、きみが突き落としたと疑われるよりましだ。また介護員の虐待だってマスコミが大騒ぎする」

「あたしは、近江さんを突き落としたりしてません」

「だろう。だから、そんな疑いをかけられないよう、近江さんは自力歩行ができた、誰かに訊かれたら、そう答えなさい」

「でも、それは嘘になります」

「きみを守るためにいってるんだ。きのうきた丹野って刑事は、きみを逮捕するかもしれんといってたぞ。嘘をついても、逮捕されるよりましだろう」

「それはそうですが――」

「わかったら、仕事にもどりなさい」

井狩はひらひらと片手を振った。

穂香は立ちあがって一礼すると、理事長室をでた。

井狩はどうしても近江がひとりで転落したことにしたいようだった。きみを守るためと井狩は恩着せがましくいったが、たしかに事故と事件では大きなちがいがある。先月は菅本キヨが殺されただけに事件としてニュースで騒がれれば、敬徳苑の評判は地に落ちる。

自分としても、むろん容疑がかかるのは厭だ。もし丹野に逮捕されたら、いくら無実を訴えても疑いは晴れないだろう。といって井狩に嘘を強要されるのも納得できない。

井狩は近江の認知症が回復したのか気にしていた。彼女がひとりで転落したのを裏付けるためかもしれないが、それだけではない気がする。

近江が不在者投票の不正について喋ったのか。

井狩はそれを知りたかったのかもしれない。以前、沙織に聞いたところでは、井狩は敬徳苑を私物化して巨額の利益を得ており、桜井とは不倫関係にあるという。

この施設は怖いです。

近江が手帳にそう書いた理由がようやくわかってきた。こんな施設で働くのは厭だが、いま辞めたら生活が困窮する。貯えはないに等しいし、入所者への虐待を疑われたままでは、ほかの施設でも働けないだろう。

真犯人が捕まって、あらぬ疑いが晴れない限り、介護業界では生きていけない。しかしいまの状況では、いつ解雇されてもおかしくない。今夜にでも武藤に相談しようと思った。

52

待機宿舎の窓をいくつもの雨滴が流れていく。

夜になって降りだした雨のせいで、1Kの室内はじめじめしている。ただでさえ湿気が多い部屋だけに、これから梅雨が明けるまで鬱陶しい日々が続く。

武藤は床に寝転がってテレビを観ていた。画面ではバラエティ番組が流れていて、婚活中の若者たちが結婚にたどり着けるかどうかをレポートしている。

きょうは非番で、待機宿舎に帰ってきたのは昼すぎだった。暗くなるまで眠ったあと、レンジで温めた冷凍チャーハンと冷凍餃子の夕食をすませた。あしたは公休だから、ひさしぶりにのんびりできるが、敬徳苑の事件のせいで気分は冴えなかった。

新田に頼んで捜査の状況を風間に聞いてもらうと、被疑者として穂香が浮上しているらしい。敬徳苑の職員への事情聴取では、穂香とおぼしい介護員が入所者を虐待していると匿名のメールがあったという。丹野は穂香の元夫が根岸だと知っていて、そのことも容疑を深めているようだった。

事件のあと穂香と電話で話したときも、丹野に犯行を疑われているといった。丹野が疑うくらいだから、職場でもつらい思いをしているだろう。早く真犯人を暴いて穂香の無実を証明したい。

いまのところ、もっとも疑わしいのは河淵だが、なにも証拠がない。

穂香に対するストーカー疑惑もあるし、闇スロット店で逮捕されてもいる。しかも事件のあった夜、河淵は自転車で敬徳苑の方向へむかっていた。

といって建物に侵入したとは断定できない。敬徳苑に入るところまで見届けていないから、事情聴取をしてもとぼけるだろう。近江八重子をベランダから突き落とした動機も不明とあって、容疑を固めるのはむずかしい。

ただ河淵がストーカーなら、穂香を苦しめるのが目的かもしれない。穂香が夜勤のときに事故を起こせば、彼女が責任を問われるからだ。

できれば河渕に事情聴取をしたいが、交番勤務の身では取調べに加われない。新田を通じて風間から捜査の状況を聞くのがせいぜいで、河渕に接触できないのがもどかしい。

テレビでは、結婚を決断したカップルが芸人たちから祝福されている。妬《ねた》ましい思いでそれを眺めていると、スマホが鳴った。画面を見たら穂香だった。あわててテレビをミュートにしてから電話にでた。穂香はいつになく疲れた声で相談があるといった。

「ずっと心配してたんです。なんでもいうてください」

「実は、近江八重子さんのことなんですけど――」

穂香によれば、今回事故に遭った近江は詐病だったという。

近江は同居している娘夫婦に負担をかけるのが厭だったが、要介護度三以上でないと特養老人ホームの入所基準を満たさない。そこで認知症を装って敬徳苑に入所した。詐病に気づいた穂香は、近江と筆談で会話するようになった。

「誰にもいわないって約束したんですけど、このままだとあたしや穴見さんが疑われるので、事情聴取のとき、丹野さんたちに話しました」

「近江さんは喋れなかったんですか」

「いえ、喋れるけど、声をだして誰かに聞かれるのを怖がってたと思います」

近江が筆談に使っていた手帳は、事故のあとなぜかなくなっていた。そのせいで近江の詐病を証明できず、丹野にはなおさら疑われた。近江は詐病だったが、自立歩行はできないはずだから、自分でベランダから落ちた可能性はないらしい。

「ちゅうことは、やはり誰かが突き落としたんですね」

「近江さんは、先月亡くなった菅本キヨさんとおなじ居室だったのはご存知ですよね」

「ええ。でも菅本さんを殺したのは、たしか――」

「入所者の藪下さんが捕まりました。でも近江さんに訊いたら部屋が暗かったので、犯人が藪下さんかどうかわからなかったそうです」

「DNA鑑定の結果が一致したけ、犯人は藪下でしょう」

「これは丹野さんにも話してないんですが、近江さんは別人かもしれないって思ってたようです」

「もし犯人が別人やったら大事《おおごと》ですよ」

「それだけじゃないんです。近江さんはこの施設が怖いっていうから、わけを訊いたら――」

市議会議員選挙の不在者投票で不正があったという。

特養老人ホームでは選挙の際、施設自体が不在者投票所となる。認知症の重い入所者は自分で投票できないから職員が代行するが、それを悪用したらしい。敬徳苑理事長である井狩政茂の息子、井狩恭介は市議会議員だというから、不正をおこなう動機はじゅうぶんだ。

「きょう理事長と施設長に呼びだされて、いろいろいわれました。近江さんは認知症が回復したたって噂があるけど、ほんとうかとか――」

「理事長たちは、なんでそれを知っとるんですか」

「あたしと近江さんが筆談しているのを、河淵さんが立ち聞きしてたみたいです」

「また河淵さんですか。で、清水さんはなんて答えたんですか」

「認知症が回復してるように見えた時期もあったけど、要介護度に変化はないってごまかしました。不在者投票の不正について、近江さんが喋ってないか探りを入れてる感じでしたから――」

「なるほど。しかし、そんな不正まであるちゅうのは根が深いですね」

「そうなんです。理事長からは、近江さんが自立歩行できたことにしろっていわれました。事件になって騒がれたくないからだと思いますけど、嘘をつくのがつらくて――」

「事件を事故で片づけるわけにはいかんけど、清水さんが疑われるのも困りますね」

「近江さんの事件の捜査は、どれくらい進んでるんでしょうか」

「本署に確認します」

「きのう丹野さんがきて理事長と話してたみたいです。あたしは呼ばれなかったけど、そのうち逮捕されるんじゃないかって不安です」

「そんなことはさせません。必ず真犯人を捕まえます。ただ河淵の――河淵さんの動きには気ィつけてください」

「河淵さんがなにか?」

事件のあった夜、敬徳苑へむかっているのを見たというと、穂香は絶句して、

「あたしの同僚も河淵さんを疑ってました。事件の前に近江さんが体調を崩したのは、河淵さ

んがなにかしたからだって――」

事件のあった日、河淵は近江のおやつ介助をしていたが、近江は急に咳きこんで喉に痰がからみ、看護師が吸引措置をほどこしたという。近江はその夜にベランダから転落したのだから、河淵への疑いはさらに濃くなった。穂香は深い溜息をついて、

「本音をいえば辞めたいんですけど、疑われたままじゃ転職もできないので――」

「大丈夫です。清水さんは、おれが守ります」

穂香は何度も礼をいって電話を切った。

彼女に頼られるのがうれしくて、つい大口を叩いたが、ひとりで抱えこむには問題が大きすぎる。不在者投票の不正に加えて、菅本キヨを殺害した犯人がべつにいるとなれば大問題だ。そのへんは新田に相談するとしても、まず河淵を問いつめて真相を語らせるべきだろう。丹野が動いてくれればいいが、彼は穂香を疑っているから無理だろう。河淵を問いつめるには、制服を脱いだ一個人として対峙《たいじ》するしかなさそうだった。

武藤は立ちあがって窓を眺めた。雨に濡れた窓ガラスに自分の顔が映っている。眉間に皺を寄せて窓ガラスをにらんでいると、天邪鬼のリーダーだった頃の荒《すさ》んだ眼つきが蘇ってきた。

「河淵の野郎ッ、力ずくでも吐かしちゃる」

武藤はひとりごちて太い首を鳴らした。

53

その日の午後、風間は刑事課のデスクでノートパソコンにむかっていた。

いつもながら書類仕事が溜まっていて、いくらやっても終わらない。どの書類もミスがあったら一大事だから、入力するのはもちろん読みかえすだけで疲れ果てる。

丹野は笹崎や課長たちと臨時の会議にでている。

「上のもんかばうんも、たいがいにせい。長い懲役いくのはおまえやぞッ」

刑事課に五つある取調室のほうから、組織犯罪対策課の刑事の怒鳴り声が響く。

先月逮捕された闇スロット店の店長――波多瀬守の取調べ中だ。闇スロット店の実質的な経営者が誰なのか、波多瀬はいまだに口を割らないらしい。

波多瀬は闇スロット店の従業員とともに勾留満期でもうじき起訴されて、被疑者から被告人となる。被告人になると拘置所に身柄を移されるから、それ以降の取調べはできない。

波多瀬とはべつの取調室では、刑事第二課の片桐たちがオレオレ詐欺の拠点で逮捕された芝原翔を取り調べているが、こちらも金主が誰か口をつぐんでいるようだった。

パソコンの画面をにらんでいると、丹野がもどってきて隣に坐った。また取調室から怒号が響いた。丹野はそっちを顎でしゃくって、

「いまは誰の調べか」

「闇スロの波多瀬と、あとはオレオレの芝原です」

「波多瀬か。あいつは金主の報復《かえし》にびびっとるけ、吐かんやろな。それより芝原が気になる。芝原についとる弁護士は、サベージの子飼いちゅう噂やけの」

「弁護士がサベージの子飼いやったら、よけいに面倒なんじゃ――」

「おれに考えがあるんじゃ。まあ見ちょれ」

すこし経って取調室から片桐がでてきた。丹野はそれを待っていたように芝原のいる取調室に入った。まもなく取調室からもうひとりの刑事もでてくると、ドアのそばに立った。

丹野はなにをしに取調室に入ったのか。風間はノートパソコンの画面に眼を凝らして、入力済みの捜査書類の読みかえしをはじめた。

「きょうも忙しそうですね」

背後の声に振りかえると、千尋が笑顔で立っていた。

風間は誰かに見られていないか周囲を確認してから、

「まあね。このあとは、また敬徳苑にいって事情聴取」

「清水さんって介護員のことが心配だな。職場のみんなから白い眼で見られてそうで」

「もし無実やったら、かわいそうやね」

「捜査に先入観持っちゃだめですよ。清水さんが犯人《ホシ》だって証拠はあったんですか」

「ないけど、丹野主任はそう思うとる」

「はじめにストーリーありきじゃ、大事なことを見落としますよ」

「ちゅうても最初に仮説をたてるのは、まちがっとらんやろ」

「順番が逆ですよ。事実の積み重ねから仮説が浮かんでくるんでしょう」

「春日さんのほうが刑事《デカ》みたいやね」

風間は苦笑した。

片桐がもどってくると、ドアのそばに立っていた刑事と取調室に入った。

同時に丹野がでてきたから、千尋は席にもどった。丹野は笹崎に呼ばれて立ち話をしている。デスクに視線をもどすと、いつのまにか小粒のチョコレートがあった。風間は千尋に目配せをしてから、銀紙を剝いてそれを口に放りこんだ。

二日前、千尋と呑みにいってから彼女に対する印象が変わった。恋愛感情とまではいかないが、一緒にいると気兼ねなくくつろげる。近いうちにまた呑みにいって、もっとじっくり話したい。とはいえ、こちらから切りだすのは照れくさいし、小田切の存在が邪魔だった。

あの晩、千尋といるのを小田切に見られている。小田切が千尋のことをどこまで知っているのかわからないが、あの男がいる限り、彼女とのんびり酒も呑めない。

このところ時間があると、小田切を排除する方法を考えている。小田切が逮捕されると同時に自分も巻き添えにされるから、警察には頼れない。となると、非合法な手段しかない。

誰かをそそのかして、小田切を襲わせることはできないか。

むろん襲わせるだけではなく、完全に息の根を止める必要がある。小田切が重傷を負っても生きていれば、またおどされるに決まっているからだ。たとえば暴力団組員が小田切を襲ったなら、なんらかのトラブルだとみなされるだろう。

小田切はサベージとの関係を否定するが、日頃の行動からして構成員である可能性は高い。サベージは広域指定暴力団、筑仁会と対立している。小田切が経営するワイズガイはホストクラブだけに、筑仁会と揉めても不思議はない。

いっそ筑仁会の犯行に見せかけて、小田切を殺せば——。

そんな考えに耽《ふけ》っていると、丹野がもどってきて隣のデスクについた。

おい、と丹野は湯呑みをあおる手つきをした。急いで給湯室にいき、濃いめの番茶をいれてきた。丹野は番茶を啜って眼を細めると、

「さあ、おもろいことになるぞ」

「なにがですか」

「芝原翔にチクってやったんじゃ。オレオレの支店がどこか唄うたんは根岸やとな」

「えッ」

「芝原は眼ェ白黒しとったわ。もうじき弁護士が接見にくるけ、芝原は根岸が裏切ったて喋るはずじゃ。弁護士はそれをサベージの連中に伝えるやろう」

「そうなったら、根岸は裏切者としてサベージに狙われますよ」

「それが狙いよ」

「このことは二課も知っとるんですか」

「知らん。あいつらに手柄を横取りさせるわけにはいかんけの」

だから片桐がいないとき取調室に入り、もうひとりの刑事に席をはずさせたのだ。丹野は続けて、

「芝原には、署のもんにはいわんよう口止めしとるけ問題ない。ただサベージの連中がいつ動くかわからん。きょうから、また根岸を張り込むぞ」

「張り込むよりも根岸を保護したほうが――」

「あげなクズ、どうなったちゃかまわん。保護するくらいなら、チクったりするか」

丹野は湯呑みをどすんとデスクに置いて、

「サベージの連中は根岸を許さんけ、拉致《らち》るか殺すかするはずじゃ。あいつのマンション張り込んで、サベージが襲ってきたところを一網打尽にしちゃる」

丹野は手柄が欲しくて焦っているのだろうが、上司の許可も得ていないのに、そんな捜査をするのは無謀だった。捜査のために根岸を犠牲にするのも問題だし、サベージが集団で襲ってくるなら、それなりの人数で張り込むべきだ。

「きょうから根岸を張り込むんなら、敬徳苑はどうしますか」

「敬徳苑はもうええ」

「えッ」

「入所者の近江八重子が転落したんは事故じゃ。近江は自立歩行ができた」

「誰からそれを?」

「理事長から聞いた。ほかの職員もそういうとる」

「でも主任は清水さんを疑ってたんじゃ――」

「あれは根岸の元嫁やし、容疑が完全に晴れたわけやないが、犯人《ホシ》ちゅう証拠もない」

「敬徳苑から高齢者の個人情報が流出した件は？」

「誰がやったかわかったところで、守秘義務違反になるだけで逮捕もできん。敬徳苑に振りまわされるより、サベージの連中を挙げたほうが上も喜ぶ」

不可解な態度の急変に言葉を失っていると、

「さあ、根岸ンとこいくぞ」

丹野は勢いよく椅子から腰をあげた。

54

穂香は車椅子を押して食堂に入った。

車椅子に乗っているのは、敬徳苑の入所者で最高齢の若杉勝利だ。テーブルの前で車椅子を停め、安全な姿勢を確保すると、若杉の首に介護用エプロンを巻いた。

「さあ、もうすぐご飯ですからね」

穂香は笑顔で声をかけたが、九十八歳の老人はなにも反応しない。

食堂では介護員たちが夕食の準備であわただしく動きまわっている。腕時計に眼をやると五時二十分だった。きょうは日勤だから勤務は五時半までで、あしたは休みだ。このところ憂鬱な日々が続いているだけに啓太とゆっくりすごしたい。

穴見が米山フミの車椅子を押して食堂に入ってきた。米山は口腔ケアのたび暴れたり嚙みついたりするのに、穴見はこまめに世話を焼く。

夕食の準備をしながら、さりげなく眼をやると、穴見はこっちを見て微笑した。穂香も微笑をかえしたが、ほかの介護員たちに気づかれないよう、すぐに視線をもどした。

けさ施設長の桜井美咲は職員たちを集めて、近江はひとりでベランダから転落したと伝えた。

「警察の捜査でも、事故という結論がでる見込みです。なので、みなさんもそういう認識でいてください。くれぐれもマスコミに不注意なことをいわないように」

と桜井はいった。三階を担当する介護員は近江が自立歩行できないと思っているから、みな不審そうな表情だった。あいかわらず自分が犯人だと疑われている気配もあるが、周囲の眼はいくぶんましになった。

穂香もひとまず理事長の指示に従って、近江の自立歩行は否定しないことにした。けれども嘘をつき続けるわけではなく、捜査の進展によっては真実を証言するつもりだ。

ゆうべ武藤と電話で話したとき、近江の詐病や不在者投票の不正について伝えた。近江の証言が事実なら、菅本キヨを殺したのは藪下ではない可能性もある。もし真犯人が明るみにでれば大事件だ。

武藤は必ず真犯人を捕まえるといったが、まだ若い巡査の手にはあまるかもしれない。

とはいえ、武藤も自分も犯人の目星はついている。武藤は事件のあった夜、河淵が敬徳苑へむかっているのを見たという。

沙織も河淵の犯行を疑っていたが、事件直前に敬徳苑へむかっていたとなると容疑はますます濃厚だ。あの男が非常口から侵入して、近江をベランダから突き落としたにちがいない。

事件が起きたあと、近江のベッドにあったはずの手帳が消えていた。河淵が手帳を盗んだのなら、筆談の痕跡を見て詐病に気づいたはずだ。

河淵は手帳の存在を隠しておくしかないが、近江は詐病だと誰かに喋り、それが理事長や施設長の耳に入った。理事長は不在者投票の不正がばれたかどうか気になったのと、近江の転落を事故にしたくて自分を呼びだしたのだろう。

むろん証拠がなくては、そんな推測に耳を貸す者はいない。不在者投票の不正を訴えたところで、理事長たちは根も葉もない誹謗中傷《ひぼうちゅうしょう》だといい張るに決まっている。入所者への虐待を疑われている身では、逆恨みして嘘をついたと思われる。

武藤には、河淵の動きに気をつけるよう忠告された。さっきも武藤からメールがあって、河淵の様子を訊ねてきた。きょうは休みだと返信したが、よほど心配しているらしい。

河淵は以前からストーカーの疑いもあるし、ずさんな仕事ぶりや脂ぎった容姿が嫌いだった。けれども、いまは怒りよりも恐怖を感じる。

あの男とは、もう一緒に働きたくない。いや、それどころか近くにいるだけで厭だ。近江に重傷を負わせたのは許せないと思う一方で、自分も危害を加えられそうなおびえがあった。

五時半になって介護員室に入った。

辻根がデスクでパソコンのキーボードを叩いている。お疲れさまです、と声をかけたが返事はない。帰り支度をしていると、辻根がパソコンの画面を見つめたまま、清水さん、といった。

「あした、夜勤お願いね」

「えッ。あしたは休みを入れてるんですけど――」

「二階の子がひとり辞めたのよ。だから三階のスタッフで穴埋めしなきゃいけないの」

「ほかのひとじゃ、だめなんですか。このあいだも急に夜勤を頼まれましたけど――」

「ほんとは頼みたくないの。あなたが夜勤のときに限って事件が起きるから」

「だったら、ほかのひとにしてください」

思わず尖った声をあげた。辻根はようやくこっちをむくと眉をひそめて、

「二階の子がなんで辞めたと思う？」

「――わかりません」

「うちで働くのが厭なんだって。先月から二回も怖い事件があったから」

曖昧にうなずくと、辻根は続けて、

「ああいう事件が起きたのは、あなたの管理不足もあるでしょう。ほかの特養なら首になってもおかしくないのよ。それでも給料もらってるんだから、すこしは職場に貢献したらどう？」

休みがふいになるのはつらかった。といって反論してもむだだから黙っていたが、壁に貼ってあるシフト表を見たとたん、呆然とした。

あしたの相勤は河淵だった。二階の介護員が辞めたのが事実だとしても、また河淵と夜勤に

なるのは厭がらせとしか思えない。穂香はかぶりを振って、

「やっぱり、あしたの夜勤は無理です」

「どうして？　理由をいいなさい」

「——相勤が河淵さんだからです」

「あなただけじゃない。みんな河淵さんを厭がってるわよ。いい歳して、ろくに仕事もできないんだから。でも、あなたと相勤するのは厭だってひともいるのよ」

「えッ」

「怖がってるのよ。あなたと夜勤になったら、また事件が起きるかもって」

穂香は溜息をついて考えこんだ。

河淵との夜勤はいままでも憂鬱だったが、いまはもう平静でいられる自信がない。すこしでも怪しいそぶりがあったら、恐怖で取り乱してしまいそうだった。しかしその一方で、河淵の正体を暴きたいという気持もある。

いっそ夜勤のときに、犯行に関することを聞きだせないか。河淵も自分とふたりきりなら気を許して、隙を見せるかもしれない。むろん危険はともなうが、いざというときは武藤に連絡して助けを求めようと思った。わかりました、と穂香はいって、

「あした夜勤にでます」

「そう。それはよかった」

辻根はなぜか落胆したような表情を見せたが、すぐ険しい顔にもどって、

「でも今度ミスがあったら、もうフォローできないから。それは覚悟してね」

フォローなどしてもらったおぼえはないが、うなずいた。穂香はタイムカードを押すと、ふたたびパソコンにむかった辻根に一礼して介護員室をでた。

55

待機宿舎をでると、今夜も雨が降っていた。

武藤はビニール傘をさすと、前かがみになって歩いた。上は迷彩柄のパーカーで、下はミリタリーパンツにコンバットブーツという恰好だ。警察官はプライベートでも地味な服装を求められるだけに、こんな恰好を同僚や上司に見られたくない。

急ぎ足で歩きながらあたりを見まわすと、幸い誰もいない。待機宿舎からだいぶ離れたところで、サングラスをかけた。夜なのにサングラスをかけたり、ガラの悪そうな服を着たのは変装の意味もあるし、より強面に見せるためでもある。

きのうは非番できょうは公休だが、ずっと待機宿舎にこもっていた。

河淵に犯行を認めさせるにはどうすればいいかを、ゆうべから考えていた。日中は人目につくから、夜になって身柄を押さえようと思った。河淵とは敬徳苑で顔をあわせているが、そのときは制服だったし、ほとんど会話もしていないから、この恰好なら誰かわからないだろう。

穂香にメールして河淵の様子を訊ねたら、きょうは休みだという。河淵のことだから、休みの日にはパチンコを打っている気がする。

若希団地のそばを通ってパーラーマルハマに着いた。どうやら新台入替らしく店頭には派手なのぼりや花輪がならび、駐車場も駐輪場もぎっしり埋まっている。

店内に入ると、台がならんだ列——いわゆるシマはどこも満席だった。通路や休憩所のソファにも客があふれている。新台入替のせいか、このあいだより客層が若い。爪先立ってパチンコのシマをひとつひとつ見ていったが、河淵の姿はない。

あるいはほかの店にいるのかと思いつつパチスロのシマを覗くと、河淵がいた。この前見たのとおなじポロシャツにトレーニングパンツ、ゴムサンダルというみすぼらしい恰好だ。この前とちがうのはマスクをしているのと、コインが山盛りになったドル箱を積んでいることだ。

河淵は大勝ちしているのに浮かれた様子もなく、だるそうにレバーを叩いてはボタンを押してリールを停めている。しばらく通路から眺めていたら、河淵の隣の台が空いた。

その台に駆け寄り椅子に腰をおろすと、河淵の顔を覗きこんで、

「あんた、河淵さんやろ」

と声をかけた。河淵は怪訝な表情でこっちをむいて、

「——そうですけど」

「ちょっと話があるけ、顔貸してくれ」

「話ってなんですか」

「ここじゃいわれん。はよ外でようや」

「なんなんですか急に。おたくは誰なんですか」

「誰でもええちゃ。顔貸せていうとろうが」

声を荒らげると、河淵は首を横に振って、

「店員を呼びますよ」

台の上にあるデータカウンターの呼出しボタンに手を伸ばした。まわりの客たちがちらちらとこっちを見ている。武藤は鼻を鳴らして河淵の耳元に口を寄せると、

「おまえ、このあいだ闇スロ屋でパクられたやろ」

河淵は動揺したらしく眼を泳がせた。武藤は続けて、

「おまえのこたあ、ほかにもいろいろ知っとる。おれに逆らわんほうがええぞ」

「で、でも動けないんです」

河淵は気弱な声でいった。武藤はドル箱を指さして、

「そんだけ勝っとったら、もうよかろうが。はよ換金せい」

「ちょっと外にでるだけじゃ、だめですか」

「こみいった話やけ、つまらん。さあいくぞ」

河淵の腕をつかんで強引に立たせたとき、ちょっと待て、と背後で声がした。振りかえると、男がふたり立っていた。ふたりともニットキャップにマスクをして、派手な刺繍の入ったジャージの上下を着ている。ひとりは白いジャージで、もうひとりは黒だ。武藤はふたりをにらみつけて、

「なんか、おまえら。文句あるんか」

「おう。ちょっとこいや」

ひとりの男がそういって出口のほうを顎でしゃくった。男たちの相手をしているあいだに河淵が逃げないか気がかりだったが、店内で揉めるわけにはいかない。

「すぐもどるけ、逃げんなよ。逃げたら、おまえんちに押しかけるぞ」

河淵にそういい残して、男たちと一緒に店をでた。

雨はまだ降りやまず、足元は水浸しだった。男たちは駐車場の隅で足を止め、武藤とむかいあった。キャップとマスクのせいで歳はわかりづらいが、ふたりともはたち前後だろう。黒いジャージの男が値踏みするように武藤の軀に視線を上下させて、

「おまえ、どこのもんか」

「なんでもええ。さっきのおっさんに用があるんじゃ」

「あいつはうちの打ち子や。勝手に連れだすな」

「打ち子？　ちゅうことは、おまえらが雇うとるんか」

打ち子とは元締めに雇われて、終日パチンコを打つ連中だ。自分では金を遣わず、元締めから提供された資金で指定された台を打つ。報酬は日当で、大勝すると歩合が上乗せされる場合もある。店側が客寄せに雇うサクラとちがい、出玉はすべて元締めの利益になる。

パチスロは設定で出玉率が変わるので、高設定の台を判別できれば勝てる可能性が高い。それでも期待値どおりに当たりがひけず、負けることもあるが、元締めは打ち子を何人も雇って

いるからトータルで利益をだす。そうした打ち子たちは、パチンコやパチスロで喰っている連中のあいだで「軍団」と呼ばれている。

黒いジャージの男は煙草に火をつけると、煙を吐きだして、

「あのおっさんは、ただのバイトよ。仕事が休みの日だけ働かせてくれて頼まれての」

「商売の邪魔する気はない。三十分でええけ、あいつと喋らせてくれ」

「勝手なこと抜かすな。打ち子にサボらせるんなら、おまえがそのぶん金払え」

「金てなんぼか」

「十万」

「ふざけるな」

武藤は首をごきりと鳴らすと、足を前に踏みだした。男はいくぶんたじろいだようで、わずかに後ずさった。白いジャージの男はスマホで誰かと話している。

しばらく押し問答をしていると、ばたばたと足音がして男が三人走ってきた。白いジャージの男が仲間を呼んだらしい。みなキャップにマスクをしているから軍団の連中だろう。

黒いジャージの男は煙草を地面に投げ捨てると、

「さあ、どうするんか。帰るなら、いまのうちやぞ」

「やかましい。やれるもんならやってみい」

「あほが。おれらを誰やと思うとんか」

男はいきなり間合いを詰めて、胸ぐらをつかんできた。ほかの連中は周囲の視線をさえぎる

ようにまわりを囲んだ。あーあ、と黒いジャージの男はいって、

「せっかく帰れちゅうたのに、もう逃げられんぞ」

「大人数になったら、えらい強気になったの。このヘタレが」

なにをッ、と男は怒鳴ると、武藤の顔に手を伸ばしてサングラスをもぎとった。

とたんに、かッとなって男を突き飛ばした。

手加減したつもりだったが、男はあっけなくよろめくと、水しぶきを散らして地面に転がった。まわりの男たちが色めきたって罵声をあげた。

「やりやがったの。きさんッ」

「ぶちくらせッ」

五人が相手では心もとないが、こうなったらやるしかない。拳を握って身構えたとき、

「おいッ。そこでなんしよるかッ」

男の大声が響いた。そっちを見たら、制服の警察官がふたり自転車に乗って近づいてくる。騒ぎに気づいて誰かが通報したらしい。

「やべえ。警察《ヒネ》やッ」

ひとりが叫ぶのをきっかけに、男たちはいっせいに逃げだした。このへんは若希駅前交番の受持区域だから、ふたりの警察官は顔見知りだ。こんなところで若い連中と揉めているのがばれたら、また福地から責められる。

武藤も身をひるがえすと一目散に走りだした。

56

雨に濡れたフロントガラス越しに街の明かりがにじんでいる。

張り込みに気づかれないようワイパーは動かしていないから、見通しが悪い。風間はときおり運転席の窓を開けて、前方のデザイナーズマンションに眼を凝らす。後部座席では丹野が仮眠をとっていて耳障りないびきをかいている。

張り込みの対象は根岸だが、今回は根岸を襲いにきたサベージの連中を捕まえるのが目的だ。丹野はきょうの午後、オレオレ詐欺の拠点をばらしたのは根岸だと芝原翔に伝えた。芝原は接見にきた弁護士にそれを伝えるから、サベージは根岸の裏切りを知り、報復に動くというのが丹野の読みだ。

腕時計の針は十一時をさした。車を停めているのは、前回とおなじコンビニの駐車場だ。車種はまたセレナだと張り込みがばれるので、ステップワゴンに替えた。食事はコンビニで買ったおにぎりやサンドイッチで、トイレもコンビニですます。

陽が暮れた頃、車をおりて確認したら十階の部屋から明かりが漏れていて、駐車場には根岸のヴェルファイアが停まっていた。根岸は部屋にいるはずだが、なにも動きはない。

そもそもサベージの連中が根岸の自宅にあらわれるとは限らない。根岸をどこかに呼びだすかもしれないし、外出したところを襲うかもしれない。そうした場合は根岸を尾行して、サベージが暴力行為にでたところを見計らって現行犯逮捕する予定だ。

いちおうは捜査に協力した根岸を餌にするとは、汚いやりかたで憤りをおぼえる。そろそろ検挙実績をあげなければいけないにしても、ひとつまちがったら根岸は殺されるだろう。

ふと後部座席で丹野が起きあがる気配がして、

「どうや。まだ変わりないか」

あくびまじりの声がした。はい、と答えると、

「交替しよう。おまえもちょっと寝れ」

「まだ大丈夫です」

「よう辛抱がきくのう。張り込みにも慣れたか」

「すこしは」

「昔の刑事《デカ》はみんな煙草吸うとったけ、張り込みはしんどかったわ」

「主任も吸ってたんですか」

「おう。署内が禁煙になったけ、だいぶ前にやめたけどの」

「でも煙草が吸えたほうが間が持つんやないですか」

「夜は煙草の火が目立つけ、張り込みンときは吸うたらいけんのじゃ。やけん、いらいらする。どうしても我慢できんときは、火が見えんよう缶コーヒーの穴に煙草の先を突っこんで吸う」

「そこまでして吸いたいんですね」

「いまだって吸いたい。けど署では吸えんし、かみさんと息子も厭がるけの」

丹野が家族の話をするのは珍しい。風間は意外に思いつつ、

「息子さんはおいくつなんですか」

「中二じゃ。ちいさい頃はおれになついとったけど、最近は煙たがられての。ずっと遊んじゃるひまもなかったけ、嫌われてもしゃないわ。かみさんも官舎のひとづきあいでぶうぶういうし、こっちは八方ふさがりよ」

「官舎って、奥さんどうしのつきあいが面倒みたいですね」

「亭主の階級が嫁にも響くけの。ほかにも共有部分の掃除やらドブさらいやら草取りやら、面倒しいことがいっぱいある」

「だったら一戸建てに住んだほうが――」

「おれが忙しいぶん、家くらいはええとこに住ましてやりたい。けど、そげな余裕がないわ。昇任試験の勉強するひまもないけ、警部補《ブケホ》にもなれん」

風間も待機宿舎に住むのが厭でマンションを借りたから、官舎の息苦しさは見当がつく。しかし家庭を優先すれば一線から退くことになるし、刑事の仕事を優先すれば家庭が犠牲になる。

風間ァ、と丹野はつぶやいて、

「刑事は出世ができんでも女房子どもに嫌われても、仕事にプライドが持てる。おれらの勲章は犯人《ホシ》を挙げることだけじゃ」

「はい」

「やけん、なにがなんでも犯人《ホシ》に喰らいつけ。悪事を働く奴に情けはいらん」

丹野のいうことはわかるが、犯罪者にだって人権はある。しかも根岸を囮《おとり》にしてサベージをおびきだすのは、こちらが犯罪を起こすよう仕向けているから、犯意の誘発だ。

犯意誘発型の捜査は違法だけに、経緯が発覚すれば丹野はもちろん自分まで責任を問われる。サベージを摘発するためとはいえ、そんなリスクを負うのは厭だった。

57

翌朝、雨はやんだが、空はどんより曇っていた。

武藤は新田とならんで警ら用自転車を漕いでいた。朝の警らはあまり事件も起きないせいで気が楽だが、すこし前までは冷や汗をかいていた。

けさ条川署に登庁したあと若希駅前交番に着くと、当番明けの係員たちと引継ぎがあった。その際に前日の取扱い事案として、パーラーマルハマの駐車場で若者たちの喧嘩があったと報告があった。そのなかに自分がいたのがばれるのではないかと不安だった。

引継ぎをした係員のなかには、ゆうべ自転車で追ってきたふたりもいるから、たまらなく緊張した。幸い顔は見られてなかったようで無事に引継ぎは終わり、胸を撫でおろした。

河淵が、まさか打ち子をしているとは思わなかった。道理で大勝してもだるそうな様子で、マスクをしていたわけだ。打ち子は身元を特定されるのを嫌うから、キャップやマスクで顔を隠す。

河淵やゆうべの連中を雇っている元締めが誰なのかわからないが、どのみち堅気ではない。ヤクザか半グレ、あるいはサベージの可能性もある。いずれにせよ休日に打ち子までするとは、ただのパチンコ好きではない。河淵は経済的にも精神的にも切羽詰まっているにちがいない。

このままではなにを仕出かすかわからないだけに、早く穂香から遠ざけねば危険だった。もっとも河淵だけでなく、敬徳苑にも問題がある。穂香によれば不在者投票の不正に加えて、菅本キヨを殺したのは藪下稔ではない可能性があるという。

そんな事件は自分の手に負えないから本署を動かすしかないが、上司の福地にいっても、よけいなトラブルを恐れて上層部には伝えないだろう。不在者投票の不正はともかく、すでに解決した菅本キヨの事件を再捜査するとは思えない。

となると新田を通じて、刑事第一課の風間に伝えてもらうしかない。受持区域を巡回している途中で、ひと気のない道にさしかかった。

相談があると切りだすと、新田は警ら用自転車を路肩に停めて、どうした、と訊いた。武藤も警ら用自転車を停めて事情を説明した。新田はむずかしい表情になって、

「風間には伝えてみるけど、あいつも下っぱやけ、どうなるかわからんぞ」

「はい」

「にしても、おまえはよけいなことに首突っこむのう」

「すみません」

「おれも新米の頃、石亀さんからそういわれた。糞まじめにやっとったら、軀が持たんぞって

な」

「おれはそれほどまじめやないですが――」

「そんなこたあ、わかっとる。清水さんに肩入れしとるけ、やる気になっとんやろ」

「肩入れちゅうか、清水さんのことが心配なんです」

「それだけか。その先は考えとらんのか」

「考えたい気もしますけど、どうにもならんのはわかってますから」

「えらいあきらめがええやないか」

「あきらめんほうがええでしょうか」

「馬鹿。そんなもん、おれにわかるか」

新田は苦笑した。新田には肚を割って話せるが、ゆうべパーラーマルハマで揉めたのはいえなかった。ふたりは警ら用自転車に乗って交番にむかった。

穂香への思いは以前にもまして強くなったが、彼女の気持はわからない。自分が警察官だから頼ってくれているだけで、それ以上の感情はない気もする。

しかも元夫の根岸とは顔見知りだし、穂香と啓太のことを見守ってやってくれと頼まれている。そんな立場で下心を抱くのはまちがいかもしれない。

いずれにせよ、いま自分がやるべきことは穂香と啓太を守ることだ。早く河淵を問いただしたいのに、きょうは当番だから朝まで動けない。そのあいだに穂香になにかあったらと思うと落ちつかない。

武藤はじれったい思いでペダルを漕いだ。

58

夕食のあとはいつもあわただしい。下膳に口腔ケア、入所者を居室のベッドに寝かせる着床介助、さらにトイレ誘導とオムツ交換もある。夕食は六時からで、一連の作業が終わるのはたいてい七時頃だ。七時からは水分補給と点眼、食堂の片づけがある。

がらんとした食堂でテーブルを拭いていると、穴見が入ってきて、

「きょう夜勤は大丈夫？」

小声で訊いた。穂香はうなずいて、

「ええ。がんばります」

「でも疲れてるみたいだよ。なんなら、ぼくが代わろうか」

「いえ、そういってもらえるだけでうれしいです」

「しかし辻根主任は、なんで清水さんに夜勤を振ったんだろ。ひとり辞めたって、二階の勤務シフトはまわせるはずなのに」

「あたしを辞めさせたいのかも」

「だとしたらパワハラだよ。どこかに相談したほうが――」

「でも、まだ辞めろとはいわれてないんで」

「なにかあったら、すぐぼくにいって。辻根主任に文句いうから」

ほかの介護員が入ってきたから、穴見は目配せをしてその場を離れた。

穴見にはよけいな心配をさせたくなくて、河淵の不審な行動は話していない。近江の事件があった夜、河淵が敬徳苑にむかっていたといえば、正義感の強い穴見のことだから河淵を問いつめるだろう。

しかし河淵がほんとうの目的を語るとは思えない。むしろ警戒して事実を隠蔽する恐れがあるだけに、武藤の捜査が進むのを待ったほうがいい。きょうの夜勤のあいだに河淵からなにか聞きだせれば、犯行を暴くきっかけになる。

とはいえ七時半になって遅番の職員たちが帰りはじめると、しだいに心細くなった。河淵と朝まですごすのかと思ったら、やはり怖いし不快だった。穴見は最後まで残っていたが、眠前与薬や就寝介助をしているうちに帰ってしまい、会話をするひまがなかった。

介護員室にもどってデスクで介護記録を書いていると、河淵がもどってきた。横に撫でつけたまばらな髪や厚ぼったい顔を見たとたん、室内の空気が重くなったように感じる。

河淵はきのう休みだったくせに疲れた表情で、椅子にかけると溜息をついて、

「あーあ、これから朝まで長いなあ」

さっそく愚痴をいった。ふだんなら無視するが、今夜は犯行に関することを聞きだしたい。

ですよね、と穂香は相槌を打ってペンを置き、

「あたしも憂鬱です。菅本さんのときも近江さんのときも、あたしが夜勤だったから」

「タイミングが悪いよね。菅本さんが殺されたときは、おれも一緒だったけど」

「ほんとにタイミングが悪いと思ってます？」

「どういうこと？」

「きのう施設長は、近江さんがひとりでベランダから落ちたっていいましたけど、みんな内心は疑ってますよね。あたしが近江さんを突き落としたんじゃないかって——」

事件の話に誘導したつもりだが、緊張してかすかに語尾が震えた。

「施設長がいったとおり、近江さんは自立歩行ができたんじゃないかな」

河淵はしらじらしくそういった。

「ふだんは歩行困難でも、急に徘徊するひとだっているから」

「でも食堂の窓にはストッパーがついてるんですよ。近江さんが開けるのは無理でしょう」

「認知症が改善してたら、開けられるんじゃない？」

河淵はこちらに罪をなすりつけたいだろうが、本人を前にしてはとぼけるしかないらしい。あくまで事故だと主張するのがおかしかった。

「あたしは事故じゃなく、誰かがやったんだと思います」

「誰かって？」

「それはわかりませんけど」

河淵は動揺したように濁った眼をしばたたいて、

「でもあの晩、三階にいたのは清水さんと穴見さんだけだろ」

「だから疑われてるんです。穴見さんも刑事さんにいろいろ訊かれたっていってました」

「やっぱり事故じゃないのかな」

「誰かが侵入した可能性もありますよ」

「そういうこともありうるかもしれないけど――近江さんはまだ意識がもどらないの」

「だと思います」

河淵は近江の容態に話をそらせた。近江の意識がもどって筆談ができるくらいに回復すれば、誰の犯行かあきらかになる。河淵はそれを恐れているのかもしれない。

警察の捜査が進んでいるといったら、河淵はどんな反応を示すだろう。事実、武藤は河淵を疑っているのだから、あながち嘘ではない。もうじき犯人の目星がつきそうだといえば、うろたえて尻尾をだすのではないか。

このあいだの夜、敬徳苑に武藤がきたとき、河淵はなぜ警察官がきたのかとしつこく訊いた。あのとき武藤とは顔見知りだと答えたから、きっと信用するはずだ。

そういえば、と穂香はいって、

「警察の捜査は、だいぶ進んだみたいですね」

「え、でも警察の捜査でも事故という結論がでるって、施設長はいってたけど――」

「あたしはそうは聞いてません。もうじき犯人の目星がつきそうだって」

「そんな話を誰から？」

「このあいだの夜、ここにきた警官ですよ。でも、みんなにはいわないでくださいね」

「いわないいわない。だから、くわしく教えて」

河淵はデスクに身を乗りだした。

脂ぎった顔が険しくなっている。いっそ、あんたが犯人だろうといいたかった。が、これ以上刺激するのは危険だし、捜査がどう進んだか具体的な内容までは考えていなかった。

「くわしくはわからないんです。ただ、これであたしの疑いが晴れたらいいんですけど——」

「警察はなにか証拠をつかんでるの」

「それもわかりません。ただ犯人の目星がつきそうだとしか——」

腕時計に眼をやると、まもなく九時だった。穂香は椅子から腰をあげて、

「消灯いってきます」

一方的に話を打ち切って介護員室をでたが、河淵はあとを追ってきて、

「おれもいくよ」

なぜか隣にならびかけてくる。穂香は廊下の反対側を指さして、

「どうしてこっちにくるんですか。河淵さんはむこうの居室をまわってください」

「汚物処理室のドアを開けてきたかもしれないから」

「そんなの消灯のあとでいいでしょう」

「でも臭いが漏れたらまずいよ」

「じゃあ、あたしは先にいきます」

急ぎ足で歩きだしたが、河淵の足音がひたひたとあとをつけてくる。河淵がいまにも飛びか

かってくるような気がして恐ろしい。逃げだしたくなるのをこらえて歩いていると、トレーニングパンツのポケットでPHSが鳴った。電話にでると、相手は託児所の保育士だった。

「啓太くんの様子がおかしいんです」

保育士は緊張した声でいった。

「チアノーゼがでて白眼を剝いてて——すぐきてくださいッ」

穂香は電話を切るなり背後を振りかえって、

「息子の様子がおかしいんです。託児所にいきますから、かわりに消灯お願いします」

河淵の返事を待たずに走りだした。

穂香は靴を履き替える余裕もなく、上履きのまま非常口を飛びだした。

啓太はいったいどうしたのか。託児所に連れていったときは元気だったのに、チアノーゼがでて白眼を剝くとは、ただごとではない。

息せき切って託児所に駆けこむと、啓太はベッドに寝かされていて、はじめて見る保育士が枕元に付き添っていた。二十一、二歳くらいの保育士はこわばった表情で、

「ついさっきまで大変だったけど、やっと落ちつきました」

啓太は白眼を剝いて手足を突っぱり、びくびく震えていたという。いまは顔がすこし赤みを帯びているだけで、おだやかな表情で目蓋を閉じている。

タクシーで救急病院に連れていこうと思ったら、保育士が呼んだらしく看護師の林静江が入

ってきた。林は保育士から症状を聞いたあと啓太の容態を診て、

「すこし熱があるから、たぶん熱性けいれんだね」

熱性けいれんは生後六か月から五歳までに多く、風邪などの発熱時に発症する。熱性けいれんの七、八割が後遺症のない単純型で、たいてい五分以内に発作はおさまるという。それを聞いて安堵したが、あしたは念のために病院へ連れていくべきだろう。

林は帰り支度をしながら溜息をついて、

「最近は夜もおちおち眠れないわ。しょっちゅう呼びだされるから」

「――すみません」

「今夜はもうかんべんしてよ。あたしの身にもなってね」

自分が呼びだしたわけではないが、頭をさげた。

林が帰ったあと、保育士はまだ緊張がおさまらない様子で、

「あたしの経験不足もありますけど、こういうことが続いたら心配です」

彼女は保育士になったばかりだというから、夜間の託児所で働くのは心細いだろう。わが子を預けている身としても心細いのはおなじだった。彼女の経験が浅いからだけでなく、この施設にいるのは啓太のためにも好ましくない。

あらぬ疑いを晴らすまでは辛抱するつもりだったが、啓太のことを考えるともう限界だった。三歳になったら幼稚園に通わせたいから、夜はなるべく一緒にいてやりたい。

河淵がなにをやっていても不在者投票で不正があっても、自分がそれを暴けるとは思えない。

無理をしてわが身を危険にさらすより、啓太のためにもべつの仕事を探そう。経済的に困窮するのはわかっているが、こんな生活を続けるよりましだ。

とうとう辞める決心がついて、霧が晴れたように気分が軽くなった。

敬徳苑にもどって三階にあがると、介護員室に入った。壁の時計は九時三十分をさしている。とっくに消灯は終わったはずなのに、河淵はいない。

朝になったら辻根に辞めるといおう。辻根はずっと自分を辞めさせたい様子だったから、慰留はしないだろう。もし人手不足を理由に引き止められても、最低限の引継ぎにとどめて夜勤は断るつもりだった。いまのうちにデスクの私物の整理をしようと思ったら、河淵がもどってきた。

「息子さんは大丈夫でしたか」

いかにも心配していたような口調で訊いた。わざとらしいと思いつつ、はいと答えた。

河淵は椅子に腰をおろすと、また溜息をついて、

「よかった。いま穴見さんに電話するところだった」

「どうして穴見さんに？」

「清水さんがもどってこられるか、わからなかったから」

「悪いですよ。穴見さんにはいつも負担ばかりかけてるのに」

「でも、ほかに頼れるひとはいないし、清水さんが困ってるっていえば――」

「いえば、なんなんですか」

「特に意味はないよ。おれひとりじゃ手がまわらないから」

河淵は自分と穴見が親しいのに気づいているのか。だとしても辞めると決めた以上、どうでもよかった。ただ思わせぶりないいかたが癪《しゃく》に障って、

「人手はもっと足りなくなりますよ」

ついそう口走った。河淵は怪訝な表情で、

「どういうこと？」

よけいなことはいわないほうがいいと思ったが、河淵の反応を見たい気もして、

「あたしが辞めるからです」

「えッ」

「急で申しわけないですけど、息子のことが心配なんで」

「でも託児所がちゃんと対応してるんじゃ――」

「今夜みたいなことが続くと心配だっていわれました。それに、あたしが近江さんを突き落としたって、みんなから疑われてるのも厭だし」

「もう疑ってないんじゃない。警察のことは知らないけど、施設長は近江さんがひとりでベランダから落ちたっていってるんだから」

「とにかく辞めます。そう決めたんです」

「そうかあ。残念だけど清水さんがそこまでいうなら、しょうがないね」

河淵は声を落としていったが、内心はなにを考えているのかわからない。落胆した表情に見

えるのはストーカーの対象がいなくなるせいかもしれない。いずれにせよ、ふたりでおなじ部屋にいると息が詰まるし、なにかされるのではないかという恐怖もある。

コールが鳴ったのを幸い、急ぎ足で介護員室をでた。

59

月も星も見えない暗い夜だった。

十一時をまわって道路を行き交う車はわずかになった。

風間はステップワゴンの運転席でホットドッグを食べていた。丹野は後部座席でおにぎりを食べている。どちらもさっき、眼の前のコンビニで買ってきた。

フロントガラスのむこうに根岸が住んでいるデザイナーズマンションがある。あわただしい食事のあいだも視線はそこから動かさない。

マンションはオートロックだが、条川市では屈指の高級マンションだけに管理人が常駐している。管理人には捜査に協力するよう承諾をとってあるから、いざというときは鍵を借りて部屋に踏みこむ予定だった。

ゆうべに続いて二日目の張り込みである。

昔の映画やドラマだと張り込み中の食事は餡パンと牛乳が定番だが、現実にはなにを食べるか決まっていない。いつでも行動できるよう早く食べられることと、集中力を欠かさないために腹八分目の量ならなんでもいい。餡パンと牛乳はコンビニがなかった時代の発想だろう。

ゆうべの張り込みは徒労に終わった。

明け方近くなっても根岸に動きはなく、サベージの連中もあらわれなかった。丹野は日中も張り込みを続けたそうだったが、ほかにも仕事はあるから朝は定時に登庁した。

笹崎は今回の張り込みに反対で、きのうから丹野に中止を求めていた。

「このあいだも根岸を任意同行《ニンドウ》したけど、結局は帰すはめになった。またおんなじ結果になったら、荒木課長が怒りますよ」

「おれが根岸に口を割らせたけ、オレオレの拠点を挙げられたんでしょうが。根岸をいったん帰してやったんは、その見返りです」

丹野は声を荒らげた。それはわかるけど、と笹崎はいって、

「うちの班が抱えとる事件《ヤマ》は、筒見将彰の殺害です。あっちやらこっちやら調べても、時間喰うばっかりで埒があかんのやないですか」

「なら、どうせいちゅうんですか。係長はおれらの報告聞いて、ああやこうやいうだけでええけど、おれらは足を棒にして捜査しとるんですよ」

「丹野主任の勝手な捜査をフォローしとるのは、誰やと思うてるんですか」

笹崎の温厚そうな丸顔が険しくなった。丹野もさすがに頭をさげて、

「すいません。けどサベージみたいに誰がトップかもわからん組織を相手にするには、手あたりしだいにやるしかないんです。今回だけは大目に見てください」

きょうも張り込みをすると押し切った。

朝の捜査会議のあと、当番明けの新田が刑事課に顔をだして、

「風間、ちょっとええか」

廊下に呼びだされた。なんの用かと思ったら新田は声をひそめて、

「うちの武藤から聞いたんやけど――」

敬徳苑に入所していた近江八重子は認知症を装っており、清水穂香と筆談で会話をしていた。近江によれば、前回の市議会議員選挙で不在者投票の不正がおこなわれたという。

「詐病のことは清水さんから聞いとるが、選挙のことは初耳やの」

「おまえも知っとるかもしれんが、敬徳苑理事長の息子は市会議員の井狩恭介や。近江さんは選挙の不正を清水さんに伝えてまもなく、ベランダから転落しとる」

井狩恭介は小田切が調べてみろといったし、ネット上でもかんばしくない噂が多かった。それだけに選挙の不正はありそうだが、なにも証拠はない。新田は続けて、

「理事長は清水さんを呼びだして、近江さんは自力歩行ができて転落は事故やった。誰かに訊かれたら、そう答えろていわれたらしい。清水さんの印象やと、選挙の不正を知っとるかどうか探りを入れとる感じやったらしい」

「清水さんの印象だけじゃ、どうもならんぞ」

「清水さんが呼びだされる前、丹野主任が理事長と逢うとったらしいが、なんか聞いとらんか」

「たぶん高齢者の個人情報が流出した件やろう」

「敬徳苑ちゃ、いろいろ問題があるな」

「ああ。ネットで調べたら、理事長の息子も評判が悪かった」

「もうひとつある。近江さんは、藪下稔に殺された菅本キヨさんとおなじ居室やった。事件があったとき、近江さんは犯人を見とる。部屋が暗くて顔はわからんやったけど、藪下やないかもしれんていうたそうじゃ」

「事情聴取ンとき、清水さんはそんなことというとらんぞ」

「そのときはいいづらかったんかもしれん。近江さんから話は聞けんのか」

「まだ意識不明よ。回復しても話ができるかどうかわからん」

「いまのところ清水さんの証言しかないけ、ぜんぶ鵜呑《うの》みにはできん。けど、これがほんとやったら一大事や。おまえのほうで調べてもらえんかと思うての」

「調べるちゅうても、おれの判断じゃ動けんぞ」

「それはわかっとる。できる範囲でええ」

新田はそういって踵をかえした。

夕方から張り込みをはじめたとき、無理を承知で丹野に相談すると、

「もし事件やとしたら近江を突き落としたんは、清水に決まっとる。けど、あれは事故じゃ。近江は自立歩行ができたんやからの」

「近江さんの転落は事故にしても、不在者投票の不正はありそうな気がしますけど――」

「公職選挙法違反は二課の仕事じゃ。うちとは関係ないし、証拠でもあるんか」

「いまのところ清水さんの証言しか――」

「そげなもん信用できるか。あの女は自分が疑われるのが怖いけ、嘘をならべとるんじゃ」

「じゃあ、菅本キヨさんの事件は――」

「DNA鑑定で犯人は藪下て割れとる。いまさら蒸しかえしてどうする」

予想どおり、まったく耳を貸さなかった。

丹野はあれほど清水穂香を疑っていたのに、一転して事故だというようになった。穂香のいうことが事実だとしても、裏付けがとれない限り捜査はできない。警察官になってから、さまざまな事件に関わってきたが、真相がうやむやになるのは珍しくない。

検察は裁判で有罪にできるときしか起訴しない。どれだけ疑わしくても公判が維持できないと判断すれば不起訴にする。検察官にとって敗訴はキャリアの汚点になるからだ。

したがって検察はいったん起訴したら、なにがなんでも有罪に持ちこもうとする。裁判官も無罪判決が多いと、国や検察からしっぺがえしで左遷される。

その結果が九十九・九パーセントという有罪率にあらわれている。数字だけ見ると、ほとんどの犯罪者は法の裁きを受けたように見えるが、不起訴処分で野に放たれる者もたくさんいる。

不検挙率――つまり検挙されても不起訴になる確率は五十パーセントを超える。その一方で、強引な捜査や自白偏重によって冤罪も生まれる。どんな事件であろうと真相の究明が優先されるべきだが、必ずしもそうはならない。といって検察も警察も組織や個人の利害ばかりを考えているわけではなく、多くの者は薄給で過酷な職務に耐えている。

丹野にしても頑固で融通はきかないし、捜査手法も問題だらけだ。けれども刑事としての職務には寸暇を惜しんで努力している。丹野のような刑事は、ほかにもたくさんいるだろう。このままでいいとは思えないが、個人の力ではどうにもならない。

風間は眠気覚ましのカフェイン飲料を飲みながら、ホットドッグを齧った。

すこし前に確認したら根岸のヴェルファイアは駐車場にあって、十階の部屋には明かりが灯っていた。根岸は今夜も部屋にいるとおぼしいが、日中は張り込みができなかったから、そのあいだの動向はわからない。

ゆうべは車内で仮眠しただけで満足に眠っていない。今夜もそうなるのかと思ったらうんざりして、つい集中力が途切れそうになる。ホットドッグを片手にぼんやりしていると、

「おいッ」

丹野が鋭い声をあげた。

「あれ、小田切とちがうか」

急いでフロントガラスのむこうに眼を凝らすと、黒いスーツを着た長身の男が根岸のマンションにむかって歩いていく。色白で端整な顔は、たしかに小田切だった。

なぜ小田切がここにいるのか。わけがわからず動揺していると、

「あの野郎、根岸を殺《や》りにきたの」

丹野の言葉に下腹がひやりとした。小田切はサベージの構成員かもしれないだけに、その可

能性はじゅうぶんある。もしそうでなくても小田切が逮捕されたら、とばっちりを喰う。

「もしおれが捕まるようなことがあったら、おまえも道連れだ」

小田切は前にそういった。

毛髪検査でコカインが検出されなくなるには九十日かかるが、ミューズでコカインを吸ってから、まだひと月も経っていない。小田切の証言しだいで一巻の終わりだ。

「よし、小田切はマンションに入った。いくぞッ」

丹野が怒鳴ってステップワゴンのスライドドアを開けた。

風間は食べかけのホットドッグをレジ袋に突っこんで、運転席から飛びだした。

60

穂香は介護員室でデスクの私物を整理していた。

さっき十一時のオムツ交換を終えて、ようやく時間に余裕ができた。

河淵はなぜか落ちつきがなく、コールもないのに介護員室をでたり入ったりしている。自分が辞めるといったせいか、あれからほとんど喋らないのが不気味だった。やはり退職の件は黙っていればよかったと後悔した。

ふとメールの着信音が鳴って、デスクに置いていたスマホを手にとった。

メールは武藤からで、その後、変わりないですか、とある。今夜は夜勤で河淵と一緒だと返信したとたん、いま話せますか、とメールがきた。

廊下を覗いて河淵がいないのを確認してから、武藤に電話すると、

「大丈夫ですか」

不安げな声がかえってきた。

「大丈夫です。ただ、ここはもう辞めようと思って――」

「えッ」

「あした上司に、辞めるっていうつもりです」

「なしてですか。河淵になにかされたんじゃ――」

「なにもされてはいませんけど、いろいろ疲れました」

「そんな――清水さんはなんも悪くないのに、辞める必要なんかないですよ」

「でも――」

といいかけたとき、ドアが開いた。

あわてて電話を切ると同時に、河淵がのっそり入ってきた。河淵は自分の椅子に坐るでもなく、なにかいいたげにこっちを見つめている。このままでは危険な気がして、

「巡視にいってきます」

スマホをトレーニングパンツのポケットに突っこむと、懐中電灯を手にして廊下にでた。

背後で足音がして振りかえると、なぜか河淵があとをついてくる。思わず急ぎ足になったが、それにあわせて背後の足音も速くなった。

穂香は女子トイレに駆けこむと、個室に入って鍵をかけた。

61

若希駅前は暗くひと気がない。駅舎の横のコンビニだけが明るいが、客はまばらだ。

武藤は見張り所のパイプ椅子にかけて、外を眺めていた。新田と石亀は警らにいって交番には自分しかいない。駅舎の時計に眼をやると、十一時十五分をさしている。

さっき穂香は、会話の途中で突然電話を切った。それきり連絡がないが、なにかあったのか。夜勤の相手が河淵とあって不安がつのる。

穂香はあしたの朝、上司に辞意を伝えるといった。穂香が辞めるのは納得がいかない。辞めるべきなのは彼女を追いつめた連中だ。退職を思いとどまるよう穂香を説得しにいきたいが、新田や石亀に相談しても、きっと反対されるだろう。

となると、ふたりが留守のあいだしか敬徳苑にいく機会はない。努力目標が足りないのと根岸との交際を疑われたせいで、所長の福地には毛嫌いされている。勝手な行動をとれば、自分まで退職を迫られるかもしれない。しかし穂香のことを思うと、じっとしていられない。

「ちくしょう。もうどうにでもなれッ」

武藤は交番をでると、警ら用自転車に乗って夜道を走りだした。

思いきりペダルを漕いだせいで敬徳苑に着いたときには息があがっていたが、穂香の無事を確認するまでは休んでいられない。玄関の前に立って穂香に電話すると、すぐにつながった。

「武藤です。心配なんで、いま敬徳苑まできたんですが――」

「よかった。すぐいきます」

まもなく玄関の自動ドアが開いて、穂香が顔をだした。おびえたような表情で何度も背後を振りかえっている。わけを訊くと河淵にあとをつけられたという。

「怖くてトイレにこもってたんです。武藤さんから電話があってトイレをでたら、もういませんでしたけど――」

腰に装着したPSWが鳴ったが、無視した。新田か石亀の呼びだしだろう。

「ほかにはなにか?」

「特にないです。ただ、あたしが辞めるっていったら落ちつかない様子で――」

「河淵さんを――河淵を呼んでください」

穂香はトレーニングパンツのポケットからPHSをだして、河淵に電話した。ふと既視感が脳裏をよぎったが、それがなんなのかはわからなかった。

やがて河淵が怪訝な表情で玄関にでてきた。

「清水さんは仕事にもどってください。またあとで話しましょう」

武藤がそういうと、穂香はうなずいて館内にもどった。河淵は首をかしげて、

「どうしたんですか」

「ちょっと話があるんで、こっちにきてもらえますか」

駐車場のほうへ連れだそうとしたら、あッ、と河淵は声をあげて、

「あんたは、きのうパチンコ屋にきた——」

顔がばれたのはまずいが、こうなったら開きなおるしかない。

「それがどうしたんか。おまえを内偵しよったんじゃ」

武藤はドスをきかせた声でいった。河淵はおどおどして、

「なにを内偵してたんですか」

「近江八重子さんの事件じゃ。近江さんを突き落としたんは、おまえやろ」

「ちがいます」

河淵は烈しくかぶりを振った。

「あの晩は休みでしたから」

「そんないいわけは通らん。おれは見とったんぞ」

「なにをですか」

「おまえがパチ屋からでてくるのをじゃ。気ンなってあとをつけたら、おまえは自転車でここにむかっとった。あのあと、こっそり忍びこんだんやろ」

「金を取りにいこうとしただけです。パチンコで負けて一文無しになったから」

「金？　なんの金か」

「デスクの引出しに小銭を置いてたから、それを取りに」

「だから敬徳苑に忍びこんだんか」

「いえ、ここに着く前に帰りました。おふくろから体調が悪いって電話があったんで」

「でまかせいうても、どうせばれるぞ。菅本キヨさんを殺したんも、おまえやないか」

「そ、そんなことしてません」

「嘘いうてもむだぞ。おまえがストーカーちゅうのは割れとるんじゃ」

「ストーカー？」

「おう。清水さんにつきまとったやろが」

「べつにつきまとったわけじゃ――」

「とぼけるなッ。清水さんは、さっきもあとをつけられたていうとる」

「清水さんが辞めるっていうから、気の毒になって」

「なんを気の毒に思うたんか」

「近江さんの事件で、みんなに疑われてるって悩んでたからです。おれは信じてるっていいたかったけど、声をかけづらくて――」

「それで、あとをつけたていうんか」

「はい」

「今晩だけやなかろうが。おまえが清水さんのアパートの前におったのも知っとるんぞ」

「それは、あるひとから清水さんを見張れっていわれて――」

「あるひと？」

「かんべんしてください。それをいったら首になります」

「なら、おまえが闇スロで捕まったことや、ゆうべ打ち子しよったんもばらすぞ。そうしたら、どっちみち首じゃ」

わかりました、と河淵は溜息まじりにいって、

「辻根さんです。介護主任の」

「辻根？　そのひとは、なし清水さんを見張れていうたんか」

「理由はよくわかりません。清水さんはいろいろ問題があるからって」

「それだけか」

「ただ辻根さんは穴見さんに気があるみたいだから、もしかして――」

河淵がそういいかけたとき、背後で自転車が停まる音がした。

振りかえると、新田がこっちに走ってくる。武藤は内心で舌打ちをして、

「そこで待っとれ」

河淵にそういい残して、新田のほうへむかった。

「すみません。ちょっと気になることがあって――」

いいわけしようとするのを新田は掌で制すと、武藤の耳元に口を寄せて、

「交番《ハコ》放ったらかして、なんしよるんかッ。はよもどれッ」

押し殺した声で怒鳴った。

62

風間と丹野はコンビニの駐車場をでて、デザイナーズマンションに駆けこんだ。

丹野はインターホンで管理人を呼び、エントランスのオートロックを解除させると、全戸に共通のマスターキーを借りた。エントランスに小田切の姿はなかったが、二基あるエレベーターの一基は十階で停まっている。

丹野とエレベーターに乗りこんで十階にあがった。根岸の部屋の前に立つと、不安と焦燥で鼓動が速くなった。小田切がすでに根岸を殺していたら最悪だ。

丹野は玄関のインターホンを鳴らして、

「警察じゃ。いますぐここを開けろッ」

ドアを叩いて怒鳴ったが、返事はない。

家宅捜索令状がなく住人の同意もないのに住居に入るのは違法だが、丹野はマスターキーでドアの鍵を開けると、土足で室内に踏みこんだ。風間は引き止めるまもなく、あとに続いた。

玄関をあがって廊下を抜けると、広々としたリビングがあった。小田切はソファにかけて缶ビールを呑んでいた。呑気な光景に拍子抜けしたが、根岸はいない。

「小田切ッ。きさま、ここでなにしとるッ」

丹野は怒鳴った。はあ？　と小田切はいって、

「刑事さんこそ、家宅捜索《ガサ》令状《状》あるんすか。ひとんちに勝手に入ってきて」

「やかましいッ。根岸はどこにいった？」

「さあ、おれがきたときから、部屋にいませんでしたよ」

「嘘をいうなッ。なら、おまえはどうやってここに入ったんか」

「玄関のドアが開いてたからですよ」

「おまえがピッキングでもして開けたんやろ。根岸を殺《や》るためにの」

「なんで、おれがそんなことするんすか。あいつとは古い知りあいなのに」

丹野はこっちをむいて、捜せッ、といった。風間は狼狽しつつ室内を見てまわった。

どこかで根岸が死んでいるのではないか。そんな気がして胸がどきどきする。だがトイレや浴室、クローゼットまでくまなく調べても、根岸はいなかった。どうやら最悪の事態はまぬがれたらしい。けれども、ずっと見張っていたのに根岸はどこに消えたのか。

「根岸はどこにおるんか。はよいえッ」

丹野は怒声をあげたが、小田切は平然として、

「知りませんよ。おれは遊びにきただけなんだから」

「なら、いますぐ根岸に電話せい。本人に確認がとれたら、おまえのいいわけを認めちゃる」

小田切は上着からスマホをだすと、根岸に電話して、

「つながりません。電源切ってるみたいっす」

「やっぱり嘘やないか。所持品を見せろ」

「なんで見せなきゃいけないんすか。こんなところで職質でもあるまいし」

「住居侵入容疑じゃ。根岸の許可なく自宅に侵入したんやけの。はよ所持品をだせッ」

　はいはい、と小田切はだるそうにいってスマホをテーブルに置き、スーツのポケットを探ってヴィトンの財布をだした。丹野はそれの中身を調べてから、

「これだけか。ほかにもなんか持っとるやろ」

「持ってません」

「なら身体検査させてもらうぞ。立てッ」

　小田切はすなおに立ちあがった。

　丹野はボディチェックをするように小田切のスーツに触れていたが、おッ、と声をあげた。丹野はスーツの胸ポケットに手を突っこむと、細長いものを取りだした。

　それは、折り畳み式のナイフだった。なんかこれはッ、と丹野は叫んで、

「こげなもん持っとるやないか。やっぱり根岸を殺《や》りにきたんやのッ」

「それは果物ナイフっすよ。店の厨房で使ったまま、持ってるのを忘れてただけです」

「見え透いた嘘をいうなッ。正当な理由なく、刃物を携帯するのは銃刀法違反じゃ。これだけで、もう現行犯逮捕やの」

　丹野は勝ち誇ったようにいったが、小田切は動揺した様子はなくソファに腰をおろすと、

「刃の長さを測ったらどうすか。銃刀法違反に該当するのは六センチ以上でしょう」

「生意気なこと抜かしやがって。おい風間ッ。定規はないんか」

丹野はいらだった声をあげた。風間は上着のポケットからスマホをだすと、画面にメジャーを表示できるアプリを起動した。そげなもんがあるんか、と丹野はつぶやいた。

ナイフを測ってみると、刃渡りは五センチだった。丹野は鼻を鳴らして、

「六センチなくても軽犯罪法違反で逮捕できる。さっさと根岸の居場所を吐けッ」

「知らないものは知らないんです」

丹野は舌打ちすると、風間の耳元に口を寄せて、

「係長に電話してくるけ、おまえはこいつを見張っとれ」

小声でいってリビングをでていった。

丹野は小田切をどうするか、笹崎に相談するつもりらしい。丹野のことだから笹崎がなんといおうと、このまま小田切を帰すはずがない。

小田切を逃がすなら、いまのうちだった。そう思ったら鼓動がますます速くなり、全身に粘っこい汗がにじんだ。丹野は廊下にいるから玄関からはでられないが、リビングのむこうにバルコニーがある。小田切はこっちの立場をおもしろがっているのか、薄笑いを浮かべて、

「なんで根岸を張ってた? まさか、おれがくるとは思わなかっただろ」

「そんなこたあ、どうでもええ。話がある」

風間は小声でいってバルコニーを顎でしゃくった。

小田切は缶ビールを手にしたまま腰をあげた。ふたりでバルコニーにでると、なまぬるい夜風が吹きつけてきた。思ったとおりバルコニーの横に、非常時に蹴破るための隔て板があった。

風間はそれを指さして、

「早くそこから逃げろッ」

「なぜ逃げる必要がある。おれはなにもしてねえぞ」

小田切は肩をすくめて缶ビールをあおった。

「そんなこというてる場合か。おまえが捕まったら、おれも困るんじゃ」

「だろうな。でも逃げる気がしねえんだ」

小田切はどうするつもりかわからないが、このままでは身の破滅だ。

そのとき、危険極まりない考えが浮かんだ。

小田切がバルコニーに逃げたので、急いで追いかけた。小田切はバルコニーの手すりによじのぼったが、足を踏みはずして転落した。そう証言すれば、つじつまはあう。むろん失態の責任はとらされるだろうが、小田切にコカインの吸引をばらされるよりましだ。

思いきって小田切を突き落としたら――。

そんな衝動にとらわれていたら、どうした？　と小田切が訊いた。

「やけに怖い顔してるじゃねえか」

「なんでもない」

風間はかぶりを振ると、小田切にむかって足を踏みだした。次の瞬間、

「おいッ。そこでなんしよるんかッ」

丹野の怒声に軀がすくみあがった。なんと答えればいいのかわからず返事に詰まっていると、

丹野はバルコニーにでてきて、こっちをにらみつけた。

「風間ッ。返事せんかッ」

「おれが風にあたりたいっていったんすよ」

小田切はこともなげにいった。

丹野は鼻を鳴らすと小田切の前に立ちふさがって、何時かッ、と訊いた。

風間はどぎまぎしながら腕時計に眼をやって、

「十一時三十三分です」

丹野は腰のベルトに手をまわすと、革ケースから手錠をだして、

「小田切怜ッ。住居侵入容疑ならびに軽犯罪法違反容疑で逮捕するッ」

63

六時の離床時間になって居室をまわり、窓のカーテンを開けた。空は曇っているが、気分はすがすがしい。そう感じるのは気持の整理がついたからだろう。

朝は入所者の起床介助とバイタルチェック、洗顔や歯磨きなどであわただしい。そうした業務に慣れてきただけに、退職するのは惜しい気もする。しかしここに残れば、また冷ややかな視線にさらされる日々が続く。

穂香は未練を振りきるように、てきぱきと軀を動かした。それと対照的に河淵はいつにもま

して動きが鈍い。ゆうべ廊下であとをつけられたときは不気味だったが、武藤に呼びだされたあとはしょげかえった表情だった。

武藤になにをいわれたのか訊くと、それはいえないけど、と河淵はいって、

「ただ、おれはストーカーなんかしてない。近江さんのことで清水さんを疑ってもいない。それだけは信じて欲しい」

意外な言葉に驚いたが、むろん簡単には信じられない。

「武藤さんはどうしたんですか」

「連れもどされたよ。上司みたいなひとがきて」

武藤はこちらの身を案じて無理をしているらしい。とりあえず礼をいうつもりでメールを送ったが、仕事が忙しいのか、まだ返信はない。

七時になって早番の介護員たちが出勤してくると、ようやく緊張がほぐれた。もう河淵とふたりきりではないし、穴見も早番だから安心だ。

穴見に辞めるというのは心苦しかったが、これで縁が切れるわけではない。おなじ職場でないほうが、こそこそせずに逢える。穴見が廊下にでるのを見計らって、あとを追った。

退職の件を切りだすと、穴見は眼を見張って、

「どうして？　なにがあったの」

「啓太のことを考えると、夜は一緒にいてやりたいと思って」

「だったら仕方ないけど、仕事の問題なら、ぼくがなんとかするよ」

「ありがとうございます。でも大丈夫です」

「よかったら、今夜にでもゆっくり話そう。啓太くんも連れておいで」

「ゆうべ熱をだしたんです。あとで病院で診てもらって大丈夫なようなら――」

穴見は落胆した様子だったが、周囲の眼があるだけに長話はできなかった。

朝食の準備をしていたら、辻根が出勤してきた。介護員室に入ってタイムカードを押している。穂香は深呼吸をすると、辻根の前に立って退職したいと告げた。

辻根は頬をぴくりとさせたが、それ以上の反応はなく、

「あらそう。で、いつまで働けるの」

「いつまでというか、なるべく早く辞めさせていただければ――」

「わがままいっちゃ困るわ。人手が足りないのはわかってるでしょう」

「申しわけありません」

「とにかく引継ぎはちゃんとやってね。人手不足になったのは、あなたのせいなんだから」

「はい。でも息子の体調が悪いので、あしたは休みます」

辻根は不満げな顔つきでそっぽをむいた。いろいろ文句がいいたいだろうが、こちらが退職という最後の切り札をだした以上、なにもできないのが愉快だった。

64

ランドセルを背負った小学生たちが駅前をぞろぞろ歩いていく。

武藤は交番の前に立って、それを見守っている。通勤通学の時間帯の立番である。

小学生の何割かはすれちがいざまに、あいさつしていく。おはようございます、と礼儀正しい女の子もいれば、ういっす、とおどけながらいう男の子もいる。

「おはよう」

武藤はひとりひとりに笑顔をかえすが、表情がぎごちないのが自分でもわかる。どうして子どもが苦手なのか理由はわからない。嫌われるのが怖いせいか、自分がまだ幼いせいか。

「おまえはガキかッ」

ゆうべ敬徳苑をでたあと、新田に怒鳴りつけられた。

「おれに黙って勝手なまねするなっていうたやろ」

「――すみません」

「その河淵ちゅう奴がなんぼ怪しいでも、捜査には段取りがあるんじゃ。おまえから聞いた話は、ちゃんと風間に伝えとる」

「はい。ただ清水さんが辞めるっていうんで、つい心配になって――」

「おまえ、清水さんが辞めて、自分と接点がのうなるのが厭なんやろ」

「そんなことないですけど——」

と答えたが、そういう部分もあるような気がした。

新田と交番にもどったら、石亀もあきれた表情で、

「おまえは、ただでさえ交番所長《ハコチョウ》からにらまれとるんぞ。警察官《サツカン》続けたかったら、おとなしゅうしとけ。だいたい交番勤務ちゅうのはなあ——」

さんざん説教されたが、そのあいだも河淵のことが頭を離れない。河淵は介護主任の辻根に命じられて、穂香を見張っていたといった。さらに河淵は、

「ただ辻根さんは穴見さんに気があるみたいだから、もしかして——」

ともいった。辻根と穴見は菅本の事件で敬徳苑に臨場したとき顔を見ただけで、ふたりのことはわからない。河淵がいったことが事実だとしても、辻根はなぜ穂香を見張らせたのか。

穂香に訊くのがてっとり早いが、彼女とふたりがどういう関係なのか気になる。うかつなことを訊いたら穂香は動揺するだろう。河淵の発言は信用できないだけに、様子を見たほうがよさそうだった。

八時をすぎて登校の波は静まった。

もうじき当番が明けて、きょうは非番だ。河淵をふたたび問いただしたいが、さすがにいまはまずい。新田と石亀には、しばらくおとなしくするよう釘を刺されている。

けれども穂香がこのまま退職するのは悔しかった。敬徳苑を辞めるにしても、その前に不在者投票の不正や彼女にかけられた疑いを晴らしてやりたい。そんな考えに耽りながら立番をし

「お兄ちゃん、あいかわらず大きいのう」

聞きおぼえのある声がした。

いつのまにか、茶白の仔猫を抱いた小柄な老婆が立っていた。若希団地でひとり暮らしをしている服部千代だ。野良猫の面倒ばかり見ているから、陰では猫婆さんと呼ばれている。

服部は仔猫の頭を撫でながら、

「この子がおかあちゃんとはぐれてねえ。あんた、捜してやってくれんね」

「捜してあげたいですが、いまは勤務中なんで」

「なんが勤務中ね。うちらの頼みを聞くんが、あんたらの仕事やろうもん」

「ええまあ」

困惑して答えたとき、にゃあ、と鳴き声がして茶虎の猫が近づいてきた。

あら、と服部は声をあげて仔猫を地面におろすと、

「おかあちゃん、迎えにきたかね。ああ、よかったよかった」

仔猫は茶虎の猫とならんで走り去った。厄介事が片づいてほっとしていたら、

「そういえば、あれの落とし主は見つかった?」

「落とし主、ですか」

「前にあたしが拾うたやろ。ほら、なんていうやったかね、こうするやつは――」

服部は電話をかける仕草をした。それでようやく思いだした。

あれはゴールデンウィーク明けだったか、服部は携帯電話を届けにきた。携帯電話はスマホではなく、古めかしいガラケーだった。

そのとき、ゆうべ感じた既視感が蘇った。それがなぜなのかを懸命に考えつつ、

「落とし主は、まだ見つかっとらんですね」

「ふーん。まあ、どうでもええけどな。ところであんた、嫁さんおるとね？」

「いえ、まだ独身です」

上の空で答えた。

「うちの団地に年頃のよか娘さんがおるけど、そのひとも独身ばい」

ゆうべ敬徳苑にいったとき、穂香はPHSで河淵を呼びだした。

服部が交番に届けたのは、あのPHSとおなじ機種ではなかったか。

「あれとおなじ機種ってことは――」

思わずひとりごちると、はあ？　と服部が耳に手をあてて、

「いまなんていうた？　最近耳が遠なっての」

頭のなかで、もやもやしたなにかが像を結びかけている。

「おなじ機種ってことは、おなじ機種ってことは――」

武藤はそうつぶやきながら、交番に駆けこんだ。

急いで待機室に入ると、石亀が椅子にそっくりかえってスポーツ新聞を読んでいた。

デスクで服務日誌を書いていた新田が顔をあげて、

「なんをあわてとる?」

「いえ、ちょっと探しもんです」

武藤は簡易金庫の扉を開けて、拾得物件預り書をだした。拾得物品の欄には携帯電話とだけ書いてある。拾得物件預り書を書いたときは、古い携帯電話だと思っていた。けれども、いま考えると、あれはPHSかもしれない。ゆうべ穂香が使っていたのがおなじ機種なら、敬徳苑の職員のものにちがいない。

拾得日時を確かめると服部がPHSを拾ったのは、敬徳苑で菅本キヨが殺害された日の午前五時だった。拾得場所は住宅街の路上である。ということは、職員の誰かがその時間より前に外出していたのだ。その人物は、なぜ事件からまもない時刻に住宅街にいたのか。しかも勤務中ではないのに、PHSを持っているのは不自然だ。

拾得物件預り書を手にして考えこんでいると、服部が待機室に入ってきて、

「お兄ちゃん、さっきのよか娘さんの話やけどね」

「あー、そっちでうかがいます」

掌で服部を制して、見張り所に連れもどした。服部は若希団地にいるという娘のことを一方的に喋り続ける。武藤はあいかわらず上の空で相槌を打った。

「あんたにその気があるようやったら、一席設けるけん。あたしにいうて」

服部はそういい残して帰っていった。

ほっとして時計を見ると、八時四十五分だった。

服部が拾ったPHSは、条川署の会計課で保管してある。それを調べれば、持ち主が誰かわかるかもしれない。九時の引継ぎが終わって条川署にもどったら、会計課にいこう。

そう思ったとたん、受令機が鳴った。一一〇番通報の指令を伝えるセルコール音だ。厭な予感をおぼえつつイヤホンを耳に差しこむと、

「本部から各局。条川署管内、若希六丁目交差点付近、交通事故発生の通報――」

若希六丁目といえば受持区域だから、事件の処理が終わるまで帰れなくなる。どうにかならないかと焦っていたら、待機室から新田がでてきて、

「なにをぼやっとしとんか。はよ現場いくぞッ」

65

小田切は無表情で取調室のパイプ椅子にかけていた。

手錠ははずしてあるが、躯は腰紐でパイプ椅子に縛ってある。丹野はそのむかいでデスクに頬杖をついている。ふたりとも根くらべのように押し黙って、ひと言も喋らない。

風間は壁際の小机でノートパソコンを前に坐っている。供述調書が進まないせいで、キーボードに置いた指は止まったままだ。画面の隅に表示されている時刻は、午前十一時をまわった。

小田切はゆうべ、根岸の部屋にいたところを住居侵入容疑と軽犯罪法違反容疑で逮捕された。深夜の逮捕とあって、ゆうべは取調べをせず留置場に収容した。けさになって取調室に身柄

を移したが、取調べはいっこうにはかどらない。

「おまえは根岸殺《や》るために、あの部屋におったんやろ。たいがいで吐けッ」

「ただ遊びにいっただけっすよ。根岸は留守だったけど、玄関の鍵が開いてたから部屋で帰りを待ってた。それがどうして住居侵入になるんすか」

「根岸に確認がとれんからじゃ。おまえが勝手に侵入したとしか思えん」

住居侵入罪は三年以下の懲役または十万円以下の罰金だ。根岸の証言によっては罪に問えなくなるから逮捕後も小田切に電話させたが、つながらなかった。丹野は続けて、

「住居侵入だけやない。おまえはナイフを持っとったけ、軽犯罪法違反じゃ」

「それは認めます。ただ持ってるのを忘れただけっすけど」

丹野と小田切は押し問答を繰りかえしている。

小田切があの部屋にいたのは、根岸を殺すためなのか。ナイフを持っていたのは怪しいが、サベージの指示なら、もっと大人数で襲撃するはずだ。丹野もそれを考えていたようで、

「必ずしも、おまえに殺意があったとはいわん。サベージの連中にいわれて、根岸を連れだそうとしたんやろ。それくらいは認めろや」

「認めません。ただ遊びにいっただけっす」

「そこまで強情張るんなら、こっちも徹底的にやるぞ」

「どうぞ。その前に弁護士呼んでください」

小田切は法律事務所と弁護士の氏名を口にした。

いうまでもなく被疑者は弁護士を呼ぶ権利があるが、丹野は無視して動こうとしない。それっきり取調べは進まず、沈黙が続いた。

ゆうべ小田切を逮捕してから不安でたまらない。小田切は追いつめられたら、きっとコカインのことを喋るだろう。その前に釈放させたいが、どうすればいいのかわからない。

小田切と話そうにも、丹野がずっと張りついている。そもそも小田切はマンションのバルコニーから逃がそうとしたのに、その場を動かなかった。逃げれば不利になると思ったのかもしれないが、なにか意図があるのか。

「おまえも知っとるように、根岸はサベージにとって裏切者じゃ」

丹野が不意に口を開いた。

「裏切者の部屋に遊びにいったじゃ通らんぞ」

「裏切者？」

小田切は首をかしげた。

「とぼけるな。根岸はオレオレの拠点をチクったやろうが」

「初耳っすね。丹野さんは、どうしてそれを知ってるんすか」

「どうでもええ」

「もしかして丹野さんが、チクらせたんじゃないすか」

丹野は図星をつかれて真っ赤な顔になると、

「ふざけるな。そげなことがあるかッ」

「とにかく根岸を早く見つけてください。そうすれば、おれの無実が証明できますから」

「おまえは無実やない。住居侵入容疑が晴れても、軽犯罪法違反容疑がある」

軽犯罪法違反は一日以上三十日未満の拘留、または千円以上一万円未満の科料だ。拘留は逮捕から判決がでるまで身柄を拘束する勾留とちがい、最長二十九日しか収監できない。小田切はそれを知っているようで、

「軽犯罪法違反なんて、たかが知れてる。懲役にもならん微罪じゃないすか」

「やかましい。なんぼ微罪でも、しばらく豚箱からでられんぞ」

「しょうがないっすね。罪は罪ですから、ちゃんと償いますよ」

小田切は不敵な笑みを浮かべた。

66

条川駅前は、仕事帰りや買物帰りのひとびとで混みはじめている。

まだ六時をすぎたばかりだが、空には鉛色の雲が重く垂れて夜のように暗い。

穂香は雑踏のなかを急ぎ足で歩いた。

ワンピースを着てパンプスを履くのは、穴見と菅本の墓参りにいったとき以来だ。ショルダーバッグはよそゆきで、化粧も濃くしたせいか落ちつかない。通行人の視線が気になるのは、服装や化粧だけでなく後ろめたさがあるからだろう。

けさ仕事から帰ったあと、啓太を病院に連れていった。医師の診断では、やはり熱性けいれんだろうが、特に心配はないといわれて安堵した。

それからアパートに帰って、啓太と遅い朝食を食べてひと眠りした。昼すぎに穴見から電話があって夕食に誘われた。きょう穴見は早番で、仕事は四時で終わる。啓太も一緒にといわれたが、こみいった話になりそうだから敬徳苑の託児所に預けてきた。

医師は心配ないといったし、きょうの啓太はいつもどおり元気だった。とはいえ、ゆうべ体調を崩したばかりとあって母親として無責任な気がする。託児所の保育士もいい顔をしなかったが、敬徳苑を辞めたら夜はなるべく啓太とすごすつもりだった。

その前に、ひとりの時間を持ちたかった。もっと正直にいえば、穴見とふたりでいたかった。母よりも女を選ぶのか――そんな芝居がかった台詞が浮かんでくるが、敬徳苑ではさんざん厭な思いをした。退職を決めた今夜くらいは、ささやかな祝杯をあげてもいいだろう。

穂香は目的の洋食屋に着いてドアを開けた。

木の質感を生かした内装で、落ちついた雰囲気の店だった。待ちあわせは六時半だが、店内を見まわすと奥の席で穴見が手を振った。白いドレスシャツに濃紺のジーンズがさわやかだ。

赤白チェックのクロスがかかったテーブルでむかいあうと、

「あれ、啓太くんは？」

穴見に訊かれて、託児所に預けてきたと答えた。

「それは残念だな。啓太くんはハンバーグが好きっていってただろ。ここのが美味しいから、食べてもらいたかったのに——」

「ごめんなさい。連れてこようか迷ったんですけど」

「また今度でいいさ。で、仕事の件だけど――」

まだ辞めないで欲しいといわれたが、決心は変わらなかった。河淵とはもう一緒に働きたくないし、辻根は自分を辞めさせたがっている。ストーカーの正体、菅本の死、近江の転落事故、不在者投票の不正。それらの真相を知りたかったが、もう敬徳苑では働きたくない。

とはいえ場の雰囲気を損ねたくなくて、そうしたことは口にせず、

「とにかく、ここでいったんリセットして、自分の将来をじっくり考えたいんです」

「ってことは、ぼくたちのこともリセットするの」

穴見が不安げな表情で訊いた。穂香はあわててかぶりを振って、

「まさか」

あはは、と穴見は笑って、

「わかった。それじゃ退職祝いだね」

ふたりはスパークリングワインで乾杯し、ハンバーグやビーフカツ、エビフライやクリームパスタといった料理を注文した。どれも美味しいうえに啓太の好物とあって、わずかに胸が痛んだ。

スパークリングワインのあとは赤ワインに切りかえた。あしたは休みだし退職を決めた解放感もあって、つい量をすごし、店をでたときにはだいぶ酔いがまわっていた。

ふたりはネオンが灯る街角を肩をならべて歩いた。腕時計に眼をやると、八時半だった。

さっきの勘定は穴見が払ったから、もう一軒だけいこうと思って、

「じゃあ、次の店はあたしが――」

そう切りだすと、穴見はさりげなく手をつないできた。その手を握りかえしたとたん、かあッ、と顔が火照った。穴見は前をむいたまま、ゆっくり歩きながら、

「うちで呑んだほうが安上がりだよ。よかったら、こない？」

もう一軒で切りあげて啓太を迎えにいくべきだと思った。だが抗《あらが》いがたい昂りがこみあげて、軀の芯が熱くなる。穴見に肩を寄せると無言でうなずいた。

67

小田切の取調べは途中で休憩をはさんで、夜になっても続いていた。

丹野はあの手この手で供述をひきだそうとしているが、小田切はナイフの所持以外は否認したままだ。丹野にしても住居侵入や軽犯罪法違反だけで検挙する気はない。サベージが根岸を襲撃したところを一網打尽にするという計画が頓挫《とんざ》した以上、このままではひきさがれないだろう。

丹野は根岸の居場所を調べようとして、スマホの位置情報を探っている。

携帯電話の位置情報は個人情報保護法の改正により、検証令状の発付があれば本人に通知す

ることなく捜査機関が取得できる。丹野は笹崎を通じて荒木課長に検証令状の発付を依頼し、電話会社に問いあわせているが、まだ根岸の情報は入っていない。

丹野が必死なのにくらべて、小田切はあいかわらず冷静だ。

ゆうべ根岸の部屋でバルコニーから逃がそうとしても動かなかったし、取調室に入ってからも落ちつき払っている。まるで逮捕を苦にしていないような態度が不可解だった。

取調べに進展はないが、休憩中に九日新聞の秋場から電話があった。

「市会議員の井狩恭介の件ですけどね」

秋場は勢いこんだ声でそう切りだした。

「井狩はサベージの幹部だって匿名のリークがありました」

「現職の市議が半グレだっていうんですか」

「いまもサベージの幹部かどうかはわかりません。あいつらは暴力団とちがって、構成員は内部の者しか知りませんから」

「もっと突っこんだ情報はないんですか」

「うちもくわしく調べたいんですけど、井狩の父親は敬徳苑理事長でしょう。あの理事長は元参議院議員だから政治家の後援会とか利権が複雑にからんでて、取材しづらいんです。風間さんのほうは、なにか動きはないですか」

「いまのところはまだ――」

秋場に伝えられる情報はないから電話を切った。が、井狩恭介を調べてみろと小田切がいった理由がようやくわかった。井狩恭介がサベージの幹部なのを、それとなく気づかせようとしたのだろう。丹野が敬徳苑の捜査に乗り気でなくなったのは、理事長のしがらみが関係しているのかもしれない。

井狩はサベージの幹部だという情報を丹野に話すべきか迷った。が、それを話せば、秋場と勝手にやりとりしたのを責められるから黙っていた。

「あーあ、いま何時ですか」

小田切が大きな伸びをすると、あくびまじりに訊いた。丹野は腕時計に眼をやって、

「八時四十分じゃ」

「もうそんな時間っすか。一日に八時間を超える取調べは問題ですよね」

「知るか。住居侵入を認めんのなら、それに見あった情報をよこせ」

小田切はしばらく黙っていたが、不意に大きな溜息をついて、

「じゃあ、いいこと教えましょう」

「なんか。いうてみい」

「筒見将彰を殺《や》らせたのは、市会議員の井狩恭介です」

思いがけない言葉に息を呑んだ。なんやとッ、と丹野は怒鳴って、

「ええかげんなこと抜かすな。証拠でもあるんかッ」

「ないです。でも、それを調べるのが丹野さんの仕事でしょう」

「動機はなんか。なんで市議が筒見を殺す必要がある」

「筒見が殺されたのは、井狩が市議になる前です」

「細かいこたあ、どうでもええ。動機をいえッ」

「さあ――昔の悪事をばらされるのが怖かったんじゃないすか。議員になったら、まわりの眼がありますからね」

おいッ、と丹野がこっちを振りかえって、

「いまのは調書にとるな。こんなでまかせに振りまわされてたまるか」

「どうしてそんなにむきになるんすか。実行犯はわかりませんが、井狩の命令でやったのはまちがいないっすよ」

ふとドアの隙間から笹崎が顔をだして、丹野主任、といった。

丹野がでていくと、小田切はこっちに身を乗りだして、

「いいか。これからいうことは、ぜったい丹野に喋るな」

「わかった。早くいえ」

「根岸を助けてやれ。このままじゃ、サベージに消される」

「やっぱり、おまえが逃がしたんか」

「根岸は、おまえらが張ってるのに気づいてた。サベージからも呼びだしがかかって、身動きがとれねえ。だから、おれが助けにいったんだ」

「おれたちが踏みこんだとき、根岸はまだマンションにおったんやな」

「ああ。おまえらが部屋に入るまで、あいつは廊下か非常階段に隠れてたはずだ。おまえらが

部屋に入ったあと、おれがべつの場所に用意した車で逃げた」

大人数で張り込んでおけば、そんなミスはなかった。風間は溜息をついて、

「だからって、ナイフやら持ってくる必要はないやろ」

「おれが根岸を殺《や》りにきたって思わせるためさ。根岸がおれの手下だと気づかれたくねえからな」

「根岸がおまえの手下？」

「ああ。井狩はおれたちの敵だ。根岸は、井狩が筒見を殺らせた証拠を持ってる」

「ほんとか。嘘やったら、ただじゃすまさんぞ」

「ほんとだから急げ。根岸が殺られたら、井狩をしょっぴくチャンスはねえぞ」

「根岸はどこにおる」

「日暗埠頭《ひぐらしふとう》。日暗倉庫の四番倉庫だ」

「なんで、そんなところに――」

「街はどこもかしこもサベージが張ってるからな。ドアを開ける合図はノックを二回、一回、二回だ。安全なところまで逃がしてやってくれ」

小田切が早口でいったとき、丹野がもどってきた。丹野は小田切を顎でしゃくって、

「こいつを留置場にもどすぞ。重点警戒《ジュウケイ》が発令された」

風間は小田切に手錠をかけ、パイプ椅子から腰紐をはずした。

三人は取調室をでて留置場にむかった。

長い廊下を歩くあいだ、丹野も小田切もむっつり押し黙っていた。根岸は丹野が執着しているだけで、逃走の手助けをしても罪には問われないだろう。が、後ろめたいのはたしかだった。

ふと根岸の部屋のバルコニーで、小田切を逃がそうとしたときの光景が脳裏をよぎった。あのとき、丹野がくるのがもうすこし遅かったら、小田切を突き落としていたかもしれない。小田切の罠にかかったのが原因とはいえ、自分にも殺人を犯しかねない凶暴さが潜んでいるのが恐ろしい。自分が異常なのか、それとも誰もが犯罪者と紙一重なのか。

留置場に着いて小田切の身柄を留置担当官に引き渡したあと、丹野に訊いた。

「重点警戒《ジュウケイ》って、なんがあったんですか」

「サベージの連中が大勢で、駅周辺や繁華街を徘徊しとる。小競《こ ぜ》り合いも起きとるけ、おれたちも警らにいかなならん」

根岸を逃がそうにも警らに駆りだされては、どうしようもない。

刑事課にもどると、庶務係のデスクから千尋が眼をむけてきた。こちらの表情がこわばっているせいか、心配そうな眼の色だ。

風間は彼女に軽くうなずきかえして、外出の準備をはじめた。

68

穂香は穴見とふたりで若希団地に近い住宅街を歩いていた。

散歩がてらにのんびり歩いたから、時刻はもう九時近い。

穴見の自宅は、住宅街からすこし離れた路地にあった。

亡くなった母親から相続したという木造の二階建てで、ちいさな庭がある。築年数はだいぶ経つらしく外観は古びて、庭には雑草が茂っていた。

「おふくろが死んでからは、庭まで手がまわらなくてね」

と穴見はいって玄関のドアを開けた。穂香は三和土《たたき》でパンプスを脱ぎながら、

「ひとりで一軒家だと、掃除が大変でしょう」

「そうなんだよ。一階はなんとか片づけてるけど、二階はもう物置」

きれい好きの穴見らしく、玄関まわりや廊下は掃除が行き届いていた。

広いリビングに入ると、穴見とならんで革張りのソファにかけた。ふたりきりになったせいで、昂りはますます強くなる。思わず肩にもたれかかったら、穴見は顔を寄せてきた。

目蓋を閉じて唇を重ねた瞬間、全身の力が抜けた。

そのままうっとりと身をまかせていたが、穴見はおもむろに軀を離して、

「ごめん。家呑みの準備するの忘れてた。つまみはなにがいい？」

照れくさそうにいった。穂香はかぶりを振って、

「大丈夫ですよ。もうお腹いっぱいだし――」

「せっかくだから、もうちょっと呑もうよ。なんか作るから、ちょっと待ってて」

穴見は止めるまもなくキッチンにいった。

69

市営バスは夜の住宅街を走っている。

武藤は紙袋を抱えて座席にかけていた。九時をすぎて車内は空いている。紙袋には条川署の会計課から預かってきたＰＨＳが入っている。ＰＨＳはバッテリーが切れているから電源が入らない。

もっと早くから動きたかったが、けさ起きた事故を処理するのに手間どったせいで条川署にもどれたのは八時前だった。当番明けで眠っていないうえに、ゆうべから食事をしていない。躯は重いし腹も減ったが、ＰＨＳの持ち主を調べずにはいられなかった。

チノパンの尻ポケットには警察手帳が入っている。落としたら大変だからポケットのボタンをかけているが、心配で何度も感触を確かめてしまう。

以前、警察手帳は退庁時に返却するのが決まりだったらしい。しかし非番や公休のときも警察手帳があれば緊急時に対応できるので、都道府県によっては所持を認めている。

敬徳苑のそばでバスをおりると、なだらかな丘を一気に駆けあがった。この時間は夜勤の職員しかいないだろうから、ＰＨＳの持ち主を調べられるか心配だった。

敬徳苑の玄関に着いてインターホンを鳴らすと、二十代後半に見える女が応対にでてきた。ポロシャツの胸の名札には音村沙織とある。怪訝な表情の女に警察手帳を示して、

「若希駅前交番の者ですが、拾得物の件でおうかがいしたいことがありまして――」

紙袋からPHSをだして見せると、あ、と沙織は声をあげて、

「うちのですね。誰が落としたんやろう」

履歴にあるコールと介護記録を照合すれば、PHSの持ち主がわかるらしい。

沙織に案内されてエレベーターで三階にあがり、廊下を歩いた。

介護員室に入ると、沙織はPHSに充電器をつないで電源を入れた。続いて履歴を見ながらノートパソコンで介護記録を調べはじめた。

武藤はそのあいだに記憶をたどった。

菅本キヨが殺害された夜、夜勤は穂香と河淵のふたりだった。一一〇番通報を受理して、新田と敬徳苑に臨場したのは午前三時をまわっていた。穂香は近江八重子からコールがあって居室にいき、菅本の死に気づいたといった。

何時にコールがあったのか沙織に訊くと、彼女は事件当日の介護記録を見て、

「二時四十三分です」

菅本はその直前に、藪下稔に殺害されたとして事件は解決した。しかし穂香によれば、近江は藪下が犯人かどうかわからないと答えたという。

藪下が逮捕されたのは、菅本の遺体から採取した付着物のDNAが一致したからだ。藪下の手やベッドからも、菅本の毛髪と唾液が検出されたが、誰かが故意に付着させた可能性もある。藪下は重度の認知症だけに、そんな細工をされても認識できない。

もっとも部外者がそんな細工をするのは困難だから、いちばん疑わしいのは介護員だ。介護員なら非常口の暗証番号を知っているから敬徳苑に入れるし、勤務後も帰ったふりをして館内にとどまっていることもできる。マナーモードにしたPHSを持っていれば、コールによって介護員の動きもわかる。

服部がPHSを拾ったのは午前五時だから、持ち主がそれを落としたのはもっと前だろう。つまり持ち主は事件前後の時刻に、路上にいたことになる。

職員の事情聴取では、その時間に外出していたという者はいなかった気がする。となるとPHSの持ち主は虚偽の供述をしたのだ。その人物が敬徳苑をでたあと、PHSを落としたとしたら——。

頭のなかでもやもやしていたものが、ようやく像を結んできた。

そのとき、わかりました、と沙織が声をあげた。

「これ、穴見っちのだわ」

「あなみっち？」

「ああ、すみません。フロアリーダーの穴見さんです」

菅本の事件で事情聴取がおこなわれているとき、介護の人手が足りないせいで、穴見智之と辻根敦子が出勤してきた。武藤は穴見の顔を思い浮かべつつ、

「PHSは、ふだん自宅に持ち帰るんですか」

沙織はかぶりを振って、

「置いて帰ります。ていうか、備品の記録には水没により故障って書いてますね」

穴見は、なぜ嘘の報告をしたのか。なぜ事件前後の時刻に路上にいたのか。

穴見は端整な顔立ちでさわやかな印象だっただけに、凶悪な犯罪に手を染めるとは思えない。とりあえず穴見のことを穂香に訊いてみよう。

「ちょっと失礼します」

沙織にそう断って廊下にでると、スマホを手にした。

70

覆面パトカーのクラウンは繁華街をゆっくり走っている。

風間は運転席でハンドルを握って、フロントガラスに眼をむけている。

後部座席の丹野はあいかわらず口数がすくない。重点警戒が発令されるだけあって、街角にはサベージとおぼしい強面《こわもて》の男たちや制服の警察官が眼につく。サベージの動きを警戒してか、筑仁会の組員もうろついているようで街は緊迫した空気に包まれている。

小田切がいったことを鵜呑みにはできないが、根岸を逃がすためにわざわざ捕まるくらいだから、あながち嘘とは思えない。井狩恭介はサベージの幹部だと秋場もいっていたし、丹野が敬徳苑の捜査に乗り気でなくなったのも怪しい。

事実を確かめるためにも根岸のところにいきたいが、近くで乱闘でも起きたら、その対応に

追われて身動きがとれなくなる。じれったい思いでクラウンを走らせていたら、

「おい、駅裏にいけ」

と丹野がいった。駅裏は人通りがすくなく警戒の必要は薄そうだが、車をそっちにむけた。

駅裏の通りに入ると、丹野は路肩に車を停めるようにいった。

あたりのオフィスビルは明かりが消え、商店はシャッターをおろしている。風間がクラウンを停めたとき、無線機から男の声が響いた。

「本部から各局。条川署管内で十数名による暴行傷害事案発生。場所××三丁目二の四のホストクラブ、ワイズガイ。従業員からの一一〇番通報。付近の各局にあっては――」

ワイズガイといえば小田切の店だけに現場にいくしかないかと思ったが、

「放っとけ。別件扱い中でええ」

風間は首をかしげつつ無線機のマイクを手にして、いわれたとおりに応答した。

ルームミラーで後部座席を窺うと、丹野は大きなあくびをして、

「急に軀がしんどうなった。ひと眠りするけ、いまのうちに飯喰うてこい」

「いいんですか」

「一時間くらいでもどってこい。なんかあったら電話する」

「わかりました」

風間は車をおりると急ぎ足で歩きだした。

根岸がいるという日暗埠頭は、ここから車で十分ほどの距離だ。一時間あれば根岸を逃がし

て、じゅうぶんもどってこられる。しかしいちばんの目的は、根岸が持っているという証拠を手に入れることだ。丹野は勝手な行動を怒るだろうが、証拠が本物なら筒見殺害の容疑で井狩恭介を挙げられる。

風間は大通りにでてタクシーを拾い、日暗埠頭にむかった。

海峡に面した日暗埠頭は港湾施設が整備され、広大な倉庫街がある。昼間は大型トラックが行き交い、大勢の港湾労働者が働いているが、夜は閑散としてひと気がない。

タクシーは日暗埠頭に着いて倉庫街に入った。

タクシーを徐行させて建ちならぶ倉庫を確認していくと、日暗倉庫はすぐに見つかった。スレート葺《ぶ》きの建物の壁にペンキで番号が書かれている。四番倉庫の手前でタクシーを停め、いったん料金を払い、運転手にここで待つようにいって車をおりた。

海が近いから、吹いてくる風は潮の香りがする。

四番倉庫のそばには根岸が乗ってきたのか、薄汚れたワゴンRが停まっていた。ドアの前に立つと、小田切がいったように二回、一回、二回と間隔をあけてノックした。

やがてドアが細めに開き、根岸が顔を覗かせた。根岸はこっちを見たとたん、あわててドアを閉めようとした。風間はすかさずドアの隙間に靴先を突っこんで、

「あわてるな。おれは小田切にいわれてきたんじゃ」

「小田切さんが?」

「ああ。おまえを逃がしてくれて頼まれた」

根岸は眼を見張ってドアを開けると、

「とりあえず、なかに入ってくれ」

風間はうなずいて倉庫に入った。

蛍光灯が灯った倉庫のなかはコンテナや木箱がいくつも積みあげられ、フォークリフトが停まっていた。床にパイプ椅子とミネラルウォーターのペットボトルがあり、そのまわりに煙草の吸殻が散らばっていた。

「おれはサベージに追われとる。あんたの相方が密告《さ》したせいや。はよ逃がしてくれ」

「その前に、井狩が筒見殺しを指示した証拠をくれ。そもそも、どんな証拠か」

「音声ファイルや。井狩はおれに電話してきて、筒見を殺《や》れんか訊いた。おれは断ったけど、スマホで会話を録音しとった」

「よし。おれのスマホに、そのファイルを送ってくれ」

と風間がいったとき、勢いよくドアが開いた。丹野がすさまじい形相《ぎょうそう》で飛びこんでくると、

「ふたりとも動くなッ」

大声で怒鳴った。

最悪の事態に心臓が凍りついた。根岸は呆然として眼をしばたたいている。

丹野がこっちに近づいてきたと思ったら、みぞおちにいきなり拳がめりこんだ。胃袋が裂けるような激痛に、両手でみぞおちを押さえてうめいた。

やっぱりの、と丹野はいって根岸を顎でしゃくると、

「こいつのマンションのバルコニーで、小田切とこそこそ喋りよったやろ。もしかして小田切とつるんどるんやないかと思うたら、案《あん》の定《じょう》じゃ」

いま頃になって丹野に尾行されていたとわかった。さっき飯を喰うてこいといったのは尾行するための罠だったのに、見事にひっかかった。おい根岸ッ、と丹野はいって、

「さっきの話も聞いたぞ。スマホをよこせ」

「揉み消すつもりか」

と根岸がいった。そげなことするかい、と丹野はおだやかな声でいって、

「おとなしくスマホ渡したら、署で保護しちゃる。サベージに殺されるよりましやろ」

「信用できん。あんたがおれを売ったんじゃ」

「売っとらん。誰がそげなこというた?」

「小田切さんから聞いた。あんたは井狩とつるんどるんやろ」

根岸の言葉にはっとした。

丹野が敬徳苑の捜査に乗り気でなくなったのは、高齢者の個人情報が流出した件で敬徳苑にいってからだ。あとで新田に聞いたところでは、丹野は理事長と逢っていたという。

そういえば、その日の夕方、

「おれは別件で忙しなった。そっちにはもどらんけ、適当に帰れ」

と丹野から電話があった。丹野はあのとき、理事長と会食でもして買収されたのかもしれない。理事長やその息子の井狩恭介が逮捕されたら収賄《しゅうわい》をばらされるから、丹野は証拠のファ

イルを奪おうとしているのか。

「さあ、はよスマホをよこせ。悪いようにはせん」

丹野は根岸に詰めよっていく。根岸はかぶりを振って、あとずさった。丹野がほんとうに根岸を保護するつもりなら、事前にスマホを奪う必要はないはずだ。スマホに記録された音声ファイルが証拠品として提出されたら、丹野は手出しできなくなる。

おい風間ァ、と丹野はこちらを振りかえって、

「おまえの首飛ばしてもええけど、おれも監督責任を問われる。今回は眼ェつぶっちゃるけ、こいつを捕まえれ」

風間はみぞおちの痛みをこらえつつ、

「根岸はなにもしてませんよ。なんの容疑ですか」

「署で保護するちゅうとるやろが」

「なら、スマホは署にもどってから、証拠品として任意提出させればいいですね」

この青二才がッ、と丹野は毒づいて、

「ごちゃごちゃいわんで、はよ根岸を押さえんかッ」

「――厭です」

「そうか。おまえには期待しとったのに、残念やの」

丹野は低い声でいって根岸のほうをむくと、上着の懐から拳銃を抜いた。

とたんに背筋がひやりとした。

拳銃はオートマチックのシグ・ザウエルだ。私服刑事はふだん拳銃を携行していないし、警察官は拳銃で威嚇《いかく》しただけで始末書を書かされ、発砲すれば進退に影響がでる。にもかかわらず拳銃を所持してそれを抜いたのは、ひきさがる気がないからだ。

「主任、やめてくださいッ」

風間は叫んだが、丹野は拳銃の遊底《スライド》をひいて撃鉄を起こすと、

「やめて欲しかったら、こいつを捕まえてスマホを持ってこい」

根岸に銃口をむけた。根岸は青ざめた表情で立ちすくんでいる。

風間はどうするべきか、懸命に神経を集中した。丹野の指示どおりにすれば、井狩恭介の犯行は揉み消されるが、それだけではすまない気がする。拳銃での威嚇や収賄がばれるのを恐れて、根岸の口を封じるのではないか。もしそんなことに手を貸すはめになったら、悔やんでも悔やみきれない。

「わかりました」

風間はそういうと次の瞬間、丹野に飛びかかって羽交い締めにした。拳銃で撃たれたらひとたまりもないが、発砲しないほうに賭けた。丹野はものすごい力で、風間の腕を振りほどこうとする。風間はそれに必死で抗いながら、

「根岸、逃げろッ」

と叫んだ。根岸が転がるように駆けだして、ドアから外へでていった。

「なん考えとるんか、きさんッ。小田切とつるんだのばらして懲戒免職にしちゃるッ」

丹野はわめき散らすと、靴の踵で風間の爪先を踏みつけた。

その弾みでふたりの足がもつれて、丹野もろとも床に倒れこんだ。風間は丹野の太い首に右腕を巻きつけ、渾身の力で頸動脈《けいどうみゃく》を絞めあげた。柔道の絞め技だ。

丹野は拳銃の銃口をこっちにむけて、

「手ェ放せ。放さんと撃つぞ」

絞りだすような声でいった。

丹野の指が引き金にかかっているのを見て戦慄した。

もう撃たれると思ったとき、丹野の腕がだらりとさがり拳銃が床に落ちた。

首から右腕を放すと、丹野はあおむけに伸びて軀をひくひく痙攣《けいれん》させている。頸動脈洞《どう》反射による失神だから、二、三分で意識を回復するだろう。その前に逃げるしかない。

風間は急いで立ちあがり、ドアを開けて外へ飛びだした。丹野が帰したのか騒ぎに驚いたのか、タクシーはもういなかったが、覆面パトカーのクラウンが停まっていた。

風間は運転席に乗りこむと、車を急発進させて倉庫街を突っ走った。

71

キッチンからなにかを炒める音とともに、魚介類や野菜の香ばしい匂いが漂ってくる。穴見が料理をするとは知らなかったが、なにをさせても器用だから、きっと美味しいだろう。

穂香はあいかわらずソファにもたれて、リビングを眺めていた。

母親とふたり暮らしだったせいか飾り気がなく、インテリアは質素だった。家具といえばソファの前にあるテーブル、レトロな木製のサイドボード、あとはテレビがあるだけだ。サイドボードのなかにはウイスキーやブランデー、土産物らしい置物が飾ってある。それらはたぶん母親が遺《のこ》したのだろうが、女性らしくない雰囲気だ。そういえば母親の写真がない。

サイドボードの上の壁に、山と湖を描いた風景画がかかっている。無名の作家が描いたようで印象の薄い絵だが、かかっている位置がアンバランスなうえに額が斜めに曲がっている。

穂香はソファから立ちあがると、絵の前にいった。

額に手をかけてまっすぐにしようとしたら、がくんと額が揺れて金具からはずれた。落ちそうになるのを、あわてて受け止めたが、あることに気づいた。

いままで絵がかかっていた壁に大きな穴があった。

穴はなにかを投げつけたように壁紙が破れ、板が剝きだしになっている。これを隠すために絵をかけたからバランスの悪い位置になったらしい。なんとなく気になったが、深く考えるほどでもない。

穂香は額をまっすぐにしてソファにもどった。

ふとショルダーバッグのなかでスマホが震えた。画面を見たら武藤からの着信だった。ここで話すのは気まずいから、どうされました？　とメールを送った。まもなく返信があったが、それを見て首をかしげた。

「いま敬徳苑にいます。穴見さんのことでうかがいたいことがあって」

きょう穴見と逢っているのは誰も知らないはずだ。武藤がなにを訊きたいのか気になったが、いまやりとりはしたくない。あとから電話します、とメールしたら、またすぐに返信があった。

「うちの交番に拾得物として届けられていたPHSが穴見さんのものだったんです。拾い主によると、菅本さんが殺された日の朝、路上に落ちていたそうです」

武藤のメールは意味がよくわからない。が、穴見のこととあって無視できず、どういうことでしょう、とメールした。

「わかりません。でも敬徳苑で調べたら、備品の記録には水没で故障したとありました」

穂香はすぐさま、嘘の報告ってことですか、とメールで訊いた。

「たぶん。だから菅本さんが殺された時間帯、穴見さんがどこにいたのか知りたいんです」

まさかそんな――。穂香は胸のなかでつぶやいた。

わけがわからないまま鼓動が速くなる。

実はいま穴見さんと一緒なんです、と返信したとき、

「お待たせー」

穴見が笑顔で、湯気のあがる皿を抱えてもどってきた。

72

真っ暗な空に稲妻が閃《ひらめ》いたと思うと、雷鳴が轟《とどろ》いて大粒の雨が降りだした。

根岸はどこへいったのか。日暗埠頭をでても、それらしいワゴンRは見あたらない。根岸から音声ファイルを受けとって、安全な場所に身柄を誘導したい。丹野はもうすぐ眼を覚まして、根岸の行方を追うだろう。丹野に捕まらなくても、サベージに見つかったらおしまいだ。

丹野は署をでる前、根岸のスマホの位置情報を電話会社に照会するよう依頼していた。もう位置情報が判明していたら、丹野はそれを頼りに根岸を追跡するはずだ。

風間はクラウンを走らせながらスマホをハンズフリーにして、千尋に電話した。

まだ署に残っていてくれと祈るような気持で呼びだし音を聞いていると、千尋が電話にでた。

「根岸のスマホの位置情報が欲しい。いますぐ通信指令室に連絡してくれ」

「わかりました」

いったん電話を切ると、まもなく千尋が折りかえしかけてきた。

「位置情報は取得してます。若希駅付近を移動中です」

移動経路や速度からして一般車両だという。

「ありがとう。根岸の車が停まったら、すぐ教えて」

「はい。ところで、なにがあったんですか」

「知らんほうがええ。ただ一刻一秒を争うんよ」

風間は電話を切ると、猛スピードで若希駅にむかった。

73

外は雨が降りだしたようで、ざあッ、と烈しい雨音が聞こえてきた。

穴見がテーブルに皿を置くと、穂香はスマホをさりげなくショルダーバッグにしまった。

「パエリアだよ。ありあわせで作ったから、あんまり自信ないけど」

大きな皿には黄色が鮮やかなサフランライスが盛られ、エビやアサリやイカ、トマトやパプリカといった具材が載っている。ついさっきまでなら感嘆したはずなのに、言葉がでてこない。

穴見はいそいそとキッチンにもどると、ふたりぶんのフォークと小皿を持ってきて、

「お酒はなんにする？　白ワインとビール、ウイスキーもあるよ」

「いまはやめときます。ちょっと呑みすぎたんで」

穂香は精いっぱいの笑顔で答えた。そっかあ、と穴見はいって隣に腰をおろした。

「じゃあ、ぼくも我慢しよう」

穴見はテーブルにあったリモコンでテレビをつけた。

どこか海外らしい海辺で、水着姿のアイドルグループが踊っている。穴見はこんな番組が好きなのか、チャンネルを替えようとしない。

ぶうん、とショルダーバッグからスマホが震える音がした。武藤からの返信だろうが、いま確認するのはまずい。あれ、と穴見はいって、

「電話じゃないの？」

「いえ、大丈夫です。穴見さんは、どうぞ呑んでください」

穴見が席をはずした隙にメールを見ようと思ったが、穴見はパエリアを小皿に取りわけて、

「酒はもういいよ。さあ食べよう」

「いただきます」

パエリアを口に運んだが、武藤のメールが気になっているせいで味がしない。気持をすっきりさせるには、菅本が殺された時間帯に穴見がどこにいたのか訊くしかない。

穂香はのろのろとフォークを動かしながら、どう切りだしたらいいのか考えた。菅本が殺された日、穴見が応援にきたのは明け方だったから、敬徳苑にくる途中でＰＨＳを落とした可能性もある。けれども介護員がＰＨＳを持ち帰ることはないだけに、説明がつかない。

穴見はパエリアを食べながら、こっちを見て、

「エビやアサリは冷凍だから、あんまり美味しくなかった？」

「そんなことないです。美味しいです」

穂香はフォークを手にしたまま、緊張をほぐそうと深呼吸して、

「あの、変なこと訊いていいですか」

「うん。変なことってなに？」

「菅本さんの事件があったとき、穴見さんも事情聴取されました？」

「されたけど、どうして急に？」

「いえ、刑事さんから根掘り葉掘り訊かれて、つらかったなと思って」

「ほんとだね。ぼくもいろいろ訊かれたよ」

「事件があった時間、どこにいたのかとか？」

「うん」

「なんて答えました？」

「あの夜はずっと家にいたから、そう答えたよ」

穂香はうなずいた。

武藤によれば、PHSは水没で故障したと備品の記録にあったという。穴見が嘘をついているとは考えたくないが、疑念はインクの染みのように広がっていく。

テレビでは、あいかわらずアイドルグループが能天気な曲を歌っている。

「どうしたの。さっきから、なんか変だね」

穴見が訊いた。穂香はあわてて首を横に振って、

「なんでもないです」

「でも急に口数がすくなくなったし、顔色も悪いよ」

「そうでしょうか。やっぱり呑みすぎかも――」

「事件のことで、なにか気になるの？」

「いいえ」

穴見はフォークをテーブルに置くと、腰に手をまわしてきた。

とたんに、びくんと軀がこわばった。ショルダーバッグから、またスマホが震える音がした。緊張のせいで口のなかが渇いていく。穂香は無理に唾を呑みこんで、

「ちょっといいですか」

穴見はうなずいて腰から手を放した。ショルダーバッグからスマホをだすと、穴見から見えないようにしてメールを開いた。メールは武藤からで二通あった。

「穴見さんと、どこにいるんですか？」

「大丈夫ですか？　もしなにかあったら、すぐ連絡してください」

穴見の家にいると返信すべきか迷ったが、それよりももう帰りたい。うちに帰って頭のなかを整理したかった。穂香はスマホをショルダーバッグにしまうと、

「すみません。そろそろ帰ります」

「どうしたの？　なにかあったの？」

穴見の眉間に、わずかだが縦皺が走った。気が動転しているせいで、とっさにうまい口実を思いつかない。あの、と穂香は言葉に詰まりつつ、

「啓太がまた具合悪いみたいで――」

「わかった。じゃあ敬徳苑まで送っていくよ」

「いえ、ひとりで大丈夫です」

穂香はショルダーバッグを持って立ちあがった。穴見もソファから腰をあげて、

「でも夜遅いから心配だよ。外はひどい雨だし」

「ほんとに大丈夫です」

「遠慮しなくていいよ。タクシーで敬徳苑に寄ったあと、清水さんのうちまで送るから」

啓太も一緒にタクシーに乗ったら、具合が悪いと嘘をついたのがばれる。いまは元気になったとごまかそうかと思ったが、疑念が晴れるまでは穴見と一緒にいたくない。

「お気持はうれしいですけど、ひとりで帰ります」

ついかたくなに拒んだら、穴見は首をかしげて、

「さっきのメールは託児所から？」

「そうですけど——」

「急ぎの用件なのにメール？　ふつう電話してくるんじゃないの」

「——ふつうはそうだけど、メールのこともあります」

「メールに返信しないでいいの」

「すぐ迎えにいくつもりなんで——」

「ふうん。でも変だな」

「なにがですか」

「メール見せてもらってもいい？」

「えッ」

「託児所からのメールなら、見せても平気でしょ」

「あたしが嘘ついたと思ってるんですか」

「ううん。そう思いたくないから、メールを見せてって頼んでるんだ」

「嘘だと思われてもいいです。でも、そんなこといわないでください」

「どうして？」

「いつもの穴見さんらしくないです」

「清水さんこそ、いつもとちがうよ。急に態度変わったし」

「感じ悪かったらあやまります。でも急いでるんで帰っていいですか」

「だから、その前にメール見せて」

「厭です」

思わず尖った声をあげた。

「なにそのいいかた。さんざん呑み喰いしといて、わがまま•すぎるんじゃない？」

「――すみません。さっきのお勘定払います」

「いらない。すまないって思うなら、メール見せろよ」

「厭です。もう帰らせてください」

溜息まじりにいったとき、

「見せろっていってんだよッ」

穴見は怒鳴ってショルダーバッグをひったくった。はじめて眼にした穴見の険しい表情と、甲高い怒声に軀がこわばった。いつもさわやかで快活な印象だっただけに、おなじ人物とは思えない。

「かえしてくださいッ」

ショルダーバッグに手を伸ばしたら、穴見はそれをかわしてあとずさった。穴見はショルダーバッグを乱暴に探ってスマホを手にすると、ショルダーバッグを床に放りだした。

穂香は急いでそれを拾いあげた。穴見はスマホを見ようと指を動かしたが、画面にはロックがかかっている。

「これ、どうやって解除するの。パスワードはなに？」

穴見の眼は、ぞっとするほどうつろだった。スマホを取りかえすより、一刻も早くこの家からでたほうがいい。穂香は烈しくかぶりを振って、

「もういいです。帰りますッ」

穴見の横をすり抜けて廊下を走った。

とたんに穴見は追いすがってくると、玄関にまわりこんで、

「だめだ。まだ帰さないよ」

通せんぼをするように両腕を広げた。右手には穂香のスマホが握られている。

そのとき、はっきりと身の危険を感じた。狼狽しつつあたりに眼をやると、すぐそばに階段がある。どうすべきか迷っていたら、リビングのほうから電話の着信音が響いた。

穴見がそれに気をとられて背後を振りかえった。

その隙を狙って、階段を一気に駆けあがった。弾みでショルダーバッグが肩から落ちたが、拾っている余裕はない。

「待てッ。二階にはいくなッ」

穴見が怒鳴って階段をのぼってくる。

まもなく追いつかれて、穴見の手が足首に触れた。それを振り払おうと力まかせに蹴ったら、穴見はバランスを崩して階段を転げ落ちた。

階段をのぼりきったところに木製のドアがあった。

それを開けて室内に飛びこんだが、真っ暗でなにも見えない。急いでドアを閉めたら、ドアノブに金属のつまみがあるのに気づいた。それを横にまわすと鍵がかかった。

同時にドアノブががちゃがちゃ音をたて、開けろッ、と穴見が怒鳴った。手探りで壁に触れ、照明のスイッチを押した。蛍光灯がまたたいて室内が明るくなった瞬間、全身の毛が逆立った。

74

武藤はスマホをジャケットの懐にしまって介護員室にもどった。

穴見と一緒にいるというメールを送ってきたのを最後に、穂香から返信がこなくなった。

穴見はＰＨＳの件で、あきらかに嘘をついている。ＰＨＳは路上に落としたのに、備品の記録には水没により故障とあった。そう書いた理由は、ＰＨＳを持ちだしたのを知られたくないからだろう。

もし穴見が菅本を殺したのなら、ＰＨＳのことや事件当時の居場所を問いただすのは危険だ。穴見は犯行がばれるのを恐れて、穂香に危害を加えるかもしれない。

ふたりがどこにいるのか知りたいが、同僚の沙織にそれを伝えるのはプライバシー上まずい。穂香と連絡がとれない以上、穴見のほうから探ってみるしかない。武藤は沙織にむかって、

「お手数ですけど、穴見さんに電話してもろうてもええですか」

「ええ。でも、なんていったら――」

「つながったら途中で代わります」

沙織はうなずいてデスクの電話の受話器をとった。穴見に警察官だと名乗って訊きたいことがあるといえば、さすがに警戒して無茶な行動は慎むだろう。

そう思ったが電話はつながらず、沙織は受話器を置いた。

穂香が自宅に帰っていれば、あわてる必要はない。あらためて穴見から事情を聞けばいい。けれども穂香が無事に帰宅したのなら、連絡があるはずだ。こうなったら最後の手段で、穴見の自宅にいってみよう。穴見の住所を沙織に訊くと、それをスマホに入力して、

「あとで穴見さんから電話があっても、おれがきたことは黙っとってください」

「わかりました。ただ穴見さんがなにかしたんですか」

「いえ、ちょっと訊きたいことがあるだけです」

沙織に礼をいって介護員室をでた。

いまからタクシーを呼んで、穴見の自宅にいくつもりだった。もし留守だったら、穴見が帰宅するのを待って事情を聞くしかない。

エレベーターで一階におりたとき、スマホが鳴った。

穂香かと思って急いで画面を見たら、相手は根岸だった。こんなときに、いったいなんの用なのか。根岸との接触は避けるよう上司たちから命じられているだけに、無視しようかと思った。だが根岸は穂香の元夫である。気になって通話ボタンを押すと、

「おい、助けてくれッ」

根岸は切迫した声でいった。

「どうしたんですか」

「サベージの奴らに追われとる。いま車で逃げとるけど、あっちこっち張り込まれとるけ、この街からでられん」

「すみません。根岸さんと関わったら、立場上やばいんです」

「あいつらに生け捕られたら殺される。いま頼れるんは、おまえしかおらん」

「力になりたいですけど、おれには無理です」

「丹野ちゅう刑事《デカ》も、おれを狙《ねろ》うてきたぞ。風間が助けてくれたけど、もうちょっとで撃ち殺されるところやった」

「えッ。なしてそんなことが——」

「おれが証拠を持っとるけじゃ。市会議員の井狩が筒見を殺せちゅうた音声ファイルよ。なあ

武藤、どこかに身ィ隠せんか」

「その音声ファイルちゅうのは本物ですか」

「本物じゃ。頼むけ助けてくれ。この件が片づいたら、もう足を洗う」

「わかりました。ただ、こっちも大変なんです。穂香さんが――」

うっかりそういうと根岸は、なにッ、と叫んで、

「穂香がどうしたんか。なんがあったんかッ」

「まだはっきりしたことはわからんですが、危険な奴と逢うとるかもしれんので――」

「よし、おれがそっちにいく。いまどこにおるんか」

穴見の自宅へいくのに根岸を同行するのは好ましくないが、やむをえない。

敬徳苑の駐車場で待ちあわせて電話を切った。

75

そこは八畳ほどの部屋だった。

足元からわずかに覗くフローリングで洋間だとわかったが、室内は原形をとどめていない。中身がぎっしり詰まった黒いポリ袋やコンビニのレジ袋が壁際にうずたかく積みあげられ、床はおびただしいゴミに埋まっている。

真っ黒に汚れた衣類や黄ばみのある下着、アダルトＤＶＤやアダルトゲームのパッケージ、

コミックや青年雑誌、ティッシュペーパーの塊や空のペットボトルが層をなして散乱し、そのまんなかに埃が積もった布団が敷いてある。枕元に、やはり埃が積もったパソコンとキーボードとテレビがある。それらはどれも型が古く、長いあいだ使われていないようだった。

ふたつある窓は新聞紙でふさがれ、ガムテープがびっしり貼ってある。ポリ袋やレジ袋の中身は生ゴミらしく、室内にはカビと下水が混じったような異臭が漂っている。

穂香は呆然と立ちすくんでいたが、ドアを乱打する音でわれにかえった。

「早く開けろッ。ドアをぶっ壊す前に開けなきゃ、痛い目に遭わすぞッ」

どうして——と穂香はいった。

「どうして、こんなことするんですか。ずっと尊敬してたのに」

悲しさで胸が詰まって、思わずしゃくりあげた。

「いうこと聞かないからさ。さっさとおれの部屋からでろッ」

ここは、やはり穴見の部屋なのだ。

職場では神経質なほどきれい好きだったが、この散らかりように荒んだ内面があらわれている。リビングの壁にあった穴も、きっと穴見が開けたのだろう。

「よし、そっちがその気なら、ぶち破ってやるからな」

穴見がどすどすと階段をおりていく足音がした。

いまのうちに逃げださなければ、なにをされるかわからない。

といって一階におりたところで、すぐに追いつかれる。武藤に助けを求めようにも、スマホを奪われたせいで連絡がとれない。

いっそ悲鳴をあげようかと思ったが、隣家とは離れているうえに雨音のせいで誰も気づかないだろう。ここから逃げだすには窓から外にでるしかない。

穂香はゴミの山を掻きわけて、窓のほうにむかった。

ゴミを踏むたびに埃が舞いあがり、ストッキングの足裏にぐにゃりと不快な感触がある。ようやく窓にたどり着いてガムテープを剝がしはじめたが、ガムテープは幾重にも重なっていて、なかなか剝がせない。

爪が割れそうな痛みをこらえてガムテープをむしっていたら、

「ほら、いくぞッ」

穴見の声とともに、がちゃんッ、と金属がぶつかる音がした。

振りかえったら、すぐにまたおなじ音がしてドアノブが揺れた。なにか重いものでドアノブを叩いているらしい。ドアが開けられるのは時間の問題だ。

ますます焦ってガムテープを剝がしていたら、勢いあまってポリ袋につまずいた。危うく前のめりに倒れかけるのを、かろうじてこらえた。

そのとき、ゴミのなかに黒い手帳が埋もれているのに気がついた。震える手で拾いあげたら、見おぼえのある文字がならんでいる。

それは、近江八重子が筆談で使っていた手帳だった。

近江がベランダから転落したあと、いつのまにか手帳はなくなっていた。その手帳がここに

あるということは――穂香は唇をわななかせると嗚咽して、

「近江さんを突き落としたんですねッ」

ドアにむかって叫んだ。

「おれはちゃんとしたかった。だから、ちゃんとやるようにした」

穴見は抑揚のない声でいった。

「介護もちゃんとやってただろ。ちがうか」

がちゃん、とまた音がした。ドアノブがぐらぐら揺れている。穂香は手帳をゴミのなかに隠すと、ふたたびガムテープを剝がした。もうすぐ新聞紙を剝がせそうだ。

「その部屋だって、ちゃんと片づけようと思ってた。なのに、そうやって邪魔をする」

がちゃんッ、とひときわ大きな音がしてドアノブが抜け落ちた。

ほとんど同時に新聞紙をひっぺがしたが、とたんに絶句した。そこに窓ガラスはなく、窓枠いっぱいにベニヤ板が打ちつけてあった。ベニヤ板には赤いマジックで、
おやじ死ねおやじ死ねおやじ死ねおやじ死ねおやじ死ねおやじ死ねおやじ死ねおやじ死ね
殴り書きの文字がびっしり書かれている。穴見は幼い頃に父親を亡くしたといっていたが、これはどういうことなのか。

ばーんッ、と叩きつけるような音とともにドアが開き、穴見が踏みこんできた。

穴見はハンマーとガムテープを手にしている。怒りのせいか血の気が失せた顔が恐ろしい。

穴見はハンマーを放りだすと、ジーンズのポケットから大型のカッターナイフをだして、

「もう帰れないよ」

カチカチと音をたてて刃を露出させた。

身をひるがえして逃げようとしたが、背中を突き飛ばされてうつ伏せに倒れた。そのまま上にのしかかられてガムテープで口をふさがれた。

続いて両手首を後ろ手にしてガムテープで縛られた。抵抗しようにも、カッターの刃を頬に押しつけられて身動きできなかった。

穴見は馬乗りになったまま軀の向きを変え、両足首もガムテープで縛った。

ゴミのなかにうつ伏せているせいで、息をするたびに饐《す》えた悪臭が鼻孔から入ってくる。吐き気がして噎せそうになるが、口をふさがれているから咳きこむこともできない。

さて、と穴見はいって、

「もう帰れないけど、どうする？　このままうちに住むかい」

穂香は烈しくかぶりを振った。

「どうして厭なの。ちゃんと介護してあげるよ」

あははは ッ、と穴見はヒステリックな声で嗤った。

そのとき、チャイムの音がした。穴見は舌打ちして、こんなときに誰だよ、とつぶやいた。

穴見は腰をあげると部屋の照明を消し、足音をさせずに階段をおりていった。

76

敬徳苑の玄関をでると、外は猛烈な雨だった。

筒見の殺害に市議会議員の井狩恭介が関わっているとは驚きだった。しかも根岸はその証拠を持っていて、丹野に狙われたという。

建物の軒下で待っていると、根岸は旧型のワゴンRであらわれた。すこし見ないあいだに頬がげっそりこけて無精髭が伸びている。

ワゴンRは軽だけにシートがせまい。武藤は前屈《まえかが》みの姿勢で助手席に乗りこんで、

「前の車――ヴェルファイアはどうしたんですか」

「あれじゃ目立つけ、すぐ見つかるわ。サベージの奴らは街じゅう捜しとるけの」

武藤はスマホの地図で穴見の住所を見せて、

「急いでここにいってください。穂香さんが心配なんで」

根岸は憔悴した表情で車を走らせながら、

「穂香は誰とおるんか」

「おなじ職場のひとです。いまからいく場所におるとは限りませんけど」

「そいつがなんかしたんか。啓太は無事なんか」

「まだわかりません。だから急いどるんです」

根岸は追っ手を警戒してか、ちらちらとルームミラーで背後を窺って、

「おまえはまさか、おれを売らんやろの。もう誰も信じられんのじゃ」

「売ったりしません。けど、さっきいうた証拠ちゅうはどこにあるんですか」

「おれが持っとる。安全な場所にいったら、おまえに渡すわ」

車で走っているあいだもスマホを確認したが、穂香からの返信はない。

穴見の自宅は住宅街からすこし離れた路地にあった。

二階建ての木造家屋で庭に雑草が茂っている。二階の窓は真っ暗だが、一階は明かりが漏れている。武藤は家の前でワゴンRを停めさせると、

「根岸さんは、ここで待っといてください」

「なしか。おれが一緒にいったら、まずいんか」

「ええ。穂香さんの状況がわかりませんので」

車をおりたとたん、土砂降りの雨でずぶ濡れになった。小走りで玄関にいくと、チャイムを鳴らした。すこし経っても応答はない。武藤はドアをノックして、

「穴見さん、いらっしゃいますか」

返事はないが、室内からテレビの音声が聞こえてくる。

「若希駅前交番の者ですが、ちょっとよろしいですか」

そう声をかけたら、すこしして玄関に明かりがついた。

77

ワイパーがめまぐるしくフロントガラスを掃いている。

雨は一段と烈しくなって、もはや豪雨だった。

繁華街ではサベージがらみのトラブルが頻発しているようで、無線機からひっきりなしに応援の要請が入る。しかしいまは応援にいける状況ではない。

根岸を捜して若希駅周辺を走っていると、千尋から電話があった。

「いま闇スロット店の店長——波多瀬守が自供したそうです。金主は根岸雅也です」

「なんだって」

「組織犯罪対策課《ソタイ》が令状請求してるので、もうすぐ逮捕状がでます。それと丹野主任から通信指令室に電話があって、根岸の位置情報を問いあわせてたみたいですけど——」

「やばいな。根岸はまだ移動中？」

「ええ。さっき確認したら敬徳苑付近でした」

「敬徳苑？　そんなところでなにをしとるんやろ」

また根岸の位置情報を伝えるよう頼んで電話を切ると、敬徳苑にむかった。根岸が闇スロット店の金主だとは意外だった。逮捕状が発付されしだい、組織犯罪対策課は根岸の身柄確保に動きだす。

根岸が組織犯罪対策課に捕まれば安全だが、丹野が根岸の位置情報をつかめば、それをサベージに流すだろう。サベージより早く根岸の身柄を押さえないと、取りかえしがつかなくなる。

クラウンは豪雨に煙る街を疾走した。

78

穴見が階段をおりたあと、外から武藤の声が聞こえてきた。

恐らく自分と連絡がとれないから、心配して捜しにきたのだろう。自分がここにいるのを、なんとかして武藤に知らせたい。むだを承知で大声をあげたが、ガムテープでふさがれた口はもごもごいっただけだった。物音をたてようにも軀はわずかしか動かない。

やがて玄関のドアが開く音がして、

「なんでしょう」

穴見の声がした。

「夜分にすみませんが、おうかがいしたいことがありまして――」

雨音がうるさくて、ふたりの声は聞きとりづらい。穴見が照明を消したせいで室内は真っ暗だが、半開きになったドアから一階の明かりが見える。

穂香は芋虫のように這《は》ってドアの前までいくと、耳をそばだてた。

「清水さんなら食事をしたあと、別れましたけど」

と穴見の声がした。そうですか、と武藤がいって、

「それは何時頃ですか」

「ええと、九時前だったと思います」

穴見と一緒にいると武藤にメールしたのは、たしか九時をまわっていた。武藤が穴見の嘘に気づいてくれれば、助けてもらえる。

「清水さんからは九時すぎにメールがあって、いま穴見さんと一緒だと――」

思ったとおり武藤は矛盾を指摘したが、だったら、と穴見はいって、

「ぼくの勘ちがいでしょう。いちいち時間を見てたわけじゃないんで」

「なるほど。じゃあ、いまはおひとりですか」

「ええ」

「清水さんと至急連絡をとりたいんですけど、電話がつながらなくて」

「だいぶ呑んでたから、もう寝てるんじゃないですか。ぼくも、あとで連絡してみましょう」

「お願いします」

「それじゃ、もういいですか。ちょっと眠いんで」

武藤が帰ってしまいそうな気配に、ふたたび叫んだ。だが声にはならず呼吸が苦しくなった。

玄関にはパンプスがあるはずだが、武藤はなにもいわないから穴見が隠したのだろう。救いを求めるようにあたりを見まわすと、床にドアノブが落ちていた。啓太のためにも、こんなところで殺されるわけにはいかない。

穂香はドアノブをめがけて、じりじりと這った。

「あと一点だけええですか」

と武藤の声がした。

「実は、穴見さんが職場で使っていたPHSを拾得物として受理したんですが――」

「え、どういうことですか」

「路上に落ちとったのを、拾い主が交番に届けてくれたんです」

「わけがわかりませんね。誰かが持ちだしたんでしょうか」

「しかし備品の記録には、水没で故障とありましたが」

「ああ、それは嘘です。紛失したって書くと上司がうるさいんで――」

「ただPHSが落ちとったのは、菅本キヨさんが亡くなった当日なんです」

「だから、なんなんですか。ぼくはPHSを紛失しただけです」

「それだけですか」

「ええ」

「紛失したPHSが、なんで路上に落ちとったんでしょう」

「さあ、よくわかりません。もしかしたら盗まれたのかも――」

「そのへんがあやふややと困ります。くわしく聞かせてもらえませんか」

必死で這っていくと、ようやくドアノブに顎が触れた。

それを顎で転がしながら、階段ににじり寄ったとき、

「とにかく、今夜はもうかんべんしてくださいッ」

穴見が甲高い声をあげた。

次の瞬間、ドアノブがけたたましい音をたてて階段を転げ落ちた。

79

ごとごとごとッ、と玄関の奥で大きな音がした。なにか金属製のものが落ちたような音だ。

武藤は室内を覗きこんだが、穴見が邪魔でよく見えない。

「いまのは、なんの音ですか。誰かおるんやないですかッ」

武藤は強い口調で訊いた。

穴見はちらりと背後を見てから、猫ですよ、と答えて、

「誰もいません。もう帰ってください」

強引にドアを閉めようとする。武藤はドアの隙間に靴先を突っこんで、

「悪いけど、家のなかを見せてもらえんですか」

「厭です。あなたにそんな権利はないでしょう。令状はあるんですか」

家宅捜索をするには捜索令状が必要だが、これだけでは捜索しかできない。証拠品を押収するには差押令状も必要となるから、通常は両方を一括した捜索差押許可状を裁判所に発付してもらう。が、そんな手続きを踏んでいる余裕はない。

武藤は穴見をにらみつけて、

「逮捕にともなって捜索する場合、令状はいらんのです」

「逮捕？　ぼくがなにをしたっていうんですかッ」

いまの段階で明確な容疑はない。通常の捜査ならば、ここでひきあげるだろう。強引に踏みこんだら責任を問われるが、ここに穂香がいると直感が訴えている。武藤は思いきって、

「清水穂香さんの拉致監禁容疑です」

はあ？　と穴見は大声をあげて、

「いいかげんにしてくださいッ。清水さんは、もう帰ったっていったでしょう」

「なら、念のために確認させてください」

「それとこれとはべつでしょう。なんの証拠もないのに、うちに入るなんて許されない」

どけ、と武藤はいった。

「邪魔したら逮捕するぞ。公務執行妨害じゃ」

これで穂香がいなかったら首が飛ぶが、もうあとにはひけない。穴見は溜息をついて、

「そこまでいうなら、勝手にどうぞ。ただし違法な捜査をされたと訴えますからね」

武藤は玄関に入ると、三和土《たたき》で靴を脱いだ。

穴見は案内する気もないようで階段に腰をおろした。

武藤は急いで室内を見てまわった。穂香の姿はなかったが、リビングのテーブルに食べかけの料理があった。あきらかにふたりで食事をしていた形跡に、

「穴見さん。ちょっといいですかッ」

声をあげたとたん、背中に焼けつくような痛みが走った。

後ろを見ると、穴見が背中に出刃包丁を突き立てていた。武藤は痛みにのけぞりつつ、

「きさまあッ――」

とうめいた。穴見の顔は真っ青にこわばっている。

軀をひねって振りほどこうとしたが、穴見は両手で包丁を持ったまま離れない。肘鉄を打ちこんでも器用にかわして、鋭い切っ先を背中にねじこんでくる。

こっちの軀が大きいぶん、手を伸ばしても届かない。激痛に額から汗が噴きだし、意識が遠のきかけた。これ以上深く刺されたら、死ぬかもしれない。そう思った瞬間、

「おいッ。なにしとんじゃッ」

背後で怒声が響いた。

同時に背中の激痛がわずかに薄れた。振りかえったら、根岸が穴見を羽交い締めにしている。

背中に手をまわすと、出刃包丁の柄をつかんで一気にひき抜いた。耐えがたい痛みが脳天を貫いて悲鳴をあげそうになった。出刃包丁を床に放りだして背中の傷口に触れると、掌が血まみれになった。

根岸は穴見を羽交い締めにしたまま、

「おまえが遅いけ、様子見にきたんじゃ。大丈夫か、おい」

「はい。おかげで助かりました」

武藤は頭をさげた。穴見に手錠をかけたいが、きょうは非番だから持っていない。穴見は引《ひ》き攣《つ》った顔でもがいている。

「おとなしゅうせんか、こらッ」

根岸は羽交い締めにした穴見をどやしつけて、

「穂香は？」

「まだ見つかりません」

「こら、穂香はどこにおるんかッ」

根岸は怒鳴ったが、穴見は薄笑いを浮かべただけで答えない。

一階にはおらんようです、と武藤はいって、

「たぶん二階やと思います」

「おれあ、こいつを押さえとくけ、見にいってこいッ」

武藤は背中の痛みをこらえて駆けだした。

80

穂香は階段のそばで、うつ伏せに倒れていた。

口をガムテープでふさがれたせいで呼吸が苦しく、意識は朦朧《もうろう》としている。

さっき武藤は無理やり室内にあがりこんだようだった。階下から怒鳴り声や大きな物音が聞

こえていたが、いったいどうなったのか。

ふと階段の照明がついて、誰かが二階にあがってきた。恐怖に身を硬くしていたら、武藤の顔が見えて安堵した。清水さんッ、と武藤は叫んで駆け寄ってくると、

「もう大丈夫ですよ」

口に貼られたガムテープを、太い指先でゆっくり剝がした。水中から浮かびあがったように呼吸が楽になって、大きく息を吐いた。

「穴見さんは――あのひとはどうなりました？」

「根岸さんが捕まえてます」

「えッ」

「根岸さんとは古い知りあいです。説明すると長いんで、とりあえず下におりましょう」

元夫が武藤の知りあいだったとは初耳だが、なぜここにいるのか。穴見を捕まえたとは、どういうことなのか。頭が混乱して理解できない。

穂香の両手足を縛ったガムテープを、武藤は手際よく剝がし、

「さあ、いきましょう」

肩を支えられて、ふらふらと立ちあがった。

武藤は二階の照明をつけると、汚れきった室内に眼をやって、

「この部屋はいったい――」

「わかりません。あのひとの部屋みたいですけど」

武藤に手をひかれて階段をおりた。ジャケットの背中が裂けて、大量の血がにじんでいる。どうしたのかと訊いたら、穴見に包丁で刺されたという。警察官の武藤を刺すとは、あらためて穴見の異常さを感じた。

「早く手当てしなきゃ――」

と穂香はいったが、武藤はあとでいいといった。

ふたりは一階におりてリビングに入った。とたんに眼を見張った。

穴見が床に押し倒されていて、根岸が馬乗りになっていた。穴見は気を失っているのか、ぐったりした様子で身動きもしない。ひさしぶりに見る元夫はひとまわり痩せ、顔がげっそりやつれている。

「雅也――」

かつての呼びかたが思わず口をついた。おう、と根岸は微笑して、

「啓太は無事か」

「託児所にいます」

「よかった。おまえも怪我はないか」

穂香はうなずいた。

どうやら根岸は自分を助けにきてくれたらしい。以前はストーカーだと疑って、ずっと逢うのを避けてきたが、こんなところで再会するとは思いもよらなかった。

その一方で、ほんの数時間前まで大好きで尊敬していた穴見が、いまは忌み嫌うべき存在に

変わり果ててしまった。不条理な悪夢を見ているような気分で佇んでいると、

「こいつはどうするんか」

根岸が武藤に訊いた。

「署まで連行します。根岸さんも一緒にきてください」

「おれも？」

「ええ。そのほうが安全ですから」

「しゃあない。そうするか」

と根岸がいったとき、ばあんッ、と玄関のドアが開く音がした。続いてリビングの窓ガラスが砕け散った。根岸が青い顔で立ちあがって、

「やばい。サベージの奴らやッ」

風雨が吹きこんでくるのと同時に、玄関と窓の両方から男たちがなだれこんできた。男たちはぜんぶで十人はいるだろう。みなパーカーのフードやマスクで顔を隠し、金属バットや鉄パイプといった凶器を手にしている。

「清水さん、逃げてくださいッ」

武藤が叫んだが、とっさに足が動かない。ひとりの男がバールを振りかざして、

「こら根岸ィ。死にさらせッ」

怒声をあげた。それを合図に男たちは根岸にむかって殺到した。

武藤が前に立ちふさがって先頭にいた男を殴り倒したが、べつの男に金属バットで殴られた。

根岸も必死で防戦して壮絶な乱闘になった。

警察に通報したいが、スマホは穴見に奪われたままだ。外にでて助けを求めよう。そう思って玄関にむかったら、背後から肩をつかまれた。

「ひとりで逃げちゃだめだろ。おれも一緒にいくよ」

穴見の声に全身が硬直した。さっきは気を失っているように見えたが、あれは芝居だったのか。穴見は穂香の首筋に出刃包丁をあてがって、

「早く外にでよう。ただし逃げようとしたら、ぶすっといくよ」

これで武藤を刺したのか、包丁の先端は血だらけだった。

穴見にうながされて玄関をでると、滝のような雨が降り注いでいた。

穂香はふたたび絶望して豪雨のなかを歩きだした。

81

敬徳苑付近に根岸のワゴンRは見あたらなかったが、千尋から電話があった。根岸の車が住宅街からすこし離れた路地で停車したという。風間は位置情報をカーナビに入力して、

「ごめん。妙なことに巻きこんで」

溜息まじりにいった。

「なんであやまるんですか」

「あとで説明するけど、おれは首が飛ぶかもしれん。できるだけ春日さんには迷惑かけんようにするけど――」

「責任問題に発展したら、あたしも首を賭けます」

「そんな――おれの問題やけ、春日さんは責任とる必要ないよ」

「もし風間さんが辞めるんなら、あたしも辞めたいですから」

風間は苦笑したが、千尋の言葉はうれしかった。

「わかった。じゃあ、また電話する」

風間は電話を切ってクラウンのスピードをあげた。

コカインの吸引がばれるのが怖くて、一時は依願退職まで考えた。両親や兄や知人たちからどんな眼で見られるかと思ったら、不安でたまらなかった。

しかし自分は快楽が目的でコカインを吸ったわけではない。ミューズを調べてみようとして、小田切の罠にはまっただけだ。根岸を逃がしたのも、筒見殺害の真犯人を暴くためだ。それで首が飛ばされるなら、飛んでもかまわない。

千尋にはげまされたおかげで、そんな勇気が湧いてきた。

やがてクラウンは住宅街に入った。

夜も更けたうえに豪雨とあって、人通りはまったくない。一方通行のせまい路地を徐行していると、前方にふたつの人影があらわれた。こんな大降りのなかを傘もささずに歩いている。不審に思って眼を凝らすと、男女のようだった。

交番勤務の頃なら職務質問するところだが、いまはそんな時間がない。車を路肩に寄せて通りすぎようとしたとき、ヘッドライトに女の姿が浮かんだ。

女の顔は夜目にも血の気が失せていて、ぎごちない足どりで歩いている。

その顔に見おぼえがある。敬徳苑で事情聴取をした清水穂香だ。

「こんなところで、なにしとるんやろう」

さすがに気になって車を停めた。

風間は運転席の窓をおろすと、そこから顔をだして、

「清水さん――」

と声をかけた。

穂香はよほど驚いたのか、肩をびくんとさせて車の前で立ち止まった。濡れそぼったワンピースが軀に張りついている。隣にいた男がこっちを見て、

「刑事さん、おひさしぶりです」

一瞬誰かわからなかったが、男はずぶ濡れの顔で会釈すると、

「敬徳苑でお目にかかった穴見です」

「ああ、どうも」

ようやく誰か思いだして頭をさげた。そういえば穴見にも事情聴取をした。

「ところで、どうされたんですか。傘もささないで――」

「入所者のお爺さんが夜間徘徊で、敬徳苑の外にでてしまったんです。さっきから必死で捜し

てるんですけど、見つからなくて――」

「それは困りましたね」

「ええ。ずっと走りまわってたから、清水さんもくたくたになっちゃって」

穴見は同意を求めるように穂香に眼をやった。穂香はよほど疲れているのか、うつろな表情で答えない。このへんは若希駅前交番の受持区域だから、捜索を要請したほうがいい。

風間がそれをいうと、穴見は大きくうなずいて、

「助かります。事情を説明したいので、交番まで乗せてもらってもいいですか」

早く根岸の身柄を押さえたいが、若希駅前交番までは何分もかからない。土砂降りのなかに置き去りにするのも気の毒だった。

「わかりました。じゃあ、どうぞ」

と風間はいってドアロックを解除した。穴見が後部座席のドアを開け、穂香が先に乗った。穴見は彼女にくっつくようにして乗りこんでくると、

「あの、行き先を変更したいんですけど」

「えッ」

「とりあえず、最寄りのインターから高速に乗ってください」

「どういう意味ですか」

風間は振りかえって後部座席に眼をやった。

「こういう意味ですよ」

穴見は穂香の首に出刃包丁をあてて、にやりと嗤《わら》った。

82

金属バットをかわし損ねて、額に強烈な衝撃が走った。

頭蓋骨が割れたかと思うほどの激痛があって、なまぬるい血が眼に入りこんできた。

武藤はそれを拭った拳で、金属バットを持った男の口元を殴りつけた。

男の口から白い歯が弾け飛び、金属バットが床に落ちた。やけに拳が痛むと思ったら、殴った拍子に男の歯で拳の肉が裂けていた。

武藤は根岸とならんで壁際に立っている。根岸の顔も血まみれだ。ふたりで協力して、いままでに四人を殴り倒した。けれども男たちは、まだ六人もいる。

「やめろッ。おれは警察官やッ」

乱闘の合間を縫って警察手帳をだしたが、角材で叩き落とされた。

男たちはドラッグでもやっているのか、ひるむ様子もなく、次から次へと襲ってくる。数えきれないほどの打撲傷で全身が痛みに疼《うず》いている。

穂香と穴見は、いつのまにか姿を消した。穂香が逃げたのならいいが、穴見に捕まったかもしれない。警察に連絡しようにも、この場を離れるすべはない。

さっき額を割られたのと背中の傷から出血が続いているのとで、意識は朦朧《もうろう》としている。自分でも立っていられるのが不思議だったが、倒れれば確実に殺される。

額から流れだした血で両眼が見えなくなってきた。

赤く霞んだ視界のなかで、根岸の頭にバールが打ちこまれた。

床に倒れた根岸に男たちが群がって、凶器を振るいはじめた。男たちに割って入ろうとしたら、脇腹に鉄パイプがめりこんだ。

武藤は両手で鉄パイプをつかむと男を引き寄せて、顔面に頭突きを喰らわせた。男は昏倒したが、激痛とともに呼吸がぜいぜい苦しくなった。肋骨が何本か折れたらしい。

根岸は床に倒れたまま、めった打ちにされている。頭や顔をかばおうともしないから、もう死んだのかもしれない。男のひとりが根岸の服を探ってスマホをだすと、バールで粉々に打ち砕いた。根岸がいった音声ファイルはもう復元できないだろう。

サベージの連中の残忍さに、たぎるような怒りがこみあげてきた。

武藤は床に転がっていた金属バットを手にすると、

「糞ガキどもが。ぶち殺しちゃるッ」

巨体を揺すって男たちに突進した。

83

出刃包丁の冷たい感触が首筋にある。

穂香は全身をこわばらせてシートにもたれていた。穴見は隣で出刃包丁を突きつけている。ずぶ濡れで軀は冷えきっているうえに、いまにも首を切られそうな恐怖で膝頭ががくがく震える。風間は運転席から穴見に険しい顔をむけて、

「清水さんに手をだすな。なんでそんなことをするッ」

声を荒らげた。穂香は黙っていられずに、

「このひとが菅本さんを殺したんです。近江さんを突き落としたのも――」

「よけいなことをいうな」

と穴見はいって包丁の刃を首に押しつけてきた。

やめろッ、と風間は怒鳴って、

「どこにいこうと逃げられんぞ。包丁をよこせッ」

「逃げようとは思ってないよ」

「なら、どうするつもりかッ」

「この女のせいで、おれの人生は終わった。行き着くところまでいったら、自分で死ぬさ」

「人質なら、おれひとりでいいだろう。清水さんはおろしてやれッ」

「この女は、おれの好意をむだにした。その仕返しをしなきゃ気がおさまらん」

「好意がどうだろうと、早まったまねをするなッ」

「おまえは、なんにも知らないんだ。おれは高校をでてから、ずっとひきこもりだった。おやじとうまくいかなくて、ずっとつらい思いをしてた。でも気持を入れ替えて介護の仕事に就い

たんだ。それから八年もがんばってきたのに、この女のせいで――」

穴見は不意にしゃくりあげた。ぞっとするような声だった。おやじとうまくいかなくてと聞いて、赤いマジックの文字を思いだした。あの家に母親と住んでいたというのは嘘だったのか。

「おまえの話は聞いてやる。だから清水さんを――」

と風間はいったが、穴見は洟《はな》を啜りあげて、

「だめだ。さっさと車をだせ。早くしないと、この女を刺すぞッ」

風間は溜息をつくと、前をむいて車を走らせた。

穴見はここまでくる途中、出刃包丁で背中をつつきながら、

「きみのせいで、おれの家はめちゃくちゃだ。もう住むところもないよ」

うつろな声でつぶやいた。穂香は溜息をついて、

「どうして菅本さんと近江さんに、あんなことを――」

「菅本はおれを息子とまちがいやがって、おれのいちばん嫌いなおやじのことをいう。もっと許せないのが藪下さ。きみの軀をいつもべたべた触りまくってたからね」

「だから、藪下さんが殺したように見せかけたの」

「すごい完全犯罪だろ。警察の奴らも見破れなかった」

「近江さんを突き落としたのは、あなたが菅本さんを殺すところを見たから？」

「見たかどうか知らないけど、認知症のふりなんかするからだよ。選挙のこともいろいろいうし――」

「不在者投票をさせたのは理事長たちでしょう」

「そうだよ。車椅子に乗っけた入所者をずらっと集めて、井狩候補に入れるんだよねって訊いて、うなずけば一票ってやつさ。うなずかなきゃ、後ろから頭を押すけどね」

あはははッ、と穴見は嗤うと、

「きみは、ぼくだけ見てればよかったのに。そうしたら、ふたりでうまくやっていけた。でも、きみのせいで、ぜんぶ水の泡だ」

さっき風間に声をかけられたときは、一瞬助かったと思った。穴見は逃げだすだろうと期待したが、まさか車に乗りこむとは思わなかった。

このまま穴見のいいなりになったら、自分はもちろん風間にも危害がおよぶだろう。武藤と根岸も大勢に襲われているから、やられるのは時間の問題だ。

車は覆面パトカーらしく、運転席には防犯用のアクリル板や無線機がある。あの無線機で警察に応援を呼べば、武藤と根岸を助けられる。

啓太のことを考えると、まだ死ぬわけにいかない。高速に乗ったら状況はもっと悪くなる。穴見は自分が犯した罪を、あっさり喋った。刑が重くなるのを承知で喋ったからには、きっと自分を殺すつもりだ。だとすれば抵抗するのはいましかない。

そう思ったら恐怖が薄れて、穴見に対する憤りが湧いてきた。

あんなに信頼していたのに――あんなに好きだったのに――こんな裏切りは許せない。

穂香は勇気を奮い起こすと、

「車を停めてくださいッ」

大声で叫んだ。風間は急ブレーキを踏んで、軀が前につんのめった。

「武藤さんたちが大変なんです。このひとの家に警察を呼んでくださいッ」

車を停めるなッ、と穴見が怒鳴った。穂香はとっさに穴見の腕を両手でつかむと、

「あたしを刺しなさい」

出刃包丁の切っ先を自分の首に押しあてた。われながら予想外の行動だった。

「なんだとッ」

穴見は眼を剝いて叫んだ。

「つらい思いをしたのは、あんただけじゃない。なに甘えたこといってるのッ。さっさとあたしを殺して、あんたも死になさいッ」

穴見は憎悪にゆがんだ顔を近づけてくると、

「ようし。なら殺してやるッ」

耳元で怒鳴った。穴見の腕に力がこもって、思わず目蓋を閉じた。

次の瞬間、耳をつんざくようなサイレンが響き渡った。驚いて目蓋を開けると、天井のライトが灯って車内が明るくなった。穴見が運転席に顔をむけて、

「サイレンを消せッ」

と怒鳴った。穂香はその隙を狙って、穴見の腕を渾身の力で押しもどした。

風間が助手席のシートを乗り越えると、右手で警棒を突きだした。警棒の先端が穴見の喉笛

を突いた。おえッ、と穴見は嘔吐するような声を漏らしてシートにのけぞった。

穴見の腕ががくんとさがり、出刃包丁がシートに落ちた。

穂香はすかさずそれを拾いあげ、穴見に切っ先をむけた。しかし穴見は白眼を剝いて動かなかった。半開きの口から唾液が糸をひいて、顎の下まで垂れている。

風間は車をおりると後部座席に乗りこみ、いまの時刻を口にして、

「拉致監禁ならびに脅迫容疑で被疑者を逮捕ッ」

穴見にすばやく手錠をかけた。

「清水さん、前に乗ってください」

と風間がいった。穂香は急いで車をおりて助手席に移った。

風間は運転席にもどると、すぐさま無線機のマイクを握った。

84

武藤は根岸の前に立ちふさがって金属バットをふるった。

どうにかふたりを倒したが、血と腫れでふさがった両眼はもうほとんど見えない。みぞおちを鉄パイプで突かれて、膝から崩れ落ちた。軀が床に伸びて、手から金属バットが離れた。

「こいつも殺しますか」

頭上で男の声がした。

「警察《ヒネ》殺したらやばいけ、いちおう確認せい」

べつの男がそう答えた。最初の男が誰かに電話している声がした。

「はい──そうなんです──ええ、根岸は殺《や》ったんすけど──」

天邪鬼のリーダーだった高校生の頃は、喧嘩に明け暮れていた。ほとんど負け知らずで調子に乗っていた。ごくまれに負けることもあったが、たいして傷は負わなかった。

これほどやられたのは当時住んでいたアパートをでたところで、三人組に不意打ちを喰らって以来だ。あのときは頭蓋骨陥没骨折と脳挫傷の重傷で、二週間も意識不明だった。

生活安全課少年係の係長で顔なじみだった片桐誠一は、しょっちゅう見舞いにきてくれた。不良から足を洗って警察官になったのは、片桐にあこがれたからだ。

けれども片桐のようにはなれないままで終わりそうだった。

「はい、わかりました──それじゃ失礼します」

男が電話を切る音がして、

「殺《や》っていいそうです」

武藤はみずからの死を覚悟した。

そのとき、動くなあッ、と怒声が響いた。聞きおぼえのある声だ。そっちに顔をむけて眼を凝らすと、風間が立っていた。風間は警察手帳を突きだして、

「条川署刑事第一課の風間だ。全員、凶器を捨てろッ」

サベージの男たちはなおも抵抗する気配を見せたが、風間は続けて、

「緊急配備を敷いた。おまえらはもう逃げられん」

まもなく何台ものパトカーのサイレンが近づいてきた。

85

澄みきった青空を真っ白な雲が流れていく。

照りつける陽射しはまぶしいが、緑の香りがする風が心地よかった。今年の梅雨明けは例年より早く、七月に入って晴天が続いている。

穂香は菓子折りの紙袋をさげて、昼下がりの街を歩いていた。街路樹から蟬《せみ》の声が響き、昼食にいくらしいサラリーマンやＯＬたちが通りを行き交っている。

根岸の葬儀から三週間が経った。

肉親に縁の薄かった根岸の葬儀は、伯父が喪主で参列者もわずかだった。

焼香のとき、啓太は祭壇の遺影を指さして、

「あれ、パパなの」

そうよ、と穂香は答えた。

「パパ、なんで死んじゃったの」

「啓太とあたしを守るためよ」

「でも、ぼくとぜんぜん遊んでくれないよ」

「そうだけど、啓ちゃんのことが大好きだったの」

根岸とは離婚してからずっと逢わなかったから、啓太は父親のことをあまりおぼえていない。死についてもまだ理解できないだろうが、根岸はりっぱな父親だったと伝えておきたかった。

あの夜——根岸が殺された夜のことを思いだすと、いまも恐怖と悲しみが蘇る。

風間は無線で応援を要請してから覆面パトカーを飛ばして条川署にむかい、当直の警察官に穴見の身柄を引き渡した。穂香も署に残って事情聴取を受けたが、風間は穴見の自宅へむかった。

根岸を殺害したのはサベージの構成員で、全員が逮捕された。根岸が襲われたのは、組織の内紛が原因らしい。武藤はかろうじて意識があったが、かなりの重傷で条川大学病院に搬送された。

穴見は殺人や殺人未遂、拉致監禁や脅迫など複数の容疑で起訴された。すべての取調べが終わりしだい留置場から拘置所に身柄を移され、法廷で裁かれるだろう。

事情聴取で条川署にいったとき、風間から穴見が供述した事件の詳細を聞いた。

ゴールデンウィーク最終日の夜、穴見は菅本キヨの殺害を決意し、帰宅時にPHSを持ち帰った。入所者のコールはPHSに着信し、どこの居室か表示されるから介護員の動きがわかる。深夜、穴見は敬徳苑の非常口から館内に侵入し、夜は誰もこない浴室に隠れた。その日の夜勤は穂香と河淵だ。

穴見はマナーモードにしたPHSで巡視やコールの状況を窺い、穂香と河淵が介護員室にいるのを見計らって居室に入り、菅本を殺害した。そのあと藪下がいる居室にいき、菅本の毛髪や唾液を藪下の手やベッドに付着させて非常口から逃走した。ところが、逃げる途中でPHSを路上に落とした。

結果として、そのPHSが穴見の犯行を暴くきっかけになった。

近江八重子の事件では、穴見は殺人未遂容疑で起訴された。事件の夜、穴見は居室で寝ていた近江を抱きかかえて食堂に運び、ベランダから突き落とした。車椅子を使わなかったのは、穂香が巡視にくる前に近江を殺そうとして急いだせいらしい。

「清水さんを第一発見者にしたかったんでしょう。穴見は清水さんが困れば困るほど、自分を頼ってくると思ったみたいです」

と風間はいった。さまざまなストーカー行為や入所者の家族を装ったクレームのメールも、やはり穴見の仕業だった。穴見が前に語った生い立ちもでたらめで、両親は死んでいなかった。穴見は高校生の頃に両親が離婚して、それ以降は父親と同居していた。けれども父親は穴見の家庭内暴力が原因で、数年前から消息を絶っているという。穴見の部屋にあった「おやじ死ね」という落書きやリビングの壁にあった穴は、当時の痕跡だろう。

もっともストーカー行為については穴見だけでなく、根岸がアパートの前の公園に車を停めていたことや、河淵の行動を誤認した部分もある。

その後の捜査によって、二階の居室で入所者の金品が紛失していたのは河淵の犯行だとわかった。犯行の動機は借金の返済に困ったせいだというが、河淵は逮捕後にべつの事実も供述した。

辻根は穴見に好意を抱いており、自分と穴見が接近するのを警戒して、河淵に監視を命じたらしい。辻根がいつも感情的に怒っていた理由がやっとわかったが、自分を辞めさせようとしたのは、もうひとつ理由があった。

辻根と穴見は、理事長の井狩政茂と施設長の桜井美咲に命じられて、市議会議員選挙の不在者投票で不正をおこなっていた。むろん理事長の息子である井狩恭介を当選させるためだ。

不在者投票の不正が発覚して、井狩恭介はもちろん理事長と施設長、辻根も公職選挙法違反容疑で逮捕された。オレオレ詐欺の名簿屋に高齢者の個人情報を横流ししたのは井狩恭介で、井狩は根岸の殺害を指示した容疑でも調べられている。

すでに逮捕されていたオレオレ詐欺グループの供述から、近江八重子をだまして大金を奪ったのはおなじグループだと判明した。近江はいまも意識がもどらないが、彼女をだました犯人が捕まったのはうれしかった。

衝撃的な事実がいくつも発覚したとあって、敬徳苑には連日マスコミが押し寄せた。

敬徳苑のまわりにはカメラがならび、レポーターたちがマイクを片手に無神経なインタビューを繰りかえした。穂香は事件の関係者とあって彼らに追いまわされ、逃げるのに苦労した。

ほかの職員たちもマスコミの対応に困惑していたが、業務はそれ以上に大変だった。入所者の家族からクレームが殺到したうえに、多くの逮捕者がでたせいで介護員の人手も足りず、一時は閉鎖も危ぶまれた。けれども閉鎖になれば、受け入れ先のない入所者は路頭に迷うことになる。

デイサービスをひとまず中止して担当者を入所者の介護にまわし、他施設から応援にきてもらって、なんとか運営を続けている。副施設長の堀口は急に態度を変えて、

「清水さんのことを誤解してて、ほんとうに悪かった。お願いだから、まだ辞めないで」

祈るように両手をあわせて懇願した。

敬徳苑はいったん辞める決心をしていたし、つらい思い出が多い。早く退職したかったが、入所者たちを見捨てることはできなかった。とりあえず業務が落ちつくまで働いてみようと決めた。きょうは夜勤明けで、ひさしぶりの休みだ。

ゆうべ相勤だった沙織はあいかわらず陽気で、

「まさか穴見っちが犯人とは思わんやったけど、あんな奴とつきあわんでよかったやん」

「ええ。でも、うっかり家までいってしまって――」

「気にせんでええって。あんたが家にいったから、あいつが本性だしたんやろ」

「それはそうなんですけど、あたしってひとを見る目がないなと思って」

「ひとを見る目なんか、なくっていいよ。人生はうまくいかんけ、おもしろいんやないの」

「そうなんでしょうか」

「ここのお年寄り見てたら、わかるっしょ。みんな頭も軀も思いどおりにならんけど、がんばって生きとるやん。あたしたちはそのお手伝いしとるんやけ、もっと自信持たな」

「はい」

「元気でいりゃあ、そのうちいいことあるよ。いまだって厭な奴らが全員逮捕されて、気分がせいせいしてる」

わはは、と沙織は豪快に笑った。

条川大学病院に着いてロビーに入ると、大勢のひとびとが長椅子にかけていた。

見舞い客もいるだろうが、つらそうな表情の病人もたくさんいる。沙織のいったとおり、躯が健康なだけで自分は恵まれている。

穂香は背筋を伸ばして外科病棟にむかった。

86

きょうの昼食は太刀魚《たちうお》の塩焼き、マカロニサラダ、茶碗蒸し、バナナだった。

病院食だけに味付けは薄いし量もすくない。もっと濃い味で脂っこいものを腹いっぱい食べたいが、退院まであと一週間は我慢するしかない。

武藤はあッというまに昼食をたいらげて、ベッドに横たわった。この病院に運びこまれたときは、すぐ退院できると思っていたが、怪我は予想以上にひどかった。

担当の医師によれば、全身の打撲傷に加えて肋骨が三本折れ、穴見に刺された背中の傷は内臓近くまで達していたという。入院してしばらくはベッドから起きあがるだけで激痛に見舞われたが、ようやく動けるようになった。

母の富子は食品工場のパートの合間に病室に顔をだしては、

「あんたはおまわりさんになったちゃ、なんも変わらんね。無茶ばっかりして——」

と愚痴をこぼした。人助けのためだったといっても聞く耳を持たず、

「片桐さんに聞いたら、犯人を何人か半殺しにしとったそうやないの。なんぼ相手が悪いちゅうても、それがおまわりさんのすることかね」

その片桐も見舞いにきてくれて、

「今回はお手柄やけど、あんまり暴れよったら機動隊に配転されるぞ」

と苦笑した。機動隊は警察組織のなかでもっとも体育会系で、軍隊なみの訓練が課される。警察学校でも訓練は苦手だっただけに、武藤はぞっとして、

「かんべんしてください。おれは刑事《デカ》になりたいんやけ」

「おまえが刑事《デカ》になれても、暴力団《マルビー》担当やな。思いっきり暴れてええぞ」

「べつに暴れとうないですよ。もっと頭使《つこ》うて事件を解決したいんです」

「おまえの頭は、どっちかちゅうと頭突きにむいとるぞ」

と片桐は笑った。

若希駅前交番の面々も、入院からまもなく見舞いにきた。

交番所長の福地には、単独での行動をさんざん咎《とが》められた。

「おれの立場もちったあ考えれ。結果として犯人《ホシ》を挙げられたけ、無事にすんだけど、本来なら懲戒もんぞ」

石亀は非番で寝ていたところを呼びだされたと愚痴った。

「何年かぶりで女房となかようしとったのに、非常招集かけられたけ往生したわ。女房はぶうぶういうて大喧嘩じゃ。離婚になったら、おまえのせいやけの」

新田も非番で非常招集されて穴見の家に踏みこみ、サベージの連中を取り押さえたという。

「おまえは清水さんに気があるけ、あそこまでがんばったんやろ」

新田はにやにやしながらいった。武藤はむっとして、

「そんなんやないです。警察官としての使命感から――」

「まあええけど、おれはおまえの指導係じゃ。誰かと交際するときは、ちゃんと報告せえよ」

新田は顔をしかめて腕を組んだが、頬はまだゆるんでいた。

上司の判断を仰がなかったのが問題となり、署内ではなにも評価されなかった。評価されなくても平気だったが、根岸を救えなかったのと葬儀にでられなかったのが心残りだった。

穴見に背中を刺されたとき、根岸は自分を守ってくれた。せっかくサベージから足を洗う決心をしていたのに、無惨な最期《さいご》を遂げてしまったのは悔しい。

そんな感慨に浸っていると、病室のドアが開いて穂香が入ってきた。

とたんに武藤はベッドに起きあがって会釈した。

穂香が見舞いにきたのはこれで三度目だが、いつも緊張する。穂香が菓子折りを持ってくるのも、それにいちいち恐縮してから受けとるのも毎回おなじだ。きょうの菓子折りは好物のロールケーキだったが、彼女の前で食べるのは照れくさかった。

武藤は見舞い客用の丸椅子を穂香に勧めて、

「どうですか。その後、ご体調は――」

「それは、あたしがいうことです」

と穂香は笑った。武藤は頭を掻いて、

「だめですね。清水さんがくると、どうも緊張します」

「緊張しないでください。武藤さんは命の恩人なのに――」

「恩人やないです。清水さんを助けたんは風間さんやし」

「でも武藤さんがきてくれなかったら、あたしはきっと殺されてたと思います。だから、やっぱり命の恩人なんです」

「そういうてもらえるだけで、うれしいです」

「どうして、いつもそんなに謙虚なんですか。あたしが恩返しできることがあったら、なんでもいってください」

「じゃあ、いただいたロールケーキをいま食べてええですか」

もう、と穂香は苦笑して菓子折りの包みをほどいた。

ロールケーキは旨かったが、会話が途切れると緊張で息苦しくなる。なにか喋らねばいけないと思って、最近の天気やニュースといったどうでもいい話題を口にした。

ふとドアが開いて、ナース服の森光理奈が顔を覗かせた。理奈は新田と交際している看護師だ。入院当初は見舞いにきてくれたが、担当は循環器科だ。武藤は眼をしばたたいて、

「どうされたんですか。理奈さん」

理奈はいたずらっぽく片眼をつぶると、穂香にむかって、

「あの、敬徳苑の清水さんですよね」

「はい。そうですけど――」

「さっき、近江八重子さんの意識がもどりました」

「ほんとですか。よかったあ」

穂香は弾んだ声をあげると、丸椅子から腰を浮かせて、

「近江さんの様子を見にいってきます。あとでもどってきますね」

理奈と一緒に急いで病室をでていった。

穂香にはずっと思いを寄せてきたし、いまも好意を抱いている。けれども、もう焦りはない。穂香との関係がどうなろうと、今後も警察官として彼女と啓太を見守っていく。

いつだったか、おまえは要領が悪いと根岸にいわれたが、自分でもそう思う。どうせ要領が悪いなら、要領が悪いまま生きてやろう。失敗を積み重ねて遠回りになっても、目指す場所さえあきらめなければ、いつかはたどり着けるはずだ。

武藤は大きく伸びをして、明るい陽光が射しこむ窓を見つめた。

87

制帽に制服姿の警察官たちが直立不動で整列した。

司会役の副署長が開式の辞を述べ、県警本部長の祝電を代読した。眼に沁みるような青空の下、条川署の駐車場には陽炎《かげろう》がゆらめいている。

風間はひさしぶりに制服を着て列にならんでいた。

署長が壇上で訓示を述べたあと、区長や来賓《らいひん》が祝辞を読んだ。きょうは条川署創立五十周年記念式典で、早朝から準備に追われた。

来賓の祝辞が終わり、功績のあった署員や捜査に協力した市民の表彰がおこなわれた。サベージの構成員の摘発や井狩恭介逮捕の功労者として刑事課の課長たちが壇上にあがったが、敬徳苑の事件に関しては、なにも言及されなかった。敬徳苑の事件に触れなかったのは、菅本キヨ殺害の犯人として藪下稔を誤認逮捕したからだろう。

取調べの結果、筒見将彰を集団で殺害したのは武藤と根岸を襲った男たちだと判明した。井狩恭介が公職選挙法違反で逮捕されたせいか、オレオレ詐欺グループの店長だった芝原翔は井狩が金主だと供述し、井狩は賭博場開帳等図利幇助容疑で再逮捕された。

根岸が持っていた音声ファイルは復元できなかったが、逮捕された男たちの供述によって、井狩は筒見と根岸の殺害を指示した殺人教唆《きょうさ》の容疑でも取り調べられている。

キングもしくはKと呼ばれたサベージのリーダーは、どうやら井狩恭介らしい。本人は否定しているものの、根岸を殺すためにサベージの構成員を大量に動員したのは井狩以外にいない。井狩恭介が筒見の殺害を指示したのは、小田切がいったとおり筒見に過去の悪事をばらされるのを恐れたせいだろう。井狩の逮捕を機に、条川署ではサベージの全容解明に取り組んでいる。

敬徳苑理事長だった井狩政茂の供述により、丹野に受託収賄の疑いが持ちあがった。井狩の供述以外にはっきりした証拠がなく逮捕には至らなかったが、丹野は停職処分となって依願退職した。根岸の位置情報をサベージに伝えたのは丹野にちがいない。しかし上層部の意向があったのか、その件は表沙汰にならなかった。

風間も小田切とのしがらみがあるだけに、丹野と揉めたのを知られるとまずい。丹野と警らにでたあとべつべつに行動し、根岸の行方を追っていたところ、穴見に拉致された穂香を発見した。捜査報告書にはそう記述して、日暗倉庫でのことは報告しなかった。

丹野は退職する当日、淡々と自分のデスクを片づけた。

上司の笹崎は知らん顔で、同僚の刑事たちも遠巻きにしている。丹野は罪を犯したが、それは自分もおなじだ。ひとつ判断を誤れば自分が辞めていたと思うと、無視はできなかった。

風間は緊張しつつ丹野のそばにいって、いままでの礼をいった。丹野は苦笑すると、小声でそういった。

「あの倉庫で、おまえを弾いてもよかったんぞ」

「根岸が拳銃《チャカ》奪って発砲したちゅうての。そのあと根岸をサベージに殺らせりゃ、証拠は残らん。けど、そこまで悪党にはなりきれんやった」

なんと答えていいか言葉が見つからないまま、風間はうなずいて、

「――これから、どうされるんですか」

「まだはっきりせんけど、ラーメン屋でもやろうかの」

「ラーメン屋？　主任が麺類喰うとるの見たことないですけど――」

「ほんとはラーメンが大好物なんじゃ。刑事《デカ》になってから我慢しとったけどな」

「そうやったんですね」

「もう気ィ遣わんでええけ、どっかいけ。おれと喋りよったら、上のもんからにらまれるぞ」

「大丈夫です。もうにらまれてますから」

風間は微笑した。丹野は私物を詰めた紙袋を両手にさげて刑事課をでていく。

条川署の玄関まで丹野を見送った。警察官は無帽のときは敬礼ではなくお辞儀だが、あえて敬礼した。丹野は不意に広い背中をむけると、

「小田切になんを握られとるか知らんが、あげなもんに負けるな」

そういい残して去っていった。

小田切はナイフを所持していた軽犯罪法違反のみで略式起訴され、まもなく釈放された。

小田切が経営するワイズガイはサベージの構成員と従業員が乱闘になったが、もう営業を再開しているらしい。小田切は釈放後にさっそく電話してくると、

「根岸が殺されたのは残念だったが、井狩が捕まってなによりだ。これからも頼むぜ」

「おれはもう協力せん」

と風間はいった。

「おれのことをチクりたいなら、勝手にやれ」

「へえ。懲戒免職になってもいいのか」

「かまわん。そのかわり、おまえからおどされたことを洗いざらい喋って、おまえを刑務所《ムショ》にぶちこんでやる」

「そう短気を起こすなよ。おれはおまえと揉めたいわけじゃねえ。これからも協力していこうっていってるだけだ」

「嘘をつけ。おまえは、ひとの弱みを握って利用するだけやろが」

「そんなことないさ。井狩恭介の情報もちゃんと伝えたじゃねえか」

「それもおまえの都合やろう」

「たしかに都合はよくなった。井狩一派が捕まったおかげでサベージの内紛も落ちついたし、これからは商売《シノギ》が楽になる。おまえにもいい思いさせてやるよ」

風間は黙って電話を切ったが、ある想像が脳裏をよぎった。

武藤によれば、サベージの内紛はリーダーと幹部が揉めたのが発端だと根岸はいったという。井狩恭介がリーダーだとしたら、対立していたのは小田切だ。

小田切が根岸のマンションにあらわれたのは部下である根岸を逃がすためだが、わざわざ逮捕されたのは内紛から身を守るためかもしれない。そして井狩がいなくなったいま、小田切はサベージのリーダーの座におさまったのではないか。

だとすれば、小田切とはいずれ決着をつけるときがやってくるだろう。

丹野が依願退職して、重久太《しげひさふとし》という巡査部長が上司として転任してきた。重久はかつて片桐の部下だったそうで、丹野とちがって温厚な性格だ。とはいえ毎日忙しいのはあいかわらずで、武藤の見舞いにもまだいっていない。

壇上では副署長が今後の予定を述べている。このあと会場をホテルに移して来賓とのパーティがあるらしいが、幹部以外は通常の職務にもどる。

ここでの式典は終了して、署員たちは解散した。

駐車場にならんだパトカーが陽射しを照りかえして、きらきら光っている。

まぶしさに眼を細めて歩いていると、千尋が肩をならべてきて、

「風間さん、制服がよく似あいますね」

「おれは私服のほうがええな。制服は肩が凝る」

「あたしはどうですか。制服似あってる？」

「うん。かっこええよ」

「またそんなお世辞いう」

「なら、なんていうたらええんよ」

千尋はくすくす笑って、

「しっかし、きょうの式典、つまんなかったな」

「つまんなくない式典なんてあんの？」

「だって風間さんや武藤さんは大事件を解決したのに、手柄は課長たちがぜんぶ横取りして表彰もしないなんて――」

「懲戒処分にならなかっただけましよ。それが褒美《ほうび》のかわりだろ」

「上の思惑に従わなかったら、ほめてももらえないんですね」

「うちの署長だってノンキャリだから、キャリア組のいうこと聞くしかない。警察って組織はそういうもんさ」

「やな体質だなあ。えらいひとたちの意向で、ただ流されるしかないなんて」

「川の流れは変えられんよ。魚は水ンなか泳いでるだけさ」

「あたしたちって、お魚？」

「ああ。でも魚にだって、流れに逆らうことはできる」

「そうね。じゃあ、あたしは風間さんと一緒に泳ぐ」

「ええけど、おれと泳いでたら溺れるぞ」

風間は笑って群青の空を見あげた。

参考文献

『介護現場は、なぜ辛いのか　特養老人ホームの終わらない日常』本岡　類　著　新潮文庫
『シナリオ別冊　犯罪捜査大百科　復刻版』長谷川公之　著　シナリオ作家協会
『49歳　未経験　すっとこ介護はじめました！』八万介助　著　小学館
『老人喰い　高齢者を狙う詐欺の正体』鈴木大介　著　ちくま新書

解説――魚とクロニクル

村上貴史《むらかみたかし》
（ミステリ書評家）

■群青の魚

とにかく身を任せればいい。

サスペンスに恋心、正義感に悪知恵、陥穽《かんせい》に暴力、怖さに熱さ。多様な要素が緻密《ちみつ》かつ精妙に編み上げられており、最初の頁《ページ》から最後の頁まで、約五〇〇頁を緩《ゆる》むことなく、刺激に刺激を重ねて、先の読めない展開で読者をひっぱり続けてくれる。福澤徹三の『群青の魚』のことである。

二十五歳の清水穂香《しみずほのか》は、夫と別れ、条川《じょうかわ》市の特別養護老人ホームの敬徳苑《けいとくえん》で働きながら、二歳の一人息子を育てている。

二十六歳の風間志郎《かざましろう》は、条川署の留置管理課から刑事第一課強行犯係に転任し、刑事としての歩みを始めた。

二十二歳の武藤大輔《むとうだいすけ》は、新米警察官として、条川署若希《わかき》駅前交番に勤務する。この三人が、それぞれの入り口から、条川市に巣くう闇に呑み込まれていくことになる。

まずは穂香だった。離婚により生活が苦しくなったのが、その第一歩。決定打となったのは、勤務先の敬徳苑で起きた殺人事件だった。入所者の一人が殺され、穂香はその第一発見者となったのだ。事件によって敬徳苑に波風が立ち、それが収まらないうちに不審な出来事が続く。新入りであり、しかも殺人事件の第一発見者である穂香に冷たい視線を向ける者もいる。職場がそんな状況にあるなか、穂香は、別の不安も感じていた。身の回りにストーカーがいるようなのだ……。

金銭的にも職場の人間関係においても厳しい状況下にあり、しかも身の危険さえ感じている穂香に関し、本書は、彼女の介護に対する真摯《しんし》な姿勢をきっちりと語るとともに、穂香が抱える不安を——物語が進むにつれて上積みされていく不安と恐怖を——丁寧に描いている。丁寧に、ということはつまり容赦なくということ。読者をして穂香に好意を抱かせ、そのうえで著者は、彼女を窮地に追い詰めていくのだ。このスリルが控えめに言っても絶品。穂香の性格の良さがピンチをさらに拡大させてしまうような場面もあり、彼女への親しみと彼女の陥る危機は増大するばかりである。なんとも巧みな小説作りである。

その穂香が、ストーカーに関する相談を持ちかけたことをきっかけに、武藤は闇と対峙《たいじ》することになる。武藤の正義感（と穂香へのほのかな恋心）は彼を突き動かし、闇の奥に潜む悪との対決に挑ませる。このピュアな熱気が、そして若さ故に不器用な熱気が、読者に頁をめくらせるのだ。ちなみにこの武藤、かつては不良グループのリーダーで補導歴もある。そんな彼が、不良時代の知人も関与する事件のなかで警察官として己を貫き通せるかという点も興味深いし、また、武藤が昔取った杵柄《きねづか》で大暴れする場面では、なぜか嬉しくなってしまったりもする。武藤の描写にもまた、著者の巧みさを感じてしまうのだ。

風間志郎は、また別のきっかけだった。刑事として情報収集を進めるなかで彼は躓《つまず》き、陥穽に陥っている。この転落の展開がとにかく怖い。気付かぬうちに誘導され、逃げ場のない状況へと追い込まれてしまうのだ。風間の警察官としての前向きな意識を利用している点といい、一手一手が計算し尽くされている点といい、見事としかいいようのない罠である。それ故に怖い。しかも、おおかたの読者は刑事などではないだろうが、それでも〝我が身〟の恐怖として、この風間が苦境に陥る様を読んでしまう。著者の力量を体感することになるのだ。風間は（そして読者は）その後、罠に陥ったなかで刑事として如何《いか》に振る舞うべきかという苦悩にも囚《とら》われることになる。風間視点のパートも読み応えは十分。怖く苦しい風間の日々が続くが、頁をめくるスピードはまったく緩まない。

風間を呑み込んだ闇は、穂香と武藤を呑み込んだ闇へと、やがて連なっていく。その一続きの闇のなかで、一人の動きが他の一人の動きに影響を与え、結果としてそれぞれの首を徐々に絞めていく。ピンチがつのっていくのだ。読者としては、中心人物の三人には申し訳ないが、『群青の魚』のプロットの緻密さと精妙さに喜びを感じてしまうし、そのプロットを絵空事ではなく生身の人間のドラマとして読ませる筆力や造形力にも嬉しさを覚える。

そのうえでクライマックスの迫力たるや絶品。抜群の疾走感のなかで中心人物たちの痛みや執念や悔恨や決断をたっぷりと堪能《たんのう》できるのだ。闇の正体に関する情報の説明と整理は余韻部分に委《ゆだ》ね、クライマックスは感情と行動にフォーカスするという書き方が、読み手の心身にズシリと響くこの感覚をもたらしたのだろう。著者の技に感服の極みである。

ここまでに「技」「巧み」といった言葉を繰り返し用いてきたが、福澤徹三の技は、肝が据わって腰が据わった豪胆で勇猛な技だ。決して小手先の技ではないし、小賢《こざか》しい知恵でもない。まさに人の心を描ききるための技であることを、念のため付記しておこう。

というわけで、だ。

冒頭に記したように、身を任せればよいのである。それだけで読者は極上の読書を体験することになるのだ。

■クロニクル

さて、この『群青の魚』は、福澤徹三が書き続けている《条川署クロニクル》の一冊である。警察小説でもあり、ときに弁護士小説でもあるという異色のシリーズだ。その第一弾『灰色の犬』は二〇一三年に発表された。

片桐誠一《かたぎりせいいち》は、県警捜査四課の警部補として活躍していたが、情報漏洩《ろうえい》の疑惑により、所轄の地域課に飛ばされた。明らかな左遷人事だ。誠一は潔白を訴えたが、上層部の決定が覆《くつがえ》ることはない。

とはなかった。その後、所轄を転々とし、条川署生活安全課に流れ着いていた誠一は、情報漏洩疑惑を晴らすのに役立ちそうな資料を手に入れた。十八歳の奥寺《おくでら》が盗んだ金庫の中にあった資料だった。左遷から一〇年。五十二歳になっていた誠一は、資料についてさらに調べようと意気込むが、その矢先、奥寺が変死した。殺人の可能性があると誠一は考えたが、組織犯罪対策課は病死として処理した。誠一はその後まもなく組織犯罪対策課の応援に駆り出され、汚れ仕事を命じられた。やむなく彼は、かつての捜査協力者、暴力団幹部の刀根《とね》剛《つよし》に接触する。その頃、誠一の息子、遼平《りょうへい》にも変化が起きていた。大学を出て就職したものの、一年半で退社。その後、再就職できずに二十五歳を迎えた彼は、高利貸しからの借金に苦しむようになっていたのである……。

　片桐誠一と遼平、そして刀根。『灰色の犬』は、この三人を軸に条川市の闇を描いている。本書と共通する構造が、この第一弾において既に存在していたのだ。そしてこの第一弾もまた、怖く、熱い。とりわけ遼平が転落していく様が怖い。入り口がカジュアルであるだけに身近に感じられ、故に明日は我が身として迫ってくるのだ。同時に刀根が暴力団内部で陥った苦境も、環境が環境だけにやたらとおっかない。そして誠一を取り巻く闇は深い。そんな怖さのなかで物語が進むにつれ、三人の立場はますます厳しくなっていく。そしてクライマックスで、この小説は爆《は》ぜる。熱く、熱く爆ぜるのだ。まさにエンターテインメント小説のクライマックスと呼ぶべきクライマックスが、読者のために用意されているのである。素晴らしい。たっぷりと満足感を与えてくれる一冊である。

第二弾は『白日の鴉』（一五年）。題材は痴漢冤罪《えんざい》だ。電車の中で痴漢扱いされたサラリーマンの友永孝《ともながたかし》と、彼を駅で逮捕した新人巡査の新田真人《にったまさと》のそれぞれの葛藤《かっとう》を描き、さらに初老の弁護士の五味陣介《ごみじんすけ》も加わって、物語はどんどんと転がっていく。そしてこれもまた怖い小説である。友永は痴漢疑惑において〝やっていないことの証明〟という難題を押し付けられ、さらに有罪に向けて次々と状況が整えられていくのである。痴漢だと名指しされたが最後、犯罪者というレッテルへの一本道を進むしかない。第一弾における遼平の、そして『群青の魚』における風間の転落と共通する図式である。怖《おそ》ろしや。

そして『白日の鴉』はまた、真相を求める闘いの物語である。友永が本人が主張するように無実だとすると、では、一体真相はなんだったのか。友永が有罪判決を受けて痴漢であることが既成事実化される前に、無実を証明する真実に到達できるのか。五味やその協力者たちの奮闘を、抜群のスリルで愉《たの》しむことができる。その過程で条川市の闇の一端が見えてくるあたり、やはりシリーズ作品でもある。警察と暴力団と一般人の視点だった『灰色の犬』とは、また異なる視点から闇を描いている点も興味深い。

続く第三弾である本書『群青の魚』（一八年）を経て、クロニクルは第四弾『晩夏の向日葵《ひまわり》 弁護人 五味陣介』（二〇年）へと続く。第四弾は、明確にそれとは意識せぬままオレオレ詐欺に加担して逮捕された大学生の立花康平《たちばなこうへい》が判決を得るまでの日々を描きつつ、彼を逮捕した条川署若希駅前交番の新田真人巡査や、弁護士として駆り出された五味陣介たちが、オレオレ詐欺事件の奥底を探っていく様子を綴《つづ》った一作だ。真相究明に向けた彼等の破天荒《はてんこう》な作戦を愉しめる。ボリュームとしては他の三作よりコンパクトだが、読後の満足感では甲乙付けがたい。やはり良質なエンターテインメントである。

現時点ではこの四作品が刊行されており、共通する登場人物はいるが、作品ごとに中心人物は変化している。つまり、各作品を単独で読んでもまったく問題なく満喫できるように書かれているのだ。そのうえで、クロニクルの他の作品を読むと、さらに愉しめるようにも作られている。例えば本書で活躍する武藤の過去が『灰色の犬』でたっぷりと頁を費やして記されていたり、脇役として顔を出す片桐や新田が、それぞれ『灰色の犬』と『白日の鴉』では主役の一人だったりしていて、本書における彼等にさらに思い入れを抱いて読めるようになるのだ。本書に続く『晩夏の向日葵』では、五味や新田、さらには武藤の活躍を愉しめるし、片桐のその後の情報も得られて嬉しくなる。

また、条川市の闇——半グレが表面に現れつつあるものの、実態としては、暴力団も残っているし、合法的な組織の内部も一部が腐っていたりする——を多面的に知るうえでも、シリーズの他の作品もあわせて読みたいところだ。この闇そのものも、条川市固有のものというよりは全国各地どこに存在しても不思議ではない闇であり、読者にとっては、自分と地続きのところに存在するものとして感じられるだろう。このシリーズに、より魅了される一因ともなっている。

中心人物たちに降りかかる苦難や負担にしてもそうだ。オレオレ詐欺に痴漢疑惑はいつ自分に降りかかるか判らないし、借金が膨れ上がるリスクだってある。介護に至っては、少なからず当事者となっている方もおられよう。そうした身近な出来事が、このシリーズでは極めてリアルに描かれている。しかもそのリアルが、人々の転落のストーリーを加速させているから、余計に心に刺さってくる。

さて、人物造形にしても筋運びにしても優れているこの《条川署クロニクル》は、これまでのところ、数年に一冊のペースで刊行されてきた。となると、そろそろ次の作品を期待したくもなるが、いやいや急《せ》かすまい。福澤徹三は、このクロニクルだけを執筆している作家ではないのだ。ホラー短篇集『幻日』（二〇〇〇年）でデビューした彼は、ホラーや怪談実話、大藪春彦賞に輝いた青春小説『すじぼり』（二〇〇六年）などを発表、さらに食を題材として大人気の《侠飯《おとこめし》》シリーズなど、多様な作品を書き続けている。本年（二〇二一年）には、戦禍とコロナ禍を背景に二つの時代で生きたふたりの十七歳を描いた『そのひと皿にめぐりあうとき』も発表。つまり、精力的に執筆活動を続けているのだ。

なので。

《条川署クロニクル》の新作については、じっくりと構えて待つとしよう。本書同様、作者である福澤徹三に身を任せればよいのだ。素敵な読書体験は、その先にある——必ず。

初出　「小説宝石」二〇一六年一二月号〜二〇一八年六月号
二〇一八年一〇月　光文社刊

光文社文庫

群《ぐん》青《じょう》の魚《さかな》

著者　福《ふく》澤《ざわ》徹《てつ》三《ぞう》

2021年12月20日　初版1刷発行

発行者　鈴木広和
印刷　萩原印刷
製本　ナショナル製本

発行所　株式会社　光文社
〒112-8011　東京都文京区音羽1-16-6
電話（03）5395-8149　編集部
8116　書籍販売部
8125　業務部

ISBN978-4-334-79279-4　Printed in Japan

組版　萩原印刷